外交学院中央高校基本科研业务费专项资金资助

中国经典戏曲选读

王春晓　著

新世界出版社
NEW WORLD PRESS

图书在版编目（CIP）数据

中国经典戏曲选读 / 王春晓著 . -- 北京 : 新世界出版社 , 2024. 12. -- ISBN 978-7-5104-8057-7

Ⅰ. I237

中国国家版本馆 CIP 数据核字第 20243PN186 号

中国经典戏曲选读

作　　者：王春晓
责任编辑：刘　颖
责任校对：宣　慧　张杰楠
责任印制：王宝根
出　　版：新世界出版社
网　　址：http://www.nwp.com.cn
社　　址：北京西城区百万庄大街24 号（100037）
发 行 部：(010)6899 5968　(010)6899 8705（传真）
总 编 室：(010)6899 5424　(010)6832 6679（传真）
版 权 部：+8610 6899 6306（电话）　nwpcd@sina.com（电邮）
印　　刷：北京虎彩文化传播有限公司
经　　销：新华书店
开　　本：710mm × 1000mm　1/16　尺寸：170mm × 240mm
字　　数：393千字　印张：17.75
版　　次：2024年12月第1版　2024年12月第1次印刷
书　　号：ISBN 978-7-5104-8057-7
定　　价：65.00元

前　言

肇始于先秦时期而传承至今的戏曲，是中华优秀传统文化的瑰宝。它融诗歌、音乐、舞蹈、杂技、曲艺、表演等于一体，在经历了多种形态的长期发展后，逐渐走向成熟，反映了中华民族的所思所感与喜怒哀乐，是我国独树一帜的综合艺术。中国戏曲主要包含宋元以降的南戏、杂剧、传奇剧等样式，其中又以元杂剧和明清传奇剧的影响最大也最具代表性。元杂剧被王国维誉为“一代之文学”，元代产生了关汉卿、白朴、马致远、王实甫、郑光祖、纪君祥、康进之等一大批杰出剧作家，《窦娥冤》《西厢记》《赵氏孤儿》等杂剧不仅是中国传统名剧，更是蜚声海外的经典；明清传奇则以文人为主要创作群体，汤显祖、洪昇、孔尚任等曲家的《牡丹亭》《长生殿》《桃花扇》等剧既是明清文学的代表作，又在世界文学史上享有盛誉。本书即以元杂剧与明清传奇为范畴，精撷名家名剧十五种，选取各剧的精彩折出加以点校、注释、赏评，以期与读者共享传统戏曲如梦如诗的醇酒华筵。

本书遴选作品时，力求兼顾作家作品的代表性与内容题材的广泛性。元杂剧方面，以关、白、马、王、郑五大家代表作的精彩折出为主，适当兼顾其他。关汉卿杂剧中不仅有经典的社会问题剧《窦娥冤》，还摘录了其三国题材历史剧、知名“关公戏”《单刀会》和婚恋题材剧《望江亭》；白朴剧作中选取了“李杨故事”题材的《梧桐雨》；马致远戏曲中既有名剧《汉宫秋》，又包括以唐代大诗人白居易诗歌《琵琶行》为蓝本、展现元初文人落魄处境与底层女性生存艰难的《青衫泪》；王实甫《西厢记》于五本中各有节录；郑光祖部分则选录了爱情戏《倩女离魂》与关涉传统重阳佳节的文人剧《王粲登楼》。此外，书中还部分汲纳了在域外传播影响广泛的纪君祥《赵氏孤儿》，以及早期“水浒戏”的代表康进之《李逵负荆》。明清文人传奇方面，则在精选《牡丹亭》《长生殿》《桃花扇》三剧名段的基础上，别录了明代中期三大传奇之一《鸣凤记》中最具讽刺性的《严嵩庆寿》一出。

各剧的文本转录皆以经典通行本的传世善本为底本。元杂剧部分除《单刀会》用明赵琦美《脉望馆钞校本古今杂剧》,《西厢记》选《凌濛初鉴定西厢记》明暖红室刻本为底本外，均以明臧晋叔《元曲选》明万历吴兴臧氏刊本为基础。明清传奇部分,《鸣凤记》用明虞山毛氏汲古阁刊、清修补本为底本;《牡丹亭》以明万历《六十种曲》为底本;《长生殿》选清康熙稗畦草堂刻本为底本;《桃花扇》以清康熙间《桃花扇传奇》刻本为底本。原本凡有讹误另选别本参校，勘误内容及对照本的版本情况均不再出校。为便利读者浏览，书中对剧作词句的注释均采用当页脚注形式；每位作家的首部剧作后对作者生平稍作简介；随附的剧作简评则在关照全剧的前提下，对摘选部分的思想、结构、语言等作重点赏析，评语中的引文以括注形式标明出处。

中国传统戏曲集众体之大成而深沉浩瀚，晚学囿于才学智识之限，舛误浅陋处在所不免，尚祈读者诸君海涵教正。

王春晓

2024 年于北京

目录

窦娥冤

[元] 关汉卿

楔　子

（卜儿[1]蔡婆上，诗云）花有重开日，人无再少年。不须长富贵，安乐是神仙。老身[2]蔡婆婆是也。楚州[3]人氏，嫡亲[4]三口儿家属。不幸夫主[5]亡逝已过，止有一个孩儿，年长八岁。俺娘儿两个，过其日月。家中颇有些钱财。这里一个窦秀才，从去年问我借了二十两银子，如今本利该[6]银四十两。我数次索取，那窦秀才只说贫难，没得还我。他有一个女儿，今年七岁，生得可喜，长得可爱。我有心看上他[7]与我家做个媳妇，就准[8]了这四十两银子，岂不两得其便[9]！他说今日好日辰，亲送女儿到我家来。老身且不索钱去，专在家中等候。这早晚[10]窦秀才敢待[11]来也。（冲末[12]扮窦天章引正旦[13]扮端云上）（诗

[1] 卜（bǔ）儿：元杂剧中称扮演老年女性的脚色为“卜儿”。宋元时“娘”字常被俗写作“奻”，进而省写为“卜”，卜儿一般指辈分或年龄较大的女性。

[2] 老身：老年人的自称，不限性别。

[3] 楚州：隋朝时置楚州，治所初在寿张县，后移山阳县，今属江苏淮安。

[4] 嫡亲：关系最亲近的家属。元关汉卿《鲁斋郎》楔子：“嫡亲的四口儿，浑家张氏，一双儿女。”

[5] 夫主：丈夫。旧时以丈夫为一家之主，故称“夫主”。《后汉书·列女传·曹世叔妻传》：“正色端操，以事夫主。”

[6] 该：欠账。此谓窦天章现在连本带利共欠蔡婆婆银四十两。

[7] 他：古代白话中“他”“她”不分，此处指窦秀才的女儿。

[8] 准：抵充，抵偿。

[9] 两得其便：对双方都有好处。

[10] 早晚：有随时、时候、有时等多义，这里指时候；后文“早晚使用”谓随时使用；“早晚呆痴”指有时不懂事。

[11] 敢待：就要，大概就要，表推测。

[12] 冲末：元杂剧中次要的男性脚色。

[13] 正旦：元杂剧中旦本杂剧的主角、主唱者、女主人公。

云）读尽缥缃[1]万卷书，可怜贫杀马相如[2]。汉庭一日承恩[3]召，不说当垆[4]说《子虚》[5]。小生姓窦，名天章，祖贯[6]长安京兆人[7]也。幼习儒业[8]，饱有文章；争奈[9]时运不通，功名未遂。不幸浑家[10]亡化已过，撇下这个女孩儿，小字端云。从三岁上亡了他母亲，如今孩儿七岁了也。小生一贫如洗，流落在这楚州居住。此间一个蔡婆婆，他家广有钱物，小生因无盘缠[11]，曾借了他二十两银子，到今本利该对还[12]他四十两。他数次问小生索取，教我把甚么[13]还他？谁想蔡婆婆常常着人来说，要小生女孩儿做他儿媳妇。况如今春榜[14]动，选场开[15]，正待上朝取应[16]，又苦盘缠缺少。小生出于无奈，只得将女孩儿端云，送与蔡婆婆做儿媳妇去。（做叹科[17]，云）嗨！这个那里是做媳妇，分明是卖与他一

[1] 缥缃（piǎo xiāng）：书卷。缥，淡青色；缃，浅黄色。旧时常用淡青或浅黄色的丝帛制作书套，因此常用“缥缃”来代指书卷。

[2] 马相如：司马相如的简称。司马相如，汉代著名辞赋家，曾家贫无以为业，后因狗监杨得意之荐，得汉武帝赏识，有《子虚赋》《上林赋》等名篇。传统诗歌或韵文中，常因格律、对仗之需将人名简化。此处窦天章以司马相如自比。

[3] 承恩：受君主恩德。

[4] 当垆：卖酒。垆，旧时酒店安放酒瓮的土台。司马相如与临邛豪富卓王孙之女卓文君相恋、私奔后，二人一度生活贫困，在市井经营酒舍过活，卓文君当垆卖酒，司马相如涤器。

[5] 子虚：即《子虚赋》，司马相如大赋的代表作之一。汉武帝因读《子虚赋》而赏识、召见了司马相如。此处窦天章期盼自己可以像司马相如一样摆脱困境，成就功名。

[6] 祖贯：祖籍。

[7] 京兆：元初置京兆府于长安城中，下辖今陕西西安及其附近地区。

[8] 儒业：儒家学说，此谓读书应举之业。

[9] 争奈：怎奈，无奈。元王实甫《西厢记》第一本第一折：“春光在眼前，争奈玉人不见。”

[10] 浑（hún）家：宋元俗语，常用指自己的妻子。

[11] 盘缠：日常费用。亦用于特指旅费、路费，如后文窦天章云：“正待上朝取应，又苦盘缠缺少。”

[12] 对还：将本金及相对应得利息一起归还。

[13] 把甚么：拿什么。

[14] 春榜：自宋朝起，会试考试和发榜都在春季，故称会试榜单为“春榜”。这里指科举考试即将开始。

[15] 选场：科举考试的考场。

[16] 上朝取应：到京城参加科举考试。

[17] 科：古代戏曲演出术语，用以提示剧中演员的表情动作或舞台效果等。

般！就准了他那先借的四十两银子，分外但得些少东西，勾[1]小生应举之费，便也过望了。说话之间，早来到他家门首[2]。婆婆在家么？（卜儿上，云）秀才，请家里坐，老身等候多时也。（做相见科，窦天章云）小生今日一径[3]的将女孩儿送来与婆婆，怎敢说做媳妇，只与婆婆早晚使用。小生目下就要上朝进取功名去，留下女孩儿在此，只望婆婆看觑[4]则个[5]！（卜儿云）这等，你是我亲家了。你本利少我四十两银子，兀的[6]是借钱的文书，还了你；再送你十两银子做盘缠。亲家，你休嫌轻少。（窦天章做谢科，云）多谢了婆婆。先少你许多银子，都不要我还了，今又送我盘缠，此恩异日必当重报。婆婆，女孩儿早晚呆痴，看小生薄面，看觑女孩儿咱[7]。（卜儿云）亲家，这不消你嘱付。令爱[8]到我家，就做亲女儿一般看承他，你只管放心的去。（窦天章云）婆婆，端云孩儿该打呵，看小生面则骂几句；当骂呵，则处分[9]几句。孩儿，你也不比在我跟前，我是你亲爷，将就的你。你如今在这里，早晚若顽劣呵，你只讨那打骂吃。儿嚛[10]，我也是出于无奈。（做悲科）（唱）

【仙吕】【赏花时】我也只为无计营生四壁贫，因此上割舍得亲儿在两处分。从今日远践洛阳尘[11]，又不知归期定准，则落的无语闇消魂[12]。（下）

---

[1] 勾：通“够”。

[2] 门首：门前、门口。

[3] 一径：专程、特意。亦指径直，如后文蔡婆婆云：“他一径上朝应举去了。”

[4] 看觑：看顾、照料。

[5] 则个：宋元戏曲、小说常用语气助词，用以表示希望或请求。

[6] 兀的：指示代词，这、这个。

[7] 咱（zā）：语气助词，常用于句尾。

[8] 令爱：敬词，您的女儿，亦作“令嫒”。

[9] 处分：数落、责备。

[10] 嚛（yo）：语气助词，用于句尾，同“啦”“呀”。

[11] 洛阳尘：语出贯休《洛阳尘》：“昔时昔时洛城人，今作茫茫洛城尘。我闻富有石季伦，楼台五色干星辰。乐如天乐日夜闻，锦姝绣妾何纷纷。真珠帘中，姑射神人。文金线玉，香成暮云。”喻指都市的功名利禄，此谓去京城参加科考博取功名。

[12] 闇（àn）消魂：因为分别而感到凄凉神伤。闇，通“黯”。南朝江淹《别赋》：“黯然销魂者，惟别而已矣。”

（卜儿云）窦秀才留下他这女孩儿与我做媳妇儿，他一径上朝应举去了。（正旦做悲科，云）爹爹，你直下的[1]撇了我孩儿去也。（卜儿云）媳妇儿，你在我家，我是亲婆，你是亲媳妇，只当自家骨肉一般。你不要啼哭，跟着老身前后执料[2]去来。（同下）

第一折

（净[3]扮赛卢医[4]上，诗云）行医有斟酌[5]，下药依《本草》[6]。死的医不活，活的医死了。自家姓卢，人道我一手好医，都叫做赛卢医。在这山阳县[7]南门开着生药局[8]。在城有个蔡婆婆，我问他借了十两银子，本利该还他二十两；数次来讨这银子，我又无的还他。若不来便罢，若来呵，我自有个主意。我且在这药铺中坐下，看有甚么人来。（卜儿上云）老身蔡婆婆。我一向搬在山阳县居住，尽也静办[9]。自十三年前窦天章秀才留下端云孩儿与我做儿媳妇，改了他小名，唤做窦娥。自成亲之后，不上二年，不想我这孩儿害弱症[10]死了。媳妇儿守寡，又早[11]三个年头，服孝将除[12]了也。我和媳妇儿说知，我往城外赛卢医

[1] 直下的：竟然舍得、忍心。直，竟然；下的，舍得，忍心。

[2] 执料：操持、料理。

[3] 净：中国传统戏曲脚色名，一般为性格刚猛为主的脚色或反派人物。

[4] 卢医：良医。春秋名医扁鹊居于卢国，因被别称“卢医”。卢医本泛指良医，元杂剧中常戏称庸医或卖药人为“赛卢医”，字面意思是像扁鹊一样的神医，此处用其反语作剧中人名。

[5] 斟酌：倒酒不满称“斟”，太过称“酌”，贵其适中。此处指行医诊断认真谨慎有分寸。

[6] 《本草》：泛指《神农本草经》《唐本草》《本草拾遗》等经典中医药书。

[7] 山阳县：今陕西商洛一带。

[8] 生药局：药材店，有的也为人开药、治病。

[9] 尽也静办：倒也清净。静办，清净，安宁。

[10] 弱症：不足之症。指因身体虚弱而引起的疾病、如元气不足等。

[11] 早：已经。宋秦观《阮郎归》：“怨春春怎知，日长早被酒禁持，那堪更别离。”

[12] 服孝将除：守丧服孝期限将满。

家索钱去也。（做行科，云）蓦[1]过隅头[2]，转过屋角，早来到他家门首。赛卢医在家么？（卢医云）婆婆，家里来。（卜儿云）我这两个银子[3]长远了[4]，你还了我罢。（卢医云）婆婆，我家里无银子，你跟我庄上去取银子还你[5]。（卜儿云）我跟你去。（做行科）（卢医云）来到此处，东也无人，西也无人，这里不下手等甚么？我随身带的有绳子。兀那婆婆[6]，谁唤你哩？（卜儿云）在那里？（做勒卜儿科。孛老[7]同副净[8]张驴儿冲上，赛卢医慌走下，孛老救卜儿科。张驴儿云）爹，是个婆婆，争些[9]勒杀了。（孛老云）兀那婆婆，你是那里人氏？姓甚名谁？因甚着这个人将你勒死？（卜儿云）老身姓蔡，在城[10]人氏，止有个寡媳妇儿[11]相守过日。因为赛卢医少我二十两银子，今日与他取讨，谁想他赚[12]我到无人去处，要勒死我，赖这银子。若不是遇着老的和哥哥呵，那得老身性命来！（张驴儿云）爹，你听的他说么？他家还有个媳妇哩！救了他性命，他少不得要谢我。不若你要这婆子，我要他媳妇儿，何等两便[13]！你和他说去。（孛老云）兀那婆婆，你无丈夫，我无浑家，你肯与我做个老婆，意下如何？（卜儿云）是何言语？待我回家多备些钱钞相谢。（张驴儿云）你敢是[14]不肯，故意将钱钞哄我？赛卢医的绳子还在，我仍旧勒死了你罢。（做拿绳科）

---

[1] 蓦（mò）：本义为上马，此谓跨越，元杂剧中亦作“抹”。

[2] 隅头：墙角。元王仲文《救孝子》第二折：“转过隅头，抹过屋角，此间便是杨家门首，我自入去。”

[3] 两个银子：二十两银子。旧时银子以十两为一个，两个即二十两。

[4] 长远：长久，这里是说钱已经欠了很久了。

[5] 庄：商店的一种称谓，如饭庄、茶庄，此处当是指赛卢医经营的药材店。

[6] 兀那：那，那个，可指人、地、事。元马致远《汉宫秋》第一折：“兀那弹琵琶的是那位娘娘？圣驾到来，急忙迎接者。”

[7] 孛（bó）老：元杂剧中扮演老年男子的脚色。

[8] 副净：元杂剧和明清传奇剧中居次要地位的净脚。

[9] 争些：险些，差点。

[10] 在城：本城。

[11] 寡媳妇儿：寡妇儿媳。媳妇，此谓儿子的妻子。

[12] 赚（zuàn）：哄骗，诳骗。

[13] 两便：双方都可获得便利，对双方都有好处。

[14] 敢是：莫非，莫不是。

（卜儿云）哥哥，待我慢慢地寻思咱！（张驴儿云）你寻思些甚么？你随我老子，我便要你媳妇儿。（卜儿背云[1]）我不依他，他又勒杀我。罢、罢、罢！你爷儿两个随我到家中去来。（同下）

（正旦上云）妾身姓窦，小字端云，祖居楚州人氏。我三岁上亡了母亲，七岁上离了父亲。俺父亲将我嫁与蔡婆婆为儿媳妇，改名窦娥。至十七岁与夫成亲，不幸丈夫亡化，可早[2]三年光景，我今二十岁也。这南门外有个赛卢医，他少俺婆婆银子，本利该二十两，数次索取不还。今日俺婆婆亲自索取去了。窦娥也，你这命好苦也呵！（唱）

【仙吕】【点绛唇】满腹闲愁[3]，数年禁受[4]，天知否？天若是知我情由[5]，怕不待和天瘦[6]。

【混江龙】则问那黄昏白昼，两般儿忘餐废寝几时休？大都来昨宵梦里，和着这今日心头。催人泪的是锦烂熳花枝横绣闼[7]，断人肠的是剔团圞[8]月色挂妆楼[9]。长则是[10]急煎煎[11]按不住意中焦，闷沉沉展不彻眉尖皱[12]，越觉的情怀冗冗[13]，心绪悠悠。

（云）似这等忧愁，不知几时是了也呵！（唱）

---

[1] 背云：又叫背工、背躬，演员演出时假定台上其他剧中人听不见，而向观众讲述自己的心里话。

[2] 可早：已经，已是。元李行道《灰阑记》第一折："妾身张海棠，自从嫁了马员外，可早五年光景。"

[3] 闲愁：无端而至的忧愁。宋李清照《一剪梅》："花自飘零水自流，一种相思，两处闲愁。"

[4] 禁（jīn）受：经受，忍受。宋陈允平《六丑》："相思恨暗度流汐，更杜鹃院落黄昏近，谁禁受得？"

[5] 情由：事情的经过及起因。

[6] 怕不待和天瘦：怕不是连天都会变瘦。宋秦观《水龙吟》："名缰利锁，天还知道，和天也瘦。"

[7] 绣闼（tà）：有华丽装饰的门，此谓闺阁之门。唐王勃《滕王阁序》："披绣闼，俯雕甍。"

[8] 剔团圞（luán）：非常圆。剔，程度副词，极，很。团圞，圆圆的。

[9] 妆楼：泛指古代女子居室。宋柳永《少年游》："日高花榭懒梳头，无语倚妆楼。"

[10] 长则是：老是，总是。元王实甫《丽春堂》第三折："长则是琴一张，酒一壶，自饮自斟，自歌自舞。"

[11] 急煎煎：焦急烦躁的样子。

[12] 展不彻：不能完全展开。

[13] 冗冗（rǒng）：繁杂纷乱的样子。元乔吉《折桂令》："正落絮飞花冗冗，又夕阳流水溶溶。"

【油葫芦】莫不是八字儿[1]该载着一世忧[2]？谁似我无尽头！须知道人心不似水长流。我从三岁母亲身亡后，到七岁与父分离久，嫁的个同住人[3]，他可又拔着短筹[4]；撇的俺婆妇每[5]都把空房守，端的[6]个有谁问、有谁偢[7]？

【天下乐】莫不是前世里烧香不到头[8]，今也波[9]生招祸尤[10]。劝今人早将来世修。我将这婆侍养，我将这服孝守[11]，我言词须应口[12]。

（云）婆婆索钱去了，怎生[13]这早晚不见回来？（卜儿同孛老、张驴儿上）（卜儿云）你爷儿两个且在门首，等我先进去。（张驴儿云）妳妳[14]，你先进去，就说女壻[15]在门首哩。（卜儿见正旦科）（正旦云）妳妳回来了，你吃饭么？（卜儿做哭科，云）孩儿也，你教我怎生说波[16]！（正旦唱）

【一半儿】为甚么泪漫漫不住点儿流？莫不是为索债与人家惹争斗？我这里连忙迎接慌问候，他那里要说缘由。（卜儿云）羞人答答的，教我怎生说波！

---

[1] 八字儿：亦作“八字”。古代用天干地支来排列一个人生辰的年、月、日、时，以两个字的干支配以四项可得八个字，故称“八字”。此处代指命运。

[2] 该载：详细载明。元无名氏《渔樵记》第二折：“我去那休书上朗然该载。”此句谓，莫不是命中注定一生愁苦。

[3] 同住人：古代常用于指丈夫或妻子，此谓窦娥的丈夫。

[4] 拔着短筹：抽到数字小的筹签，喻指命短。中国古代常用竹签或木签计数，签上刻有数字，数字小的签被称为“短筹”。元杂剧中常用“拔着短筹”比喻命短或半途而废。元孔学诗《东窗事犯》第三折：“臣想统三军永远长春，不想半路里拔着短筹。”

[5] 婆妇每：婆媳们，此谓婆婆和儿媳妇。每，人称代词词尾，表复数，类似现在的“们”。

[6] 端的：真的。宋晏殊《凤衔杯》：“端的自家心下、眼中人，到处里，觉尖新。”

[7] 偢（chǒu）：理睬，过问。

[8] 前世里烧香不到头：古代迷信的说法认为，前一世神前烧香不到头，这一世将受到神的惩罚。

[9] 也波：元曲衬字，无实义。“今也波生”即今生。

[10] 祸尤：祸殃。

[11] 孝服守：犹言守孝。此谓窦娥立志为亡夫守节、不再改嫁。

[12] 应口：说到做到，言行一致。

[13] 怎生：怎么，为何。

[14] 妳（nǎi）妳：同“奶奶”，对女性的尊称，亦作祖母或乳母的代称。

[15] 女壻：亦作“女婿”，一般指女儿的丈夫，也可指丈夫。这里用指丈夫。

[16] 波：语气助词，用在句尾相当于“啊”“吧”。

（正旦唱）**则见他一半儿徘徊[1]一半儿丑[2]。**

（云）婆婆，你为甚么烦恼啼哭那？（卜儿云）我问赛卢医讨银子去，他赚我到无人去处，行起凶来，要勒死我。亏了一个张老并他儿子张驴儿，救得我性命。那张老就要我招他做丈夫，因这等烦恼。（正旦云）婆婆，这个怕不中[3]么！你再寻思咱：俺家里又不是没有饭吃，没有衣穿；又不是少欠钱债，被人催逼不过；况你年纪高大，六十以外的人，怎生又招丈夫那？（卜儿云）孩儿也，你说的岂不是？但是我的性命全亏他这爷儿两个救的。我也曾说道：待我到家，多将些钱物酬谢你救命之恩。不知他怎生知道我家里有个媳妇儿，道我婆媳妇又没老公，他爷儿两个又没老婆，正是天缘天对[4]。若不随顺他，依旧要勒死我。那时节我就慌张了，莫说自己许了他，连你也许了他。儿也，这也是出于无奈。（正旦云）婆婆，你听我说波。（唱）

【后庭花】避凶神[5]要择好日头，拜家堂[6]要将香火修。梳着个霜雪般白鬏髻[7]，怎将这云霞般锦帕[8]兜？怪不的“女大不中留”[9]。你如今六旬左右，可不道到中年万事休！旧恩爱一笔勾，新夫妻两意投，枉教人笑破口！

（卜儿云）我的性命都是他爷儿两个救的，事到如今，也顾不得别人笑话了。（正旦唱）

---

[1] 徘徊：犹豫。

[2] 丑：惭愧，羞耻。

[3] 不中：不合适，不恰当。

[4] 天缘天对：天意促成的姻缘，天生一对。

[5] 凶神：泛指凶恶的神，亦是“煞”的俗称。旧时迷信认为人死后鬼魂会重返人间，活人遇之不吉，故称“归煞”。逢丧之家往往根据干支，提前推算归煞时间，临期早避，“避凶神”即此意。

[6] 家堂：祭拜祖先的堂屋，古代年节或婚嫁时往往要在家堂拜祭祖先。此谓婆婆年事已高，不适合再谈婚论嫁。

[7] 鬏（dí）髻：古代女子将头发盘成螺形、外罩网套梳成的一种发髻，也有人认为是一种假发髻。

[8] 锦帕：传统婚礼上新娘蒙在头上遮住脸的盖头，多为锦缎制成。

[9] 女大不中留：宋元俗谚，谓女子到了婚龄就应出嫁，不宜久留娘家。

【青哥儿】你虽然是得他、得他营救，须不是笋条[1]、笋条年幼，刬的[2]便巧画蛾眉[3]成配偶？想当初你夫主遗留，替你图谋，置下田畴[4]，蚤[5]晚羹粥，寒暑衣裘。满望[6]你鳏寡孤独[7]，无捱无靠[8]，母子每到白头。公公也，则落得干生受[9]。

（卜儿云）孩儿也，他如今只待过门。喜事匆匆的，教我怎生回得他去？

（正旦唱）

【寄生草】你道他匆匆喜，我替你倒细细愁：愁则愁兴阑删[10]咽不下交欢酒[11]，愁则愁眼昏腾[12]扭不上同心扣[13]，愁则愁意朦胧睡不稳芙蓉褥。你待要笙歌[14]引至画堂[15]前，我道这姻缘敢[16]落在他人后。

（卜儿云）孩儿也，再不要说我了。他爷儿两个，都在门首等候。事已至此，不若连你也招了女婿罢！（正旦云）婆婆，你要招你自招，我并然[17]不要

---

[1] 笋条：尚未展开枝叶的嫩竹，喻指人年轻、年少。元乔吉《扬州梦》第三折："这一双郎才女貌天生下，笋条儿游冶子，花朵儿俊娇娃。"

[2] 刬（chǎn）的：亦作"刬地"，怎的，怎么，表嗔怪。元无名氏《抱妆盒》第三折："打我的元来是陈琳。陈琳，你刬的也来打我哪？"

[3] 巧画蛾眉：汉代名臣张敞曾为其妇画眉，后常用以喻指夫妻恩爱情深。

[4] 田畴（chóu）：泛指田地。畴，耕地。

[5] 蚤：通"早"。

[6] 满望：衷心期望。

[7] 鳏（guān）寡孤独：语出《孟子·梁惠王下》："老而无妻曰鳏，老而无夫曰寡，老而无子曰独，幼而无父曰孤。此四者，天下之穷民而无告者。"此处偏义指蔡婆婆孤儿寡母。

[8] 无捱（ái）无靠：无依无靠。捱，靠近、依靠。

[9] 干生受：白白辛苦。干，徒然，白白地。生受，辛苦，操劳。元费唐臣《贬黄州》第三折："前日如此快乐，今日这般生受，想造物好无定也。"

[10] 阑删：衰减，消沉，亦作"阑珊"。

[11] 交欢酒：古代婚礼时夫妻交换酒杯饮酒，又称"交杯酒""合卺酒"。

[12] 昏腾：头昏眼花，迷迷糊糊。

[13] 同心扣：即同心结。用锦带或彩缎编成的连环回文样式的结子，宋元婚礼常用之。

[14] 笙歌：泛指奏乐唱歌。

[15] 画堂：泛指华丽的堂舍。旧时婚礼新人会在音乐的导引下拜堂。

[16] 敢：恐怕，大概。副词，表推测。

[17] 并然：断然，决然。元郑光祖《后庭花》第二折："小人并然不敢，若有证见，小人便当罪。"

女壻。（卜儿云）那个是要女壻的？争奈他爷儿两个自家捱过门来，教我如何是好？（张驴儿云）我们今日招过门去也。“帽儿光光，今日做个新郎；袖儿窄窄，今日做个娇客。[1]”好女壻，好女壻，不枉了[2]，不枉了。（同孛老入拜科）（正旦做不礼[3]科，云）兀那厮[4]，靠后！（唱）

【赚煞】我想这妇人每休信那男儿口。婆婆也，怕没的贞心儿[5]自守，到今日招着个村老子[6]，领着个半死囚[7]。（张驴儿做嘴脸[8]科，云）你看我爷儿两个这等身段，尽也选得女壻过，你不要错过了好时辰，我和你早些儿拜堂罢。（正旦不礼科，唱）则被你坑杀[9]人燕侣莺俦[10]。婆婆也，你岂不知羞！俺公公撞府冲州[11]，𨶜𨷿[12]的铜斗儿家缘百事有[13]。想着俺公公置就，怎忍教张驴儿情受[14]。（张驴儿做扯正旦拜科，正旦推跌科，唱）兀的不是俺没丈夫的妇女下场头[15]！（下）

---

[1] “帽儿光光”四句：宋元谚语，对新郎的赞贺辞。娇客，女婿，此谓新郎。

[2] 不枉：没有白做。枉，徒然，白。金董解元《西厢记诸宫调》卷五：“消得一人，因君狂荡，不枉！不枉！”

[3] 不礼：不理。

[4] 厮：无身份或下贱之人，古代对男子的蔑称，小说、戏曲中常用。

[5] 贞心：坚定不移的心意。唐李白《湖边采莲妇》：“愿学秋胡妇，贞心比古松。”

[6] 村老子：詈辞，粗俗的老头子。村，粗俗，无知。老子，泛指老年人。

[7] 半死囚：詈辞，该被判死刑的人。

[8] 做嘴脸：做古怪的表情。这里是要演员在舞台上做出种种怪样，表现张驴儿的不堪。

[9] 坑杀：害死。

[10] 燕侣莺俦（chóu）：犹言美好伴侣。莺、燕均为双栖鸟类，故常被用来比喻夫妻或情侣。元王实甫《西厢记》第三本第三折：“只为这燕侣莺俦，锁不住心猿意马。”

[11] 撞府冲州：走江湖，跑码头，这里指奔波各地。府、州，泛指各地。元无名氏《独角牛》第一折：“我与你便画尊神轴，背着案拜岳朝山，撞府冲州。”

[12] 𨶜𨷿（zhèng chuài）：努力获取，亦作“挣揣”。

[13] 铜斗儿家缘：喻指稳定丰厚的家产。铜斗，原为量器，后被用来比喻家道殷厚，童斐《〈元曲选〉注》：“元时俗语，盖谓美富且牢固也。”家缘，家业，家产；亦指家务，如此后的第三折中便有：“念窦娥从前已往干家缘，婆婆也，你只看窦娥少爷无娘面。”

[14] 情受：继承。元关汉卿《单刀会》第四折：“俺哥哥合情受汉家基业，则你这东吴国的孙权和俺刘家却是甚枝叶？”

[15] 下场头：结局，结果。元钟嗣成《清江引》：“直恁铁心肠，不管人憔悴，下场头送了我都是你。”

（卜儿云）你老人家不要恼懆[1]。难道你有活命之恩，我岂不思量报你？只是我那媳妇儿气性最不好惹的，既是他不肯招你儿子，教我怎好招你老人家。我如今拚的[2]好酒好饭，养你爷儿两个在家，待我慢慢的劝化俺媳妇儿。待他有个回心转意，再作区处[3]。（张驴儿云）这歪剌骨[4]！便是黄花女儿[5]，刚刚扯的一把，也不消这等使性，平空[6]的推了我一交[7]，我肯干罢[8]！就当面赌个誓与你：我今生今世不要他做老婆，我也不算好男子！（词云）美妇人我见过万千向外[9]，不似这小妮子生得十分惫赖[10]。我救了你老性命死里重生，怎割舍得不肯把肉身陪待[11]？（同下）

第三折

（外[12]扮监斩官上，云）下官监斩官是也。今日处决犯人，着做公的[13]把住

---

[1] 恼懆（cǎo）：懊恼，生气，亦作“恼躁”。

[2] 拚（pàn）的：宋元方言，舍得，不吝惜，亦作“拚得”。

[3] 区处：处理，筹划安排。

[4] 歪剌（lá）骨：元明时辱骂女性的詈辞，有污秽、不正经、泼辣之义。明沈德符《万历野获编》卷二十五《词曲·俚语》：“北人詈妇之下劣者曰歪辣骨，询其故，则云：‘牛身自毛骨皮肉以至通体无一弃物，惟两角内有天顶肉少许，其秽逼人，最为贱恶，以此比之粗婢。’”元杨显之《酷寒亭》第二折：“我骂你这歪剌骨，我骂你这泼东西。”

[5] 黄花女儿：处女，未出嫁的年青女子。黄花，旧指未曾有过性行为的青年男女，如黄花后生、黄花闺女。

[6] 平空：凭空，突然，无缘无故。

[7] 交：通“跤”。

[8] 干罢：干休，白白了事。

[9] 向外：以上，以外。

[10] 惫赖：泼辣，无赖。此为贬义词褒用，谓窦娥生得非常美丽。

[11] 陪待：陪伴招待，服侍。

[12] 外：中国传统戏曲表演主要行当之一。元人杂剧中有外旦、外末、外净等，为旦、末、净等行当的次要人物，简称“外”。外所扮不限男女、年龄。一般单独称“外”时、多指外末或外旦。

[13] 做公的：衙门的官差。

巷口，休放往来人闲走。（净扮公人，鼓三通[1]、锣三下科。刽子磨旗[2]、提刀，押正旦带枷[3]上。刽子云）行动些[4]，行动些，监斩官去法场上多时了！（正旦唱）

【正宫】【端正好】没来由犯王法[5]，不隄防[6]遭刑宪[7]，叫声屈动地惊天！顷刻间游魂先赴森罗殿[8]，怎不将天地也生[9]埋怨！

【滚绣球】有日月朝暮悬，有鬼神掌着生死权，天地也，只合[10]把清浊[11]分辨，可怎生糊突[12]了盗跖[13]、颜渊[14]？为善的受贫穷更命短，造恶的享富贵又寿延。天地也，做得个怕硬欺软[15]，却元来也这般顺水推船[16]。地也，你不分好歹何为地？天也，你错勘[17]贤愚枉做天！哎，只落得两泪涟涟[18]。

---

[1] 鼓三通：敲三遍鼓。通，遍，次。

[2] 磨旗：摇旗，挥动旗帜。宋孟元老《东京梦华录》卷七："先一人空手出马，谓之'引马'；次一人磨旗出马，谓之'开道旗'。"

[3] 枷：旧时一种套在脖子上的刑具，多为木质，有时还会套住双手。

[4] 行动些：动作快些，表催促。元高文秀《黑旋风》第四折："天色晚了也，行动些，行动些。"

[5] 没来由：无缘无故，没有原因。元王实甫《西厢记》第三本第二折："分明是你过犯，没来由把我摧残。"

[6] 隄（dī）防：原指拦水的堤坝，后引申为防备之义。

[7] 遭刑宪：触犯刑律被惩罚。

[8] 森罗殿：迷信传说中阴间阎罗王所居的宫殿。

[9] 生：甚、极，程度副词。

[10] 合：应当，应该。

[11] 清浊：清气、浊气，喻指人事的善恶、是非等。《文选·魏都赋》李善注："清轻者上为天，浊重者下为地。"这里窦娥借以指斥官吏不辨是非。

[12] 糊突：混淆。

[13] 盗跖（zhí）：传说为春秋时反抗贵族统治的领袖，名"跖"，被当时统治者贬称为"盗"。《庄子·盗跖》："盗跖从卒九千人，横行天下，侵暴诸侯。"

[14] 颜渊：春秋时孔子的弟子颜回，字子渊，贫而好学，古人以之为贤人的典范。《史记·仲尼弟子列传》："（颜）回年二十九，发尽白，蚤死。孔子哭之恸，曰：'自吾有回，门人益亲。'鲁哀公问：'弟子孰为好学？'孔子对曰：'有颜回者好学，不迁怒，不贰过。不幸短命死矣，今也则亡。'"

[15] 怕硬欺软：害怕强硬的人，欺负柔顺的人，亦作"欺软怕硬"。元高明《琵琶记》第十六出："点催首放富差贫，保上户欺软怕硬。"

[16] 顺水推船：顺着水流的方向推船，比喻顺应情势行事。这里指趋炎附势。

[17] 勘：核实、判断。

[18] 涟涟：泪流不止的样子。《诗经·卫风·氓》："不见复关，泣涕涟涟。"

（刽子云）快行动些，误了时辰也！（正旦唱）

【倘秀才】则被这枷纽[1]的我左侧右偏，人拥的我前合后偃[2]，我窦娥向哥哥行[3]有句言。（刽子云）你有甚么话说？（正旦唱）前街里去心怀恨，后街里去死无冤，休推辞路远。

（刽子云）你如今到法场上面，有甚么亲眷要见的，可教他过来，见你一面也好。（正旦唱）

【叨叨令】可怜我孤身只影无亲眷，则落的吞声忍气[4]空嗟怨[5]。（刽子云）难道你爷娘家也没的？（正旦云）止有个爹爹，十三年前上朝取应去了[6]，至今杳无音信。（唱）蚤已是十年多不睹爹爹面。（刽子云）你适才要我往后街里去[7]，是甚么主意？（正旦唱）怕则怕前街里被我婆婆见。（刽子云）你的性命也顾不得，怕他见怎的？（正旦云）俺婆婆若见我披枷带锁赴法场餐刀[8]去呵,（唱）枉将他气杀也么哥[9]，枉将他气杀也么哥！告[10]哥哥，临危好与人行方便。

（卜儿哭上科云）天那，兀的不是我媳妇儿？（刽子云）婆子，靠后！（正旦云）既是俺婆婆来了，叫他来，待我嘱付他几句话咱。（刽子云）那婆子近前来，你媳妇要嘱付你话哩！（卜儿云）孩儿，痛杀我也！（正旦云）婆婆，那张驴儿把毒药放在羊肚儿汤里，实指望药死了你，要霸占我为妻。不想

[1] 纽：通“扭”，这里指戴枷后行动不便，走路吃力、摇摆。

[2] 前合后偃（yǎn）：这里指被人群推搡得前仆后倒。合，面朝下扑倒。偃，仰面而倒。

[3] 行（háng）：用于自称或人称之后，如我行、他行，相当于这里、那里。哥哥行，即哥哥跟前，哥哥这里。

[4] 吞声忍气：喻指遭受欺凌而不敢出声抗争。

[5] 嗟（jiē）叹：感叹，叹息。

[6] 上朝取应：到京城参加科举考试。

[7] 适才：刚刚，刚才。

[8] 餐刀：挨刀，被处决。元无名氏《陈州粜米》第一折：“有一日受法，餐刀正典刑。”

[9] 也么哥：表惊叹的语气助词，无实义。用“也么哥”结尾是曲牌【叨叨令】此二句的定格。

[10] 告：请求允许。《礼记·曲礼上》：“夫为人子者，出必告，反必面。”

婆婆让与他老子吃，倒把他老子药死了。我怕连累婆婆，屈招了药死公公，今日赴法场典刑。婆婆，此后遇着冬时年节[1]，月一十五[2]，有瀽[3]不了的浆水饭[4]，瀽半碗儿与我吃；烧不了的纸钱，与窦娥烧一陌儿[5]。则是看你死的孩儿面上！（唱）

【快活三】念窦娥葫芦提[6]当[7]罪愆[8]，念窦娥身首不完全[9]，念窦娥从前已往干家缘[10]。婆婆也，你只看窦娥少爷无娘面。

【鲍老儿】念窦娥伏侍婆婆这几年，遇时节[11]将碗凉浆奠；你去那受刑法尸骸上烈[12]些纸钱，只当把你亡化[13]的孩儿荐[14]。（卜儿哭科，云）孩儿放心，这个老身都记得。天那，兀的不痛杀我也！（正旦唱）婆婆也，再也不要啼啼哭哭，烦烦恼恼，怨气冲天。这都是我做窦娥的没时没运，不明不闇[15]，负屈衔冤。

（刽子做喝科，云）兀那婆子靠后，时辰到了也。（正旦跪科）（刽子开枷科）（正旦云）窦娥告监斩大人，有一事肯依窦娥，便死而无怨。（监斩官

[1] 年节：正月初一，春节。宋孟元老《东京梦华录》卷六："正月一日年节，开封府放关扑三日。"

[2] 月一十五：每个月的初一日和十五日。

[3] 瀽（jiǎn）：倾，倒，此谓浇奠。

[4] 浆水：水或其他食物汤汁。元马致远《青衫泪》第二折："容我与侍郎瀽一碗浆水，烧一陌纸钱咱。"此处指浆水饭，谓祭奠鬼魂所用的汤汁与食物。

[5] 一陌（mò）儿：旧时民俗祭奠时要烧纸钱，一陌儿即一百纸钱，这里泛指一叠纸钱。

[6] 葫芦提：亦作"葫芦蹄""葫芦题"，宋元俗语，犹今言糊涂，不明不白。元王实甫《西厢记》第一本第四折："道场毕诸人散了，酩子里各归家，葫芦提闹到晓。"

[7] 当：承担。

[8] 罪愆（qiān）：罪过，过失。

[9] 身首不完全：身首异处，不得全尸。

[10] 家缘：家务。

[11] 时节：泛指一年四季的节日。《吕氏春秋·孟夏纪·尊师》："敬祭之术，时节为务。"高诱注："四时之节。"

[12] 烈：焚烧。《孟子·滕文公上》："舜使益掌火，益烈山泽而焚之，禽兽逃匿。"

[13] 亡化：去世。

[14] 荐：无酒肉作贡品的素祭，此处泛指祭奠。

[15] 不明不闇：犹糊里糊涂，不明不白。

云）你有甚么事？你说。（正旦云）要一领净席[1]，等我窦娥站立；又要丈二白练[2]，挂在旗鎗上[3]。若是我窦娥委实冤枉，刀过处头落，一腔热血休半点儿沾在地下，都飞在白练上者。（监斩官云）这个就依你，打甚么不紧[4]。（刽子做取席站科，又取白练挂旗上科）（正旦唱）

【耍孩儿】不是我窦娥罚下这等无头愿[5]，委实的冤情不浅。若没些儿灵圣[6]与世人传，也不见得湛湛青天。我不要半星热血红尘洒，都只在八尺旗鎗素练悬。等他四下里皆瞧见，这就是咱苌弘化碧[7]，望帝啼鹃[8]。

（刽子云）你还有甚的说话？此时不对监斩大人说，几时说那？（正旦再跪科，云）大人，如今是三伏[9]天道[10]，若窦娥委实冤枉，身死之后，天降三尺瑞雪，遮掩了窦娥尸首。（监斩官云）这等三伏天道，你便有冲天的怨气，也召[11]不得一片雪来，可不胡说！（正旦唱）

【二煞】你道是暑气[12]暄[13]，不是那下雪天，岂不闻飞霜六月因邹衍[14]？若果有

---

[1] 一领：一张。

[2] 白练：白色的熟绢。

[3] 旗鎗（qiāng）：亦作“旗枪”，旗杆顶端。

[4] 打甚么不紧：宋元口语，犹言没什么要紧。

[5] 罚下这等无头愿：发下这样以人头作保证的誓愿。

[6] 灵圣：旧时迷信，指神鬼制造出的灵异现象。

[7] 苌弘化碧：苌弘，春秋时周之忠臣，无辜被冤而死，传说其血后化为碧玉。

[8] 望帝啼鹃：传说蜀王杜宇，禅位后魂化鹃鸟，日夜啼叫，蜀人怀之，遂呼此鸟为杜宇、望帝。

[9] 三伏：初伏、中伏、末伏的统称。农历夏至后第三庚日起为初伏，第四庚日起为中伏，立秋后第一庚日起为末伏。三伏为一年中最热之时。

[10] 天道：天气，时节。

[11] 召：感化，召唤。南朝刘勰《文心雕龙·物色》：“物色相召，人谁获安。”

[12] 暑气：盛夏的热气。

[13] 暄：炎热。

[14] 飞霜六月因邹衍：传说战国时邹衍忠事燕惠王，却被人诋毁下狱，邹衍仰天大哭，上苍感动，六月降霜。《文选》卷三十九南朝江淹《诣建平王上书》：“昔者贱臣叩心，飞霜击于燕地。”李善注引《淮南子》：“邹衍尽忠于燕惠王，惠王信谮而系之。邹子仰天而哭，正夏而天为之降霜。”今本《淮南子》无此文。

一腔怨气喷如火，定要感的六出冰花[1]滚似绵，免着我尸骸现；要什么素车白马[2]，断送[3]出古陌荒阡[4]！

（正旦再跪科，云）大人，我窦娥死的委实冤枉，从今以后，着这楚州亢旱[5]三年。（监斩官云）打嘴！那有这等说话！（正旦唱）

【一煞】你道是天公[6]不可期[7]，人心不可怜，不知皇天[8]也肯从人愿。做甚么三年不见甘霖[9]降，也只为东海曾经孝妇冤[10]。如今轮到你山阳县，这都是官吏每无心正法[11]，使百姓有口难言！

（刽子做磨旗科，云）怎么这一会儿天色阴了也？（内做风科[12]，刽子云）好冷风也！（正旦唱）

---

[1] 六出冰花：雪花。因雪的结晶多为六角形，其形似花，故亦称"六出冰花"或"六出"。

[2] 素车白马：旧时凶、丧之事时所用的白车白马。《史记・高祖本纪》："秦王子婴素车白马，系颈以组，封皇帝玺符节，降轵道旁。"后以"素车白马"代指吊丧送葬。

[3] 断送：这里指发葬治丧。

[4] 古陌荒阡：人迹罕至的荒野。阡陌，本指田界、田间小路，此处泛指田野。

[5] 亢旱：大旱。

[6] 天公：旧时以天拟人，故称天为天公。《尚书大传》卷五："烟氛郊社，不修山川，不祝风雨，不时霜雪，不降责于天公。"

[7] 期：寄望，期待。

[8] 皇天：旧时对天或天神的尊称。

[9] 甘霖：甜美的雨水，久旱后下的雨。

[10] 东海曾经孝妇冤：传说汉东海有寡妇周青，为侍奉婆婆而矢志不嫁，婆婆为免拖累媳妇，自缢而亡。青之小姑告官，诉嫂杀母之罪。官府不察，判处死刑。周青临刑，指身边竹竿而誓：若为枉死，血当逆流。后果应验，东海地方乃大旱三年。后任官员查问其故，有于公代为申之，其冤得雪，天方降雨。晋干宝《搜神记・东海孝妇》："汉时，东海孝妇养姑甚谨。姑曰：'妇养我勤苦。我已老，何惜余年，久累年少。'遂自缢死。其女告官云：'妇杀我母。'官收系之，拷掠毒治。孝妇不堪苦楚，自诬服之。时于公为狱吏，曰：'此妇养姑十余年，以孝闻彻，必不杀也。'太守不听。于公争不得理，抱其狱词，哭于府而去。自后郡中枯旱，三年不雨。后太守至，于公曰：'孝妇不当死，前太守枉杀之，咎当在此。'太守即时身祭孝妇冢，因表其墓。天立雨，岁大熟。长老传云：'孝妇名周青。青将死，车载十丈竹竿，以悬五幡。立誓于众曰："青若有罪，愿杀，血当顺下；青若枉死，血当逆流。"既行刑已，其血青黄，缘幡竹而上标，又缘幡而下云。'"

[11] 正法：依法裁断案件。

[12] 内作风科：戏曲演出时在后台制造出刮风的音响效果。

【煞尾】浮云为我阴，悲风为我旋，三桩儿誓愿明题遍[1]。（做哭科，云）婆婆也，直等待雪飞六月，亢旱三年呵，（唱）那其间才把你个屈死的冤魂这窦娥显！

（刽子做开刀[2]，正旦倒科）（监斩官惊云）呀，真个下雪了，有这等异事！（刽子云）我也道平日杀人，满地都是鲜血。这个窦娥的血都飞在那丈二白练上，并无半点落地，委实奇怪。（监斩官云）这死罪必有冤枉。早两桩儿应验了，不知亢旱三年的说话，准也不准？且看后来如何。左右，也不必等待雪晴，便与我抬他尸首，还了那蔡婆婆去罢。（众应科，抬尸下）

（以明臧晋叔《元曲选》万历吴兴臧氏刊本为底本，据别本参校）

【作者简介】

关汉卿，其名不详，字汉卿，号已斋，其籍贯向有三说，大都、解州、祁州，“大都说”相对可靠。关汉卿的生卒年不可确知，元人钟嗣成《录鬼簿》（成书于元至顺元年，1330年）将其列入“前辈已死才人”，元末朱经《青楼集序》则说：“我皇元初并海宇，而金之遗民若杜散人（杜仁杰）、白兰谷（白朴）、关已斋辈，皆不屑仕进。”据此二记载推断，关汉卿是由金入元的“遗民”，在元代戏曲家中可称“前辈”。明初宁王朱权在《太和正音谱》中称之为“元剧之始”，是可信的。

关汉卿是元杂剧的奠基人，也是中国古代戏曲史、文学史上最广为人知的剧作家。他与白朴、郑光祖（一说郑廷玉）、马致远并称“元曲四大家”。元人熊梦祥称赞他：“生而倜傥，博学能文，滑稽多智，蕴藉风流，为一时之冠。”（《析津志》）元末明初贾仲明【凌波仙】则吊之曰：“珠玑语唾自然流，金玉词源即便有，玲珑肺腑天生就。风月情、忒惯熟，姓名香、四大神洲。驱梨园领袖，总编修师首，捻杂剧班头。”关汉卿一生创作杂剧几十种，今存十八种（部分作者有歧说）。这些杂剧题材广泛，思想深刻，结构紧凑，语言

[1] 明题遍：犹言明明白白地全部讲完。

[2] 开刀：执行斩刑。

自然流畅、本色当行，广受观众读者的欢迎和好评，对当时与后来的戏曲创作影响深远。《窦娥冤》《单刀会》《望江亭》等剧作，至今仍活跃在舞台上，成为中华优秀传统文化的瑰宝，感染着一代又一代人心向光明、激浊扬清。

【剧作简评】

《窦娥冤》全称《感天动地窦娥冤》，是关汉卿最具盛名的剧作，也是中国最知名的悲剧之一。全剧由四折和一个楔子组成，讲述了青年女子窦娥的命运悲剧，歌颂了她善良的品质与不屈的精神，透视并批判了其悲剧背后深层次的制度与社会问题。杂剧自创成之后，一直备受百姓喜爱，被改编成多个剧种，至今仍活跃在传统戏曲舞台上。

楔子部分，卜儿扮蔡婆婆率先登场，交代了故事的基本背景。蔡婆婆一家虽仅存孤儿寡母却颇有钱财，依靠放贷赚取利息是其主要的经济来源；落魄士子窦天章丧妻后独自抚养年幼的女儿，向蔡婆婆借高利贷后债台高筑无力偿还，想要进京赶考却又没有盘缠。蔡婆婆对窦天章的女儿颇存好感，属意以端云为媳，平准债务。窦天章来到蔡家后与蔡婆婆“一拍即合”——蔡婆婆顺心如愿得到了儿媳，窦天章清了旧债又获赠赶考盘缠，而年仅七岁的女孩端云，就这样成了童养媳窦娥。楔子虽仅有三人登场且内容简短，却细密谨严，字不可削。剧作甫一开场，便展现了窦娥身份转换的关键，不仅揭示了高利贷横行为经济社会、人伦道德带来的深重灾难，更针砭了纵容这一现象发生的政治统治与制度。关汉卿具时代之巨眼，以笔为刀剑投枪，直击主要矛盾之肯綮，不平而鸣，震烁千古。

进入第一折，剧情快速推进至十三年后。迁居他乡的蔡婆婆仍以放贷为生，与她相依为命的则是既嫁复寡的儿媳窦娥。婆媳二人的生活看似风平浪静，实则是暗潮汹涌。欠债难还的赛卢医杀心骤起，蔡婆婆命悬一线。关键时刻，路过的张驴儿父子惊走了赛卢医。没想到恩人却不是善人，赶走恶狼的却是猛虎，张家父子强逼蔡婆婆将自己和儿媳许婚给二人，蔡婆婆为人怯懦，不堪二人逼勒，只得载祸归家。窦娥对迫近的危机毫不知情，独守空宅的她仍在为命运的不公自怨自艾。但此时的窦娥对生活仍未完全绝望，面对苦难的人生，她选择了逆来顺受，选择了相信“因果报应”，为所谓的“来世幸福”而努力修行。然而，当回家蔡婆婆对儿媳遮遮掩掩地说出将两人许婚给张驴儿父子后，窦娥原本简淡却相对平和的生活骤然岌岌可危起来。窦娥的言语随着婆婆的恼羞成怒、固执刚愎也逐渐尖刻起来，身世的不幸、命运的不公她尚可忍之，人格的侮辱、名节的玷损却是窦娥不愿屈从的。虽然受时代思想的限制，窦娥对婆婆的反抗是以传统社会的节烈观念为前提的，但是对“正统伦理”的体认，却在此时赋予了这个青年寡妇孝而不顺的勇气。可惜蔡婆婆却再次向恶人妥协，她以报恩为由改将张驴儿父子养在家中无异于养虎为患，这也为剧情接下来的发展预做了铺垫。从整本戏来看，窦娥被冤斩是最核心的情节，而第一折则是她被拖入死亡旋涡的开始。主角由隐忍走向抗争的性格转变被施以重彩，在世故怯懦的蔡婆婆的反衬之下，窦娥坚贞不屈的精神与勇气被彰显出来。

张驴儿为了霸占窦娥，设计欲毒死蔡婆婆，阴差阳错害死了自己的父亲。误杀亲父的他非但不悲痛，反而借机要挟窦娥婆媳。涉世未深的窦娥相信官府的正义，毅然选择官休，却遭遇了胡乱判案的贪官桃杌。窦娥为保清白熬过了公堂上的严刑拷打，但为救婆婆她却主动承担了莫须有的罪名。王国维《宋元戏曲考》说：“明以后，传奇无非喜剧，而元则有悲剧在其中。……其最有悲剧之性质者，则如关汉卿之《窦娥冤》，纪君祥之《赵氏孤儿》。剧中虽有恶人交构其间，而其蹈汤赴火者，仍出于其主人翁之意志，即列之于世界大悲剧中，亦无愧色也。”为保护他人而清醒、主动地牺牲了自己最宝贵的性命，窦娥之慨然赴死超越了通常的苦难美，迸发出耀眼的悲壮与庄严。

去往刑场的路上，窦娥为婆婆担忧选择绕道而行。一路行来，曲家对其心境的描摹极为细腻悲凉，动人情肠。身世之感、蒙冤之痛，在见到赶来送行的婆婆后化作句句叮咛——血泪相和，长歌当哭，令观者见之、闻之莫不扼腕痛心。行刑之前，窦娥直面不公的世道，不再幻想公正，她在被冤斩前爆发出的对罪恶社会的挞伐，仿佛一颗流星，在陨落毁灭之前熠耀出最夺目的光彩。“悲剧将人生的有价值的东西毁灭给人看”（鲁迅《再论雷峰塔的倒掉》），窦娥以贞孝自任，善良刚烈，但为守贞她蒙受不白之冤，为尽孝她葬送了自己年轻的生命。她人生中有价值的东西——生命，被毁灭给其他千百万同处境、同信念的人看。相比前此传说稗史中邹衍、周青的蒙冤负屈，窦娥的悲剧是不仅是她个人的人生悲剧，更是政治、经济、人伦、道德等多重因素叠加的社会悲剧、时代悲剧。关汉卿将封建道德的虚伪、极权政治的黑暗揭示在世人面前，窦娥临刑前的三桩誓愿可谓是元代乃至整个皇权统治时期被压迫的良善百姓的呐喊与歌哭。

清人李渔《闲情偶寄·词曲部》论曰：“一本戏中，有无数人名，究竟俱属陪宾，原其初心，止为一人而设。即此一人之身，自始至终，离合悲欢，中具无限情由，无穷关目，究竟俱属衍文，原其初心，又止为一事而设：此一人一事，即作传奇之主脑也。”就《窦娥冤》来讲，窦娥便是此一人，窦娥被冤斩便是此一事。窦娥就像是人生苦难的化身，她三岁丧母，七岁被父亲抵债做了童养媳，十七岁成亲不久后丈夫亡故，二十岁遭恶棍张驴儿诬陷、被贪官桃杌冤斩。古今中外，蒙冤受屈者夥，为何窦娥之冤却可感天动地？曲家在窦娥二十岁之前的众多不幸中，撷取她从端云变成窦娥的关键节点作为序幕，一方面从叙事角度为后续窦娥婆媳的遭遇、窦天章归来为女儿洗冤等预设了伏笔，另一方面则将主人公早年的悲凉身世具象化地呈现在舞台上，感染、激发了观众的同情。楔子之后，第一、二折紧扣窦娥因何被冤、如何被冤推展铺开，节奏紧凑，笔无纤滞，滔滔汩汩，奔流而下。第三折开场，游街路上主人公善良、坚贞却悲苦、冤屈被再一次放大，如广陵八月秋涛排空而来，至行刑前三桩誓愿而达其最高潮：热血逆流是为“动地”，六月飞雪、亢旱三年是为“感天”。现实中的窦娥或已枉死，但氍毹上的窦娥却须有沉冤得雪的一天，这既是多数曲家的创作程式，也是万千观众的共同愿望。

元杂剧“至第四折往往强弩之末”（臧晋叔《元曲选序》），但《窦娥冤》直至最后一折的最后一节，始终贯穿着激烈的戏剧冲突。作者虽在第四折中令窦娥洗清了冤屈，但较之审判时的仓促判斩，翻案的过程却极为艰难，甚至需要窦娥的鬼魂自己现身方能最终战胜恶人张驴儿。具有讽刺意味的是，善良人枉送了性命，贪官桃杌却一路高升——鲜明的对比更进一步揭露了“一人一事”背后社会问题的深重与复杂。由此亦不难见知，关汉卿创作此剧时关注的不仅是窦娥一人、窦娥冤一事，而是借剧作在更深、更广的层面揭橥出广大善良百姓生存环境之恶劣，鞭笞了社会经济的混乱、法制的崩解与吏治的腐败。这也是《窦娥冤》感人至深、经久不衰的主要原因。明人孟称舜曾盛赞《窦娥冤》“尤关剧之铮铮者也”（《酹江集·窦娥冤·总评》），洵为知人至语！

单刀会

[元] 关汉卿

第四折

（鲁肃[1]上，云）欢来不似今朝，喜来那逢今日？小官鲁子敬是也。我使黄文持书去请，关公欣喜，许今日赴会。荆襄[2]地合归还俺江东[3]，英雄甲士已暗藏壁衣[4]之后，令人江上相候，见船到便来报我知道。（正末关公引周仓[5]上，云）周仓，将到那里也？（周云）来到大江中流也。（正[6]云）看了这大江，是一派好水呵！（唱）

【双调】【新水令】大江东去浪千叠，引着这数十人驾着这小舟一叶。又不比九重龙凤阙[7]，可正是千丈虎狼穴。大丈夫心别[8]，我觑这单刀会似赛村社[9]。

（云）好一派江景也呵！（唱）

【驻马听】水涌山叠，年少周郎[10]何处也？不觉的灰飞烟灭，可怜黄盖[11]转伤

---

[1] 鲁肃：字子敬，东城（今安徽定远东南）人。三国时吴国的重要谋士、将领，为孙权所器重。

[2] 荆襄：今湖北荆州、襄阳一带。

[3] 江东：亦称“江左”。长江在芜湖、南京一带作西南至东北流向，故常称自此以下的长江南岸地区为江东。三国时这片区域为东吴所管辖，因又常以江东代指孙吴政权。

[4] 壁衣：室内用于遮挡墙壁的帷幕。

[5] 周仓：民间传说及戏曲、小说中关羽身边的护卫，为虚构人物，真实历史中无此人。

[6] 正：即正末，此处为省写。正末，末本杂剧的主角、主唱者。

[7] 九重龙凤穴：比喻皇宫。九重，比喻帝王居所，唐白居易《长恨歌》：“九重城阙烟尘生，千乘万骑西南行。”龙凤阙，比喻帝后居所。

[8] 心别：心中自有打算。

[9] 村社：旧时农村祭祀的社火。社火期间往往会有各类表演的竞赛，称为“赛村社”。

[10] 周郎：即东吴名臣周瑜。此曲化用宋苏轼词《念奴娇·赤壁怀古》。

[11] 黄盖：东吴名将，曾与周瑜一起定火烧赤壁之策，并前往曹营诈降。

嗟[1]。破曹的樯橹[2]一时绝，鏖兵[3]的江水犹然热，好教我情惨切。(云)这也不是江水，(唱)二十年流不尽的英雄血。

(云)却早来到也，报伏[4]去。(卒[5]报科。做相见科。鲁云)江下小会，酒非洞里之长春[6]，乐乃尘中之菲[7]艺，猥劳[8]君侯[9]屈高就下[10]，降尊临卑[11]，实乃鲁肃之万幸也。(正云)量某有何德能，着大夫[12]置酒张筵？既请必至。(鲁云)黄文，将酒来。二公子[13]满饮一杯。(正末云)大夫饮此杯。(把盏[14]科)(正末云)想古今咱这人过日月好疾也呵！(鲁云)过日月是好疾也。光阴似骏马加鞭，浮世似落花流水。(正唱)

【胡十八】想古今立勋业，那里也舜五人[15]、汉三杰[16]？两朝相隔数年别，不付能[17]见者，却又早老也。开怀的饮数杯，(云)将酒来。(唱)尽心儿待醉一夜。

(把盏科)(正云)你知"以德报德，以直报怨"[18]么？(鲁云)既然将军言"以德报德，以直报怨"，借物不还者为之"怨"。想君侯文武全材，通

---

[1] 伤嗟：悲伤感叹。元张可久《折桂令》："脱帽临风，停杯问月，往事伤嗟。"

[2] 樯橹(qiáng lǔ)：桅杆和船桨，借指战船。

[3] 鏖(áo)兵：激烈的战争。

[4] 报伏：亦作"报复"，回复，报告。

[5] 卒：士兵，差役。

[6] 长春：传说中的仙酒名。

[7] 菲：微，薄。此处为谦辞。

[8] 猥劳：烦劳。猥，谦辞，犹言辱。三国诸葛亮《出师表》："先帝不以臣卑鄙，猥自枉屈，三顾臣于草庐之中。"

[9] 君侯：汉代对列侯的尊称，后泛用为对尊贵者的敬称。

[10] 屈高就下：谦敬辞，地位高的人降低身分迁就地位低的人。

[11] 降尊临卑：谦敬辞，尊贵的人委曲自己的身分与地位卑下的人交往。

[12] 大夫：古代职官名，后成为一般任官职者的称呼。

[13] 二公子：刘备、关羽、张飞桃园三结义，关羽行二，故鲁肃称其为二公子。

[14] 把盏：手持酒杯，表敬酒或喝酒。

[15] 舜五人：相传舜时有五位贤臣——禹、稷、契、皋陶、伯益。

[16] 汉三杰：汉初辅佐高祖刘邦的张良、萧何、韩信。

[17] 不付能：好不容易，亦作"不甫能"。元郑廷玉《金凤钗》第一折："不付能恰做官，没揣的罢了职。"

[18] 以德报德，以直报怨：语出《论语·宪问》。意思是说若别人待我以仁，则我亦以仁待之；若别人待我以怨恨，则我将以公正的态度对待他。

练兵书，习《春秋》《左传》，济拔颠危[1]，匡扶社稷，可不谓之“仁”乎？待玄德如骨肉，觑曹操若仇雠[2]，可不谓之“义”乎？辞曹归汉，弃印封金[3]，可不谓之“礼”乎？坐服于禁，[4]水淹七军，[5]可不谓之“智”乎？且将军“仁”“义”“礼”“智”俱足，惜乎止少个“信”字，欠缺未完。再若得全个“信”字，无出君侯之右也。（正云）我怎生失信？（鲁云）非将军失信，皆因令兄玄德公[6]失信。（正云）我哥哥怎生失信来？（鲁云）想昔日玄德公败于当阳之上[7]，身无所归，因鲁肃之故，屯军三江夏口。鲁肃又与孔明同见我主公，即日兴师拜将，破曹兵于赤壁之间。江东所费巨万[8]，又折了首将黄盖。因将军贤昆玉[9]无尺寸地，暂借荆州以为养军之资，数年不还。今日鲁肃低情曲意，暂取荆州，以为救民之急；待仓廪[10]丰盈，然后再献与将军掌领。鲁肃不敢自专[11]，君侯台[12]鉴[13]不错。（正云）你请我吃筵席来，那是索荆州来？（鲁云）没、没、没，我则这般道，孙、刘结亲，以为唇齿[14]，两国正好和谐。（正唱）

【庆东原】你把我真心儿待，将筵宴设，你这般攀今揽古[15]，分甚枝叶？我跟

---

[1] 济拔颠危：拯救、扶助处于危难中的人。

[2] 仇雠（chóu）：仇人。唐贾岛《赠圆上人》：“且说近来心里事，仇雠相对似亲朋。”

[3] 弃印封金：关羽在曹营得知刘备在许昌的消息后，留下曹操所授的“汉寿亭侯”印及金银，离开曹营，往寻刘备。

[4] 坐服：很轻易地使对方屈服。

[5] 水淹七军：关羽攻打樊城，曹操派于禁统领七路大军前往解围，后关羽借于禁等人因涝灾被困之机，攻打曹军，擒于禁，斩庞德，威震四方。

[6] 玄德公：关羽义兄刘备，字玄德。

[7] 败于当阳之上：指刘备曾在当阳被曹操军队打败之事。

[8] 巨万：形容数目极大。

[9] 昆玉：对他人兄弟的敬称。

[10] 仓廪：储存粮食的地方。

[11] 自专：独断专行。

[12] 台：敬辞，用于称呼对方或与对方有关的事物。

[13] 鉴：明察，审查。

[14] 唇齿：嘴唇和牙齿。唇齿相依，故常唇齿以喻指关系密切、相互依靠。

[15] 攀今揽古：谈古说今，此谓鲁肃在谈话间故意攀扯今昔之事。

前使不着你“之乎者也”“诗云子曰”，早该豁口截舌[1]！有意说孙刘，你休目下番成吴越[2]！

（鲁云）将军原来傲物轻信[3]！（正云）我怎傲物轻信？（鲁云）当日孔明亲言，破曹之后，荆州即还江东。鲁肃亲为代保，不思旧日之恩，今日恩变为仇，犹自说“以德报德，以直报怨”！圣人道：“信近于义，言可复也”[4]；“去食去兵，不可去信”[5]；“大车无輗，小车无軏，其何以行之哉？”[6]今将军全无仁义之心，枉作英雄之辈，荆州久借不还，却不道“人无信不立”[7]！（正云）鲁子敬，你听的这剑界[8]么？（鲁云）剑界怎么？（正云）我这剑界，头一遭诛了文丑[9]，第二遭斩了蔡阳[10]。鲁肃呵，莫不第三遭到你也？（鲁云）没、没，我则这般道来。（正云）这荆州是谁的？（鲁云）这荆州是俺的。（正云）你不知，听我说。（唱）

---

[1] 豁口截舌：撕开嘴巴，截去舌头，此处是要鲁肃住嘴。

[2] 吴越：春秋时的吴国和越国毗邻却有世仇，常以代指邦交不好的邻国。

[3] 傲物轻信：骄傲自负，不重信用。

[4] 信近于义，言可复也：语出《论语·学而》。宋朱熹《论语集注》：“言约信而合其宜，则言必可践矣。”信，约定，诺言。复，实践，履行。

[5] 去食去兵，不可去信：语出《论语·颜渊》：“子贡问政。子曰：‘足食，足兵，民信之矣。’子贡曰：‘必不得已而去，于斯三者何先？’曰：‘去兵。’子贡曰：‘必不得已而去，于斯二者何先？’曰：‘去食。’”此谓国家治理中，守信较之粮食、军备充足更有意义，因为如果没有百姓的信任国家就不能存在了。

[6] 大车无輗（ní），小车无軏（yuè），其何以行之哉：语出《论语·为政》。意思是说大车、小车没有輗、軏就不能行走，人若无信，就像车无輗軏一样无法立于世间。大车，牛车。輗，辕端横木。小车，驷马车。軏，辕端上曲钩衡。

[7] 人无信不立：语出《论语·颜渊》：“自古皆有死，民无信不立。”意思是说人不守信无法立于世间。

[8] 剑界：旧时传说中宝剑在剑鞘中鸣啸，警示即将出鞘伤人。

[9] 文丑：东汉末年冀州牧袁绍旗下大将，建安五年在延津之战中战败被杀。民间传说文丑乃被关羽斩杀，此处关羽讲诛文丑之事，以证宝剑的威力。

[10] 蔡阳：东汉末年曹操旗下大将，后被关羽所杀。

【沉醉东风】想着俺汉高皇[1]图王霸业，汉光武[2]秉正除邪，汉献帝[3]将董卓[4]诛，汉皇叔[5]把温侯[6]灭，俺哥哥合情受[7]汉家基业。则你这东吴国的孙权[8]，和俺刘家却是甚枝叶？请你个不克己[9]先生自说！

（鲁云）那里甚么响？（正云）这剑界二次也。（鲁云）却怎么说？（正云）这剑按天地之灵，金火之精，阴阳之气，日月之形；藏之则鬼神遁迹，出之则魑魅[10]潜踪；喜则恋鞘沉沉而不动，怒则跃匣[11]铮铮而有声。今朝席上，倘有争锋，恐君不信，拔剑施呈。吾当摄剑[12]，鲁肃休惊。这剑果有神威不可当，庙堂[13]之器岂寻常！今朝索取荆州事，一剑先教鲁肃亡。（唱）

【雁儿落】则为你三寸不烂舌，恼犯我三尺无情铁。这剑饥餐上将头，渴饮雠人血。

【得胜令】则是条龙向鞘中蛰[14]，虎在坐间蹇[15]。今日故友每[16]才相见，休着俺弟

---

[1] 汉高皇：西汉开国皇帝，汉高祖刘邦。

[2] 汉光武：东汉皇朝建立者，世祖光武皇帝刘秀。

[3] 汉献帝：东汉的最后一位皇帝，献帝刘协。

[4] 董卓：东汉末年奸臣。汉灵帝崩，董卓引兵至京师，废少帝，立献帝，弑太后，自为太师，后为吕布所杀。

[5] 汉皇叔：即刘备。刘备是中山靖王刘胜后代，刘弘之子，按汉皇室族谱为汉献帝叔辈，献帝欲倚重之，故尊称刘备为皇叔。

[6] 温侯：东汉末年名将吕布，诛杀董卓后曾被封为“温侯”，被民间称为三国第一猛将。

[7] 情受：继承，宋元俗语。元关汉卿《窦娥冤》第一折：“想着俺公公置就，怎忍教张驴儿情受。”

[8] 孙权：字仲谋，三国时期孙吴的开国皇帝。

[9] 克己：严于律己。《论语·颜渊》：“子曰：‘克己复礼为仁。一日克己复礼，天下归仁焉。’”此处关羽故意学鲁肃，用孔子的话来支持自己的观点，要求鲁肃不要对人、对己双重标准。

[10] 魑魅（chī mèi）：传说中山野间害人的精怪。杜甫《天末怀李白》：“文章憎命达，魑魅喜人过。”

[11] 跃匣：此谓宝剑在剑鞘中振动发出声响。

[12] 摄：执，持，控制。

[13] 庙堂：朝廷或宗庙。此谓宝剑非同寻常，是通灵神器。

[14] 蛰（zhé）：动物冬眠，藏起来不食不动。此引申指藏匿。

[15] 蹇（xué）：枯，此处指藏匿。

[16] 每：宋元俗语，用在人称代词或表人称的名词后表复数，同今之“们”，“故友每”即“故友们”。

兄每相间别[1]。鲁子敬听者，你内心休乔怯[2]，畅好[3]是随邪[4]，吾当酒醉也。

（鲁云）臧宫[5]，动乐。（臧宫上，云）天有五星，地攒五岳；人有五德，乐按五音。五星者，金、木、水、火、土；五岳[6]者，常、恒、泰、华、嵩；五德者，温、良、恭、俭、让；五音者，宫、商、角、徵、羽[7]。（甲士拥上科）（鲁云）埋伏了者。（正击案，[8]怒云）有埋伏也无埋伏？（鲁云）并无埋伏。（正云）若有埋伏，一剑挥之两段！（做击案科）（鲁云）你击碎菱花[9]，（正云）我特来破镜[10]！（唱）

【搅筝琶】却怎生闹炒炒军兵列，休把我拦者。（云）当[11]着我的，呵呵！（唱）我着他剑下身亡，目前[12]流血！便有那张仪口、蒯通舌[13]，休那里躲闪藏遮[14]。好生的送我到船上者，我和你慢慢的相别。

（鲁云）你去了倒是一场伶俐。[15]（黄文云）将军，有埋伏哩。（鲁云）迟

[1] 间别：离间，疏远。

[2] 乔怯：内心胆怯恐惧。

[3] 畅好：宋元俗语，副词，表程度，“畅好是”即实在是，真是。元孟汉卿《魔合罗》第四折：“须是你药杀他男儿，又带累他妻，呀！你畅好会使拖刀计。”

[4] 随邪：不正直，任性胡行。

[5] 臧宫：历史上为东汉名将，杂剧中用作孙吴人名，是鲁肃预先安排好的乐师。

[6] 五岳：一般以中岳嵩山、东岳泰山、西岳华山、南岳衡山、北岳恒山为五岳，剧中臧宫称常山、恒山、泰山、华山、嵩山为五岳，是另一种说法。

[7] 宫、商、角（jué）、徵（zhǐ）、羽：古代五音。古人称呼对方姓名时往往避讳，此处命臧宫动乐是鲁肃号令伏兵的暗号，臧宫念到“羽”时不避讳，暗藏的甲士随“羽”字而出，也应是事先的协商好的安排。

[8] 击案：拍案。案，长桌。

[9] 菱花：古代常以菱花作为镜子背面的图案（一说铜镜之光如菱花），故常用以代指镜子。唐李商隐《破镜》：“玉匣清光不复持，菱花散乱月轮亏。”

[10] 破镜：“镜”为“敬”的谐音，鲁肃字子敬，关羽此处说“破镜”是对鲁肃的威胁。

[11] 当：通“挡”。

[12] 目前：马上，立刻。

[13] 张仪口、蒯通舌：此谓拥有像张仪、蒯通那样能言善辩的能力。张仪，战国时著名的纵横家、政治家。蒯通，秦末汉初有名的谋士，富辩才，善陈利弊。

[14] 藏遮：藏匿，隐蔽。

[15] 伶俐：干脆，利落。元无名氏《赚蒯通》第一折：“除了后患，岂不伶俐？”

了我的也。（关平[1]领众将上，云）请父亲上舡[2]，孩儿每来迎接哩。（正云）鲁肃，休惜殿后。[3]（唱）

【离亭宴带歇拍煞】我则见紫袍银带公人列，晚天凉风冷芦花谢，我心中喜悦。昏惨惨晚霞收，冷飕飕江风起，急飐飐[4]帆招惹。承管待[5]、承管待，多承谢[6]、多承谢。唤梢公慢者[7]，缆解开岸边龙[8]，舡分开波中浪，棹[9]搅碎江心月。正欢娱有甚进退[10]，且谈笑不分明夜。说与你两件事先生记者：百忙里称不了老兄心，急切里倒不了俺汉家节。（下）

题　目　孙仲谋独占江东地　请乔公[11]言定三条计

正　名　鲁子敬设宴索荆州　关大王[12]独赴单刀会

（以明赵琦美《脉望馆钞校本古今杂剧》为底本，据别本参校）

【剧作简评】

《单刀会》全称《关大王独赴单刀会》，是元代戏曲家关汉卿最广为人知的历史剧。它的创编时间早于小说《三国演义》，至今仍在昆剧舞台上常演不衰，并被改编为多种地方戏曲，是中国传统戏曲舞台上最有代表性的“关

[1] 关平：关羽之子。民间传说中常以关平、周仓为关羽身边两员大将，且认为关平是关羽收养的义子。

[2] 舡（chuán）：同“船”。

[3] 殿后：行军时处于队伍的最后，掩护大军行进。此处是关羽要求鲁肃随行一段，护送众人离开。

[4] 急飐飐：急速飘动的样子，此谓帆船顺风疾行。“云帆扯”，一作“帆招惹”。

[5] 承管待：承蒙款待，受到别人帮忙或款待时常用的客套话。承，受，奉。管待，招待，款待。

[6] 承谢：感谢，多谢。

[7] 者：用在句末表祈使语气，如后文“说与你两件事先生记者”。

[8] 岸边龙：即岸边的舰船。

[9] 棹（zhào）：一种划船工具，形状似桨。

[10] 进退：和尊长或客人等见面、分别之类的礼仪。此处是关羽劝被追随船的鲁肃不要拘礼。

[11] 乔公：又作“桥公”，有二女大乔、小乔，大乔嫁孙策，小乔嫁周瑜。

[12] 关大王：关羽死后逐渐被神化，累被加封。北宋徽宗时期曾封关羽为“武安王”“义勇武安王”，南宋高宗、孝宗又封关羽为“壮缪义勇武安王”“壮缪义勇武安英济王”，宋、元民间往往称关羽为“关大王”。

公戏”。关羽独赴单刀会之事，《三国志·吴志·鲁肃传》中曾有过简要的记载：“肃邀羽相见，各驻兵马百步上，但请将军单刀俱会。”至于关羽是否赴会等细节，不仅陈寿未作详述，其他史料也都语焉不详，可以认为，《单刀会》是关汉卿基于三国时期的历史背景的创造。杂剧中的关羽“明知山有虎，偏向虎山行”，只身赴会，又全身而退。关汉卿握如椽大笔，将自己的汉家情怀谱入剧中，以浓墨重彩颂扬了关羽寸土必争的忠诚、睿智与英勇。《单刀会》的故事也鼓舞了一代又一代的中华儿女，直面困境，坚守信念，砥砺前行。

剧作甫一开场，关汉卿便借鲁肃之口对事件的前因后果进行了交代：魏、蜀、吴三分天下，东吴将要地荆州借给刘备以共拒曹操，今关羽镇守荆州，若强行索取必难成功，为夺回荆州鲁肃设下三条计谋：第一计，设宴江东，邀请关羽赴会，在酒席间以礼索取荆州；倘若不还，则用第二计，拘收江上战船，扣留关羽，令其归还荆州；若仍不与，则用第三计，酒席间暗藏甲士，酒酣之际擒住关公，囚于江下，“若将荆州复还江东，则放关公还益州；如其不然，主将既失，孤兵必乱，乘势大举，觑荆州一鼓而下”（《单刀会》第一折）。关汉卿在创编《单刀会》时采取了极为大胆的结构方式，大幕甫一拉开，鲁肃邀请关羽的全部目的与阴谋就已经完全暴露在观众面前。这种做法确实有效地营造出紧张的氛围与危机感，但开场宾白便已经如此开门见山，后续如何铺展方能扣人心弦？非方家不能有此气魄！接下来曲家的处理更出人意表，杂剧的第一折、第二折关羽并未登场，正末分别扮演乔国老和司马徽，通过二人劝阻鲁肃侧面颂扬了关羽的辉煌战绩、英明神武与刘备一方的人才济济。这两折打破了“大事件”叙事的焦点局限，在“单刀赴会”这一核心情节之外延展了时间和空间，也令关羽的形象更为丰满。而自结构而言，《单刀会》标新立异，洗涤窠臼，戛戛乎难哉！

在前两折层层铺垫之后，关羽在第三折终于登台。主角出场之晚，在元杂剧中极为罕见。观众在企盼良久之后，终于见到了这位已被神化且广受尊奉的“神明”。关羽登场后，首先从楚汉争霸、刘汉定鼎讲起，阐述了刘备政权承袭汉室而来的正当性，也为第四折关羽不还荆州预设了理据——既然天下本属汉家，那么荆州便是汉之荆州，当归赓续汉统的西蜀，不应还于东吴。“名不正，则言不顺；言不顺，则事不成”（《论语·子路》），关羽从楚汉争锋讲起，看似攀援稍远，但却解决了荆州为何可以借了不还的根本问题，为关羽后来面对鲁肃时的言行注入了浩然正气。而当接到鲁肃派人送来的邀请信函时，关羽当下便识破了鲁肃的诡计，但他无畏无惧，“我是三国英雄汉云长，端的是豪气有三千丈”，“与我准备下船只，领周仓赴单刀会走一遭去”（《单刀会》第三折）。当年斩颜良、诛文丑的盖世英雄重现台上，观众的担忧顿化作豪情如虹直贯九霄。

第四折是全剧之“主脑”。鲁肃得知关羽答应赴约，第一计成，喜不自禁，坚以为此一番三计定可成功，荆襄必归江东。随着他安排藏匿甲士、派人江上瞭望，氛围又一次凝重起来。纵然关羽睿智神勇，面对东吴的“连环计”他可以全身而退吗？然曲家却再次将笔锋一转，不就势敷演筵席，而是将观众带到了烟波浩荡的大江之上。【新水令】【驻马听】二曲化用宋苏轼的《念奴娇·赤壁怀古》，但与坡公词中的他者之慨惜不同，《单刀会》是代言体，剧中的关羽是作为历史亲历者，处处从“我”的视角抒发情怀，更能动人悲感。【新水令】首先从眼前之景写起，“大江东去浪千叠”，看似平常语，却因“逝水”往往有时光之喻而增加了过去、现在与未来的时空叠错之感。关羽驾小舟一叶，领周仓与数十人横江而来，有如达摩一苇渡江，与鲁子敬的步步计算相映照，更显得气度不凡、磊落坦然。关羽深知此去江东虽不比朝拜帝王，却也是危机重重，稍有不慎，便可能祸及自身、损及国本，但他仍毫无惧色，勇往直前，“大丈夫心别，我觑这单刀会似赛村社”，举重若轻又从容不迫，令人屏息凝声，魂摄魄夺。【驻马听】则由眼前之水，忆及往昔赤壁之战的惨烈。年少周郎与老将黄盖都曾是赤壁之战时叱咤风云的关键人物，而今时移世易，曾经的英雄在何处哉！“破曹的樯橹一时绝”，唯有

“鏖兵的江水”炽热如昨，此情此景更令亲历者发出了“好叫我情惨切”的感喟。明人杨慎的《廿一史弹词》中曾有《临江仙》一首，此词后来被毛宗岗父子置于《三国演义》刻本的卷首，其上片云：“滚滚长江东逝水，浪花淘尽英雄。是非成败转头空。青山依旧在，几度夕阳红。”这几句词，或亦可视为此【驻马听】的最佳注解。壮年不再的关羽虽然难免伤感，却始终无所畏惧。他的赤胆忠心、百折不回，在这两只曲中表现得酣畅淋漓。曲家又妙擅融情入景，将口语与传统诗词名作重新熔铸，“《单刀会》的美感力就在于，它是剧，也是诗。作者以诗笔写剧，是诗与剧的融合，而且融合得极自然极美”（宁宗一语）。

船至东吴，情势立刻急转直下。关羽、鲁肃相见，简单寒暄之后，酒筵即开。在经过了前三折的铺垫之后，戏剧的正面冲突终于到来。筵席间，关羽打破常理，先声夺人。他借鲁肃书信上的言语又引孔子之言，向鲁肃发问：“你知道‘以德报德，以直报怨’么？”暗示鲁肃，东吴若待蜀以德，蜀必报以德；但若东吴执意与蜀国结怨，蜀国亦不避以“直”报之，但鲁肃佯装不懂，借机反将关羽一军，将话题转移到“借荆州”上。鲁肃以儒家“五常”（仁、义、礼、智、信）为题，纵论关羽仁、义、礼、智俱足，却不守信，又偷换概念，诡辩称关羽义兄刘备失信便是关羽失信，要求关羽暂还荆州。关羽洞悉对方阴谋，并未直接回答，转问鲁肃为何请自己来此，利用的是逻辑上的归谬论证：若鲁肃答请关羽来是索荆州，则鲁肃写信邀约是为欺骗、不守信；若鲁肃答请关羽来是吃筵席，则酒筵之上不当提索荆州之事。鲁肃陷于逻辑上的两难，只得支吾过去。在第一轮交锋中，关羽依靠智慧戳穿了鲁肃的阴谋，鲁肃一击不中，恼羞成怒，直斥关羽傲物轻信。但当关羽反问“我怎生傲物轻信”时，鲁肃却又回答不出，只能重回老路攀扯孔明与孔子言论，试图混淆关羽视听，要回荆州。关羽快刀斩乱麻，剑界一次，以武力震慑鲁肃，随后他撇开酒筵目的等枝叶，直接阐论了荆州当属蜀国。【沉醉东风】一曲，回扣第三折，进一步阐发了刘备赓续汉代政统的正当性："想着俺汉高皇图王霸业，汉光武秉正除邪，汉献帝将董卓诛，汉皇叔把温侯灭，俺哥哥合情受汉家基业。则你这东吴国的孙权，和俺刘家却是甚枝叶？请你个不克己先生自说。"关键时刻剑界二次，显示关羽料到宴上或有伏兵，警鲁肃不要轻举妄动。至此，鲁肃第一计完败。

关羽恐多作纠缠另生他变，借口酒醉欲离席归去。鲁肃匆忙间施行第二计，"臧宫动乐"就是准备武力羁扣关羽的暗号。臧宫登场后，相时而动，讲五音故意不避关羽之名讳，"羽"字出口，甲士拥出。关羽临危不惧，他一方面警告伏兵不要妄图阻拦自己，另一方面，手到处擒住鲁肃为质，轻轻松松便占得了上风。关汉卿巧妙利用了谐音双关——"宫商角徵羽"之"羽"与"关羽"之"羽"，"我特来破镜"之"镜"与"鲁子敬"之"敬"——在武场中融入文趣，打破了单调又凸显了关羽的明察秋毫、大智大勇。鲁肃第二计不成，第三计便也失去了施行的基础。第一折、第二折中乔国老、司马徽的劝阻之言仿佛又回响在观众耳边："休道是三条计，就是千条计，亦近不的他"，"休说贫道不曾劝你，我则怕刀尖儿触抹着轻斫了你手"。《单刀会》前后呼应又前伏后起，曲家构思之精妙，令人叹服。

末一曲【离亭宴带歇拍煞】再次以诗意的笔调摹写了关羽脱险后挂帆返程轻松愉快，"晚天凉风冷芦花谢，我心中喜悦"，晚霞收、江风起、急帆招展间，关羽从容与江东众人作别，登船解缆，潇洒离去。"百忙里称不了老兄心，急切里倒不了俺汉家节"，最后一句以唱代说，再一次揭露了鲁肃的阴谋，彰显了关羽的忠勇无双的高尚志节。曲子叙事、抒情、写景圆融浑成，言简短而意无穷，为全剧画上了一个悠扬而圆满的句号。

望江亭

[元] 关汉卿

第三折

（衙内[1]领张千、李稍上）（衙内云）小官杨衙内是也。颇奈[2]白士中无理，量你到的那里[3]！岂不知我要取谭记儿为妾，他就公然背了我，娶了谭记儿为妻，同临任所。此恨非浅！如今我亲身到潭州[4]，标取[5]白士中首级[6]。你道别的人为甚么我不带他来？这一个是张千，这一个是李稍，这两个小的，聪明乖觉[7]，都是我心腹之人，因此上则[8]带的这两个人来。（张千去衙内鬓边做拿科）（衙内云）嗯[9]！你做什么？（张千云）相公，鬓边一个虱子[10]。（衙内云）这厮倒也说的是，我在这船只上，个月[11]期程[12]，也不曾梳篦[13]的头。我的儿好乖！（李稍去衙内鬓上做拿科）（衙内云）李稍，你也怎的？（李稍云）

---

[1] 衙内：唐代官职名，主要掌管禁卫之职。唐末、五代至宋初往往用王公大臣的子弟充当此职，宋元时遂用以泛称官员子弟。《水浒传》第七回："恰待下拳打时，认的是本管高太尉螟蛉之子高衙内。"

[2] 颇奈：可恶，可恨。亦作"叵耐"。

[3] 到得那里：宋元俗语，犹今谓算得了什么。那，古代小说戏曲中往往"那""哪"不作区分，此处"那"即"哪"。

[4] 潭州：隋朝开皇九年改湘州为潭州，隋炀帝时被废除；唐宋时多次复、废，治所在今长沙一带。

[5] 标取：斩取。

[6] 首级：秦朝法律规定斩敌一首，得爵一级，后遂称人头为首级。

[7] 乖觉：机警，聪敏。

[8] 则：仅，只。

[9] 嗯（tuì）：叹词，表惊讶或提醒。

[10] 虱子：一种寄生在哺乳动物体外的小昆虫，吸食血液，会传染多种疾病。

[11] 个月：一个月左右。

[12] 期程：时间，时日。

[13] 梳篦（bì）：梳子和篦子，均为梳发用具。篦，一种齿很密的梳发用具。此处梳篦用如动词，意思是梳理头发。

相公，鬓上一个狗鳖[1]。（衙内云）你看这厮！（亲随[2]、李稍同去衙内鬓上做拿科）（衙内云）弟子孩儿[3]，直[4]恁的[5]般多！（李稍云）亲随，今日是八月十五日中秋节令，我每安排些酒果，与大人玩月，可不好？（张千云）你说的是。（张千同李稍做见科，云）大人，今日是八月十五日中秋节令，对着如此月色，孩儿每[6]与大人把[7]一杯酒赏月，何如？（衙内做怒科，云）嗯！这个弟子孩儿，说什么话！我要来干公事，怎么教我吃酒？（张千云）大人，您孩儿每并无歹意，是孝顺的心肠。大人不用，孩儿每一点不敢吃。（衙内云）亲随，你若吃酒呢？（张千云）我若吃一点酒呵，吃血。（衙内云）正是休要吃酒。李稍，你若吃酒呢？（李稍云）我若吃酒，害疔疮[8]。（衙内云）既是您两个不吃酒，也罢，也罢，我则饮三杯，安排酒果过来。（张千云）李稍，抬果卓[9]过来。（李稍做抬果卓科，云）果卓在此，我执壶，你递酒。（张千云）我儿，釃[10]满着！（做递酒科云）大人，满饮一杯。（衙内做接酒科）（张千倒退自饮科）（衙内云）亲随，你怎么自吃了？（张千云）大人，这个是摄毒[11]的盏儿。这酒不是家里带来的酒，是买的酒，大人吃下去，若有好歹，药杀了大人，我可怎么了？（衙内云）说的是，你是我心腹人。（李稍做递酒科，云）你要吃酒，弄这等嘴儿[12]。待我送酒。大人满饮一杯。（衙内接科）（李稍自饮科）（衙内云）你也怎的？（李稍云）大人，他吃的，我也吃的。（衙内云）

[1] 狗鳖：蜱（pí）的俗称，是一种以人畜为宿主的吸血寄生虫。

[2] 亲随：跟随左右伺候的人。

[3] 弟子孩儿：詈辞，宋元俗语中常称妓女为弟子，弟子孩儿即婊子养的。

[4] 直：怎么，竟然。

[5] 恁（nèn）的：如此，这样。亦作“恁地”。

[6] 孩儿每：犹言小的们。孩儿，宋元时期长辈对小辈、上司对下属或仆役的通称，亦用作小辈或下属的自称。

[7] 把：手持，递给，此谓敬酒。

[8] 疔（dīng）疮：病名，生于表皮内毛囊汗腺等处的恶疮，重可致命。

[9] 果卓：即果桌。

[10] 釃（shī）：滤酒，斟酒。

[11] 摄毒：此谓验证是否有毒。

[12] 弄嘴儿：宋元口语，信口胡说。

你看这厮！我且慢慢的吃几杯。亲随，与我把别的民船都赶开者！（正旦拿鱼上云）这里也无人。妾身白士中的夫人谭记儿是也。妆扮做个卖鱼的，见杨衙内去。好鱼也！这鱼在那江边游戏，趁浪寻食，却被我驾一孤舟，撒开网去，打出三尺锦鳞，还活活泼泼的乱跳，好鲜鱼也！（唱）

【越调】【斗鹌鹑】则这今晚开筵，正是中秋令节。只合低唱浅斟[1]，莫待他花残月缺。见了的珍奇，不消[2]的咱说，则这鱼鳞甲鲜，滋味别[3]，这鱼不宜那水煮油煎，则是那薄批细切[4]。

（云）我这一来，非容易也呵！（唱）

【紫花儿序】俺则待稍关打节[5]，怕有那惯施舍的经商，不请言赊[6]。则俺这篮中鱼尾，又不比案上罗列[7]，活计全别。俺则是一撒网，一蓑衣，一箬笠，先图些打捏[8]。只问那肯买的哥哥，照顾俺也些些[9]。

（云）我缆住这船，上的岸来。（做见李稍，云）哥哥万福[10]。（李稍云）这个姐姐，我有些面善[11]。（正旦云）你道我是谁？（李稍云）姐姐，你敢是张二嫂么？（正旦云）我便是张二嫂，你怎么不认的我了！你是谁？（李稍云）则我便是李阿鳖。（正旦云）你是李阿鳖？（正旦做打科，云）儿子[12]！这些时吃得好了，我想你来！（李稍云）二嫂，你见我亲么？（正旦云）儿子，我见

---

[1] 低唱浅斟：低声吟唱，慢慢饮酒，形容悠闲享乐。宋柳永《鹤冲天》："忍把浮名，换了浅斟低唱。"

[2] 不消：不需要，不用。

[3] 别：特别，与众不同。此谓鱼特别鲜美。

[4] 薄批细切：将鲜鱼生切成片的技法，旧时称为切鲙。

[5] 稍关打节：意思是说通过人情或贿赂等手段打通关节，以便办事。

[6] 不请言赊：犹言不肯赊给我。赊，购物时延期给付货款。

[7] 案上罗列：商家柜台上摆的商品。

[8] 打捏：小额收益。

[9] 些些：少许，几分。

[10] 万福：旧时妇女向人行礼时往往裣衽口称万福，后遂称裣衽礼为万福。

[11] 面善：面熟。

[12] 儿子：宋元俗语中唱用作詈辞或熟人间的戏称。

你可不知亲哩！你如今过去和相公说一声，着我过去切鲙[1]，得些钱钞，养活我来也好。（李稍云）我知道了。亲随，你来。（张千云）弟子孩儿，唤我做什么？（李稍云）有我个张二嫂，要与大人切鲙。（张千云）甚么张二嫂？（正旦见张千科云）媳妇孝顺的心肠，将着一尾金色鲤鱼，特来献新[2]，望与相公说一声咱。（张千云）也得，也得，我与你说去。得的钱钞，与我些买酒吃。你随着我来。（做见衙内科，云）大人，有个张二嫂，要与大人切鲙。（衙内云）甚么张二嫂？（正旦见科云）相公万福。（衙内做意科，云）一个好妇人也！小娘子，你来做甚么？（正旦云）媳妇孝顺的心肠，将[3]着这尾金色鲤鱼，一径[4]的来献新。可将砧板[5]、刀子来，我切鲙哩。（衙内云）难的小娘子如此般用意，怎敢着小娘子切鲙，俗了手[6]！李稍，拿了去，与我姜辣煎燸了来[7]。（李稍云）大人，不要他切就村[8]了。（衙内云）多谢小娘子来意，抬过果卓来，我和小娘子饮三杯。将酒来，小娘子满饮一杯。（张千做吃酒科）（衙内云）你怎的？（张千云）你请他，他又请你，你又不吃，他又不吃，可不这杯酒冷了？不如等亲随乘热吃了，倒也干净。（衙内云）哇[9]！靠后！将酒来，小娘子满饮此杯。（正旦云）相公请。（张千云）你吃便吃，不吃我又来了。（正旦做跪衙内科）（衙内扯正旦科云）小娘子请起。我受了你的礼，就做不得夫妻了。（正旦云）媳妇来到这里，便受了礼，也做得夫妻。（张千同李稍拍卓科，云）妙，妙，妙！（衙内云）小娘子请坐。（正旦云）相公，你此一来何往？（衙内云）小官有公差事。（李稍云）二嫂，专为要杀白士中来。

---

[1] 切鲙（kuài）：细切肉，即前文所言“薄批细切”，谓将鱼细切为鱼片供人食用。

[2] 献新：旧时百姓将新收获的粮食、瓜果或猎物作为礼物献给官吏或贵族。

[3] 将：携带，拿。

[4] 一径：特意，专程。

[5] 砧（zhēn）板：捶砸或切剁东西时下面垫着的板子。

[6] 俗了手：意思是说切鲙乃俗鄙之事，不应让你这样的人去做。

[7] 煎燸（zuǎn）：一种烹饪方法。同“煎燴”，把已熟的蔬菜或肉类调和浓汁煎炒而成。

[8] 村：蠢，傻。这句的意思是说，鱼就该让张二嫂去切才好，衙内不让她去就太傻了。

[9] 哇（dōu）：叹词，表呵斥。

（衙内云）哇！你说什么！（正旦云）相公，若拿了白士中呵，也除了潭州一害。只是这州里怎么不见差人来迎接相公？（衙内云）小娘子，你却不知。我恐怕人知道，走了消息，故此不要他们迎接。（正旦唱）

【金蕉叶】相公，你若是报一声着人远接，怕不的船儿上有五十座笙歌[1]摆设。你为公事来到这些[2]，不知你怎生做兀的[3]关节[4]？

（衙内云）小娘子，早是你来的早，若来的迟呵，小官歇息了也。（正旦唱）

【调笑令】若是贱妾[5]，晚来些，相公船儿上黑齁齁[6]的熟睡歇。则你那金牌势剑[7]身傍列[8]，见官人远离一射[9]，索用甚从人拦当者？俺只待拖狗皮[10]的拷断他腰截[11]。

（衙内云）李稍，我央及[12]你，你替我做个落花媒人[13]。你和张二嫂说，大夫人不许他，许他做第二个夫人，包髻、团衫、绣手巾[14]，都是他受用的。（李稍云）相公放心，都在我身上。（做见正旦科，云）二嫂，你有福也！相公说来，大夫人不许你，许你做第二个夫人，包髻、团衫、袖腿绷[15]……（正旦云）敢是绣手巾？（李稍云）正是绣手巾。（正旦云）我不信，等我自问相公去。（正旦见衙内科，云）相公，恰才李稍说的那话，可真个是相公说来？（衙内

[1] 笙歌：此指奏乐唱歌的队伍。
[2] 这些：犹言这里。
[3] 兀的：指示代词，这个、那个。
[4] 关节：此谓计谋。
[5] 贱妾：古代已婚女子用以自称的谦词。三国魏曹植《怨诗行》："君怀常不开，贱妾当何依。"
[6] 黑齁（hōu）齁：熟睡鼻鼾声。
[7] 金牌势剑：皇帝发给官员以便其行权的两种信物。势剑，即俗称的尚方宝剑。
[8] 身傍：身旁，身边。
[9] 一射：一箭的射程所能达到的距离。
[10] 拖狗皮：詈辞，像拖死狗一样拉拽。
[11] 拷断腰截：犹言拦腰打断。
[12] 央及：央告，央求。
[13] 落花媒人：现成的媒人。
[14] 包髻、团衫、绣手巾：金元时期往往以此三样物品作为娶妾用的聘礼。包髻，古代妇女用以包发髻的头巾。团衫，女真族女性的上衣或元朝北方女子外穿的宽袍。绣手巾，绸缎做的手帕。
[15] 腿绷：旧时绑腿用的布条。

云）是小官说来。（正旦云）量媳妇有何才能，着相公如此般错爱也！（衙内云）多谢，多谢。小娘子就靠着小官坐一坐，可也无伤。（正旦云）妾身不敢。（唱）

【鬼三台】不是我夸贞烈，世不曾[1]和个人儿热。我丑则丑，刁决古懒[2]。不由我见官人便心邪[3]，我也立不的志节。官人你救黎民，为人须为彻[4]。拿滥官，杀人须见血。我呵，只为你这眼去眉来，（正旦与衙内做意儿科唱）使不着我那冰清玉洁。

（衙内做喜科，云）勿、勿、勿[5]！（张千与李稍做喜科，云）勿、勿、勿！（衙内云）你两个怎的？（李稍云）大家耍一耍。（正旦唱）

【圣药王】珠冠儿[6]怎戴者，霞帔儿怎挂者[7]，这三檐伞[8]怎向顶门[9]遮？唤侍妾簇捧[10]者。我从来打鱼船上扭的那身子儿别，替你稳坐七香车[11]。

（衙内云）小娘子，我出一对与你对[12]：罗袖半翻鹦鹉盏[13]。（正旦云）妾对：玉纤重整凤凰衾[14]。（衙内拍卓科，云）妙，妙，妙！小娘子，你莫非识字么？（正旦云）妾身略识些撇竖点划。（衙内云）小娘子既然识字，小官再

[1] 世不曾：从来不曾。元王实甫《西厢记》第三本第二折："我将这角门儿世不曾牢拴。"

[2] 刁决古懒（biē）：个性强悍，脾气不好。

[3] 心邪：心迷，此为谭记儿诓骗衙内之言。

[4] 为人须为彻：宋元俗语，往往与"杀人须见血"连用，意思是说做事要有始有终。

[5] 勿、勿、勿：象声词，模拟嬉笑时所发出的声音，犹今之"嘻嘻嘻""喔喔喔"。

[6] 珠冠：以珠为装饰的冠帽。

[7] 霞帔（pèi）：中国古代女子服饰，类似披肩但短至胸部，往往装饰华缛，灿烂如霞，故称霞帔。有些朝代霞帔为命妇礼服，一般女性不能穿着。

[8] 三檐伞：旧时官员外出时仪仗中用于遮阳的有三层边的凉伞。

[9] 顶门：头顶，脑门。

[10] 簇捧：众人簇拥的样子。

[11] 七香车：用各种香木做成的豪华车子。唐王维《洛阳女儿行》："罗帏送上七香车，宝扇迎归九华帐。"

[12] 对：对联。此句犹言我出一个对联的上联，你来对下联。

[13] 鹦鹉盏：用一种形似鹦鹉的大海螺所制成的酒杯。

[14] 玉纤：美人又白又纤长的手指。唐韩偓《咏柳诗》："玉纤折得遥相赠，便似观音手里时。"衾：被子。"凤凰衾"也就是有凤凰图案的被子。

出一对：鸡头个个难舒颈[1]。（正旦云）妾对：龙眼团团不转睛[2]。（张千同李稍拍卓科，云）妙，妙，妙。（正旦云）妾身难的遇着相公，乞赐珠玉[3]。（衙内云）哦，你要我赠你什么词赋？有，有，有。李稍将纸墨砚笔来。（李稍做拿砌末科[4]，云）相公，纸墨笔砚在此。（衙内云）我写就了也。词寄【西江月】[5]。（正旦云）相公，表白[6]一遍咱。（衙内做念科，云）夜月一天秋露，冷风万里江湖，好花须有美人扶，情意不堪会处。仙子初离月浦[7]，嫦娥忽下云衢[8]，小词仓卒对君书，付与你个知心人物。（正旦云）高才！高才！我也回奉相公一首，词寄【夜行船】。（衙内云）小娘子，你表白一遍咱。（正旦做念科，云）花底双双莺燕语，也胜他凤只鸾孤。一霎恩情，片时云雨，关连着宿缘前注[9]。天保[10]今生为眷属，但则愿似水如鱼。冷落江湖，团圞[11]人月，相连着夜行船去。（衙内云）妙，妙，妙！你的更胜似我的。小娘子，俺和你慢慢的再饮几杯。（正旦云）敢问相公，因甚么要杀白士中？（衙内云）小娘子，你休问他。（李稍云）张二嫂，俺相公有势剑在这里。（衙内云）休与他看。（正旦云）这个是势剑？衙内见爱[12]媳妇，借与我拿去治三日鱼[13]好那？（衙内云）便借与你。（张千云）还有金牌哩！（正旦云）这个是金牌？衙内

[1] 鸡头：水生睡莲科植物芡实的俗称，种子可入药。

[2] 龙眼：又称桂圆，常绿乔木，果食可入药。

[3] 珠玉：原指珠宝，此处喻指佳妙的诗文。

[4] 砌末：中国传统戏曲舞台上使用的道具和布景。亦作“切末”。

[5] 词寄【西江月】：以【西江月】为词牌填写的词。元杂剧中戏曲人物所填的词往往不严格遵守词的格律，此【西江月】及下文谭记儿所作的【夜行船】词中都增加了词牌之外的衬字。

[6] 表白：念诵，诵读。元马致远《荐福碑》第二折：“诗写就了，我表白一遍咱。”

[7] 月浦（pǔ）：月亮旁边。浦，濒。

[8] 云衢（qú）：云彩铺就的道路。衢，四通八达的道路。

[9] 宿缘前注：前世注定、今生必有的因缘。

[10] 天保：上天保佑。南北朝庾信《哀江南赋》：“嗟天保之未定，见殷忧之方始。”

[11] 团圞（luán）人月：人月两团圆。圞，圆，喻指团圆。

[12] 见爱：敬辞，爱护，看重。

[13] 治鱼：用来杀鱼或收拾鲜鱼。

见爱我，与我打戒指儿[1]罢。再有什么？（李稍云）这个是文书[2]。（正旦云）这个便是买卖的合同？（正旦做袖文书科，云）相公再饮一杯。（衙内云）酒勾[3]了也。小娘子休唱前篇，则唱幺篇[4]。（做醉科）（正旦云）冷落江湖，团圞人月，相随着夜行船去。（亲随同李稍做睡科）（正旦云）这厮都睡着了也。（唱）

【秃厮儿】那厮也忒懵懂[5]，玉山低趄[6]，着鬼祟[7]醉眼乜斜[8]，我将这金牌虎符[9]都袖褪[10]者。唤相公早醒些，快迭[11]！

【络丝娘】我且回身将杨衙内深深的拜谢，您娘向急飐飐[12]船儿上去也，到家对儿夫[13]尽分说[14]那一番周折。

（带云[15]）惭愧[16]，惭愧！（唱）

【收尾】从今不受人磨灭[17]，稳情取好夫妻百年喜悦[18]。俺这里美孜孜在芙蓉帐

---

[1] 打戒指儿：犹言将金牌熔化，改做成金戒指。打，做，造。

[2] 文书：此谓官府的公文，亦可指买卖契约。下文谭记儿装傻，故意称此文书为买卖合同，令杨衙内放松了警惕。

[3] 勾：通“够”。

[4] 幺篇：元杂剧中若前后两支曲子为同一曲牌，后一支称“幺篇”，同传奇剧中的“前腔”。“幺”为繁体字“後”的省写。这里杨衙内称他自己先写的【西江月】为“前篇”，称谭记儿后写的【夜行船】为“幺篇”，要求谭记儿演唱后者。

[5] 懵（měng）懂：糊涂，不明白。

[6] 玉山低趄（qiè）：形容人酒醉后身体歪斜的样子。玉山，形容男性的身躯。

[7] 着鬼祟：詈辞，犹言被鬼怪作祟纠缠。

[8] 乜斜：眼睛眯起斜视或下视，这里用以形容醉眼蒙眬的样子。

[9] 虎符：原指古代调动军队用的虎形印信，此谓杨衙内的官印。

[10] 袖褪：藏在袖中。

[11] 快迭：快点。

[12] 急飐飐：急速飘动的样子，这里是形容帆船顺风疾行的样子。

[13] 儿夫：古代女性对自己丈夫的称呼。

[14] 尽分说：仔细描述，细说清楚。

[15] 带云：元杂剧术语，演唱的曲辞中夹带的一两句简短宾白。

[16] 惭愧：此谓侥幸。

[17] 磨灭：折磨。

[18] 稳情取：一定可以做到。

笑春风[1]，只他那冷清清杨柳岸伴残月[2]。（下）

（衙内云）张二嫂，张二嫂，那里去了？（做失惊科，云）李稍，张二嫂怎么去了？看我的势剑金牌，可在那里？（张千云）就不见了金牌，还有势剑共文书哩。（李稍云）连势剑文书，都被他拿去了！（衙内云）似此怎了也？（李稍唱）

【马鞍儿】想着想着跌脚儿[3]叫。（张千唱）想着想着我难熬，（衙内唱）酩子里[4]愁肠酩子里焦。（众合唱）又不敢着傍人知道。则把他这好香烧，好香烧，咒的他热肉儿跳[5]。

（衙内云）这厮每扮戏[6]那！（众同下）

（以明臧晋叔《元曲选》万历吴兴臧氏刊本为底本，据别本参校）

【剧作简评】

《望江亭》全名《望江亭中秋切鲙》，因由正旦扮演谭记儿主唱全本，又名《望江亭中秋切鲙旦》，是关汉卿著名的婚恋剧。在此剧中，身处社会弱势的青年寡妇谭记儿，凭借机智与勇气战胜了豪强杨衙内，保全了自己和再婚丈夫白士中的性命与家庭。关汉卿在一个男尊女卑的社会中，成功塑造了谭记儿这个集自尊、自信、自强于一身的巾帼英雄，而他进步的爱情观与婚姻观，也鼓励了无数不幸的女性勇敢跨出追求幸福的脚步。据传元代名伶珠帘秀当年演出此剧时便曾大长百姓志气、横扫权贵威风，备受观众好评。直到现在，《望江亭》仍然是京剧和一些地方戏舞台上常演不衰的剧目。

---

[1] 芙蓉帐：华丽多彩的帐子。唐白居易《长恨歌》："云鬓花颜金步摇，芙蓉帐暖度春宵。"

[2] 杨柳岸晓风残月：语出宋柳永《雨霖铃》。这里用以形容杨衙内一无所得，独在水边凄凉寂寞。

[3] 跌脚：跺脚，悔恨的样子。

[4] 酩子里：宋元俗语，暗地里。

[5] 咒的他热肉儿跳：此谓杨衙内等人吃了亏却不敢让其他人知道，只能暗地里烧香诅咒谭记儿不得安宁。

[6] 扮戏：一作"扮南戏"。元杂剧往往由一个主要演员独自唱完全本戏，此处【马鞍儿】一曲由众人一人一句接唱，是当时南戏中才会有的表演方式，故衙内称众人为"扮戏"。

《望江亭》全剧由四折组成，起、承、转、合，步步精心，丝丝入扣。第一折住持白姑姑将“清安观权做高唐”，撮合侄子潭州太守、鳏夫白士中与学士夫人、寡妇谭记儿再成婚配。与通常才子佳人戏的一波三折不同，谭记儿与白士中的梅开二度可称是一“吓”而就的。谭记儿美貌聪慧，守寡三年，每感孤独悲苦外，更深知“怎守得三贞九烈，敢早着了钻懒帮闲”（第一折），杨衙内虽未出场其阴影已在若隐若现之间，这也是谭记儿提起追随主持出家的原因。在白姑姑的劝说下，谭记儿终于吐露心声：“若有似俺男儿知重我的，便嫁他去也罢。”（第一折）预藏观中白士中应咳嗽之号而出，与主持一问一答间陷谭记儿于主动邀约、私会男子之困境，谭记儿坚贞自守，却“腹背受敌”，在得到白士中“一心人，不转关”的承诺后，当机立断应下亲事，跟随白士中赴任而去。直到此时白姑姑才吐露心声，“非是贫姑硬主张，为他年少守空房。观中怕惹风情事，故使机关配俊郎”（第一折）——谭记儿与主持相识非一日，彼此间了解、信任颇深，谭记儿才会想将余生托付清安观，但白姑姑认为谭记儿即便出家也难获平安，机敏如谭记儿如何不自知？“千求不如一吓”之所以能够成功的基础，便在于此。

觊觎谭记儿美色已久的杨衙内，果然再生歹念。他罗织罪名诬陷“有白士中贪花恋酒，不理公事”（第二折），皇帝不察，竟判了白士中斩刑。杨衙内顺势自荐为钦差，即刻携带势剑、金牌，驾起小舟向着潭州而去。《望江亭》对杨衙内的身份背景仅以“权豪势宦”四字加以概括，然细绎剧情不难发现：杨衙内不惟是出身豪门的藩镇子弟，他本人还拥有实权官职、可上达天听，其家族在朝廷内外的影响举足轻重。杨衙内的权势地位显然是白士中和谭记儿难以抗衡的，也正因此，白士中才会对杨衙内深为忌惮。一面是美丽聪慧的妻子，一面是怀恨在心的权贵，白士中每日心绪怏怏，却不想让夫人担心。但消息还是提前传到了潭州，谭记儿知情后立刻提出要只身亲去杨衙内处化解危机。面对来势汹汹的杨衙内，身为官员的丈夫尚且畏葸退缩，谭记儿一介女流如何方可战胜权奸？——所有答案都要等到第三折才会浮出水面。

第三折开场，首先出场的不是谭记儿，而是已经来到潭州的钦差杨衙内。杨衙内轻舟简从，暂时停船在望江亭附近的江上，这确实降低了惊动白士中的可能，但也为谭记儿的行动提供了便利。中秋之夜，杨衙内在船上与随从张千、李稍饮宴作乐。只见三人捉虱子、拿狗鳖，前脚刚说了身肩重任不能饮酒，转身便自食其言、推杯换盏……关汉卿仅用一个场景、寥寥数语便将杨衙内与亲随言语粗鄙、行为无状活画出来。这些细节，一方面如颊上添毫，入木三分地刻镂了同类人物的典型特征，另一方面也为"佳人领袖、仕女班头"（第二折）的孤胆行动做好了环境渲染。一江、一亭、一舟，一衙内二亲随此刻都有了几分醉意，谭记儿扮成卖鱼女悄然而至，身边甚至还携带了一尾活鱼——来得巧，扮得妙，真真聪慧，正旦一亮相便是满堂彩！

【斗鹌鹑】写谭记儿因时因地，精心盘计：中秋夜正宜开筵，杨衙内来潭州未携家眷又刻意隐藏行迹，必定"花残月缺"倍觉凄凉；若可在此时带着三尺活蹦乱跳的锦鳞前去，定有机会靠近望江亭；如果再提议亲自切鲙，则将有直接面见杨衙内的可能。即便乔装打扮了一番，刚见到李稍时谭记儿也险些被识破。只见她不慌不忙，机智地反问，"你道我是谁"，顺势认下自己便是张二嫂后，便熟络地与李稍嬉笑怒骂起来。谭记儿的言行举止泼辣大胆，与市井女子无二，进一步打消了李稍的戒心。因了"旧识"这层关系，谭记儿顺利地见到了杨衙内。谭记儿不紧不慢陈述了献新切鲙的来意，杨衙内果然"怜香惜玉"，言语试探间对"渔妇张二嫂"多有轻薄。谭记儿非但没有羞恼，还识趣地应下了杨衙内的试探，令杨衙内对这个主动送上门来的渔家女渐渐丧失了戒心。【金蕉叶】是谭记儿假意奉承衙内之语，【调笑令】所写则是谭记儿的心理活动——州里不知，正好行事；金牌势剑，唾手可得。杨衙内厚颜无耻，央求随从保媒，要许张二嫂做第二个夫人。"张二嫂"果然被财帛权势打动，再顾不得贞节，当面便应下了"好意"。杨衙内见状愈发志得意满、丑态百出起来，在随从的怂恿、起哄声中，钦差杨衙内早将此行的目的抛诸脑后，当下便要与新纳的“张二嫂”饮酒玩乐。“张二嫂”一面满口答应，佯作得志张狂：“珠冠儿怎戴者？霞帔儿怎挂者？这三檐伞怎向顶门遮？唤侍妾，簇捧者。我从来打鱼船上扭的那身子儿别，替你稳坐七香车”；一面继续与奸贼周旋，等待时机。

杨衙内提议要与“张二嫂”作对赋词，谭记儿都积极配合，即便对方浪语狂言，她也兵来将挡，水来土掩。谭记儿的才华与机智，杨衙内的不学无术与鄙劣猥琐，就在这样的一来一往中被进一步凸显出来。而两人行酒令的过程，也为整部戏增加了新的趣味，原本的虎穴龙潭就这样变成了闹热的花酒筵，关汉卿高超的冷热调剂能力也在这个部分全幅施展开来。谭记儿看似为奉承而和作的【夜行船】词，所传达的其实是她对白士中的深情与对美好生活的向往：“花底双双莺燕语，也胜他凤只鸾孤。一霎恩情，片时云雨，关连着宿缘前注。天保今生为眷属，但则愿似水如鱼。冷落江湖，团圞人月，相连着夜行船去。”谭记儿固然才智勇气过人，但她之色诱杨衙内，却是迫不得已而进行的反击，若可与白士中团圞厮守，纵然是冷落江湖她也愿意相随归去。在深情咏唱中，观众被从“张二嫂”的轻佻中唤醒，更为谭记儿的坚贞所感动。而谭记儿对丈夫的这份真情，恰恰是在面对仇人杨衙内时吐露出来的。鲁迅《墓碣文》中有言曰“于浩歌狂热之际中寒，于天上看见深渊”，在这一折中，谭记儿可称得上是“于外表浮浪中见内秉孤坚”，其性格与形象也就此更加丰盈。

眼见得杨衙内酒醉，随从也神智俱失，谭记儿一直等待的好时机终于到来了。谭记儿佯装无知懵懂，将势剑、金牌、文书一一赚到，直到确定杨衙内酒醉、随从睡着，谭记儿才放心离开。【秃厮儿】【络丝娘】抒发了谭记儿达成使命、虎口脱险的愉悦心情;【收尾】则再一次拓开时空，眺望美好的未来，末两句化用唐代白居易《长恨歌》“芙蓉帐暖度春宵”和宋代柳永《雨霖铃》“杨柳岸晓风残月”的名句，既提升了戏曲的意境，又将谭记儿从刚刚的渔妇“张二嫂”身份中剥离出来，回扣了上一折里她离家时对白士中的承诺。

在第三折的最后，关汉卿又出人意料地打破了元杂剧的体制常规，让杨衙内等人接唱了【马鞍儿】一曲。由净脚所扮的丑角在台上插科打诨，再一次引发了台下的阵阵欢笑，也为第四折杨衙内与白士中、谭记儿的当面对质打下基础。在皇权社会，无论是剧中臣民还是剧外的作者都不可避免地受封建伦常的桎梏，所以在杂剧的最后才会有巡抚湖南都御史李秉忠出面宣旨，称颂圣主明察秋毫，问罪杨衙内，还白士中以公道。这种处理方式或许不能令今天的观众满意，但在旧时的社会环境下却具有一定的合理性：杨衙内是奉旨行事，纵然丢了金牌、势剑也仍是钦差、是上官，是潭州太守白士中无权对抗之人；既然惩处白士中乃是出于皇帝之意，欲使白士中、谭记儿彻底脱离险境，解铃还须系铃人。戏曲家“白士中照旧供职，赐夫妻偕老团圆”（《望江亭·第四折》）的思路虽难免俗套、窠臼之议，却是一劳永逸地写定了故事的喜剧结局。

《望江亭》是关汉卿世情剧的代表，它通过卓尔不凡的技巧与手法，展现了关汉卿这位杂剧大家的喜剧创作才华。近现代戏曲家吴梅曾评价《望江亭》曰：“此剧俊语颇多，与他作如出两手。如【村里迓鼓】云：‘俺如今罢扫了蛾眉，净洗了粉脸，卸下了云鬓，待甘心捱你这粗茶淡饭。’【柳叶儿】云：‘你若是提着这桩公案，则你那观名儿唤作清安。你道蜂媒蝶使从来惯，怕有人担疾患，到你行求丸散。你只与他一服灵丹，你专医那枕冷衾寒。’字字芳逸，非肠肥脑满辈所能办也。”剧中人物各具面目，鲜明生动，自然活泼又本色当行的语言尤其令人印象深刻，也成为这部戏最受瞩目的特色之一。关汉卿“一空倚傍，自铸伟词，而其言曲尽人情，字字本色，故当为元人第一”（王国维语）。

梧桐雨

[元]白朴

第三折

（外[1]扮陈玄礼[2]上。诗云）世受君恩统禁军[3]，天颜[4]喜怒得先闻。太平武备[5]皆无用，谁料狂胡[6]起战尘。某右龙武将军陈玄礼是也。昨因逆胡[7]安禄山[8]倡乱[9]，潼关[10]失守。昨日宰臣会议，大驾暂幸蜀川，以避其锋。今早飞报[11]，说贼兵离京城不远，圣主令某统领禁军护驾。军马点就多时，专候大驾起行。（正末[12]引旦及杨国忠[13]、高力士[14]，并太子[15]、扈

[1] 外：见本书第11页注12。

[2] 陈玄礼：唐朝将领，官至禁军右龙武大将军。早年曾追随唐玄宗诛杀韦后和安乐公主，安史之乱起，陈玄礼随玄宗幸蜀，在马嵬坡参与了诛杀杨国忠、杨贵妃的马嵬之变。

[3] 禁军：古代保卫京城或皇宫的军队。

[4] 天颜：古代常称帝王为“天子”，天颜即帝王的容颜。

[5] 太平武备：太平时期的军备。

[6] 胡：古代称北方或西域的少数民族为胡，此谓安史之乱的发动者安禄山、史思明（二人皆为突厥人）。

[7] 逆胡：发动叛逆的北方少数民族，此谓突厥叛军。

[8] 安禄山：唐代玄宗时期安史之乱的发动者之一，胡人，本姓康，初名阿荦山，又作轧荦山。天宝末年，身兼范阳、平卢、河东三节度使的安禄山举兵谋反，入长安称燕帝，后为其子安庆绪所杀。

[9] 倡乱：带头造反。

[10] 潼关：陕西省潼关县境内的著名关隘，地理位置极为险要，自古以来为兵家必争之地。安史之乱起后，玄宗听信谗言，错误估计形势，命守将哥舒翰主动出关反攻，哥舒翰兵败，潼关失守。

[11] 飞报：急速传告的消息。

[12] 正末：末本杂剧的主角、主唱者。

[13] 杨国忠：本名杨钊，后改名国忠，唐玄宗时期的权臣、奸臣，杨贵妃族兄。杨妃受宠后升任宰相，安史之乱起后在马嵬坡被诛。

[14] 高力士：唐朝著名宦官，本姓冯，幼年入宫后改姓高，唐玄宗时期深受皇帝宠信。

[15] 太子：此谓玄宗第三子李亨。安史之乱爆发后，玄宗禅位给太子李亨，李亨在位六年，庙号肃宗。

驾[1]郭子仪[2]、李光弼上[3]）（正末云）寡人眼不识人，致令狂胡作乱。事出急迫，只得西行避兵。好伤感人也呵！（唱）

【双调】【新水令】五方旗[4]招飐[5]日边霞，冷清清半张銮驾[6]。鞭倦袅[7]，镫慵踏[8]，回首京华[9]，一步步放不下。

（带云）寡人身居九重[10]，怎知闾阎[11]贫苦也！（唱）

【驻马听】隐隐天涯，剩水残山五六搭[12]。萧萧林下，坏垣[13]破屋两三家。秦川[14]远树雾昏花，灞桥[15]衰柳风潇洒[16]。煞[17]不如碧窗纱[18]，晨光闪烁鸳鸯瓦[19]。

---

[1] 扈（hù）驾：随侍帝王出行的车驾，此谓随从帝王出行。

[2] 郭子仪：唐代名将。安史之乱爆发后，郭子仪任朔方节度使，率军勤王，一生先后多次平定内乱外侵，累被加封为代国公、汾阳王，死后追赠太师，谥号忠武。

[3] 李光弼：唐代名将，曾参与平定安史之乱。

[4] 五方旗：古代用青、赤、白、黑、黄五色旗帜代表东、南、西、北、中五个方向，常用于军队。

[5] 招飐（zhǎn）：随风飘动。

[6] 銮驾：帝王出行的车舆、仪仗。此处“半张銮驾”谓唐玄宗率众仓皇离开长安，车驾不整，狼狈非常。

[7] 鞭倦袅：马鞭因骑手疲惫而卷曲低垂。

[8] 镫（dèng）慵（yōng）踏：因困倦疲累而无力将脚踏上马镫。镫，马鞍两侧的脚踏。慵，困倦，懒得动。

[9] 京华：国都。这里指长安。

[10] 九重：天之极高处，喻指帝王居所。唐白居易《长恨歌》：“九重城阙烟尘生，千乘万骑西南行。”

[11] 闾阎（lǘ yán）：里巷的门，借指平民百姓。宋苏辙《游西湖》：“行过闾阎争问讯，忽逢鱼鸟亦惊猜。”

[12] 搭：块，处。

[13] 坏垣（yuán）：残破的墙。垣，墙，短墙。

[14] 秦川：泛指今陕西、秦岭以北的关中平原地带。这一地区在春秋、战国时期属秦国，故称秦川。

[15] 灞桥：长安灞水上的桥。唐时在灞桥设有驿站，送行者往往送至灞桥而后分别，故常以之代指分别之地。宋陆游《秋波媚》：“灞桥烟柳，曲江池馆，应待人来。”

[16] 潇洒：悲凉，凄楚。宋周邦彦《塞垣春》：“渐别离气味难禁也，更物象，供潇洒。”

[17] 煞（shà）：程度副词，很，极。

[18] 碧窗纱：旧时窗上装的绿色薄纱。宋梅窗《菩萨蛮》：“碧窗纱透春寒极，极寒春透纱窗碧。”

[19] 鸳鸯瓦：成对的瓦。中国传统屋瓦铺设时往往一俯一仰，形同鸳鸯依偎交合，故称鸳鸯瓦。唐白居易《长恨歌》：“鸳鸯瓦冷霜华重，翡翠衾寒谁与共。”

（众扮父老[1]上，云）圣上，乡里百姓叩头。（正末云）父老有何话说？（众云）宫阙，陛下家居[2]；陵寝[3]，陛下祖墓。今舍此欲何之[4]？（正末云）寡人不得已，暂避兵耳。（众云）陛下既不肯留，臣等愿率子弟从殿下，东破贼，取长安。若殿下与至尊[5]皆入蜀，使中原百姓谁为之主[6]？（正末云）父老说的是。左右[7]，宣我儿近前来者。（太子做见科）（正末云）众父老说，中原无主，留你东还，统兵杀贼。就令郭子仪、李光弼为元帅，后军分拨三千人，跟你回去。你听我说：（唱）

【沉醉东风】父老每忠言听纳，教小储君[8]专任征伐[9]。你也合[10]分取些社稷忧，怎肯教别人把江山霸？将这颗传国宝[11]你行[12]留下。（太子云）儿子只统兵杀贼，岂敢便登天位[13]？（正末唱）剿除了贼徒，救了国家，更避甚称孤道寡[14]。

（太子云）既为国家重事，儿子领诏旨率领郭子仪、李光弼回去也。（做辞驾[15]科）（众军不行科）（正末唱）

【庆东原】前军疾行动，因甚不进发？（众军纳喊[16]科）一行人觑[17]了皆惊怕：

[1] 父老：旧时乡里管理公共事务的人多由有名望的老人担任，故称父老。也用为对老年人的尊称。
[2] 家居：家业，家宅。
[3] 陵寝：古代帝王、后妃的陵墓及陵墓的附属建筑。
[4] 之：往，到……去。
[5] 至尊：皇帝。唐张祜《集灵台》其二："却嫌脂粉污颜色，淡扫蛾眉朝至尊。"
[6] 谁为之主：意动用法，以谁为他们的君主。
[7] 左右：近臣，侍从。
[8] 储君：太子。
[9] 征伐：出征讨伐。
[10] 合：应该。唐白居易《与元九书》："文章合为时而著，歌诗合为事而作。"
[11] 传国宝：即传国玺，此谓皇帝的玉玺。
[12] 你行（háng）：犹你们。行，用于名词、代词的词尾表示复数。
[13] 天位：天子之位，帝王位。
[14] 称孤道寡：登帝王之位。古代帝王常用"孤"或"寡人"自称，故以"称孤道寡"比喻做皇帝。
[15] 辞驾：辞别皇帝。驾，古代车乘总称，亦用于特指帝王车乘，借指皇帝。
[16] 纳喊：即呐喊。"纳"通"呐"。
[17] 觑（qù）：看。

嗔忿忿[1]停鞭立马[2]，恶噷噷[3]披袍贯甲[4]，明彪彪[5]掣剑离匣[6]，齐臻臻[7]雁行班排[8]，密匝匝[9]鱼鳞似亚[10]。

（陈玄礼云）众军士说：国有奸邪，以致乘舆[11]播迁[12]；君侧之祸不除，不能敛戢[13]众志。（正末云）这是怎么说？（唱）

【步步娇】寡人呵万里烟尘，你也合嗟讶[14]，就势儿[15]把吾当諕[16]。国家又不曾亏你半掐[17]，因其军心有争差[18]？问卿咱[19]，为甚不说半句儿知心话？

（陈玄礼云）杨国忠专权误国，今又与吐蕃[20]使者交通[21]，似有反情[22]，请诛之以谢天下。（正末唱）

---

[1] 嗔忿忿：气愤恼怒貌。
[2] 停鞭立马：此谓军队停滞不前。
[3] 恶噷（hěn）噷：同“恶狠狠”。
[4] 披袍贯甲：披着战袍，穿着战甲。贯，穿。
[5] 彪（biāo）彪：明亮晃眼貌。金董解元《西厢记诸宫调》卷二：“上至顶门红彪彪，事急怎生捱？”
[6] 掣（chè）剑离匣：从剑鞘中拔出宝剑。
[7] 齐臻（zhēn）臻：整齐密集的样子。
[8] 雁行班排：另本作“雁行般排”，意思是像大雁迁徙的队伍一般整齐有序。雁行，雁群飞行的行列，常用来比喻整齐有序。
[9] 密匝（zā）匝：又密又多貌。元马致远《夜行船·秋思》：“看密匝匝蚁排兵，乱纷纷蜂酿蜜，闹攘攘蝇争血。”
[10] 鱼鳞似亚：像鱼鳞一样排列整齐密集。亚，挨着，靠近。
[11] 乘舆：特指古代帝王车驾，此借指帝王。
[12] 播迁：流离迁徙，奔波不定。
[13] 敛戢（liǎn jí）：克制，约束。此谓凝聚、收拢军心。
[14] 嗟讶：嗟叹惊讶。
[15] 就势：依托形势之便。
[16] 当諕（xià）：吓唬，使害怕。諕，同吓。
[17] 半掐：犹言半点、半分。掐，量词，一只手或两只手指尖相对握着的数量。
[18] 争差：差错，意外。
[19] 咱：语气词，用在句末，相当于“啊”。
[20] 吐蕃（bō）：7 世纪初至 9 世纪中叶藏族先民在青藏高原建立的民族政权。
[21] 交通：此谓勾结串通。
[22] 反情：谋反的意图。

【沉醉东风】据着杨国忠合该万剐[1]，斗[2]的个禄山贼乱了中华。是[3]非寡人股肱[4]难弃舍，更兼与妃子骨肉相牵挂。断遣[5]尽枉展污[6]了五条刑法[7]，把他剥了官职，贬做穷民，也是阵杀[8]。允不允陈玄礼将军鉴察[9]！

（众军怒喊科）（陈玄礼云）陛下，军心已变，臣不能禁止，如之奈何？（正末云）随你罢。（众杀杨国忠科）（正末唱）

【雁儿落】数层枪，密匝匝，一声喊，山摧塌。元来是陈将军号令明，把杨国忠施行罢。

（众军仗剑拥上科）（正末唱）

【拨不断】语喧哗，闹交杂，六军不进屯戈甲。把个马嵬坡[10]簇合沙[11]，又待做甚么？諕的我战钦钦[12]遍体寒毛乍！吃紧[13]的军随印转，将令威严，兵权在手，主弱臣强。卿呵，则你道波[14]，寡人是怕也那不怕？

（云）杨国忠已杀了，您众军不进，却为甚的？（陈玄礼云）国忠谋反，贵妃不宜供奉[15]。愿陛下割恩正法[16]。（正末唱）

---

[1] 万剐（guǎ）：被割成碎块而死，此处用为詈辞，谓不得好死。剐，古代死刑的一种，极为残酷，又称“凌迟”。

[2] 斗：同“逗”，挑起，惹得。

[3] 是：代词，此，这。“是非”犹言这不是。

[4] 股肱（gōng）：大腿和胳膊，这里比喻左右辅佐的得力大臣。

[5] 断遣：古代法律术语，意思是判决遣发。

[6] 展污：沾污，弄脏。

[7] 五条刑法：即五刑。唐代称死、流、徒、杖、笞为五刑。

[8] 阵杀：军中诛杀。此谓震慑、处罚。

[9] 鉴察：敬辞，犹言明察。

[10] 马嵬（wéi）坡：地名，今陕西兴平一带。唐代安史之乱爆发后，玄宗奔蜀，途经马嵬坡时士兵哗变，杀死杨国忠及杨贵妃等人。

[11] 簇合沙：围聚，包围。沙，语气词，用于句末表感叹。

[12] 战钦钦：此谓因害怕而浑身发抖。

[13] 吃紧：无奈。

[14] 波：语气词，犹“吧”“啊”。

[15] 供奉：此处特指侍奉君王。

[16] 割恩正法：此谓为大义而舍弃私情，处死杨贵妃。正法，特指执行死刑。

【搅筝琶】高力士道与陈玄礼休没高下，岂可教妃子受刑罚？他见[1]请受着皇后中宫[2]，兼踏着寡人御榻。他又无罪过，颇贤达。须不似周褒姒举火取笑[3]，纣妲己敲胫觑人[4]，早间把他个哥哥坏了[5]，总便有万千不是，看寡人也合饶过他。一地胡拿[6]！

（高力士云）贵妃诚无罪，然将士已杀国忠，贵妃在陛下左右，岂敢自安？愿陛下审思[7]之：将士安，则陛下安矣。（正末唱）

【风入松】止不过凤箫[8]羯鼓[9]间琵琶，忽剌剌[10]板撒红牙[11]。假若更添个【么花十八】[12]，那些儿是败国亡家？可知道陈后主[13]遭着杀伐，皆因唱《后庭花》。

（旦云）妾死不足惜，但主上之恩，不曾报得，数年恩爱，教妾怎生割舍？（正末云）妃子，不济事[14]了！大军心变，寡人自不能保。（唱）

---

[1] 见：通“现”，现在。

[2] 请受着皇后中宫：玄宗皇后死后，未再立后，由杨贵妃统领后宫，代行皇后职权。

[3] 周褒姒（bāo sì）举火取笑：褒姒，姒姓，褒国人，周幽王宠妃，性不喜笑，周幽王为求褒姒一笑，点燃烽火谎报敌情，骗得诸侯前来援救，褒姒大笑，周幽王却由此失信于诸侯，最终导致亡国。

[4] 纣妲（dá）己敲胫（jìng）觑人：商末纣王妃妲己受宠，传说她曾见一老人冬天赤足过河，不惧寒冷；一少年亦渡河，反而惧冷且行缓，于是向纣王建言，将两人胫骨砍开，勘验原因。胫，小腿。

[5] 坏了：杀死。

[6] 一地胡拿：此谓怎可一味胡来。一地，一味地。胡拿，胡来，胡闹。

[7] 审思：慎重思考。

[8] 凤箫：传说秦穆公之女弄玉能吹箫引凤，后随凤凰而去，后世遂以凤箫泛指箫或排箫。

[9] 羯鼓：古代打击乐器，起源于印度，后传入中国，唐代开元、天宝年间尤其盛行。

[10] 忽剌（la）剌：象声词。

[11] 板撒红牙：犹言撒开了红牙板。红牙板，亦称红牙，乐器名，用以调节乐曲的节拍，是一种檀木制的拍板。宋司马光《和王少卿十日与留台国子监崇福宫诸官赴王尹赏菊之会》：“红牙板急弦声咽，白玉舟横酒量宽。”

[12] 【么花十八】：即“六幺花十八”，大曲“六幺”中的一叠。宋欧阳修《玉楼春》：“杯深不觉琉璃滑，贪看六幺花十八。”

[13] 陈后主：南朝陈末代皇帝陈叔宝。在位期间荒淫怠政，国亡被俘，曾作《玉树后庭花》等艳诗。

[14] 不济事：此谓不行了，无用了。

【胡十八】 似恁地[1]对咱，多应来变了卦[2]。见俺留恋着他，龙泉三尺[3]手中拿。便不将他刺杀，也将他吓杀。更问甚陛下？大古[4]是知重[5]俺帝王家！

（陈玄礼云）愿陛下早割恩正法。（旦云）陛下，怎生救妾身一救！（正末云）寡人怎生是好！（唱）

【落梅风】 眼儿前不甫能[6]栽起合欢树[7]，恨不得手掌里奇擎[8]着解语花[9]，尽今生翠鸾同跨[10]。怎生般[11]爱他、看待他，忍下的[12]教横拖在马嵬坡下？

（陈玄礼云）禄山反逆，皆因杨氏兄妹。若不正法以谢天下，祸变何时得消？望陛下乞与[13]杨氏，使六军马踏其尸，方得凭信。（正末云）他如何受的！高力士，引妃子去佛堂中，令其自尽，然后教军士验看。（高力士云）有白练[14]在此。（正末唱）

【殿前欢】 他是朵娇滴滴海棠花[15]，怎做得闹荒荒亡国祸根芽！再不将曲弯弯远

---

[1] 恁（nèn）地：如此，这样。亦作“恁的”

[2] 变了卦：突然改变了原来的主张或已经定下的事情。

[3] 龙泉三尺：龙泉剑为古代名剑，此处代指兵器。

[4] 大古：大概，大抵。

[5] 知重：看重。

[6] 不甫能：好不容易，才能够。不，发语词，无实义。

[7] 合欢：落叶乔木，叶似槐，为羽状复叶，至晚即合，此处喻指夫妻恩爱。

[8] 奇擎：举起，托着。奇，语气助词，无实义。

[9] 解语花：会说话的花，常用以比喻聪慧美丽的女子，此处用典特指杨妃。唐末五代王仁裕《开元天宝遗事·解语花》：“明皇秋八月，太液池有千叶白莲数枝盛开，帝与贵戚宴赏焉。左右皆叹羡，久之，帝指贵妃示于左右曰：‘争如我解语花？’”

[10] 翠鸾同跨：传说春秋时萧史善吹箫，秦穆公以女弄玉妻之，二人吹箫引凤，一旦同随凤凰飞去。此处用其典故，喻指夫妻恩爱。

[11] 怎生般：此谓如此地、这样地。

[12] 下的：宋元俗语，忍心，舍得。

[13] 乞与：给与。此言将杨妃交出来。

[14] 白练：白色熟绢，这里指用来缢死杨妃的白色丝绳。

[15] 海棠花：此特喻指杨妃。传说唐玄宗一日诏见杨妃，杨妃酒醉未醒，由侍儿扶掖而至，至时醉颜残妆，鬓乱钗横，不能再拜。玄宗笑曰：“岂是妃子醉，真海棠睡未足耳。”

山眉儿[1]画，乱松松云鬓堆鸦[2]。怎下的碜磕磕[3]马蹄儿脸上踏！则将细袅袅咽喉掐，早把条长挽挽素白练安排下。他那里一身受死，我痛煞煞独力难加[4]。

（高力士云）娘娘去罢，误了军行。（旦回望科，云）陛下好下的也！（正末云）卿休怨寡人。（唱）

【沽美酒】没乱杀[5]，怎救拔！没奈何，怎留他！把死限俄延[6]了多半霎，生各支[7]勒杀[8]，陈玄礼闹交加。

（高力士引旦下）（正末唱）

【太平令】怎的教酩子里[9]题名单骂，脑背后着武士金瓜[10]。教几个卤莽的宫娥监押，休将那软款[11]的娘娘惊諕。你呀、见他问咱[12]，可怜见唐朝天下。

（高力士持旦衣上，云）娘娘已赐死了，六军进来看视。（陈玄礼率众马践科）（正末做哭科，云）妃子，闪杀[13]寡人也呵！（唱）

【三煞】不想你马嵬坡下今朝化[14]，没指望长生殿里当时话[15]。

---

[1] 远山眉：传说汉卓文君貌美，双眉如远山隐隐，后遂以“远山眉”形容女子秀眉。

[2] 云鬓堆鸦：形容女子头发美丽，蓬松如云朵，黑亮如鸦羽。元郑光祖《倩女离魂》第二折：“汗溶溶琼珠莹脸，乱松松云髻堆鸦。”

[3] 碜（chěn）磕磕：凄惨可怕貌。

[4] 独力难加：犹言心痛无比、难以自持。

[5] 没（mò）乱杀：心情十分慌乱、着急。亦作“没乱煞”。杀，用在动词后表程度深。

[6] 俄延：拖延，耽搁。

[7] 生各支：犹言活生生地。

[8] 勒杀：勒死。

[9] 酩（mǐng）子里：暗地里。

[10] 金瓜：古代卫士所持的一种有长柄的瓜形武器，亦作“瓜锤”。

[11] 软款：柔弱温和。

[12] 见他问咱：犹言若杨妃问起原因。咱，语气词。

[13] 闪杀：苦煞，苦死。

[14] 化：死。晋陶潜《读山海经》其十：“同物既无虑，化去不复悔。”

[15] 长生殿里当时话：唐玄宗与杨妃曾在七夕之夜长生殿中发愿永为夫妇。唐陈鸿《长恨歌传》：“昔天宝十载，侍辇避暑于骊山宫。秋七月，牵牛织女相见之夕，秦人风俗，是夜张锦绣，陈饮食，树瓜华，焚香于庭，号为‘乞巧’。宫掖间尤尚之。时夜殆半，休侍卫于东西厢，独侍上。上凭肩而立，因仰天感牛女事，密相誓心，愿世世为夫妇。言毕，执手各呜咽。”

【太清歌】恨无情卷地狂风刮，可怎生偏吹落我御苑名花。想他魂断天涯，作几缕儿彩霞。天那！一个汉明妃远把单于嫁[1]，止不过泣西风泪湿胡笳[2]，几曾见六军厮践踏，将一个尸首卧黄沙！

（正末做拿汗巾[3]哭科，云）妃子不知那里去了，止留下这个汗巾儿，好伤感人也！（唱）

【二煞】谁收了锦缠联窄面吴绫袜[4]，空感叹这泪斑斓拥项鲛绡帕[5]。

【川拨棹】痛怜他不能勾水银灌玉匣[6]，又没甚彩孏[7]宫娃[8]，拽布拖麻[9]，奠酒浇茶[10]。只索[11]浅土儿权时葬下，又不及选山陵将墓打。

【鸳鸯煞】黄埃散漫悲风飒，碧云黯淡斜阳下。一程程[12]水绿山青，一步步剑岭巴峡[13]。唱道[14]感叹情多，恓惶[15]泪洒。早得升遐[16]，休休[17]却是今

[1] 汉明妃远把单于嫁：此谓汉元帝时王昭君和亲呼韩邪单于之事。晋时为避司马昭讳，改称昭君为明妃。

[2] 胡笳：古代北方民族的管乐器，传说由汉张骞从西域传入。

[3] 汗巾：擦汗用的手巾、手帕。

[4] 吴绫袜：用吴绫做成的袜子。吴绫，旧时吴地产的一种带纹样的丝织品，唐代曾为贡品，以花纹繁复、材质轻薄著称。

[5] 鲛绡帕：泛指丝质手帕。鲛绡，传说中鲛人所织的绡，借指薄绢、轻纱。

[6] 水银灌玉匣：古代常以水银灌入棺木中，以保护尸体。玉匣，汉代帝王葬具，亦有以之赐大臣者，此喻指后妃死后华丽的棺木。

[7] 彩孏（làn）：衣饰灿烂的宫女。

[8] 宫娃：美丽的宫女。娃，美丽的女子。

[9] 拽布拖麻：犹言披麻戴孝，这里指为杨妃服丧。

[10] 奠酒浇茶：洒酒茶于地以祭祀，此处泛指为死去的人浇奠。

[11] 只索：只得，只好。

[12] 一程程：犹言一段段路程。一程，一段路。

[13] 剑岭巴峡：泛指唐玄宗入蜀所经之地。剑岭，或即剑阁一带的山岭。唐白居易《长恨歌》："黄埃散漫风萧索，云栈萦纡登剑阁。"巴峡，重庆以东江面的石洞峡、铜锣峡、明月峡。唐杜甫《闻官军收河南河北》："即从巴峡穿巫峡，便下襄阳向洛阳。"

[14] 唱道：真正是，端的是。在第五句的前二字用"唱道"，是元曲【双调】【鸳鸯煞】的定格。

[15] 恓惶（xī huáng）：惊恐悲伤貌。

[16] 升遐：升天。帝王去世的婉辞，亦常用指后妃死亡。

[17] 休休：罢了，算了。宋李清照《凤凰台上忆吹箫》："休休，这回去也，千万遍阳关，也则难留。"

生罢。这个不得已[1]的官家[2]，哭上逍遥[3]玉骢马[4]。（同下）

（以明臧晋叔《元曲选》万历吴兴臧氏刊本为底本，据别本参校）

【作者简介】

白朴，初名恒，后更名朴，字仁甫，又字太素，号兰谷先生。祖籍隩州（今山西河曲），金哀宗正大三年（1226）生于金都南京（今河南开封）。父白华曾任职金朝枢密院，后仕宋降元。蒙古大军破金都时，白朴年方八岁，其母死于浩劫中。白朴幸得父执元好问携带扶养，白华北归后父子卜居真定（今河北正定），晚岁寓居建康（今江苏南京），流连山水、勾栏间，终身不仕。卒后赠“嘉议大夫、太常卿、仪院太卿”（元钟嗣成《录鬼簿》）。

白朴是元代著名的词、曲家，更被称为元代杂剧四大家之一，是元初杂剧的代表人物。元人钟嗣成《录鬼簿》将白朴列在“前辈已死名公才人有所编传奇行于世者”第二位；贾仲明《临江仙》词赞白朴云：“峨冠博带太常卿，娇马青衫馆阁情。拈花摘叶风诗性，得青楼薄幸名。洗襟怀剪雪裁，闲中趣、物外景，兰谷先生。”明代朱权《太和正音谱》将白朴列为元代曲家的第三，以为“白仁甫之词，如鹏抟九霄。风骨垒块，词源滂沛，若大鹏之起北溟，奋翼凌乎九霄，有一举万里之志，宜冠于首”。近人王国维《宋元戏曲考》则称誉白朴似唐诗之刘梦得、宋词之苏东坡。白朴一生创作的杂剧凡有十五种（一说十六种），多数亡佚不存。今可见的完整本仅有《梧桐雨》和《墙头马上》（一说三种，多《东墙记》，存疑），另有词集《天籁集》（收词百余首）、散曲四十余篇传世，其中最有名的，便是以唐玄宗李隆基与杨妃的爱情故事为主题的《唐明皇秋夜梧桐雨》。

---

[1] 不得已：无可奈何，无能为力。

[2] 官家：旧时对皇帝的称呼。

[3] 逍遥：此谓彷徨、徘徊不进。

[4] 玉骢马：特指唐玄宗所乘的骏马玉花骢。唐杜甫《丹青引赠曹将军霸》：“先帝天马玉花骢，画工如山貌不同。”

【剧作简评】

《唐明皇秋夜梧桐雨》简称《梧桐雨》，杂剧以唐代帝王李隆基（唐玄宗李隆基谥号“至道大圣大明孝皇帝”，故又被称为“唐明皇”）与贵妃杨氏的情事为主题，由四折和一个楔子组成，正末扮唐明皇演唱全本。由于关涉安史之乱与唐朝的盛衰骤变，唐玄宗与杨贵妃之事在《旧唐书》《新唐书》《资治通鉴》等史料中多有载记，而文人骚客对其事的吟咏更是自天宝时期起便不绝如缕，“李杨故事”也成为一个以史实为本事的文学创作主题，在历代文人曲家笔下不断发展演变。诗歌中以唐代白居易的《长恨歌》最称著名，小说中为众所知者则有唐人陈鸿《长恨歌传》和宋人所作《杨太真外传》《梅妃传》，元代戏曲方面流传下来的主要是白朴的《梧桐雨》杂剧和王伯成《天宝遗事诸宫调》的部分内容。与《天宝遗事诸宫调》的绮丽侧艳不同，白朴在《梧桐雨》创作中用诗文入戏曲，落笔“沉雄悲壮”（王国维《人间词话》），剧情以安史之乱前后为时间段落，在李杨爱情、人生悲剧中寄寓了深沉的历史反思，以及曲家本人“壮岁飞腾，老来退闲，念一身九患，天教寂寞，百年孤愤，日就衰残”（元白朴《沁园春》）的身世慨叹，是兰谷先生亲历亡国痛、失母恨后沁溢着“山川满目之叹”（元王博文《天籁集序》）的伤心泪滴。《梧桐雨》不仅是白朴杂剧的代表作，亦是有元一代历史杂剧的冠冕，在中国古代戏曲史、文学史上影响深远。

史书或唐宋文学史上有关李杨故事的知名诗文多从杨妃入宫之前写起，如新、旧《唐书》均从杨妃家世籍贯、初为寿王妃、开元末入玄宗后宫着手；白居易《长恨歌》开篇则云：“汉皇重色思倾国，御宇多年求不得。杨家有女初长成，养在深闺人未识。天生丽质难自弃，一朝选在君王侧。”白朴《梧桐雨》却未在这些地方落墨，而是从安禄山至长安写起，以大唐皇朝兴衰隆败为背景，敷演一段爱情怨曲、人生悲歌。《梧桐雨》楔子精择史实之要者，对故事发生的背景及剧中主要人物的身份进行了交代：突厥归唐的将领安禄山受命征讨奚契丹叛军战败，被幽州节度使张守珪解送长安，但曾经铁马金戈夺取地位的一代雄主却因久安太平而怠忽朝政、耽溺美色，他将儿媳寿王妃杨氏收入后宫，“朝歌暮宴，无有虚日”（《梧桐雨》楔子）。李隆基不顾宰相张九龄的劝谏，轻易宽宥了安禄山的罪责，又因其擅舞胡旋得贵妃青眼而赐为杨氏义子。玄宗听闻贵妃为安禄山作“洗儿会”的荒唐事后，不怒却喜，更欲赐安禄山官平章政事，被杨国忠谏止后，改封安禄山为渔阳节度使，许诺“早立军功，下次升擢”，纵虎归山……寥寥数笔，便将玄宗不信忠臣（张九龄）信诸杨（杨贵妃、杨国忠）、安禄山表面阿谀便佞内里却包藏狼子野心绘诸氍毹之上。而安禄山与杨国忠结怨，也为后来安禄山以“清君侧”为名发动政变埋下了伏笔。向来曲家评《梧桐雨》时，多称白朴仅在楔子处随文点出“洗儿会”为淡化历史，然相较《长恨歌》完全不写贵妃是如何入宫及其与安禄山间纠葛的全然淳化，白朴的史家意识是相对鲜明的。《梧桐雨》对杨妃“秽乱”之事的概述，既不同于《长恨歌》《长恨歌传》为突出爱情之纯洁而刻意地无视或文饰，也异乎《开元天宝诸宫调》“红鸳戏波”（明朱权《太和正音谱》）式的大幅风月描摹，惟此剧之作意在于通过玄宗皇帝眼目回望其美好爱情的灰飞、巅峰人生的失坠及盛世江山的瓯碎，借以抒发曲家本人的历史之思、黍离之悲与退闲之慨，故而才会在情节采撷中有所欹侧。

大唐皇朝危机四伏，但年迈的玄宗却朝纲倦整，唯思“痛饮昭阳，烂醉华清”（《梧桐雨》第一折）。第一折演杨妃长生殿七夕乞巧，李隆基闻讯而至，李、杨面对牛女双星，以金钗、钿盒为信，盟誓生生世世永为夫妇。此折穿插布置极见思力：自【八声甘州】至【油葫芦】写风流天子乘兴夜游，悄近长生殿;【天下乐】至【金盏儿】围绕七夕乞巧风俗送出钗、盒;【忆王孙】至【赚煞尾】则由游赏秋光自然引出牵牛织女一年一见不及人间长相厮守的爱情主题。清人李渔《闲情偶记·词曲部·词采》论曰：“填词义理无穷，说何人肖何人，议某事切某事，文章头绪之最繁者，莫填词若矣。予谓总其大纲，则不出‘情景’二字。景书所睹，情发欲言，情自中生，景由外得。”“七月七日长生殿，夜半无人私语时”（唐白居易《长恨歌》）是李杨故事中最为世人感慨之浓情蜜意，白朴在传情达意中巧妙融入深宫、节宴、秋夜、双星等景物，情景适会，醇烈如美酒，甘甜不黏腻，所谓“高华雄浑，情深文明”（王国维《宋元戏曲考》）之妙意自在其中。明皇在情炽时唱道：“靠着这招彩凤、舞青鸾、金井梧桐树影，虽无人窃听，也索悄声儿海誓山盟。”（《梧桐雨》第一折）招凤舞鸾的梧桐，是二人誓言的见证，也是《梧桐雨》的剧眼。

第二折开场，安禄山“以讨贼为名，起兵到长安，抢了贵妃，夺了唐朝天下”。安史之乱的嚆矢已然离弦，长安城皇宫内却仍是一片歌舞升平。新秋御园，沉香亭畔，皇帝和贵妃开小宴把酒言欢。他们品荔枝，舞翠盘，“红牙箸趁五音，击着梧桐案”，“拚着个醉醺醺直吃到夜静更阑”。帝妃的爱情因知音相赏得以升华，而“击梧桐”（奏琴）在与“舞霓裳”一起将帝妃的纵情声色推向顶峰的同时，也暗示了接下来的兵隳至、华章止。宰相李林甫仓皇入宫奏报安禄山谋反，李隆基面对军国大事第一反应却是埋怨他不该贸然入宫打扰：“止不过奏说边庭上造反，也合看空便，觑迟疾紧慢。等不的俺筵上笙歌散，可不气丕丕冒突天颜！”听闻潼关已破、守将哥舒翰败逃后，玄宗方才如梦初醒、大惊失色，“险些儿慌杀你个周公旦”。君臣二人在台上相互指责：一个说是陛下纵容女宠盛、谗夫昌，因此上惹来刀兵；一个反驳非是我姑息养奸、歌舞坏江山，是你文武两班“内中没个英雄汉，扫荡尘寰”。历史上，李林甫死于安史之乱爆发前，但在后代的观众心中，李林甫却是玄宗时代权奸的代表，他为相十九年，口蜜腹剑、党同伐异，坐视玄宗享乐误国、安禄山羽翼渐丰，为大唐盛世的滑落埋下了祸根——让他在氍毹上与皇帝彼此推诿，更具典型性与讽刺性。一代雄主与他的“忠臣良相”，面对国难当头却无将可用、无计可施。宰相丢出一个“走”字，皇帝当下便顺势弃了国都，全不顾胡马燕犀铁蹄之下的生灵涂炭！【普天乐】【啄木儿尾】写玄宗在愁恨交加中决定西狩避乱，但令他“恨无穷，愁无限”的不是山河破碎、百姓罹难，而是不得不与爱妃离开安乐窝，路途艰难——“争奈仓卒之际，避不得驀岭登山”“端详了你上马娇，怎支吾蜀道难，替你愁那嵯峨峻岭连云栈”。“伤心故园，西风渭水，落日长安”，化用贾岛“秋风生渭水，落叶满长安”（《忆江上吴处士》）诗句，“借古人之境界，为我之境界”（王国维《人间词话》），又与小宴时“粉黛浓妆，管弦齐列，绮罗相间”（【醉春风】）、“宁王锦瑟，梅妃玉箫，嘹喨循环”（【鲍老儿】）两处句式构造相同而思想情境相反，以“落日”易“落叶”，令“渔阳鼙鼓动地来，惊破霓裳羽衣曲”（唐白居易《长恨歌》）的繁华破碎笼天罩地，更显惊心动魄。

第三折演马嵬兵变、贵妃身死，是李杨故事在现实世界的终章。本折凡有二十曲，共分三个部分:【新水令】至【沉醉东风】是六军哗变前,【庆东原】至【太平令】演马嵬之变,【三煞】至【鸳鸯煞】写贵妃死后，层次井然，最为后世曲家称道。本折以外扮陈玄礼开场，直接令事件的中心人物亮相台上。叛军迫近长安，臣宰会议商定暂避西蜀，史载唐明皇仅携带亲近数人离京:“乙未，凌晨自延秋门出，微雨沾湿，扈从惟宰相杨国忠、韦见素、内侍高力士及太子、亲王，妃主、皇孙已下多从之不及。”（《旧唐书·玄宗本纪》）军马点就多时，大驾却姗姗来迟，“五方旗招飐日边霞，冷清清半张銮驾”，将秋晨环境的凄凉、帝王仪仗的凌杂与上下人心的恓惶糅合一处，对此情景，帝王久久不愿挥鞭踏马，令他放不下的是九重宫禁的淫逸骄奢，是都城长安的闹热繁华。【驻马听】一曲，连续化用杜甫“剩水沧江破，残山碣石开”（《陪郑广文游何将军山林十首》其五）、杜牧“蜀峰横惨澹，秦树远微茫”（《华清宫三十韵》）、白居易“鸳鸯瓦冷霜华重，翡翠衾寒谁与共”（《长恨歌》），写尽逃难途中所见所感，国家陆沉民无依，山河板荡人憔悴，“沉雄悲壮，为元曲冠冕”（王国维《人间词话》）。

面对长安父老“宫阙，陛下家居；陵寝，陛下祖墓。今舍此欲何之”的质问，李隆基以不得已暂避答之。百姓见陛下既不肯留，转而提出愿随太子东破贼、取长安，玄宗当即答应下来，果断将传国玉玺交付东宫，仅拨军队三千前去对战安禄山号称以一敌百的番汉叛军四十余万。一国帝王，为惜己身，临危卸任，置军民于水火而不顾，终于激怒了护驾的军队。面对六军不发，玄宗等人惊怕不已，【庆东原】连用“嗔忿忿”“恶噷噷”等五个叠词活画出军队蓄怒待发的威压，而当玄宗小心翼翼问出“国家又不曾亏你半掐，因甚军心有争差”时，则让人不得不为马嵬坡下的主弱臣强扼腕兴叹。陈玄礼告以请诛杨国忠以谢天下后，玄宗因其为贵妃兄长而爱屋及乌，希望以免官代替阵杀，众军不可，玄宗只得“随你罢”。但国忠虽死，众军仍不进，以擅长骑射名世、靠发动唐隆之变夺取政权的一代英主李隆基此时却被吓得“战钦钦遍体寒毛乍”，面对陈玄礼“国忠谋反，贵妃不宜供奉，愿陛下割恩正法”的要求，他甚至不敢亲自斥责，只得令高力士转达，“道与陈玄礼休没高下，岂可教妃子受刑罚”，“他见请受着皇后中宫”，“又无罪过，颇贤达”，“早间把他个哥哥坏了”，“看寡人也合饶过他”。【搅筝琶】一曲系五人（高力士、陈玄礼、杨贵妃、杨国忠、李隆基），希望陈玄礼能考虑君臣之分、贵妃后宫之主的身份和品行、杨国忠已伏诛及皇帝的面子四个方面饶杨氏不死，字字卑微，句句哀告。面对安禄山虎狼之师，李隆基弃得国都，舍得太子，杀得国忠，却想为贵妃奋力一请，虎狼屯阶陛，儿女犹情浓，让人悯其无能、怒其不争。然而，高力士“愿陛下审思之：将士安，则陛下安矣”的回复，再一次将杨妃逼近绝路。大难临头，李隆基在爱人与爱我之间果断选择了后者，“可知道陈后主遭着杀伐，皆因唱《后庭花》”，为了保全自己，贵妃也死得——白朴可谓是将人性的复杂与玄宗的虚伪披露得淋漓尽致！

贵妃试图以素日恩情博取帝王的同情，“主上之恩，不曾报得，数年恩爱”不能割舍，玄宗心乱如麻，虽答以“妃子，不济事了，大军心变，寡人自不能保”，但想起往昔如何爱她、待她，实舍不得见她尸横马嵬坡下。陈玄礼见状步步紧逼：“禄山反逆，皆因杨氏兄妹。若不正法以谢天下，祸变何时得消？望陛下乞与杨氏，使六军马踏其尸，方得凭信。”眼见解语娇花不仅会被处死，死后尸骸还将遭践踏，玄宗只得命高力士“引妃子去佛堂中，令其自尽，然后教军士验看”。【殿前欢】连用八个叠词，“娇滴滴”“曲弯弯”“乱松松”“细袅袅”，描摹的是杨贵妃的美好；“闹荒荒”“磣磕磕”“长挽挽”则是终结这美好的凶器；正、负向语汇交相使用，具象化了玄宗眼睁睁看着心爱的女子赴死时内心自责、无奈、悲愤杂糅而成的“痛煞煞”的煎熬。怎救拔？怎留她？与陈玄礼反复周旋，也不过是“把死限俄延了多半霎”；“教几个鲁莽的宫娥监押，休将那软款的娘娘惊諕”，让她少受惊吓、体面地离开，便是此时此刻万万人之上的天子为他的爱妃能做、所做的最后的事。“你呀，见他问咱，可怜见唐朝天下”，杨贵妃的死，能挽救的究竟是唐朝的天下还是唐朝的太上皇李隆基呢？

贵妃已死，陈玄礼率六军验看，纵马踏尸，确定杨氏真的死了方才退去。亲历过安史之乱的大诗人杜甫在其《北征》诗中说：“不闻夏殷衰，中自诛褒妲。”即便是在夏、商、周三朝末年，也未听说过帝王下令杀死爱妃如褒姒、妲己者，盛唐的缔造者李隆基却亲自下旨缢死了他“万千宠爱于一身”的爱妃杨氏，面对其尸骸受辱亦无力阻止，其无情无能实甚于商纣、周幽！【三煞】至【川拨棹】演杨氏尸体被拖走，玄宗倒悬得解，面对爱妃仅存的鲛帕，想着她将被草草掩埋，不禁痛哭失声——王昭君和亲远嫁不过是与汉元帝生离，杨妃与自己的永诀却是死别。“今日六军同驻马，当时七夕笑牵牛。如何四纪为天子，不及卢家有莫愁”（唐李商隐《马嵬二首》其二），是自唐代开始便有的文人对李、杨爱情的反思。【鸳鸯煞】写唐玄宗含泪上马再启征程，秋风黄埃中，愁云掩映，残阳如豆，沿途的绿水青山黯然失色。天地萧肃，仿佛是在为玄宗多情却失去爱宠而叹惋、哀伤，又暗示了“不得已的官家”从今以后的凄凉处境。第三折以极尖深的笔触，描摹了玄宗皇帝面对陈情百姓、哗变六军时的贪生怕死与缢死爱妃后的生不如死，英雄末路、红颜枯骨的震颤直指人心。

如果将《梧桐雨》的前三折比作宏大曲折的叙事诗篇，第四折则是缠绵悱恻的抒情长歌。安史之乱平定之后，已是太上皇的玄宗还朝，为儿子肃宗李亨所忌，荣养西内，名为退居，实为幽禁，“每日只是思量妃子”（《梧桐雨》第四折），成为唐玄宗最后岁月里最重要的日常活动。第四折以一个秋风秋雨交加的夜晚为视角，用二十三曲抒发了“未亡人”李隆基独自思念杨妃、感怀旧事的寥落寂寞与苦痛悲怆。【端正好】至【呆骨朵】演玄宗面对贵妃画像，怀念往昔的美好与誓言，“有心待盖一座杨妃庙，争奈无权柄谢位辞朝”，辜负深情却无力弥补，自责与失落交汇，令他的每一天都无比煎熬。【白鹤子】至【梧桐花】写玄宗内廷闲步，所见皆与贵妃相关。“芙蓉如面柳如眉，对此如何不泪垂？春风桃李花开日，秋雨梧桐叶落时。”（唐白居易《长恨歌》）梧桐意象再次出现，昔日碧梧荫下双并影，今朝金井栏畔独伤怀。“论者以为，梧桐虽有栖凤之美，而失后凋之节”（《南史》卷二十四），梧桐与玄宗似在“有美无节”这两点上达成了某种品格的共通。而福可同享难却不能共当，既是人类婚恋史上广受诟病的“常谈”，也是历史反思之外李、杨爱情悲剧引发观众共鸣另一重要原因。【伴读书】至【倘秀才】之李隆基梦杨妃，一方面翻写了《长恨歌》《长恨歌传》等诗文中“悠悠生死别经年，魂魄不曾来入梦”“忽闻海上有仙山，山在虚无缥缈间”的超验与浪漫，另一方面又以梦中短暂相逢的甜蜜反衬了现实中玄宗形影茕茕的凄凄惨惨戚戚。【双鸳鸯】起，白朴以连续九曲极力渲染了唐明皇独对“秋夜梧桐雨”的烦乱、忧伤、痛苦。忽紧忽疏的秋雨，“一声声洒残叶，一点点滴寒梢”，令失势的太上皇回忆起过往，宴乐笙歌的欢闹、渔阳鼙鼓的喧嚣，“这雨一阵阵打梧桐叶凋，一点点滴人心碎了”。四季雨打四时花木，都不似秋夜梧桐雨这般“惊魂破梦，助恨添愁，彻夜连宵”。秋雨、秋风混同秋夜的肃杀之气声势浩荡地盈满冷宫般的西内，“直下的更残漏断，枕冷衾寒，烛灭香消”，仿佛生命即将到达尽头的丧钟，令玄宗坐卧难安，“只好把泼枝叶，做柴烧，锯倒”。

中国古代戏曲创作中往往会遵循“先离后合，始困终亨”（王国维《宋元戏曲考》）之例，无论前情如何曲折悲苦，总以“大团圆”结局，《梧桐雨》却是其中少有的仅以男主角登场作结的悲剧案例，全剧最后吟唱的“雨湿寒梢，泪染龙袍，不肯相饶，共隔着一树梧桐直滴到晓”（《梧桐雨》第四折）渲染的是天荒地老式的长恨与凄凉。史家论李杨故事时常又以为，若李隆基君权仍在或将另觅新欢，杨贵妃会是下一个武惠妃，云烟过眼后便成雪泥鸿爪。但历史不容假设，杨妃之死仿佛带走了大唐王朝的鼎盛与辉煌，于是以“尤物”“祸水”詈杨氏者代不乏人。《梧桐雨》却以唐玄宗为叙事、抒情主角，不为位尊者讳耻，不专罪于贵妃，深刻批判了皇帝逸乐荒政为其个人及家国、百姓带来的苦痛。白朴躬历国破亲亡的仓皇后，用玲珑之心、沉雄之笔，剪裁三秋（七夕盟誓之秋、渔阳惊变马嵬葬爱之秋、西宫夜雨之秋）之情境，在《梧桐雨》中谱写了盛世坍塌、爱情破灭、人生失志的三重悲剧，文采焕发又不碍本色，堪当大鹏奋起凌乎九霄之美誉。

汉宫秋

[元]马致远

第三折

（番使拥旦上，奏胡乐科，旦云）妾身王昭君。自从选入宫中，被毛延寿将美人图点破[1]，送入冷宫；甫能[2]得蒙恩幸，又被他献与番王形像[3]。今拥兵来索，待不去，又怕江山有失，没奈何将妾身出塞和番。这一去，胡地风霜，怎生消受也！自古道："红颜胜人多薄命，莫怨春风当自嗟。"[4]（驾[5]引文武、内官[6]上，云）今日灞桥[7]饯送[8]明妃[9]，却早来到也。（唱）

【双调】【新水令】锦貂裘生[10]改尽汉宫妆，我则索[11]看昭君画图模样。旧恩

[1] 点破：污损，玷污。传说汉元帝时期后宫美人众多，元帝命画工绘制人像，按图召幸。诸宫人均贿赂画工，唯王昭君不肯，画工毛延寿于是在其画像上点下不祥之痣，昭君因此未得元帝召幸。

[2] 甫能：刚刚能。

[3] 此句谓王昭君的画像被毛延寿献给番王。

[4] 红颜胜人多薄命，莫怨春风当自嗟：语出宋欧阳修《再和明妃曲》，意思是说美丽的女子就像花朵一样虽然姣好但却盛时无多，这都是自己的命运，不应埋怨春风的摧残。王昭君是汉代人，但她所念的诗却是宋代诗人创作的，这种引用上的时代错乱现象在元杂剧中经常出现，观众和读者也往往不作细究。

[5] 驾：中国古代戏曲中往往特称扮演帝王的男性脚色为"驾"。

[6] 内官：此谓宦官、太监。

[7] 灞（bà）桥：旧时长安灞水上的桥，古人常于此折柳送别。

[8] 饯送：践行，送别。

[9] 明妃：即王昭君。晋代为避司马昭讳，改称昭君为明妃。此处与前面引诗相似，直接使用了元人熟悉的称谓，并未考虑汉代人称王昭君为明妃是否合适的问题。

[10] 生：副词，犹言生生地。

[11] 则索：只得，只好。元关汉卿《新水令》："等多时不见来，则索独立在花阴下。"

金勒短[1]，新恨玉鞭长。本是对金殿鸳鸯，分飞翼怎承望[2]！

（云）您文武百官计议：怎生退了番兵，免明妃和番者？（唱）

【驻马听】宰相每商量，大国使还朝多赐赏。早是俺夫妻悒怏[3]，小家儿出外也摇装[4]。尚兀自[5]渭城衰柳[6]助凄凉，共那灞桥流水添惆怅。偏您不断肠，想娘娘那一天愁都撮[7]在琵琶上。

（做下马科）（与旦打悲[8]科）（驾云）左右慢慢唱者，我与明妃饯一杯酒。（唱）

【步步娇】您将那一曲阳关[9]休轻放，俺咫尺如天样[10]。慢慢的捧玉觞[11]，朕本意待尊前捱[12]些时光。且休问劣了宫商[13]，您则与我半句儿俄延[14]着唱。

（番使云）请娘娘早行，天色晚了也。（驾唱）

【落梅风】可怜俺别离重，你好是归去的忙。寡人心先到他李陵台[15]上，回头

---

[1] 金勒：用黄金（或铜）装饰的马络头。

[2] 承望：料到。

[3] 悒怏（yì yàng）：忧闷不乐。宋仇远《木兰花慢》："无语因谁悒怏，何心重理丝簧。"

[4] 摇装：古代的一种饯行的习俗，始于南北朝时期。远行者先择吉日出门，与亲友江边饮宴后，移船离岸即返，另择他日出发。后泛指践行。南朝沈约《却东西门行》："摇装非短晨，还歌岂明发。"

[5] 尚兀自：犹自，尚且。

[6] 渭城衰柳：化用唐王维《送元二使西安》"渭城朝雨浥轻尘，客舍青青柳色新"成句，改"柳色新"为"衰柳"渲染送别时依依不舍的凄凉情绪。

[7] 撮（cuō）：聚合。

[8] 打悲：戏曲演出中演员在舞台上表演悲痛的情态。

[9] 一曲阳关：唐王维《送元二使西安》有"劝君更尽一杯酒，西出阳关无故人"句，后人将此诗谱为送别之曲，另名之曰《阳关三叠》。此处是要左右在演奏阳关曲的时候慢慢地弹，以便二人可以在一起多相守一段时间。

[10] 这句的意思是说眼下两人相距很近却像远在天边，因为分别很快便会到来。

[11] 玉觞（shāng）：玉杯，泛指酒杯。

[12] 捱（ái）：延缓，拖延。

[13] 劣了宫商：音调不准，不合曲谱。宫商，五音中的宫、商二音，引申为音乐、音律。

[14] 俄延：拖延。此谓不要在乎弹唱是否符合音律的要求，慢慢地唱，尽量拖延时间。

[15] 李陵台：李陵，西汉名将，李广之孙。天汉二年奉武帝命出征匈奴，最后因寡不敌众，力竭而降。武帝误信传言，夷灭李陵三族，李陵居匈奴二十余年后去世。民间传说李陵在匈奴尝筑台望乡。宋姜夔《李陵台》："李陵归不得，高筑望乡台。长安一万里，鸿雁隔年回。望望虽不见，时时一上来。"

儿却[1]才魂梦里想，便休题贵人多忘。

（旦云）妾这一去，再何时得见陛下？把我汉家衣服都留下者。（诗云）正是：今日汉宫人，明朝胡地妾。忍着主衣裳，为人作春色。[2]（留衣服科）（驾唱）

【殿前欢】则甚么留下舞衣裳，被西风吹散旧时香[3]。我委实怕宫车再过青苔巷，猛到椒房[4]。那一会想菱花镜里妆，风流相，兜的[5]又横心上。看今日昭君出塞，几时似苏武还乡[6]。

（番使云）请娘娘行罢，臣等来多时了也。（驾云）罢、罢、罢！明妃，你这一去，休怨朕躬也。（做别科，驾云）我那里是大汉皇帝！（唱）

【雁儿落】我做了别虞姬楚霸王[7]，全不见守玉关[8]征西将。那里取保亲的李左车[9]，送女客的萧丞相[10]？

---

[1] 却：连词，再。唐杜甫《闻官军收河南河北》："却看妻子愁何在？漫卷诗书喜欲狂。"

[2] 此诗为集前人名句而成。前二句"今日汉宫人，明朝胡地妾"为唐李白《王昭君》诗句；后二句"忍着主衣裳，为人作春色"出自宋陈师道《妾薄命》诗（原句作"为人作春妍"）。此言昭君去前脱去汉装，以示不辱祖国尊严。

[3] 西风吹散旧时香：语出元元淮《昭君出塞》诗："西风吹散旧时香，收起宫装换北装。绒帽貂裘同锦绮，翠眉蝉鬓怯风霜。草白云黄金勒短，旧愁新恨玉鞭长。一天怨在琵琶上，试倩征鸿问汉皇。"

[4] 椒房：汉代未央宫有椒房殿，为皇后居所。这里是泛指后妃的居室。

[5] 兜的：突然，猛然。

[6] 苏武：西汉使臣，武帝时奉命出使匈奴，匈奴对他多方威胁诱降，苏武均未屈服。曾被迁到北海地区牧羊，坚持十九年而志节不改，终被释放，返回长安。

[7] 别虞姬楚霸王：与虞姬分别的西楚霸王项羽。虞姬，项羽身边的美人。项羽与虞姬分别事，可详见《史记·项羽本纪》："项王军壁垓下，兵少食尽，汉军及诸侯兵围之数重。夜闻汉军四面皆楚歌，项王乃大惊曰：'汉皆已得楚乎？是何楚人之多也！'项王则夜起，饮帐中。有美人名虞，常幸从；骏马名骓，常骑之。于是项王乃悲歌慷慨，自为诗曰：'力拔山兮气盖世，时不利兮骓不逝。骓不逝兮可奈何，虞兮虞兮奈若何！'歌数阕，美人和之。项王泣数行下，左右皆泣，莫能仰视。"

[8] 玉关：汉代通往西域的关隘。

[9] 李左车：赵国名将李牧之孙。秦末六国并起，左车辅佐赵王歇，被封为广武君。后赵国被韩信所灭，李左车被俘。韩信早闻左车贤名，以师礼相待，并向其请教攻灭齐、燕方略。左车献策以怀柔政策收服两地，韩信用左车计，燕果不伐而降，燕地君民因得以免遭兵祸。

[10] 萧丞相：汉初丞相萧何，有贤能。这两句是说李左车和萧丞相不会依靠女子和亲的方式来保全国家，但眼下却找不到这样的贤臣。

（尚书云）陛下不必挂念。（驾唱）

【得胜令】他去也不沙[1]架海紫金梁[2]，枉养着那边庭[3]上铁衣郎[4]。您也要左右人扶侍[5]，俺可甚[6]糟糠妻下堂[7]！您但提起刀枪，却早小鹿儿心头撞[8]。今日央及煞[9]娘娘，怎做的男儿当自强！

（尚书云）陛下，咱回朝去罢。（驾唱）

【川拨棹】怕不待[10]放丝缰，咱可甚鞭敲金镫响[11]。你管燮理阴阳[12]，掌握朝纲；治国安邦，展土开疆[13]。假若俺高皇[14]，差你个梅香[15]，背井离乡，卧雪眠霜！若是他不恋恁春风画堂[16]，我便官封你一字王[17]。

（尚书云）陛下，不必苦死留他，着他去了罢。（驾唱）

---

[1] 不沙：衬字，无实义。

[2] 架海紫金梁：架在海上的紫金桥。元杂剧中常用“擎天白玉柱，架海紫金梁”喻指能够身肩重任的栋梁之材，这句是说昭君去和番做了支撑国家的栋梁。

[3] 边庭：边地的官署，泛指边疆。唐杜甫《兵车行》：“边庭流血成海水，武皇开边意未已。”

[4] 铁衣郎：身穿铠甲的战士。铁衣，用铁甲编成的战衣。

[5] 扶侍：服侍，奉侍。

[6] 可甚：可什么，算什么。

[7] 糟糠妻下堂：比喻贫贱时共患难的妻子被抛弃。糟糠，穷人用来充饥的酒糟、米糠等粗劣食物，借指共过患难的妻子。堂，正房。《后汉书·宋弘传》：“臣闻贫贱之知不可忘，糟糠之妻不下堂”，意谓不要忘记贫贱时的知交好友，不能遗弃共患过难的妻子。此处反用之，讲身为皇帝却不得已抛弃了自己的妃子，让她去番邦和亲。

[8] 小鹿儿心头撞：比喻因惧怕而心慌，仿佛心头有小鹿不停乱撞。

[9] 央及煞（shā）：犹言狠狠连累了。央及，同殃及。煞，极，狠。

[10] 怕不待：岂不，难道不。

[11] 鞭敲金镫响：元代俗语，元杂剧中常用“鞭敲金镫响，人唱凯歌回”来形容战胜归来。

[12] 燮（xiè）理阴阳：调和治理国家大事。燮理：调和，治理。阴阳：相对立的事物，矛盾。语出《尚书·周官》：“立太师、太傅、太保，兹惟三公，论道经邦，燮理阴阳。”

[13] 展土开疆：开拓领土和疆界。

[14] 俺高皇：此谓汉高祖刘邦。

[15] 梅香：戏曲中常用作婢女的名字，后遂用以泛指丫鬟、婢女，这里指去往番邦的妃子王昭君。

[16] 春风画堂：化用唐杜甫《咏怀古迹五首》其三：“画图省识春风面，环佩空归夜月魂”。此借指昭君美貌。

[17] 一字王：以一字作为封号的王爵，至辽、金、元等朝则以为诸王中最尊者。

【七弟兄】说甚么大王、不当、恋王嫱[1]，兀良[2]，怎禁他临去也回头望！那堪这散风雪旌节[3]影悠扬，动关山鼓角声悲壮。

【梅花酒】呀！俺向着这迥野[4]悲凉。草已添黄，兔早迎霜，犬褪得毛苍，人搠[5]起缨枪[6]，马负着行装，车运着糇粮[7]，打猎起围场[8]。他、他、他伤心辞汉主，我、我、我携手上河梁[9]。他部从[10]入穷荒[11]，我銮舆返咸阳。返咸阳，过宫墙；过宫墙，绕回廊；绕回廊，近椒房；近椒房，月昏黄；月昏黄，夜生凉；夜生凉，泣寒螀[12]；泣寒螀，绿纱窗；绿纱窗，不思量。

【收江南】呀！不思量，除是铁心肠，铁心肠也愁泪滴千行。美人图今夜挂昭阳[13]，我那里供养[14]，便是我高烧银烛照红妆[15]。

（尚书云）陛下回銮罢，娘娘去远了也。（驾唱）

---

[1] 王嫱：王昭君，名嫱，昭君是其字。

[2] 兀良：衬词，无实义，可加强语气。元马致远《黄粱梦》第三折："遥望见一点青山，兀良却又早不见了。"

[3] 旌节：古代使者出使外国时所持的节，以为凭信。

[4] 迥野：遥远的山野。

[5] 搠（shuò）：执，持。

[6] 缨枪：古代兵器，以缨为装饰的长枪。缨，用丝或毛等制成的穗状饰物。

[7] 糇（hóu）粮：干粮。

[8] 围场：围起来专供皇帝、贵族打猎的场地。

[9] 携手上河梁：语出汉李陵《与苏武诗》其三："携手上河梁，游子暮何之？徘徊蹊路侧，悢悢不得辞。行人难久留，各言常相思。 安知非日月，弦望自有时？ 努力崇明德，皓首以为期。"此处元帝与昭君分别后，心知今生与昭君再无见面之期，这里用以渲染人物内心惝恍凄凉的情绪。

[10] 部从：随从。

[11] 穷荒：边荒之地。

[12] 泣寒螀（jiāng）：寒螀鸣叫，其声如泣。寒螀，昆虫名，似蝉而小，色青赤，古人常用以泛指深秋的鸣虫。唐张仲素《秋思》其一："碧窗斜月蔼深晖，愁听寒螀泪湿衣。"

[13] 昭阳：即昭阳殿，汉宫殿名，后常以泛称后妃居所。

[14] 供养：以供品奉养。此谓挂起昭君画像以慰思念。

[15] 高烧银烛照红妆：宋苏轼《海棠》有"只恐夜深花睡去，故烧高烛照红妆"，此化用其意。

【鸳鸯煞】我煞[1]大臣行[2]说一个推辞谎，又则怕笔尖儿那火[3]编修讲[4]。不见他花朵儿精神，怎趁那草地里风光？唱道[5]伫立多时，徘徊半晌，猛听的塞雁南翔，呀呀的声嘹喨[6]。却原来满目牛羊，是兀那[7]载离恨的毡车[8]半坡里响。（下）

（番王引部落拥昭君上，云）今日汉朝不弃旧盟，将王昭君与俺番家和亲。我将昭君封为宁胡阏氏[9]，坐我正宫。两国息兵，多少是好[10]。众将士，传下号令，大众起行，望北而去。（做行科）（旦问云）这里甚地面了？（番使云）这是黑龙江，番汉交界去处。南边属汉家，北边属我番国。（旦云）大王，借一杯酒望南浇奠[11]，辞了汉家，长行[12]去罢。（做奠酒科，云）汉朝皇帝，妾身今生已矣，尚待来生也。（做跳江科）（番王惊救不及，叹科，云）嗨！可惜，可惜！昭君不肯入番，投江而死。罢罢罢，就葬在此江边，号为“青冢”者。我想来，人也死了，枉与汉朝结下这般仇隙[13]，都是毛延寿那厮搬弄出来的。把都儿[14]，将毛延寿拿下，解送汉朝处治。我依旧与汉朝结和，永为甥舅[15]，却不是好！（诗云）则为他丹青画误了昭君，背汉主暗地私奔。将美人图又来哄我，要索取出塞和亲。岂知道投江而死，空落的一见消魂。似

[1] 我煞：我呵。煞，语气助词。
[2] 大臣行（háng）：大臣那里。行，表示处所，多用在称谓之后。
[3] 火：同“伙”，群。
[4] 编修：古代职官，负责修撰国史、会要、实录等。
[5] 唱道：正是，端的是。亦作“畅道”。元曲【双调】【鸳鸯煞】第五句开头必用此二字，为定格。
[6] 嘹喨：同嘹亮。
[7] 兀那：指示代词，犹那、那个。
[8] 毡车：以毛毡为篷的车子。
[9] 阏氏（yān zhī）：汉时匈奴单于嫡妻的称号。
[10] 多少是好：宋元俗语，犹言多么好。
[11] 浇奠：洒酒祭奠。
[12] 长行：远行。唐温庭筠《新添声杨柳枝词》：“井底点灯深烛伊，共郎长行莫围棋。”
[13] 仇隙：因仇恨而产生的关系裂痕。
[14] 把都儿：蒙古语“勇士”的音译，元杂剧中多用称武士或将士。
[15] 甥舅：外甥和舅舅，此谓有通婚关系。

这等奸邪逆贼，留着他终是祸根。不如送他去汉朝哈喇[1]，依还[2]的甥舅礼两国长存。（下）

（以明臧晋叔《元曲选》万历吴兴臧氏刊本为底本，据别本参校）

【作者简介】

马致远，号东篱或东篱老、东篱先生，一说字千里。大都（今北京）人，一说东光（今河北东光）人。约生于元海迷失皇后二年（1250），卒于元至治元年（1321）至泰定元年（1324）之间，曾任江浙省务提举（元钟嗣成《录鬼簿》），晚归田园林下，其《清江引·野兴》中有“东篱本是风月主，晚节园林趣”之句，或可作其生平注脚。马致远是著名的散曲家、戏剧家。著杂剧十五种，今存七种（《破幽梦孤雁汉宫秋》《吕洞宾三醉岳阳楼》《江州司马青衫泪》《西华山陈抟高卧》《邯郸道省悟黄粱梦》《马丹阳三度任风子》《半夜雷轰荐福碑》），存疑一种（《孟浩然踏雪寻梅》）。所作散曲今存一百余首（含小令、套数），《天净沙·秋思》等作品弘阔清逸，震古烁今。元人贾仲明曾作【凌波仙】赞马致远曰：“万花丛里马神仙，百世集中说致远，四方海内皆谈羡。战文场，曲状元，姓名香、贯满梨园。”明代对其评价极高，朱权《太和正音谱》推马致远为元一百八十七人之第一：“马东篱之词，如朝阳鸣凤。”臧懋循《元曲选》将《汉宫秋》列为首位。何良俊《四友斋丛说》亦认为：“元人乐府，称马东篱、郑德辉、关汉卿、白仁甫为四大家。”今人在评价马致远时认为，其修道求仙虽有消极荒谬的一面，但就总体成就而言，他仍是“元代曲界之大文豪”（谢无量《罗贯中与马致远》），而《汉宫秋》和《青衫泪》则不惟是马致远杂剧的代表作，也是元人历史剧、文人剧的典范。

[1] 哈喇：亦作“哈剌”，蒙古语，杀头，杀死。

[2] 依还：依旧。

【剧作简评】

《汉宫秋》全名《破幽梦孤雁汉宫秋》，以汉朝昭君出塞故事为题材，学界一般据元文人元淮《金囦集》中的诗加以考证，认为此剧完成于元世祖至元二十六年（1289）之前，是马致远中年以后的作品。《汉宫秋》不仅是马致远最广为人知的杂剧，也是中国古代戏曲史上历史剧与悲剧的代表作。

汉朝王昭君出塞和亲匈奴，史有其事，班固《汉书》对其载记最早："竟宁元年春正月，匈奴呼韩邪单于来朝。诏曰：'匈奴郅支单于背叛礼义，既伏其辜，呼韩邪单于不忘恩德，乡慕礼义，复修朝贺之礼，愿保塞传之无穷，边垂长无兵革之事。其改元为竟宁，赐单于待诏掖庭王樯为阏氏。'……二月，御史大夫延寿卒。"（《汉书·元帝纪》）"单于自言愿婿汉氏以自亲。元帝以后宫良家子王嫱字昭君赐单于。……王昭君号宁胡阏氏，生一男伊屠智牙师，为右日逐王。呼韩邪立二十八年，建始二年死。……（子）雕陶莫皋立，为复株累若鞮单于。……复株累单于复妻王昭君，生二女。"（《汉书·匈奴传》）也就是说，王昭君名嫱或樯，字昭君，本为汉元帝后宫待诏掖庭的良家子，竟宁元年（前33年）匈奴呼韩邪单于朝觐长安，元帝为巩固汉、匈关系，将昭君赐与单于为阏氏，昭君至匈奴后为呼韩邪单于生下一子，呼韩邪死后其子复株累单于继位，又娶昭君为妻，生二女。毛延寿点破昭君画像事不见于史书，《汉书·元帝纪》在竟宁元年二月记载的"御史大夫延寿卒"与和亲事无明显关系。

《汉书》对昭君和亲之事的记载是后来民间传说和文学创作的基础，班固极简化的史笔描述也为人们提供了极大的想象空间——皇帝后宫待诏的少女王昭君，是出于何种原因、在何种情况下被挑选出来远赴塞外和亲的，她与皇帝间是否有情，她的结局如何等逐渐在民间被杜撰出来，而不同时期、不同地域、不同经历的文人又在其中寄寓了各自的思想与情感，昭君故事由此在古今中外传播开来。稗史《琴操》和南朝范晔《后汉书》汲纳民间传说，在记载中较早增入了昭君貌美却无宠，自愿入胡和亲，元帝见之不舍，却仍令之和亲的情节；至迟在魏晋南北朝时期，画工毛延寿点破昭君小像的故事已广为人知（如晋葛洪《西京杂记·画工弃市》、南朝刘义庆《世说新语·贤媛》等）。随着昭君故事的逐步定型，各类相关的文学作品大量涌现，“昭君戏”也开始在戏曲舞台上闪耀出璀璨的光彩。其中，影响最大的便是马致远《汉宫秋》，“元明以来，作昭君杂剧者有四家，马东篱《汉宫秋》一剧，可称绝调。臧晋叔《元曲选》取为第一，良非虚美。”（清焦循《剧说》）

《汉宫秋》由四折和一个楔子组成，驾（扮演帝王的末）扮汉元帝主唱全本。大幕甫一拉开，便是汉朝与匈奴的对峙，以及汉匈和亲的历史：“俺祖公公冒顿单于，围汉高帝于白登七日，用娄敬之谋，两国讲和，以公主嫁俺国中。至惠帝、吕后以来，每代必循故事，以宗女归俺番家。”（楔子）匈奴崛起于战国末年，“久居朔漠，独霸北方，以射猎为生，攻伐为事”（楔子），自高祖刘邦时期起，便一直是汉朝北方的重要威胁。由于无法抵抗匈奴的南侵，和亲自汉朝建国以还便是维系汉匈关系的重要一环，西汉初年，汉朝往往封宗女、贵女为公主和亲单于，同时卑辞厚礼，馈以财帛金玉。直至汉武帝时期痛击匈奴后，形势才得以逆转。西汉后期，匈奴内外交困，“至孝宣之世，承武帝奋击之威，直匈奴百年之运，因其坏乱几亡之 厄，权时施宜，覆以威德，然后单于稽首臣服，遣子入侍，三世称藩，宾于汉庭”（《汉书·匈奴传》）。呼韩邪单于便是在此背景下归附、朝贡汉朝，并提出和亲的。

楔子部分，呼韩邪单于、毛延寿、汉元帝先后登场，向观众交代了故事发生的基本背景：匈奴呼韩邪单于拥兵十万，“款塞称藩”，他虽自称是“汉朝外甥”，欲与汉和亲，但勤于骑射练兵，野心实不容小觑；汉朝一方，元帝却耽于逸乐，无心朝政，因感后宫寂寞，遂在佞臣中大夫毛延寿的怂恿下遍天下刷选年轻貌美的女子，“不分王侯宰相、军民人家，但要十五以上，二十以下者，容貌端正，尽选将来，以充后宫”，又任命毛延寿为选择使，“将选中者各图形一轴送来，朕按图临幸”。一方是权宜归附、虎视眈眈的匈奴单于，一方则是自以为“四海平安绝士马，五谷丰登没战伐”而沉迷女色的汉元帝，中间则有“百般巧诈，一味谄谀，哄的皇帝老头儿十分欢喜，言听计从”的毛延寿，王昭君命运的小舟在国势、君威、奸佞的推动下，将会驶向何方？

毛延寿利用为元帝搜罗美女之机，大肆收受贿赂。秭归县庄农王长者之女王嫱貌美而家贫，因不愿亦无力给付毛延寿黄金百两，被点破图像，入宫之后在永巷长守凄清。昭君夜深孤闷，琵琶诉情，被偶至的元帝听闻，一见之下惊为天人。第一折共由九曲组成。【点绛唇】化用宋人姜夔《暗香》“旧时月色，算几番照我，梅边吹笛？唤起玉人，不管清寒与攀摘”，以及贺铸《浣溪沙》“玉人和月摘梅花”成句，寥寥数笔，为即将到来的元帝、昭君邂逅初遇染上诗意，“车碾残花”也影射了昭君最终的惨烈结局。【混江龙】至【金盏儿】，元帝循琵琶之声见到昭君，由远及近、由外至内，朦胧光晕中“则他那瘦岩岩影儿可喜杀”，再挑灯细瞧，“眉扫黛，鬓堆鸦，腰弄柳，脸舒霞”，元帝不由大喜，“既不沙俺江山千万里，直寻到茅舍两三家”！皇帝疑心之下，详问情由，又取来图轴比对，下旨追拿斩杀毛延寿。【醉扶归】至【赚煞】则活画出元帝博得美人芳心的迫切，一叠声地封赏昭君父母、封昭君为明妃。【金盏儿】一曲纯用俗语，玩世又有讽刺意味：“你便晨挑菜，夜看瓜，春种谷，夏浇麻，情取棘针门粉壁上除了差法，你向正阳门改嫁的倒荣华。俺官职颇高如村社长，这宅院刚大似县官衙。谢天地可怜穷女婿，再谁敢欺负俺丈人家！”一代君王在台上上蹿下跳，比比画画，矜耀浮夸，如同村野莽汉说亲，色令智昏，让人失笑的同时又不免叹惋。

然而狡猾如毛延寿者又怎肯坐以待毙？他逃至匈奴，将昭君美人图献与单于。呼韩邪正对汉朝推拒和亲不满，为毛延寿蛊惑，派使臣前往汉朝索要昭君，“若不肯与，不日南侵，江山难保”（《汉宫秋》第二折）。汉元帝自见昭君，沉溺温柔乡中愈发荒唐，如痴似醉，久不临朝。尚书、太守们带来的北番遣使索要王嫱的噩耗，打破了他“忠臣皆有用，高枕已无忧”的幻想。元帝本指望满朝文武击退匈奴，没料想“忠臣”们却众口一词劝皇帝献出昭君以息刀兵。元帝恨怒交加，面斥众人：“太平时卖你宰相功劳，有事处把俺佳人递流。你们干请了皇家俸，着甚的分破帝王忧？”（第二折）尚书反将责任推诿给匈奴、帝王和昭君。对此，元帝从三个方面进行了反驳：我非纣王，无摘星楼等昏庸之举；你食君之禄却不为君分忧，死后若见留侯张良羞也不羞；昭君是嫩柳般柔弱的女子，如何承受远赴匈奴之苦！但大臣们不为所动，又以国无猛将可御强敌为由，劝元帝割恩免去生灵涂炭。皇帝闻此，满腔愤慨喷薄而出：“您也丹墀里头，枉被金章紫绶；您也朱门里头，都宠着歌衫舞袖。恐怕边关透漏，殃及家人奔骤。似箭穿着雁口，没个人敢咳嗽。吾当僝僽，他也、他也红妆年幼无人搭救。昭君共你每有甚么杀父母冤仇？休、休，少不的满朝中都做了毛延寿！”君臣正僵持间，匈奴使臣上殿，“单于索昭君为阏氏，以息两国刀兵。陛下若不从，俺有百万雄兵，刻日南侵，以决胜负”。面对威胁，满朝文武无一人献策，令元帝倍感绝望：“我道您文臣安社稷，武将定戈矛，您只会文武班头，山呼万岁，舞蹈扬尘，道那声诚惶顿首”，“大抵是欺娘娘软善，若当时吕后在日，一言之出，谁敢违拗！若如此，久已后也不用文武，只凭佳人平定天下便了”！面对此情此景，昭君毅然决然挺身而出：“妾既蒙陛下厚恩，当效一死，以报陛下。妾情愿和番，得息刀兵，亦可留名青史。”元帝犹自不舍，大臣们却如解倒悬，劝皇帝以社稷为念，早早送昭君和亲匈奴。元帝见无可挽回，提出明日灞桥饯别，尚书却回以“只怕使不的，惹外夷耻笑”。元帝怒不可遏，却莫可奈何，不禁发出“谁似这做天子的官差不自由”的长叹。虽内心对昭君再难割舍，却也无计可施，“折一枝断肠柳，饯一杯送路酒”便是他能为爱妃提出的最后的可怜要求！《汉宫秋》的第二折，以帝妃缠绵之情起笔，继之以汉匈关系压力下的君臣相争，最后以昭君自我牺牲后的无奈作结，张弛有法，紧凑磅沛。绝望的元帝看似可怜实则可恨：他指责朝臣文不似张良、武不如韩信，感慨昭君没有吕后的威慑，却从未反思过自己未能赓继高祖、武帝的睿智勇毅；他反驳朝臣将自己比为纣王，却无视了自己作为一国之君却骄奢淫逸的事实。面对昭君和亲他无力挽留，口口声声“只恨毛延寿”更是在外交、内政、家庭面临危机时选择了指责他人中的“最弱者”——生活在元初的马致远，亲历宋、金的灭亡，深刻反思并讽刺了帝王荒怠、文恬武嬉为家国、百姓带来的悲剧。

第三折是《汉宫秋》全剧的高潮，由十二支曲联成一套，向以其情、景、事交融浑成、境界悲壮深沉为世人所称道。【新水令】【驻马听】写元帝出宫前往灞桥为昭君送行。汉明妃已成匈奴阏氏，见她“锦貂裘生改尽汉宫妆”，回想起当日“画图省识春风面”（唐杜甫《咏怀古迹五首》其三）的娇美模样，元帝悲从中来：“您文武百官计议，怎生退了番兵，免明妃和番者？”无人应答是最沉痛的答案，除却昭君和亲，元帝亦无他选。没有“渭城朝雨浥轻尘”（唐王维《送元二使关西》）的清朗，只有“渭城衰柳助凄凉”，“灞桥流水添惆怅”。“偏您不断肠，想娘娘那一天愁都撮在琵琶上”很容易让人联想起相传为李白所作的词：“箫声咽，秦娥梦断秦楼月。秦楼月，年年柳色，灞陵伤别。 乐游原上清秋节，咸阳古道音尘绝。音尘绝，西风残照，汉家陵阙。”箫声与琵琶语、秦娥与王嫱、清秋古道西风、折尽灞桥柳留不住的离人……【驻马听】与《忆秦娥》在情思与意境上遥遥相通，大汉悲歌，如泣如诉。

昭君见帝王下马，未语先悲。元帝不舍，却也只能杯酒为昭君饯行，他吩咐乐工将送别曲慢慢唱来，以便与昭君多相聚片刻。【步步娇】“咫尺如天样”化用南唐李中《宫词二首》其二“门锁帘垂月影斜，翠华咫尺隔天涯”，写元帝与昭君在众人目光之下依依惜别，纵有千言万语却难宣诸口，相距咫尺却似远隔天涯。“慢慢的捧玉觞”“半句儿俄延着唱”，以俚质白描之语画出人物行为背后的心理活动，奇思妙笔，独超众类。番使催促早行，昭君知再难留，留下汉服，决然离去。“今日汉宫人，明朝胡地妾。忍着主衣裳，为人作春色”，昭君作为弱质女流，命运难以自主，节操却可坚守，她为国舍身前往匈奴和亲，却不愿着汉服在异族面前伏低做小，使祖国蒙受屈辱。昭君的无私、忠贞的高尚品格让元帝大受触动，终于反躬内视，发出了“我那里是大汉皇帝”的呐喊。【殿前欢】由眼前之别联想到日后在深宫空对殿阁不见伊人，“我委实怕宫车再过青苔巷，猛到椒房”，着一个“怕”字点出万般伤怀。今日生离却料定已如死别，不思量，自难忘，如何堪得“那一会想菱花镜里妆，风流相，兜的又横心上”？元帝在昭君别去后，愤而自比别姬的霸王，对文不能治国安邦、武不能展土开疆、自己作为帝王不肖高祖刘邦进行了批判和反思：“今日央及煞娘娘，怎做的男儿当自强”，“假若俺高皇，差你个梅香，背井离乡，卧雪眠霜”！

满朝文武面对外敌的威胁一味怯懦，怕死贪生到躲在一女子身后苟活，“说甚么大王、不当、恋王嫱，兀良，怎禁他临去也回头望”。“散风雪旌节影悠扬，动关山鼓角声悲壮”，是望断昭君和亲队伍踪影后向更遥远处的边关朔漠联想——她一路苦寒，余生只身飘零他乡，如何不令元帝心生悲凉！【梅花酒】以短促的音步、紧凑的节奏、绵密的意象，描摹了元帝与昭君分隔两地后面向莽原对各自生活的幻想：她那里部从入穷荒，秋原苍茫，草黄兔藏，褪毛的猎犬追随着打围的猎人，车马相连，四处转场；我这里返咸阳，过宫墙，绕回廊，近椒房，在月色昏黄的凉夜里，独自在绿纱窗下听寒蛩悲泣，不敢思量，“不思量，除是铁心肠，铁心肠也愁泪滴千行”——“在这里，人的意识、情愫与物象、环境相互渗透转化，心灵外化为物象，物象流溢着思绪，来回往复，延伸拓展，臻至浑然无迹之化境，达到了人和自然的和谐统一，从而完成了对爱而不得其所爱，但又不能忘却所爱的痛苦的悲剧心灵历程的描绘。”（宁宗一语）如果说元帝最初对昭君的宠爱更多地是见色心喜，在亲身经历了她危难之时挺身而出的回护、送别时留下汉服的忠贞后，元帝与昭君之间的情感已经升华成精神上的相惜。马致远以极具冲击力的动词推动意象切换和情绪的渲染，将元帝爱而不得的遗憾在宫外、宫内铺展开来。【梅花酒】用奇崛的幻境写出人世之情的刻骨铭心、缠绵悱恻，又用回环顶针的修辞手法一唱三叹地助推了内在情感的外在传达，将传统戏曲倚声传情的特色发挥得淋漓尽致，无怪清人梁廷枏称赞马致远《汉宫秋》道：“写情写景，当行出色，元曲中第一义也！”

元帝沉湎于痛失爱人的悲伤中不愿离去，大臣们却一再催促回銮，昭君的牺牲在他们心中唤不起一丝波澜，匈奴的威胁解除了，他们便又成了“忠臣良将。“我煞大臣行说一个推辞谎，又则怕笔尖儿那火编修讲”，元帝想在灞桥多停留片刻却不能够，只能在对昭君的担忧与思念中收回心绪，悒怏转还。马致远在《汉宫秋》第三折的最后杜撰了昭君在番汉交界的黑龙江望南浇奠、投江而死的情节。历史上，为保家国百姓和亲远嫁的女子不在少数，不愿在外族铁蹄下屈辱求生而以死明志者亦有之。出身“良家子”王昭君，以“匹妇”之勇毅主动担承了国家兴亡的重担，又为国守节靖忠牺牲，是一种集合了群体性崇高的典型塑造。对昭君的颂扬，既是对历史上无数为国为民默默付出的女性的肯定，又反过来讽刺了皇帝和群臣的怯懦无能。王国维《宋元戏曲考》以为：“明以后，传奇无非喜剧，而元则有悲剧在其中。……其最有悲剧之性质者，……剧中虽有恶人交构其间，而其蹈汤赴火者，仍出于其主人翁之意志，即列之于世界大悲剧中，亦无愧色也。”王昭君为爱人、百姓、国家不惜己身、赴汤蹈火，是真正的巾帼英雄。明人孟称舜《古今名剧合选》评价《汉宫秋》第三折道：“全折俱极悲壮，不似喁喁小窗前语也。”马致远在《汉宫秋》中谱写的情，不惟有男女之爱，更有昭君的民族精神与家国情怀。人们常称西施、昭君、貂蝉、玉环为中国古代之“四大美人”，然四美之中，无祸水之议的唯有王昭君一人。昭君的故事被人们百代传扬，永垂不朽是人民对她最崇高的赞许与褒奖。

曲家往往认为，马致远《汉宫秋》的第四折与白朴《梧桐雨》的第四折有相似之处，两折戏都描摹了帝王在痛失所爱之后独处深宫秋夜时的悲愤交加的思念情怀，都有观看画像、佳人入梦的情节等。但二者显然又有区别：唐玄宗在安史之乱后是失去实权的太上皇，汉元帝在昭君和亲后仍是一国之君；唐玄宗梦到的是与杨妃昔日美好，是留恋过往；汉元帝梦到的是昭君逃回汉宫被番兵追寻，是担忧当下;《梧桐雨》中令唐玄宗烦心不已的是梧桐叶上三更雨的细碎缠绵;《汉宫秋》里让汉元帝恼恨的则是长空雁叫霜晨月的凛冽悲感。而促生这种差异的主要原因则在于，唐玄宗目睹了杨妃的死，汉元帝则认为昭君尚在人世；杨妃被缢死只会让人同情或叹惋，昭君和亲却会令人钦佩、激人向上。鸿雁是集群活动的候鸟，孤雁是昭君的化身，她离开故国前往朔漠，好似为保护同伴而再难回南的大雁。孤雁的每一次鸣叫，不仅会激发汉元帝的思念与愧疚，也会令观众反复想起王昭君的伟大。也许，这就是马致远会以宾白陈述昭君殉国、毛延寿被杀、汉匈修好的原因——那些像王昭君一样为了祖国和亲异域的美丽女性，将永远圣洁地活在人民心中！

马致远之曲，“可与《灵光》《景福》两相颉颃，有振鬣长鸣、万马皆喑之意。又若神凤飞鸣于九霄，岂可与凡鸟共语哉？宜列群英之上！”（明朱权《太和正音谱》）

青衫泪

[元] 马致远

第三折

（白乐天引左右上，云）下官白居易。自左迁[1]司马[2]，来此江州，又早一年光景。昨日驿中[3]报来，说故人元微之[4]有事江南，打从这里经过。不免分付[5]左右，预备饮馔[6]，伺候则个[7]。（外扮元微之上，云）小官姓元名稹，字微之，见任[8]廉访使[9]之职。昨蒙圣恩，差来采访民风，经过江州。我想此处司马白乐天，乃某至交契友[10]，不免上岸探望他一遭。来到这州衙门首，左右报复去，道有故人元稹来访。（左右报科，云）有故人元老爹来访。（白乐天云）道有请。（左右云）请。（进见科）（白乐天云）微之，甚风吹得你来？贵脚踏贱地，使下官喜从天降。（元微之云）乐天久居江乡，牢落[11]殊甚，下官常切怀抱[12]，奈拘职

[1] 左迁：降官，贬职。

[2] 司马：官名。唐代于每州府佐吏中置司马，掌兵事，或用于安置贬谪或闲散之人。

[3] 驿中：驿站里的人。

[4] 元微之：即元稹，字微之，唐代文学家，白居易好友。在文学史上与白居易并称“元白”。

[5] 分付：同“吩咐”，嘱咐，命令。

[6] 饮馔（zhuàn）：饮食。

[7] 则个：古代白话中常用的句尾语气助词，用于加强语气，此有嘱托之意。

[8] 见任：现任。

[9] 廉访使：宋、元时期职官名，主管监察事务，类似唐代按察使。元杂剧中前代使用后代职官称谓为常见现象。

[10] 契友：志趣、情义投合的好友。

[11] 牢落：孤寂寥落。

[12] 常切怀抱：心中经常非常想念。

守，不得相从。今幸天假其便，再瞻眉宇[1]，岂胜庆幸[2]。（白乐天云）左右，将酒过来。微之，少屈片时。（元微之云）不必留坐。下官行李俱在船上，下官正要与乐天文叙一会，可将这酒席移到船上，送我一程如何？（白乐天云）下官亦有此心，咱就同去。左右，快携酒肴来者。（同下）（净上，云）小子刘一郎。自从娶得裴兴奴，又早半年光景。众朋友日日置酒相招，无有虚日。今日又是王官人相邀，大姐，好生看家，小子吃酒去来。（下）（正旦引梅香上，云）妾身裴兴奴。不想狠毒虔婆[3]贪钱，为我不肯留客求食[4]，把我卖与茶客[5]刘一郎为妻，随他茶船来到这里。问人说来，这里正是江州。那单徕[6]吃酒去了，不在船上。对着这般江天景物，想起那故人乐天，不由人不感伤也呵。（唱）

【双调】【新水令】正夕阳天阔暮江迷，倚晴空楚山叠翠。冰壶天上下[7]，云锦[8]树高低。谁倩[9]王维[10]，写愁入画图内？

【驻马听】常教他尽醉方归，是他拂茶客[11]青山沽酒旗。伴着我死心搭地[12]，是兀那[13]隐[14]离人望眼[15]钓鱼矶[16]。（带云）这江那里是江，（唱）则是递

---

[1] 再瞻眉宇：敬辞，再一次与你见面。眉宇，眉额之间，泛指容貌。

[2] 岂胜庆幸：犹言不胜荣幸。

[3] 虔婆：此谓鸨母。

[4] 留客求食：此谓妓女接客谋生。

[5] 茶客：此谓经营茶叶生意的客商。宋林逋《无为军》："酒家楼阁摇风旆，茶客舟船簇雨樯。"

[6] 单徕（lái）：詈辞，坏蛋，蠢货。

[7] 冰壶：盛冰的玉壶，古诗词中常借以喻月亮或月光。此时仍在傍晚，或喻天色明亮。

[8] 云锦：织有云纹图案的丝织品，此处指彩云。

[9] 倩（qìng）：动词，请人做某事。宋辛弃疾:《水龙吟·登建康赏心亭》："倩何人，唤取红巾翠袖，揾英雄泪。"

[10] 王维：字摩诘，唐代诗人、画家。

[11] 拂茶客：贩茶的客商。

[12] 死心搭地：犹言死心塌地。

[13] 兀那：指示代词，那，那个。

[14] 隐：遮掩。

[15] 望眼：远眺的眼睛。宋王安石《登飞来峰》："不畏浮云遮望眼，自缘身在最高层。"

[16] 钓鱼矶：钓鱼人垂钓时坐的水边岩石或突出石滩。

流[1]花草[2]武陵溪[3]，幽囚[4]风月[5]蓝桥驿[6]。直恁的[7]天阔雁来稀，莫不是衡阳[8]移在江州北？

（云）天色将晚，那厮吃酒去了，甚时回来？梅香，拂了床，我自家睡去罢。（唱）

【步步娇】这个四幅罗衾[9]初做起，本待招一个风流婿，怎知道如今命运低。长独自托冰蓝两头儿偎[10]，恁的般受孤恓[11]，知他是谁唤你做鸳鸯被？

（云）本待睡些儿，怎生睡得着？梅香，将[12]那琵琶过来，对此明月，写[13]我愁怀咱。（做抱琵琶科，唱）

【搅筝琶】都是你个琵琶罪，少欢乐足别离。为你引商妇[14]到江南，送昭君[15]

---

[1] 递流：放逐，把罪犯押解到荒远的地方去。元马致远《汉宫秋》第二折："太平时卖你宰相功劳，有事处把俺佳人递流。"亦作"流递"，如后文裴兴奴唱："恁秀才每那一椿儿不该流递。"

[2] 花草：花和草，此处代指女子。元王实甫《西厢记》第四本第三折："若见了那异乡花草，再休似此处栖迟。"

[3] 武陵溪：南朝刘义庆《幽明录》载，东汉时刘晨、阮肇入天台山迷不得返，循水得大溪，溪边遇仙女，并获款留。及出，已历七世，复往，不知何所。此处指偏僻少人之地。

[4] 幽囚：囚禁。

[5] 风月：风花雪月，常用以喻指男女情爱之事。

[6] 蓝桥驿：桥名，在陕西省蓝田县东南蓝溪之上。相传其地有仙窟，为唐人裴航遇仙女云英处。唐裴铏《传奇·裴航》："一饮琼浆百感生，玄霜捣尽见云英。蓝桥便是神仙窟，何必崎岖上玉清。"这里喻指囚禁爱情的监牢。

[7] 恁（nèn）的：如此，这样。亦作"恁地"。

[8] 衡阳：旧说湖南衡阳境内有回雁峰，大雁迁徙至此地而止，不再向南。宋范仲淹《渔家傲》："塞下秋来风景异，衡阳雁去无留意。"

[9] 四幅罗衾：犹言用四幅布料拼凑起来的宽大锦被。幅，布的宽度。罗衾，丝绸做成的被子。

[10] 独自托冰蓝两头偎：当时俗语，意思是说一个人托着冰做成的篮子，只能轻轻地将篮子抱在怀中，常用以形容一个人无依无靠、怀抱凄凉。"蓝"，或当作"篮"。

[11] 孤恓（xī）：寂寞凄凉。

[12] 将（jiāng）：动词，拿，取。

[13] 写（xiè）：倾吐，抒发。《诗经·邶风·泉水》："驾言出游，以写我忧。"写，通"泻"，宣泄，排遣。

[14] 商妇：犹言商人妇，此处为裴兴奴自谓。唐白居易《琵琶行》："门前冷落鞍马稀，老大嫁作商人妇。"

[15] 昭君：汉元帝宫人王嫱，字昭君，擅弹琵琶，曾和亲匈奴，嫁呼韩邪单于为阏氏。

出塞北。紫檀面[1]拂金猊[2]，越引的我伤悲。想故人何日回归，生被这四条弦拨俺在两下里，到不如清夜闻笛。

（做弹琵琶科）（白乐天同元微之上，云）来到这舟中，一江明月，万顷苍波，秋光可人[3]。微之，咱慢慢的对饮几杯。（做听科）（元微之云）那里琵琶响？（左右云）是那对过客船上有人弹的琵琶哩。（白乐天云）左右，你将船棹[4]近些。（做移船科）（白乐天云）这琵琶不是野调[5]，好似裴兴奴指拨。（元微之云）左右的，你去着他过来弹一曲，怕做甚么？（左右见旦科，云）小娘子，那边船上两位老爹教请一见。（正旦云）我就去。（做见白乐天，认科）（正旦唱）

【雁儿落】我则道是听琴钟子期[6]，错猜作待月张君瑞[7]。又不是归湖的越范蠡[8]，却原来是遭贬的白居易！

（旦做怕、回避科）（白乐天云）兴奴，你躲我怎么？（正旦唱）

【小将军】肯分[9]的月色如白日，他不说，我的知[10]是鬼！相公呵，怕你要做好事，兴奴尽依得，你则休渐渐来跟底[11]。

（白乐天云）兴奴，你是甚意思？越躲的远了！（正旦唱）

---

[1] 紫檀面：紫檀木做成的琵琶面。

[2] 金猊（ní）：金色的狻猊。猊，狻猊的省称，传说中似狮子的猛兽。

[3] 可人：称人心意。

[4] 棹（zhào）：船桨。此处用如动词，用桨划船。

[5] 野调：乡野曲调。

[6] 听琴钟子期：春秋时楚人钟子期善听琴，伯牙鼓琴，意在高山流水，钟子期听而知之。

[7] 待月张君瑞：《西厢记》中的张君瑞曾在月下弹琴向莺莺表达心意。

[8] 归湖的越范蠡：春秋末期越国大夫范蠡曾助越王勾践灭吴复越，传说其功成后携美人西施归隐五湖。

[9] 肯分：恰恰，凑巧。元无名氏关汉卿《裴度还带》第四折："绣毬儿抛得风团顺，肯分的正中吾身。"

[10] 的（dí）知：清楚知道。

[11] 跟底：脚下。此处裴兴奴误以为白居易已死，面前的是鬼魂，故而对白居易的靠近非常排斥。

【沉醉东风】我观觑[1]了衣服样势[2]，审察了言语高低[3]。你且自靠那边，俺须[4]有生人气[5]。远些儿个，好生商议。（做取钱投水科）（白乐天云）你丢钱怎的？（正旦唱）我为甚将几陌[6]黄钱漾在水里？便死呵，也博个团圆到底。

（白乐天云）兴奴，你近前来。（正旦又认科）（白乐天云）你如何来到这里？（正旦云）这等看来，还是活的。（叹科，云）相公，你做的好勾当！弄的我这等[7]，还推不知哩。（唱）

【拨不断】但犯着吃黄齑[8]，者[9]不是好东西[10]！想着那引萧娘写恨书千里[11]，搬倩女离魂酒一杯[12]，携文君逃走琴三尺[13]，恁[14]秀才每那一椿儿不该流递！

（白乐天云）我自相别，来此江州，无时不思念大姐。只是无心腹人，不好寄书。你却等不的我回家就跟着这商船来了，到说我的不是！（正旦悲科）苦死人也！教我一言难尽。（白乐天云）你说。（正旦云）自从与相公分别之后，妾再不留人求食，专等相公回来，以谐终身之托。不想老虔婆逐日嚷闹，

[1] 观觑（qù）：观看，观察。

[2] 样势：模样，样式。

[3] 高低：底细。

[4] 须：本，本来。

[5] 生人气：活人的气息。

[6] 陌：古代称钱一百为一陌。

[7] 这等：这样。

[8] 黄齑（jī）：腌制的咸菜。此为詈辞，犯着吃黄齑犹言活该你过不好。

[9] 者：犹“这”。

[10] 这：元曲中的衬字。元代钟嗣成《骂玉郎过感皇恩采茶歌·四别》：“从来别恨曾经惯，都不似这今番。”

[11] 引萧娘写恨书千里：惹得萧娘在千里之外写下断肠书信。语出唐代元稹《莺莺传》中引用的杨巨源《萧娘》诗：“风流才子多春思，肠断萧娘一纸书。”萧娘，南朝梁临川王萧宏率兵攻魏，畏缩不敢进军，被魏军嘲笑怯懦如女子。后来萧娘渐被用以泛指女性。

[12] 倩女离魂：唐代陈玄祐有传奇小说《离魂记》，写张倩女与书生王文举之间的爱情故事，其中有张倩女魂魄离躯追随王文举进京赶考的情节。小说在元代被郑光祖改编成杂剧《倩女离魂》，流传甚广。

[13] 携文君逃走琴三尺：汉代司马相如琴挑卓王孙之女卓文君，卓文君遂与相如私奔。

[14] 恁（nín）：同今之“您”。

百般啜哄[1]，妾身只是不从。那一日走进那茶客刘一郎，带的钱多，要来请我，妾抵死不肯。老虔婆和那蛮子[2]设计，送到相公一封书，说相公病危死了。妾捱不过虔婆贪钱，把妾卖与他，来到这里。听的人说是江州，妾身正要打听相公的消息。今日那单俫又吃酒去了，妾身思想无奈，对月弹一曲琵琶遣怀[3]，不想得见相公，实天赐其便也。这位相公是谁？（白乐天云）是我心友[4]廉访元微之。（做悲科）（元微之云）乐天不必烦恼。这厮捏写假书[5]，妄称人死，骗人之妾，自有罪犯，慢慢治他。（白乐天云）适间我做了一篇《琵琶行》，写在这里，大姐试看咱。（正旦接科，念云）浔阳江头夜送客，枫叶荻花秋瑟瑟。忽闻水上琵琶声，主人忘归客不别。移船相近邀相见，添酒回灯重开宴。千呼万唤始出来，犹抱琵琶半遮面。转轴拨弦三两声，未成曲调先有情。弦弦掩抑声声思，似诉平生不得志。低眉信手续续弹，说尽心中无限事。轻拢慢捻拨复挑，初为《霓裳》后《六幺》。曲终抽拨当心画，四弦一声如裂帛。自言家在京城住，名属教坊第一部。曲罢常教善才服，妆成每被秋娘妒。今年欢笑复明年，秋月春花等闲度。门前冷落鞍马稀，老大嫁作商人妇。我闻琵琶已叹息，又闻此语重唧唧。同是天涯沦落人，相逢何必曾相识。我从去年辞帝京，谪居卧病浔阳城。其间旦暮闻何物，杜鹃啼血猿哀鸣。岂无山歌与村笛，讴哑啁哳[6]难为听。今夜闻君弹一曲，为君翻作《琵琶行》。却坐促弦弦转急，满座闻之皆掩泣。就中泣下谁最多？江州司马青衫湿。（正旦云）相公好高才也！（梅香慌上，云）姐姐，员外[7]回来了也！（正旦唱）

[1] 啜（chuò）哄：哄骗。

[2] 蛮子：旧时北方人泛称某些少数民族或南方人为蛮子，有轻视的意思。

[3] 遣怀：遣兴，纾解情绪。

[4] 心友：知心好友。

[5] 捏写假书：假造书信。捏，假造，虚构。

[6] 讴哑啁哳（zhāo zhā）：亦作“呕哑嘲哳”，形容声音杂乱，不堪入耳。

[7] 员外：本谓正员以外的官员，后世因此类官职可以捐买，故富豪皆称员外，此谓茶商刘一郎。

【挂搭沽】恰打算[1]别离苦况味[2]，见小玉[3]言端的[4]，又惊散鸳鸯两处飞。咱须索[5]权回避。我这里淹粉泪[6]，怀愁戚，忙蹙金莲[7]，紧荡罗衣[8]。

（白、元虚下[9]）（净带酒[10]上，云）大姐那里？我醉了，扶我一扶者。

（正旦唱）

【沽美酒】我则道蒙山茶[11]有价例[12]，金山寺里说交易。每日江头如烂泥，把似[13]噇[14]不的少吃，则被你殃煞[15]我吃敲贼[16]！

【太平令】常教我羡鸂鶒[17]鸳鸯贪睡，看落霞孤鹜齐飞[18]。（净云）大姐过来，扶着我睡去。（正旦唱）听不上蛮声獠气[19]，倒敢恁[20]烦天恼地！搂只抱只[21]，爱你，休醉汉扶着越醉。

---

[1] 打算：结算。此谓共同回忆。

[2] 况味：景况和情味。

[3] 小玉：神话传说中仙人的侍女名，后泛指侍女。唐元稹《暮秋》："栖乌满树声声绝，小玉上床铺夜衾。"

[4] 端的：始末，底细，此言情况。

[5] 须索：必须，须要。《敦煌曲子词·洞仙歌》："拟铺鸳被，把人尤泥，须索琵琶重理。"

[6] 淹粉泪：犹言流泪。粉泪，女子之泪。

[7] 蹙（cù）金莲：慌忙移步。蹙，快速踏。金莲，女子的纤足。

[8] 荡罗衣，犹言整理身上的衣服。荡，扬起。

[9] 虚下：中国传统戏曲表演术语。剧中人在台上做下场的动作，此时该演员虽然还在台上，但观众却能感受到他已下场。

[10] 带酒：醉酒。

[11] 蒙山茶：出产于今四川雅安蒙山的名茶，唐时曾作为贡品进献宫廷。

[12] 价例：依法所定的价格。

[13] 把似：不如，何如。元张可久《普天乐·别情》："把似当初休相识，今日倒省得别离。"

[14] 噇（chuáng）：无节制地大吃特吃。

[15] 殃煞：连累，害死。

[16] 吃敲贼：詈辞，犹言该打死的家伙，亦作"吃敲才"。

[17] 鸂鶒（xī chì）：水鸟名，形大于鸳鸯，而多紫色，好并游，俗称紫鸳鸯。

[18] 落霞孤鹜齐飞：孤单的野鸭在天边落霞的映照下飞翔。语出唐王勃《滕王阁序》："落霞与孤鹜齐飞，秋水共长天一色。"

[19] 蛮声獠（liáo）气：旧时北方人嘲笑南方人说话的声气。

[20] 恁（nèn）：如此，这般。

[21] 搂只抱只：搂着抱着。只，语气助词，犹"着"。

（净云）我娶到的老婆，如何不服侍我？我醉了。（正旦唱）

【川拨棹】断禁持[1]，这是谁根前撒殢滞[2]？吃得来眼脑[3]迷希[4]，口角涎垂。觑不的村沙[5]样势，也是我前缘断勘对[6]。

【七兄弟】从早至晚夕，知他在那里？咱是甚夫妻，撇得我孤另另难存济[7]。我凄凄楚楚告他谁，你朝朝日日醺醺地。

（净做醉睡科）（正旦云）这厮醉的睡着了。我如今就过白相公船上去罢！（唱）

【梅花酒】我子待[8]便摘离[9]，把头面[10]收拾，倒过行李。休心意徘徊，正愁烦无了期。（白乐天上，云）大姐叫我怎的？（旦云）单俫沉醉睡着，妾随相公去罢。（唱）恰相逢在今夕，相公你还待要候甚的？和俺有情人一搭里[11]。那单俫正昏睡，囫囵课你拿只[12]，江茶引[13]我抬起，比及[14]他觉来疾。

【收江南】我教他满船空载月明归，三更难拨棹歌齐。我把这画船权作望夫

[1] 禁持：折磨，使受苦。宋姜夔《浣溪纱》："雁怯重云不肯啼，画船过石塘西，打头风浪恶禁持。"

[2] 撒殢（tì）滞：撒赖，放刁。亦作"撒滞殢"。

[3] 眼脑：眼睛。

[4] 迷希：眼睛半闭的样子。

[5] 村沙：粗鄙，粗俗。

[6] 勘对：命中注定。

[7] 存济：过活，度日。宋范仲淹《奏乞免关中支移二税》："民力大困，州县督责，不能存济。"

[8] 子待：只待。

[9] 摘离：脱离，分离。

[10] 头面：旧时女性头上戴的饰品，泛指首饰。元李行道《灰阑记》第一折："是我不许他再穿衣服，重戴头面。"

[11] 一搭里：犹言在一起。

[12] 囫囵课：即银锞子，整锭的银元宝。课，即锞。元商衜《一枝花》："待嫁人时要财定囫囵课。"

[13] 茶引：旧时茶商纳税后由官厅发给的运销执照。其制始于宋代，元、明、清仍之，清末渐废。

[14] 比及：未及，不要等到。这句的意思是，不要等到他快醒的时候再走。

石[1]，便去波莫迟，却不道五湖西子嫁鸱夷[2]。

（白乐天云）趁此秋清夜静，咱过船撑将开去，他那里寻我？（元微之云）乐天，等小官回朝奏知圣人，取你上京，先奏辨[3]此事，决得与兴奴明日完聚[4]。（白乐天云）微之，若得如此，咱两个感恩非浅。（正旦唱）

【水仙子】再不见洞庭秋月浸玻瓈[5]，再不见鸦噪渔村落照低[6]，再不听晚钟烟寺催鸥起[7]。再不愁平沙落雁悲[8]，再不怕江天暮雪霏霏[9]。再不爱山市晴岚翠[10]，再不被潇湘暮雨催[11]，再不盼远浦帆归[12]。

（白乐天云）谁想今日又重相会，使初心[13]得遂，实天所赐也。（正旦唱）

【太清歌】莫不是片帆饱得西风力，怎能勾谢安携出东山妓[14]？此行不为鲈鱼脍[15]，成就了佳期，无个外人知。那厮正茶船上和衣儿睡，黑娄娄地鼻息如

---

[1] 望夫石：古迹名，多地有之。传说有丈夫外出，其妇伫立望夫，日久而化为石，因有此名。

[2] 五湖西子嫁鸱夷（chī yí）：春秋时期美人西施最后嫁给了范蠡，两人一起泛舟五湖。范蠡号鸱夷子皮，此处作简称鸱夷。《史记・越王勾践世家》："范蠡浮海出齐，变姓名，自号鸱夷子皮。"

[3] 奏辨：上奏讲明。

[4] 完聚：团聚，团圆。

[5] 洞庭秋月浸玻瓈（lí）：语出宋杨公远《潇湘八景・洞庭秋月》："月色湖天浸岳城，卢花渺渺白铺汀。玻瓈万顷清无滓，只有君山一点青。"玻瓈，即玻璃，古为玉名，亦称水玉，或以为即水晶。此支曲每句对应"潇湘八景"之一，此句写"洞庭秋月"。

[6] 此句写"潇湘八景"之"渔村夕照"。

[7] 此句写"潇湘八景"之"烟寺晚钟"。

[8] 此句写"潇湘八景"之"平沙起雁"。

[9] 此句写"潇湘八景"之"江天暮雪"。

[10] 此句写"潇湘八景"之"山市晴岚"。

[11] 此句写"潇湘八景"之"潇湘夜雨"。

[12] 此句写"潇湘八景"之"远浦归帆"。

[13] 初心：本意。晋干宝《搜神记》卷十五："既不契于初心，生死永诀。"

[14] 谢安携出东山妓：白居易带裴兴奴离去，就像晋代谢安带东山妓出游一样。《晋书・谢安传》："安虽放情丘壑，然每游赏，必以妓女从。"

[15] 此行不为鲈鱼脍（kuài）：语出唐李白《秋下荆门》："此行不为鲈鱼鲙，自爱名山入剡中。"鲈鱼脍，南朝刘义庆《世说新语・识鉴》："张季鹰辟齐王东曹掾，在洛，见秋风起，因思吴中菰菜羹、鲈鱼脍，曰：'人生贵得适意尔，何能羁宦数千里以要名爵？'遂命驾便归。俄而齐王败，时人皆谓为见机。"后来遂以"鲈鱼脍"作为思乡赋归典故。

雷[1]。比及杨柳岸风唤起，人已过画桥西。

【二煞】咱两个离愁虽似茶烟湿，归心更比江流急。离江州谢天地，出烟波渔父国[2]。遮莫[3]他耳听春雷，茶吐枪旗[4]。着那斯直赶到五岭三湘建溪[5]，干相思[6]九万里。

（白乐天云）开了船去罢。（正旦唱）

【鸳鸯煞】若不是浮梁[7]茶客十分醉，怎奈何江州司马千行泪？早则你低首无言，仰面悲啼。畅道[8]情血痕多，青衫泪湿。不因这一曲琵琶成佳配，泪似杷推[9]，崄[10]添满浔阳半江水。（同下）

（净做酒醒慌上，云）吃的醉了，一觉睡着，醒来不见了大姐。可往那里去了？只怕落在江中。怎么箱笼开着？一定是走了！地方[11]，拿人拿人！（杂当[12]扮地方上，云）这船上是甚么人？半夜三更，大呼小叫的。（净云）是小子新娶的个小娘子，不知逃走那里去了。一定有个地头鬼[13]拐着他去，你们与我拿一拿。（地方云）哇[14]，胡说！这明月满江，又静悄悄无一只船来往，只是

[1] 黑娄娄：酣睡时的鼻息声，亦作“黑喽喽”。元费唐臣《贬黄州》第四折：“乐陶陶三杯元亮酒，黑娄娄一枕陈抟困。”

[2] 渔父国：离开渔父居住过的江潭一带地方。渔父，出战国屈原《渔父》：“屈原既放，游于江潭，行吟泽畔，颜色憔悴，形容枯槁。渔父见而问之……”

[3] 遮莫：尽管，任凭。亦作“遮末”。宋苏轼《次韵答宝觉》：“芒鞋竹杖布行缠，遮莫千山更万山。”

[4] 茶吐枪旗：茶树萌出新芽嫩叶。叶展开如旗，芽尖细如枪，故名枪旗。

[5] 五岭三湘建溪：泛指遥远的地方。

[6] 干相思：白白地害相思。

[7] 浮梁：唐代县名，今属江西。唐白居易《琵琶行》：“商人重利轻别离，前月浮梁买茶去。”

[8] 畅道：正是，端的是。亦作“唱道”。元曲【双调】【鸳鸯煞】第五句开头必用此二字，定格。

[9] 杷（bà）推：用杷推聚。形容数量极多。

[10] 崄（xiǎn）：同“险”。几乎，差一点。

[11] 地方：里正，旧时地方上替官府办差的人。

[12] 杂当：古代戏曲中扮演次要人物的杂脚。

[13] 地头鬼：当地的坏人。

[14] 哇（dōu）：叹辞，此处表呵斥。

你这船在此，走往那里去？想是你致死[1]了，故意找寻。我拿你到州衙见官去来！（地方锁净科）（净诗云）我刘一郎何曾捣鬼，小老婆多应失水。（地方诗云）这里面定有欺心[2]，送官去敲折大腿。（同下）

（以明臧晋叔《元曲选》万历吴兴臧氏刊本为底本，据别本参校）

【剧作简评】

《青衫泪》全名《江州司马青衫泪》，事本唐代诗人白居易长篇叙事诗《琵琶行》(一名《琵琶引》)，又部分参考了宋代书生双渐与名妓苏小卿月夜贩茶船的故事，剧名源自《琵琶行》中的“江州司马青衫湿”一句。全剧由四折和一个楔子组成，敷演了诗人白居易与琵琶女裴兴奴之间曲折的爱情故事，一般认为是马致远在杭州任上的作品，是元代婚恋题材杂剧的知名代表。

《琵琶行》是唐代诗人白居易的著名长诗，完成于唐宪宗元和十一年(816)，据白居易自作小序可知此诗的创作缘起与基本梗概：“元和十年，予左迁九江郡司马。明年秋，送客湓浦口，闻舟中夜弹琵琶者，听其音，铮铮然有京都声。问其人，本长安倡女，尝学琵琶于穆、曹二善才，年长色衰，委身为贾人妇。遂命酒，使快弹数曲。曲罢悯然，自叙少小时欢乐事，今漂沦憔悴，转徙于江湖间。予出官二年，恬然自安，感斯人言，是夕始觉有迁谪意。因为长句，歌以赠之。”也就是说，白居易在被贬后因偶然机缘听到了商女所奏琵琶曲并了解了她的身世，借他人之酒杯浇自己之块垒，作诗抒发了“同是天涯沦落人，相逢何必曾相识”的人生感慨与伤世情怀。琵琶女姓甚名谁白居易并未记载，至于白居易与琵琶女间的男女之情更是子虚乌有。《琵琶行》自创成起便是脍炙人口的名篇，白居易去世后唐宣宗皇帝为作《吊白居易》七律诗歌，其中便有“童子解吟《长恨》曲，胡儿能唱《琵琶》篇”，可见《琵琶行》在当时备受欢迎的盛况。

[1] 致死：犹言杀死，害死。

[2] 欺心：起坏心，昧良心。

由于白居易本人便是风流才子，其《琵琶行》名扬四方后琵琶女高超的技艺和凄凉的身世引发了广泛的同情，将白居易与琵琶女的萍水相逢增饰、附会成风流佳话的现象在唐宋时期便已出现。裴兴奴则确有其人，是生活在白居易同时期的琵琶圣手。据宋赵令畤《侯鲭录》卷一："白乐天《琵琶行》云：'曲罢曾令善才伏'，而善才不知出处。《琵琶录》云：元和中王芬、曹保，保有子善才，其孙曹纲，皆习此艺。次有裴兴奴，与曹同时。其曹纲善为运拨若风雷，不长于提弦；兴奴则长于拢捻，下拨稍软。时人谓：纲有右手，兴奴有左手。乐天又有《听曹纲琵琶示重莲》诗云：'拨拨弦弦意不同，胡啼番语两玲珑。谁能截得曹纲手，插向重莲红袖中。'"也就是说，马致远《青衫泪》以裴兴奴作为女主角的名字，并非随口杜撰而来。而杂剧中白居易与裴兴奴的婚恋故事，则在情节上更接近宋元时期流行的双渐、苏小卿的传说："苏小卿，庐州娼也。与书生双渐交昵，情好甚笃。渐出外久之不过，小卿守志待之，不与他狎。其母私与江右茶商冯魁定计，卖与之。小卿在茶船，月夜弹琵琶甚怨。……渐后成名，经官论之，复还为夫妇。"（明梅禹金《青泥莲花记·苏小卿》）苏小卿的故事在元代广为人知，传为王实甫所作的《苏小卿月夜贩茶船》（今存残本）题咏的便是其事。马致远通过月夜弹琵琶将两个故事嫁接在一起，创作了白居易与教坊女子裴兴奴有情，后裴兴奴为鸨母所迫嫁给茶商，月夜泛舟弹琵琶时复为白居易认出，白、裴两人再次携手，又经皇帝审判，有情人终成眷属的故事。剧情更多地反映了元初文人的落魄处境与底层女性的生存艰难，是那个时期广大人民生活状况的真实写照。

《青衫泪》杂剧由旦扮裴兴奴演唱全剧，是马致远唯一一部流传下来的旦本戏。与后来清人蒋士铨所作《四弦秋》传奇遵《琵琶行》诗意为叙事主线不同，《青衫泪》是以白居易与好友贾浪仙、孟浩然至教坊司寻访官妓裴兴奴开场的。第一折演白居易至教坊寻欢，对裴兴奴一见倾心，共由十支曲子组成。剧作以兴奴为叙事主体，使得这段风流佳话的开端罕少画意诗情，更多呈现的是教坊女伎在鸨母压榨下不得不每日逢场作戏的低微生活与苦闷心境。【点绛唇】至【天下乐】演兴奴每日在鸨母督促下晚睡早起迎接旧客新客，为其赚取钱财，母亲眼中只有银子，“更怎当他银堆里舍命，银眼里安身，挂席般出落着孩儿卖”，兴奴被当作赚钱的工具，备受折磨，“折倒的我形似鬼，熬煎的我骨似柴”，质朴又直白的语言，将底层女子被当作商品贩卖的悲惨境遇披露得淋漓尽致。白乐天等三书生来访，鸨母的热情发了兴奴的好奇，但她很快便明了了母亲的意图，“俺娘八分里又看上他那条乌犀带”。见白居易等人颇有礼貌，又是为自己的琵琶技艺而来，兴奴虽对他们的穷酸作派颇有揶揄，但仍热情款待。白居易见兴奴便有留宿之意，好友却一意离开，与兴奴约定改日再来后便离去。杂剧的第一折情节紧凑，全用本色语，将妓女兴奴未与白居易相爱时的日常生活白描出来，自然真实，令人心生恻隐。

《青衫泪》并未对裴兴奴、白居易相恋的过程展开描述，楔子直接写到半年之后唐宪宗因“文臣中多尚浮华，各以诗酒相胜，不肯尽心守职”，将白居易等人贬出京都。兴奴含泪与白居易作别，临行誓言“妾身再不留人，专等相公早些回来”，乐天回以“下官决不相负”后便仓促登程。但兴奴处花街柳巷为妓，纵守得住自己的心，又如何能掌握自己的命运？第二折一开始，便是鸨母贪恋财货，要兴奴接客。兴奴“情知普天下虔婆那一个不爱钱”，但仍坚守再不留客的誓言拒绝陪侍茶商刘一郎。鸨母怒不可遏对兴奴又打又骂，见“女儿”坚执不从，遂生心要将其卖作人妇，又与刘一郎定下计策，诓骗兴奴说白居易已死。不明真相的兴奴被以五百两银子的价格卖给茶客，被逼“从良”后，登上茶船四处漂泊。【倘秀才】至【醉太平】演兴奴登舟离开前在江边为白居易烧纸祭奠，“烧一陌纸儿钱，叙几句儿衷言。待不啼哭，夫乃妇之天，抛闪杀我也少年”，可谓是元初众多饱经离乱痛失所爱的人们的心声与呐喊。【一煞】至【尾煞】，兴奴连唱五曲痛诉失去爱人的悲伤与生身母亲的戕害。她思念白居易，痛心夫妻缘浅，“怎舍他临去时舌奸，至死也心坚。到如今鹤归华表，人老长沙，海变桑田”；面对母亲的凌虐，她发出了振聋发聩的怒吼：“母亲，我是你生亲之女，替你挣了一生。只为这几文钱，千乡万里卖了我去。母亲好狠也！”回首既往，兴奴的倾诉可谓是声声泣血：“我虚度三旬，是这婆娘亲女，受用了十年，是这赵妈妈金莲”，“偌来大穷坑火院，只央我一身填”，“却下的这拳槌不善，教我空捱那没程限的窦娥冤”！面对眼前鸨母与茶客的一再催促，兴奴无可奈何只得登舟。临行前，预感到未来暗不透光的压抑苦闷，她鞭笞人伦的泯灭，满腹愤恨喷薄而出化作诅咒：“少年的人，苦痛也天；狠毒呵娘，好使的钱”，“女爱的亲，娘不顾恋；娘爱的钞，女不乐愿。今日我前程事已然。有一日你无常到九泉，只愿火炼了你教镬汤滚滚煎，碓捣罢教牛头磨磨研。直把你念到关津渡口前，活咒到天涯海角边”；她怀疑天理的存在，质问命运的不公，“都道这风尘是宿缘，明理会得穷神解不的冤”！马致远笔下的裴兴奴是苦难的化身，她出生在低贱的教坊，长大后被亲生母亲逼迫接客成为妓女，白居易的出现为她灰暗人生里点亮了一束橘火，但很快她又被卖给茶客四处漂泊。如果封建伦常中所谓主宰命运的天理是公平的，为什么她会有这种遭际？人常道父母之爱子女乃是为人之本性，为什么又会有虐待、鬻卖亲生子女的行为出现？作为受害者，人们又要如何改变自己饱受熬煎的不幸命运？元代初期社会刚刚从战乱与动荡中复苏，由于统治者政治制度的不公与法律制度的不完善，百姓尤其是汉族百姓仍处身水深火热之中，社会地位及身体生理条件上相对弱势的女性的日子过得更加贫难，裴兴奴的处境绝非个例。马致远对兴奴的塑造，充满了对底层女性的同情，他用最质朴的语言书写了最哀恸的苦难，这也使得《青衫泪》脱离了一般才子佳人戏的浅薄，具有了更广泛的现实针对性与普世关照性。

杂剧的第三折写裴兴奴与白居易重逢，点题全剧，是生、旦分久再合的高潮段落，共由十九支曲子组成。裴兴奴明珠暗投随刘一郎茶船泛江，似无根之萍到处游荡，无限伤怀有如滔滔江水绵绵不绝，【新水令】化用宋代柳永《雨霖铃》“念去去，千里烟波，暮霭沉沉楚天阔”及欧阳修《朝中措》“平山阑槛倚晴空，山色有无中”成句，将别离之情与水色山光相融，“谁倩王维，写愁入画图内”一问，妙想妙语，直通唐宋。然纵山水或有怡人意，每日却仍须与鄙俗好利的茶客相对，“这江那里是江，则是递流花草武陵溪，幽囚风月蓝桥驿”，连续反用刘阮仙台、裴航遇仙两个爱情典故，无心赏景，纵风月无边都囚牢，物我交感，写出兴奴内心的苦闷。【搅筝琶】一曲写裴兴奴奏琵琶解忧，曲牌名与曲词相合，又以琵琶将兴奴之怨与昭君之怨遥相接引，点染间增强了身不由己的苦命女子今古同悲的厚重。

白居易与好友元稹游江，听曲识人，移船相近，认出琵琶女乃是兴奴。兴奴被请上船去与白居易相见，兴奴原本对乐天（白居易）的死深信不疑，两人重逢的画面极具喜感。她以为见到的乃是鬼魂，接连躲避，又是求祈，又是将钱丢进水里……确信白乐天还是活的，才转惧为怨，“相公，你做的好勾当！弄的我这等，还推不知哩”。【雁儿落】至【拨不断】用一种幽默的笔触调剂了场上的压抑，一扫悲凄的同时，又引出了白居易“被死亡”的真相。恰在此时，白居易取出新诗《琵琶行》自证深情，元人的戏曲与唐人的诗歌被自然地连缀在一起，轻巧尖新，本色有趣。

观众正为白居易的才情叫好，梅香匆忙登场，一声“姐姐，员外回来了也”打破了久别重逢的欣喜。兴奴只得让白居易回避，自己回去应付醉酒归来的茶贾。兴奴得知了被骗的真相，对刘一郎每日江头如烂泥愈发不满。【太平令】“常教我羡鸂鶒鸳鸯贪睡，看落霞孤鹜齐飞”两句点染唐人“得成比目何辞死，愿作鸳鸯不羡仙”（唐卢照邻《长安古意》）与“落霞与孤鹜齐飞”（唐王勃《滕王阁序》），表达了兴奴希望与心爱之人比翼齐飞的愿景。

见刘一郎昏昏睡去，裴兴奴毫不犹豫地回到白居易身边，“恰相逢在今夕，相公你还待要候甚的？和俺有情人一搭里”！“满船空载月明归”本为唐代诗僧德诚所作《拨棹歌》中的一句，吟咏的是虽无渔获却得大道的禅悦之情，此处被用以讽刺兴奴逃离后骗人的茶商人财两空，看似不通却又内在联系；“五湖西子嫁鸱夷”，则是用吴亡后美女西施复归范蠡同泛五湖的佳话，鼓励白居易且莫犹豫。白居易当即同意载兴奴离去，好友元稹亦承诺回京后奏明圣上，必让两人完聚。马致远以八个“再不”连缀“潇湘八景”铺排了兴奴的迫切心情，洞庭秋月、渔村夕照、烟寺晚钟、平沙落雁、江天暮雪、山市晴岚、潇湘夜雨、远浦归航都曾是催人泪的伤心景，快趁茶商醉卧时扬帆离去，“比及杨柳岸风唤起，人已过画桥西”。杜工部《闻官军收河南河北》中有“白日放歌须纵酒，青春作伴好还乡。即从巴峡穿巫峡，便下襄阳向洛阳”之句，【水仙子】至【二煞】连用多个地名，与之恰有异曲同工之妙；“着那厮正赶到五岭三湘建溪，干相思九万里”，则似长河入海，写出天遂人愿、逃脱苦海的酣然畅快。

《青衫泪》的第四折一向为人诟病，清人李调元《雨村曲话》便曾评价说“一时名士虽马致远、乔梦符辈，至第四折往往强弩之末”，今人刘荫柏亦认为“在此剧第四折的艺术处理上，却是无可饶恕的败笔”，“马致远将白居易与裴兴奴重新结合的问题弄到朝廷上去，请皇帝批准，小题大作，滑稽而浅薄，并且严重地损害了全剧的思想性”（《马致远及其剧作论考》）。从剧作的结构、思想，以及上情节的合理性来看，《青衫泪》确实存在上述问题。马致远令白居易娶妓女为妻，又让她凤冠霞帔朝见皇帝，是在以一种极端理想化的方式实现观众对喜剧性结局的期待。白居易与琵琶女毕竟不是范蠡与西施，历史上，范蠡在佐助勾践达成复国大业后拂衣而去，与西子偕隐具有一定的合理性；大诗人白居易却并没有远离朝廷，《青衫泪》欲促成裴兴奴从良的美满结局，必须妥善解决茶商刘一郎的遗留问题。皇帝亲自出面剖断，“白居易仍居旧职，裴夫人共享荣光。老虔婆决杖六十，刘一郎流窜遐方。这赏罚并无私曲，总之为扶植纲常”，手法上虽然简单粗暴了些，但也是古代戏曲作结时一劳永逸的常见套路，观众等闲视之亦无不可。

元初政治黑暗，文人科考入仕的途径被阻，通过选举得官亦极少，民间有“九儒十丐”之说，其地位“介乎娼之下丐之上者”（南宋谢枋得《送方伯载归三山序》)。长期地沉于底层，使得文人对百姓的生活有了更直接、深刻的体会，《青衫泪》中表现的士人与妓女之间关系，更多地便是元初的社会景况而非剧情本属的唐代，但也正因此，剧作才能在当时激起广泛的共鸣，赢得观众的喜爱。马致远被称颂为“万花丛里马神仙”，他最有名的作品除了《汉宫秋》便是《陈抟高卧》等一系列神仙道化剧，《青衫泪》虽不如《汉宫秋》深美悲壮，但其对底层女性生活的真实描写与同情是入世的、积极的，意义上远超过沉湎神道的神仙道化剧。

西厢记

第一本　张君瑞闹道场杂剧

楔子

（外[1]扮老夫人上开[2]）老身姓郑，夫主姓崔，官拜[3]前朝相国[4]，不幸因病告殂[5]。只生得个小姐，小字[6]莺莺，年一十九岁，针黹女工[7]，诗词书算，无不能者。老相公在日，曾许下老身之侄，乃郑尚书之长子郑恒为妻。因俺孩儿父丧未满，未得成合[8]。又有个小妮子[9]，是自幼伏侍孩儿的，唤作红娘。一个小厮儿[10]，唤做欢郎。先夫[11]弃世[12]之后，老身与女孩儿扶柩[13]至博陵[14]安葬，

---

[1] 外：见本书第 11 页注 12。这里指扮演老夫人的外旦。

[2] 开：戏剧开场。

[3] 拜：授予官职。

[4] 前朝：天子在位期间曰“朝”，这里指前一个皇帝在位时。

[5] 告殂（cú）：布告死亡。殂，死亡。

[6] 小字：小名，乳名。

[7] 针黹（zhǐ）女工：女子从事的针线、纺织、刺绣等活计。黹，制衣、刺绣，俗作“指”。

[8] 成合：成亲。

[9] 妮子：丫鬟，婢女。《新五代史・晋家人传・高祖皇后李氏》：“耶律德光已降晋兵，遣张彦泽先犯京师，以书遗太后，具道已降晋军，且曰：‘吾有梳头妮子，窃一药囊，以奔于晋，今皆在否？’”

[10] 小厮（sī）儿：宋元时称自家的幼子为小厮。元关汉卿《绯衣梦》第一折：“俺两家指腹成亲，后来我家生了女儿……他家得了个小厮。”

[11] 先夫：妻子称亡故的丈夫，亡夫。先，对死去的人的尊称。

[12] 弃世：婉辞，离开人世，死。

[13] 扶柩（jiù）：扶护灵柩归葬。柩，盛殓着尸体的棺材。《礼记・问丧》：“三日而敛，在床曰尸，在棺曰柩。”

[14] 博陵：唐代郡名，治所在今河北定州。博陵崔氏为唐代五大高门（河北清河、博陵崔姓，北京范阳卢姓，山东赵郡、甘肃陇西李姓，河南荥阳郑姓，河北太原王姓）之一。

因路途有阻，不能得去。来到河中府[1]，将这灵柩寄在普救寺[2]内。这寺是先夫相国修造的，是则天娘娘[3]香火院[4]，况兼法本长老，又是俺相公[5]剃度[6]的和尚，因此俺就这西厢下一座宅子安下[7]。一壁[8]写书附[9]京师去，唤郑恒来，相扶回博陵去。我想先夫在日，食前方丈[10]，从者[11]数百，今日至亲[12]则[13]这三四口儿，好生伤感人也呵。

【仙吕】【赏花时】夫主京师禄命[14]终，子母孤孀[15]途路穷，因此上旅榇[16]在梵王宫[17]。盼不到博陵旧冢[18]，血泪洒杜鹃红[19]。

今日暮春天气，好生困人[20]。不免唤红娘出来分付[21]他。红娘何在？（旦

---

[1] 河中府：唐代开元时期所置，治所在今山西永济。

[2] 普救寺：始建年代不详，隋代已有之，唐时僧俗信众积十年扩建，成为名刹。

[3] 则天娘娘：唐高祖李治的皇后武曌，死后谥号为则天皇后。

[4] 香火院：接受民间供奉的寺庙。香火，泛指寺庙敬奉神佛所用的香烛等物。

[5] 相公：妻子对丈夫的敬称。元无名氏《举案齐眉》第四折："相公，认了丈人丈母罢！"

[6] 剃度：佛教徒出家须剃发剃须，称作剃度。这里指僧尼出家时官府颁发度牒作为凭证。

[7] 安下：安置，安歇。

[8] 一壁：一边，一方面。

[9] 附：寄信。

[10] 食前方丈：日常饮食品类丰富，吃饭时各类佳肴排列于餐前者之前至于方一丈。语出《孟子·尽心下》："食前方丈，侍妾数百人，我得志，弗为也。"

[11] 从者数百：家中仆役有数百人之多。从者，仆从。

[12] 至亲：关系最亲密的人。

[13] 则：仅，只。

[14] 禄命：宿命论者谓人生的运数。东汉王充《论衡·命义》："人有命有禄，有遭遇，有幸偶。命者，贫富贵贱也；禄者，盛衰兴废也。"禄命终即死亡。

[15] 孤孀：孤儿寡妇。古代称年幼无父者为"孤"，称寡妇为"孀"。

[16] 旅榇（chèn）：未入葬前临时寄放在外的尸棺。榇，泛指棺材。

[17] 梵王宫：梵王为大梵天王的简称，梵王宫即大梵天王所居之宫殿，这里泛指佛寺。

[18] 旧冢（zhǒng）：这里指家乡博陵的祖坟。冢，坟墓。

[19] 杜鹃红：即杜鹃鸟喙上的血，这里代指眼泪。杜鹃，子规鸟，相传为古代蜀王杜宇魂魄所化，其鸣声哀切，叫后喙常流血，古代常以杜鹃啼血比喻哀伤至极。

[20] 困人：使人疲倦。元石君宝《秋胡戏妻》第三折："天气困人，我且去歇息咱。"

[21] 分付：嘱咐，命令。

俫[1]扮红见科）（夫人云）你看佛殿上没人烧香呵，和小姐闲散心耍一回去来。（红云）谨依严命[2]。（夫人下）（红云）小姐有请。（正旦扮莺莺上）（红云）夫人着俺和姐姐佛殿上闲耍一回去来。（旦唱）

【么篇[3]】可正是人值残春蒲郡[4]东，门掩重关[5]萧寺[6]中。花落水流红[7]，闲愁[8]万种，无语怨东风。（并下[9]）

第三折

（正旦上云）老夫人着红娘问长老去了，这小贱人不来我行[10]回话。（红上云）回夫人话了，去回小姐话去。（旦云）使你问长老，几时做好事？（红云）恰回夫人话也，正待回姐姐话。二月十五日请夫人、姐姐拈香。（红笑云）姐姐，你不知，我对你说一件好笑的勾当[11]。咱前日寺里见的那秀才，今日也在方丈[12]里。他先出门儿外，等着红娘，深深唱个喏[13]道："小生姓张，名

---

[1] 旦俫（lái）：扮红娘的幼小旦脚，即小旦。俫即俫儿，戏中扮演少年儿童的脚色。

[2] 严命：对尊长的敬称。

[3] 么（yāo）篇："么"为"後"（"后"的繁体字）之简写，么篇即后篇，元杂剧中同牌的第二支曲子称么篇，类似南曲的"前腔"。

[4] 蒲郡：即蒲州。

[5] 重（chóng）关：一道道的门。

[6] 萧寺：南朝梁武帝萧衍信佛，建造了很多佛寺，后称佛寺为萧寺。唐李公垂《莺莺歌》："门掩重关萧寺中，芳草花时不曾出。"

[7] 流红：水中的落花。红，花的代称。唐杜甫《春夜喜雨》："晓看红湿处，花重锦官城。"。

[8] 闲愁：无端无谓的愁思。宋贺铸《青玉案》："试问闲愁都几许？一川烟草，满城风絮，梅子黄时雨。"

[9] 并下：这里是说莺莺和红娘两人一起下场。

[10] 行（háng）：这里，那里。多用于称谓之后表处所。宋周邦彦《风流子》："最苦梦魂，今宵不到伊行。"

[11] 勾当（gòu dàng）：事情。

[12] 方丈：寺庙住持的居室。《维摩诘经》云，身为菩萨的维摩诘居士，其所住卧室一丈见方，但容量无限，禅宗寺院比附此说，称住持所居之所为方丈。

[13] 唱喏（rě）：古代男子所行之礼，叉手行礼的同时出声致敬。

珙[1]，字君瑞，本贯[2]西洛[3]人也，年二十三岁，正月十七日子时建生[4]，并不曾娶妻。”姐姐，却是谁问他来？他又问：“那壁[5]小娘子，莫非莺莺小姐的侍妾[6]乎？小姐常出来么？”被红娘抢白[7]了一顿呵回来了。姐姐，我不知他想甚么哩，世上有这等傻角[8]！（旦笑云）红娘，休对夫人说。天色晚也，安排香案[9]，咱花园内烧香去来。（下）（末上云）撇至寺中，正近西厢居址。我问和尚每[10]来，小姐每夜园内烧香。这个花园，和俺寺中合着。比及[11]小姐出来，我先在太湖石[12]畔墙角儿边等待，饱看一会。两廊僧众都睡着了，夜深人静，月朗风清，是好天气也呵！正是：闲寻方丈高僧语，闷对西厢皓月吟。

【越调】【斗鹌鹑】玉宇[13]无尘，银河泻影，月色横空，花阴满庭[14]。罗袂[15]生寒，芳心[16]自警。侧着耳朵儿听，蹑着脚步儿行：悄悄冥冥[17]，潜潜等等[18]。

---

[1] 珙（gǒng）：古代玉器，大璧。

[2] 本贯：原籍。元张国宾《合汗衫》第一折：“老夫姓张，名义，字文秀，本贯南京人也。”

[3] 西洛：唐开元间以河南府为西京，治所在洛阳县，故称洛阳为西洛，今河南洛阳。

[4] 建生：诞生，出生。

[5] 那壁：那边的，那面的。壁，边，面。

[6] 侍妾：这里指侍女、丫鬟。

[7] 抢白：责备，训斥。元石君宝《秋胡戏妻》第二折：“娶也不曾娶的，我倒吃他抢白了这一场。”

[8] 傻角：痴人，呆子。

[9] 香案：烧香之几案。唐、宋均有拜月祷告的习俗，唐李端《拜新月》：“开帘见新月，便即下阶拜。细语人不闻，北风吹裙带。”

[10] 每：用于人称代词或称谓后表复数，犹今之“们”。

[11] 比及：及至，等到。

[12] 太湖石：中国园林中常见的用以点缀庭院、花园用的石头，奇形异状，孔穴玲珑，因产于江苏太湖而得名。

[13] 玉宇：用玉建成的殿宇，传说中天帝或神仙的住所。据《云笈七签》卷八：“金房在明霞之上，九户在琼阙之内，此皆太微之所馆，天帝之玉宇也。”

[14] 庭：庭园。

[15] 罗袂（mèi）：丝罗的衣袖。亦指华丽的衣着。汉刘彻《落叶哀蝉曲》：“罗袂兮无声，玉墀兮尘生。”

[16] 芳心：女子的情怀。唐李白《古风》其四九：“美人出南国，灼灼芙蓉姿。皓齿终不发，芳心空自持。”

[17] 冥冥：暗地里。《荀子·修身》：“行乎冥冥而施乎无报。”

[18] 潜潜等等：遮掩身迹，走走停停。

【紫花儿序】等待那齐齐整整[1]，袅袅婷婷[2]，姐姐莺莺。一更[3]之后，万籁[4]无声，直至莺庭。若是回廊下没揣[5]的见俺可憎，将他来紧紧的搂定；则问你那会少离多，有影无形[6]。

（旦引红娘上云）开了角门儿[7]，将[8]香桌出来者。（末唱）

【金蕉叶】猛听得角门儿呀的一声，风过处花香细生。踮着脚尖儿仔细定睛：比我那初见时庞儿[9]越整。

（旦云）红娘，移香桌儿，近太湖石畔放者。（末做看科云）料想春娇[10]厌拘束，等闲[11]飞出广寒宫[12]。看他容分一捻[13]，体露半襟，亸[14]香袖以无言，垂罗裙而不语。似湘陵妃子，斜倚舜庙朱扉[15]；如月殿嫦娥，微现蟾宫[16]素影。是好女子也呵！

---

[1] 齐齐整整：姿容匀称，端正美丽。

[2] 袅袅婷婷：形容女子纤柔轻盈的样子。

[3] 更：古人夜间计时单位，一夜分为五个更次，每更次约两小时，一更约指晚七时至九时。

[4] 万籁：指天地人万物发出的各种声音。籁，声音。《庄子·齐物论》："汝闻人籁而未闻地籁，汝闻地籁而未闻天籁夫？"

[5] 没揣：意外，没想到。明汤显祖《牡丹亭·惊梦》："没揣菱花，偷人半面，迤逗的彩云偏。"

[6] 有影无形：可闻声不能睹其面。

[7] 角门儿：即角门，传统建筑在正门两侧设的小门。宋王安石《省中沈文通厅事》："竹上秋风吹网丝，角门常闭吏人稀。"

[8] 将：取，拿。唐李白《将进酒》："五花马，千金裘，呼儿将出换美酒。"

[9] 庞儿：脸，面。

[10] 春娇：年轻美艳的女子，这里指嫦娥，亦代指莺莺。唐元稹《连昌宫词》："春娇满眼睡红绡，掠削云鬟旋妆束。"

[11] 等闲：轻易，随便。宋朱熹《春日》："等闲识得东风面，万紫千红总是春。"

[12] 广寒宫：月宫。据《龙城录·明皇梦游广寒宫》："开元六年，上皇与申天师、道士鸿都客，八月望日夜，因天师作术，三人同在云上游月中，过一大门，在月光中飞浮，宫殿往来无定，寒气逼人，露濡衣袖皆湿。顷见一大宫府，榜曰'广寒清虚之府'，其守门兵卫甚严，白刃粲然，望之如凝雪。"唐鲍溶《宿水亭》："夜深星月伴芙蓉，如在广寒宫里宿。"

[13] 容分一捻（niē）：美丽的形态显露了一小部分。捻，量词，把，这里用一捻来形容美好娇柔。

[14] 亸（duǒ）：下垂。唐虞世南《应诏嘲司花女》："学画鸦黄半未成，垂肩亸袖太憨生。"

[15] 这两句是说莺莺像斜靠着舜庙红门的湘水女神——尧的两个女儿娥皇、女英，舜帝的两个妃子。舜南巡死于苍梧山，二女追至，自投湘水，成为湘水女神。湘陵，湘水边舜的陵墓。

[16] 蟾宫素影：月中嫦娥素净洁白的身影，因莺莺孝服未除，故以蟾宫素影喻之。蟾宫，月宫。

【调笑令】我这里甫能、见娉婷[1]，比着那月殿嫦娥也不恁般[2]撑[3]。遮遮掩掩穿芳径，料应来小脚儿[4]难行。可喜娘[5]的脸儿百媚生，兀的[6]不引了人魂灵！

（旦云）取香来。（末云）听小姐祝告甚么。（旦云）此一炷香，愿化去[7]先人，早生天界；此一炷香，愿堂中老母，身安无事；此一炷香，……（做不语科）（红云）姐姐不祝这一炷香，我替姐姐祝告：愿俺姐姐早寻一个姐夫，拖带[8]红娘咱！（旦再拜云）心中无限伤心事，尽在深深两拜中。（长吁科）（末云）小姐倚栏长叹，似有动情之意。

【小桃红】夜深香霭散空庭，帘幙[9]东风静。拜罢也斜将曲栏凭，长吁了两三声。剔团圞[10]明月如悬镜，又不是轻云薄雾，都则是香烟人气[11]，两般儿氤氲[12]得不分明。

我虽不及司马相如[13]，我则看小姐颇有文君之意。我且高吟一绝，看他则

---

[1] 娉婷（pīng tíng）：美人，佳人。唐白居易《夜闻歌者》："独倚帆樯立，娉婷十七八。"

[2] 恁（nèn）般：如此，这么。

[3] 撑：漂亮，美丽。元白朴《梧桐雨》第一折："行的一步步娇，生的一件件撑。"

[4] 小脚儿：古代女子缠足后发育畸形的脚。《西厢记》剧中多次描写莺莺小脚，但中国古代女子缠足始于南唐李后主之宫嫔窅娘，唐代尚无缠足风气。

[5] 可喜娘：可爱的姑娘。

[6] 兀的：语气助词，与"不"连用表示反诘，类似现在的"怎么不"。

[7] 化去：死亡的婉称。唐吴融《岐下闻杜鹃》："化去蛮乡北，飞来渭水西。为多亡国恨，不忍故山啼。"

[8] 拖带：带挈，提携。

[9] 帘幙：同"帘幕"，窗帘与帷幕，指遮蔽门窗的布幔。

[10] 剔团圞（luán）：犹今言"滴流圆"。剔，程度副词，极，很。团圞，浑圆。

[11] 人气：人的气息，这里指莺莺的长吁。

[12] 氤氲（yīn yūn）：烟气蒸腾、弥漫缭绕的样子。唐苏味道《咏雾》："氤氲起洞壑，遥裔匝平畴。"

[13] 司马相如：汉代著名辞赋家，曾与寡妇卓文君相恋并私奔成婚。《史记·司马相如列传》："卓王孙有女文君新寡，好音，故相如缪与令相重，而以琴心挑之。相如之临邛，从车骑，雍容闲雅甚都。及饮卓氏，弄琴，文君窃从户窥之，心悦而好之，恐不得当也。既罢，相如乃使人重赐文君侍者通殷勤。文君夜亡奔相如，相如乃与驰归成都。"

甚[1]：月色溶溶[2]夜，花阴寂寂春。如何临皓魄[3]，不见月中人？（旦云）有人墙角吟诗！（红云）这声音，便是那二十三岁不曾娶妻的那傻角。（旦云）好清新之诗！我依韵[4]做一首。（红云）你两个是好做一首！（旦念诗云）兰闺[5]久寂寞，无事度芳春。料得行吟者[6]，应怜长叹人。（末云）好应酬[7]得快也呵！

【秃厮儿】早是那脸儿上扑堆[8]着可憎，那堪那心儿里埋没[9]着聪明。他把那新诗[10]和得忒[11]应声[12]，一字字诉衷情，堪听。

【圣药王】那语句清，音律轻，小名儿不枉了唤做莺莺。他若是共小生、厮觑定[13]，隔墙儿酬和到天明，方信道惺惺的自古惜惺惺[14]。

我撞出去，看他说甚么。

【麻郎儿】我拽起罗衫欲行，（旦做见科）他陪着笑脸儿相迎。不做美的红娘忒浅情[15]，便做道谨依来命。

（红云）姐姐，有人！咱家去来，怕夫人嗔着[16]。（莺回顾下）（末唱）

---

[1] 则甚：怎么，做什么。宋黄庭坚《阮郎归》："夜来算得有归期，灯花则甚知？"

[2] 溶溶：水流动的样子，常用以形容如水之月色，此句意本宋晏殊《无题》："梨花院落溶溶月，柳絮池塘淡淡风。"

[3] 皓魄：明月。宋朱淑真《中秋玩月》："清晖千里共，皓魄十分圆。"

[4] 依韵：按照他人诗歌的韵部作诗。

[5] 兰闺：本指汉代后妃宫室，泛指女子的香闺。唐罗邺《春闺》："愁坐兰闺日过迟，卷帘巢燕羡双飞。"

[6] 行吟者：边走边吟诗的人。行吟，边走边吟咏。《楚辞·渔父》："屈原既放，游于江潭，行吟泽畔。"

[7] 应酬：应答，应对。

[8] 扑堆：遍布，堆满。

[9] 埋没：隐藏，蕴含。

[10] 新诗：格律诗，唐朝出现的一种新诗体，相对于古体诗被称为近体诗或新诗。

[11] 忒（tuī）：副词，太，过于。

[12] 应声：随声。这里是说莺莺才思敏捷，迅速依韵酬答作诗一首。

[13] 厮觑定：长时间地相互注目。厮，相，相互。

[14] 惺惺的自古惜惺惺：这里是说聪明人从来就喜欢聪明人，性格、才调相同的人相互爱慕、看重。惺惺，聪明机灵。惜，爱重。

[15] 浅情：薄情。宋晏几道《减字木兰花》："满眼飞英，弹指东风太浅情。"

[16] 嗔着：责怪。

【幺篇】我忽听、一声、猛惊，元来是扑剌剌宿鸟[1]飞腾，颤巍巍花梢弄影，乱纷纷落红满径。

小姐你去了呵，那里发付[2]小生！

【络丝娘】空撇下碧澄澄苍苔[3]露冷，明皎皎花筛月影。白日凄凉枉耽病，今夜把相思再整。

【东原乐】帘垂下，户已扃[4]。却才个[5]悄悄相问，他那里低低应。月朗风清恰二更，厮徯幸[6]，他无缘，小生薄命。

【绵搭絮】恰寻归路，伫立空庭，竹梢风摆，斗柄云横[7]。呀，今夜凄凉有四星[8]，他不偢人待怎生！虽然是眼角传情，咱两个口不言心自省。

今夜甚睡到得我眼里呵！

【拙鲁速】对着盏碧荧荧短檠灯[9]，倚着扇冷清清旧帏屏[10]。灯儿又不明，梦儿又不成；窗儿外淅零零的风儿透疏棂，忒楞楞的纸条儿鸣；枕头儿上孤另，被窝儿里寂静。你便是铁石人，铁石人也动情。

【幺篇】怨不能，恨不成，坐不安，睡不宁。有一日柳遮花映，雾障云屏[11]，

---

[1] 宿鸟：归巢栖息的鸟。唐李白《菩萨蛮》："玉阶空伫立，宿鸟归飞急。"

[2] 发付：打发，发落。元关汉卿《救风尘》第一折："依着姨姨说，我且在客店中安下，看你怎么发付我。"

[3] 苍苔：青色的苔藓。宋叶绍翁《游园不值》："应怜屐齿印苍苔，小扣柴扉久不开。"

[4] 扃（jiōng）：上闩，关门。

[5] 却才个：刚才。个，语气助词，无实义。

[6] 徯幸：侥幸，庆幸。这里用为反语，有不幸、倒霉的意思。

[7] 斗柄云横：句本汉乐府《善哉行》："月没参横，北斗阑干。"斗谓北斗，即大熊星座的七颗星——天枢、天璇、天玑、天权、玉衡、开阳、摇光七星组成的。把它们连接起来很像古代舀酒用的斗，故称北斗。其中玉衡、开阳、摇光三星为斗柄，又叫斗杓。其他四星为斗身，又叫斗魁。由于星空流转，斗柄所指的方位也不断变化。在固定的季节月份里，可以从斗柄的方位测定时间的早晚。斗柄云横，表示夜深。

[8] 四星：古代秤杆以二分半为一星，四星即"十分"，有极、甚之意，这里是说十分凄凉。

[9] 短檠（qíng）灯：灯柱较短的灯，本指贫寒读书人读书照明的灯，这里代指读书之灯。檠，支撑灯盘的立柱，以柱之长短区分长檠与短檠。宋陆游《冬夜读书》："重寻总角梦，却对短檠书。"

[10] 帏屏：帷帐和屏风，常用以泛指室内陈设。晋潘岳《悼亡诗三首》其一："帏屏无髣佛，翰墨有余迹。"

[11] 雾障云屏：云遮雾障。

夜阑人静，海誓山盟——恁时节风流嘉庆，锦片也似前程[1]；美满恩情[2]，咱两个画堂春自生。

【尾】一天好事从今定，一首诗分明照证[3]。再不向青琐闼梦儿中寻[4]，则去那碧桃花树儿下等。（下）

第二本　崔莺莺夜听琴杂剧

第一折

（净扮孙飞虎上开[5]）自家姓孙，名彪，字飞虎。方今上[6]德宗[7]皇帝即位[8]，天下扰攘。因主将丁文雅失政[9]，俺分统五千人马，镇守河桥。近知先相公崔珏之女莺莺，眉黛青颦[10]，莲脸生春，有倾国倾城[11]之容，西子[12]太真

[1] 锦片儿也似前程：形容婚姻美好如花似锦。“前程”在元杂剧中多特指婚姻，元乔吉《金钱记》第四折：“寄与他多情女艳娇，你着他别寻一个前程倒好。”

[2] 恩情：恩爱之情。汉班婕妤《怨歌行》：“弃捐箧笥中，恩情中道绝。”

[3] 照证：验证，对证。

[4] 青琐闼（tà）：宫门，这里代指朝廷。青琐，古代宫门上装饰的青色连环花纹；闼，宫中的门。唐杜甫《赠献纳使起居田舍人澄》：“晓漏追趋青琐闼，晴窗检点白云篇。”

[5] 上开：元杂剧演出开始脚色登场，称上开。

[6] 今上：当今天子。

[7] 德宗：唐朝第十位皇帝李适死后的庙号。庙号在帝王死后方有，但元杂剧中常对故事发生时在位的皇帝称呼其庙号。

[8] 即位：此处指在位。德宗即位于建中元年（780），贞元十七年时已在位二十一年。

[9] 失政：政治混乱，这里指主政不当。

[10] 眉黛青颦（pín）：青黑色的眉，这里指女性眉眼清丽动人。黛为古代妇女画眉用的青色颜料，颦本指皱眉的动作，这里指眉毛。

[11] 倾国倾城：典出《汉书·外戚传上·李夫人》：“延年侍上起舞，歌曰：‘北方有佳人，绝世而独立，一顾倾人城，再顾倾人国。宁不知倾城与倾国，佳人难再得！’”后因以形容女子极其美丽。宋柳永《柳腰轻》：“算何止、倾国倾城，暂回眸、万人断肠。”

[12] 西子：春秋时越国的美女西施。宋苏轼《水龙吟》：“五湖闻道，扁舟归去，仍携西子。”

之颜[1]，见在[2]河中府普救寺借居。我心中想来，当今用武之际，主将尚然不正，我独廉何为？大小三军，听吾号令：人尽衔枚[3]，马皆勒口[4]，连夜进兵河中府，掳莺莺为妻，是我平生愿足。（法本慌上）谁想孙飞虎将[5]半万贼兵，围住寺门，鸣锣击鼓，呐喊摇旗，欲掳莺莺小姐为妻。我今不敢违误，即索报知夫人走一遭。（下）（夫人慌上云）如此却怎了？俺同到小姐卧房里商量去。（下）（旦引红上云）自见了张生，神魂荡漾，情思不快，茶饭少进。早是离人伤感，况值暮春天道[6]，好烦恼人也呵！好句有情怜夜月，落花无语怨东风。

【仙吕】【八声甘州】恹恹[7]瘦损，早是伤神[8]，那值残春[9]。罗衣宽褪[10]，能消几度黄昏[11]？风袅篆烟[12]不卷帘，雨打梨花深闭门[13]；无语凭阑干[14]，目断行云[15]。

---

[1] 太真：即唐玄宗贵妃杨氏，本为寿王妃，出家为女道士，号太真，后被唐玄宗册封为贵妃。唐白居易《长恨歌》："中有一人字太真，雪肤花貌参差是。"

[2] 见在：现时，现在。唐元稹《悟禅三首寄胡果》其三："近见新章句，因知见在心。"

[3] 衔枚：古代行军打猎及丧礼执绋时一种禁止喧哗的措施。枚状如箸，两端有带，可系于颈上。衔，口含。

[4] 勒口：给马匹等戴上嚼子，使之不能鸣叫。

[5] 将：率领。

[6] 天道：气候，天气。元关汉卿《窦娥冤》第三折："这等三伏天道，你便有冲天的怨气，也召不得一片雪来。"

[7] 恹（yān）恹：委靡不振的样子。宋李清照《蝶恋花》："永夜恹恹欢意少，空梦长安，认取长安道。"

[8] 伤神：伤心。南朝江淹《别赋》："造分手而衔涕，感寂寞而伤神。"

[9] 那："奈何"的合音。唐李白《长干行二首》其二："那作商人妇，愁水复愁风。"

[10] 罗衣宽褪：因消瘦而感觉衣服肥大。

[11] 能消几度黄昏：语本宋赵令畤《清平乐》："断送一生憔悴，只消几个黄昏。"

[12] 篆烟：焚香产生的烟上升时纡徐盘旋，形如篆字，故称篆香；也指制作成篆字形状的香。宋陆游《焚香昼睡比觉香犹未散戏作二首》其二："燕梁寂寂篆烟残，偷得劳生数刻闲。"

[13] 雨打梨花深闭门：语出宋李重元《忆王孙・春词》："杜宇声声不忍闻，欲黄昏，雨打梨花深闭门。"

[14] 无语凭阑干：语出宋黄公度《菩萨蛮》："何处春归早，无语凭栏杆。"

[15] 目断：极目远望。宋柳永《少年游》："夕阳鸟外，秋风原上，目断四天垂。"

【混江龙】落红成阵[1]，风飘万点正愁人[2]；池塘梦晓[3]，阑槛辞春。蝶粉轻沾飞絮雪[4]，燕泥香惹落花尘。系春心情短柳丝长，隔花阴人远天涯近[5]。香消了六朝金粉[6]，清减了三楚精神[7]。

（红云）姐姐情思[8]不快，我将被儿薰得香香的，睡些儿。（旦唱）

【油葫芦】翠被生寒压绣裀[9]，休将兰麝薰[10]；便将兰麝薰尽，则索自温存[11]。昨宵个锦囊佳制明勾引[12]，今日个玉堂人物难亲近[13]，这些时坐又不安，睡又不稳，我欲待登临又不快[14]，闲行又闷，每日价情思睡昏昏[15]。

【天下乐】红娘呵，我则索搭伏定[16]鲛绡[17]枕头儿上盹，但出闺门，影儿般

---

[1] 落红成阵：落花阵阵飘落。宋何耕《成都即事》："零落红成阵，扶疏绿结帏。"

[2] 风飘万点正愁人：语出唐杜甫《曲江二首》其一："一片花飞减却春，风飘万点正愁人。"

[3] 池塘梦：南朝谢灵运有佳句"池塘生春草，园柳变鸣禽"，钟嵘《诗品》引《谢氏家录》："康乐（谢灵运）每对惠连（灵运从弟谢惠连），辄得佳语。后在永嘉西堂，思诗竟日不就，寤寐间忽见惠连，即成'池塘生春草'。"

[4] 蝶粉轻沾飞絮雪：飘飞的柳絮粘在蝴蝶身上，好像一层雪。蝶粉，蝴蝶身上的鳞粉。

[5] 这两句的意思是说，柳丝虽短，可是连接相互爱慕的情思还不如柳丝长；天涯虽远，但与只隔着一簇花丛的心上人比，好像人比天涯更远。上句本元杨果《越调·小桃红》"美人笑道：'莲花相似，情短藕丝长'"；下句本宋欧阳修《千秋岁》"夜长春梦短，人远天涯近"。

[6] 这句的意思是说，无心梳妆，身上的脂粉气消失。金粉，铅粉，妇女妆饰用的脂粉。六朝风气奢华，故称六朝金粉。

[7] 这句的意思是说精神衰减不振。三楚，战国楚地，古有东西南三楚之分。三国魏阮籍《咏怀》诗其十三言"三楚多秀士"，后常借三楚写人之精神。

[8] 情思：情绪，心情。唐薛涛《秋泉》："长来枕上牵情思，不使愁人半夜眠。"

[9] 绣裀（yīn）：华丽的褥垫。裀通"茵"，泛指褥垫等卧具。

[10] 兰麝：兰与麝香，泛指名贵的香料。南朝鲍照《中兴歌十首》其三："彩墀散兰麝，风起自生芳。"

[11] 则索：只好。元关汉卿《新水令》："等多时不见来，则索独立在花阴下。"

[12] 锦囊佳制：泛指美好的诗句。典出唐李商隐《李长吉小传》："（李贺）能苦吟疾书，……恒从小奚奴，骑距驴，背一古破锦囊，遇有所得，即书投囊中。及暮归，太夫人使婢受囊出之，见所书多，辄曰：'是儿要当呕出心始已尔。'上灯与食，长吉从婢取书，研墨叠纸足成之，投他囊中。"

[13] 玉堂人物：泛指显贵的文士，此处特指张生。汉时待诏于玉堂殿，后遂称学士为玉堂人物。

[14] 登临：登山临水，泛指游玩。语出《楚辞·九辩》："憭栗兮若在远行，登山临水兮送将归。"

[15] 每日价：每天，天天。价，语气助词。

[16] 搭伏定：伏在……之上。元杨果《仙吕·赏花时》："唱道则听得玉漏声频，搭伏定鲛绡枕头儿盹。"

[17] 鲛绡（jiāo xiāo）：传说南海水中鲛人所织成的薄绸，这里指柔软的丝织品做的枕头。

不离身。

（红云）不干红娘事，老夫人着我跟着姐姐来。（旦云）俺娘也好没意思。这些时直恁般[1]堤防着人！小梅香伏侍的勤，老夫人拘系[2]的紧，则怕俺女孩儿折了气分[3]。

（红云）姐姐往常不曾如此无情无绪；自曾见了那生，便却心事不宁，却是如何？（旦唱）

【那吒令】往常但见个外人，氲的[4]早嗔；但见个客人，厌的[5]倒褪[6]；从见了那人，兜的[7]便亲。想着他昨夜诗，依前韵，酬和得清新。

【鹊踏枝】吟得句儿匀，念得字儿真，咏月新诗，煞强似[8]织锦回文[9]。谁肯把针儿将线引[10]，向东邻[11]通个殷勤。

---

[1] 直恁般：竟这样。

[2] 拘系：拘束，管束。

[3] 折了气分：丢了光彩，失了体面。气分，光彩，体面。元戴善夫《风光好》第三折："我和你两情调两意肯，这谐合有气分。"

[4] 氲的：脸红，变颜色，亦作"晕的""缊地"。元关汉卿《拜月亭》第一折："每常我听得绰的说个女婿，我早豁地离了坐位，悄地低了咽颈，缊地红了面皮。"

[5] 厌的：突然，猛地。元马致远《任风子》第二折："我骗土墙腾的跳过来，转茅檐厌的行过去。"

[6] 倒褪：后退，倒退。

[7] 兜（dōu）的：突然，立刻。元纪君祥《赵氏孤儿》第一折："可怎生到门前兜的又回身？"

[8] 煞强似：更胜过，比……强得多。

[9] 织锦回文：用彩色丝线织就的回文诗锦，这里指像珠玉一样美好的诗句。回文，一种纵横反复都可通读的文体，诗词曲都有，此指回文诗。《晋书·列女传·窦滔妻苏氏》："窦滔妻苏氏，始平人也，名蕙，字若兰，善属文。滔，苻坚时为秦州刺史，被徙流沙，苏氏思之，织锦为回文旋图诗以赠滔。宛转循环以读之，词甚凄惋。"相传其锦纵横八寸，题诗二百余首，计八百余言，纵横反覆皆成章句。

[10] 针儿引线：针可引线，如媒人可介绍、成就婚姻，旧时常以此比喻牵线的媒人。

[11] 东邻：典出战国宋玉《登徒子好色赋》："天下之佳人，莫若楚国；楚国之丽者，莫若臣里；臣里之美者，莫若臣东家之子。东家之子，增之一分则太长，减之一分则太短，着粉则太白，施朱则太赤。眉如翠羽，肌若白雪，腰如束素，齿若含贝。嫣然一笑，惑阳城，迷下蔡。然此女登墙窥臣三年，至今未许也。"本指多情的美丽女子，在这里指借宿寺中暂居莺莺东邻的张生。

【寄生草】想着文章士，旖旎[1]人。他脸儿清秀身儿俊，性儿温克[2]情儿顺，不由人口儿里作念心儿里印。学得来一天星斗焕文章[3]，不枉了十年窗下无人问[4]。

（飞虎领兵上围寺科）（下）（卒子内高叫云[5]）寺里人听者：限你每三日内，将莺莺献出来，与俺将军成亲，万事干休。三日之后不送出，伽蓝[6]尽皆焚烧，僧俗寸斩[7]，不留一个。（夫人、洁同上，敲门了）（红看了云）姐姐，夫人和长老都在房门前。（旦见了科）（夫人云）孩儿，你知道么？如今孙飞虎将半万贼兵，围住寺门，道你眉黛青颦，莲脸生春，似倾国倾城的太真，要掳你做压寨夫人[8]。孩儿，怎生是了也？（旦唱）

【六幺序】听说罢魂离了壳，见放着祸灭身，将袖梢儿揾[9]不住啼痕。好教我去住无因，进退无门，可着俺那埚儿里[10]人急偎亲？孤孀子母无投奔，赤紧的[11]

---

[1] 旖旎（yǐ nǐ）：温柔美丽的样子。《史记·司马相如传》："纷容萧蔘，旖旎从风。"

[2] 温（yùn）克：本指饮酒后还能自我克制保持温恭仪态，这里指谈吐温和、彬彬有礼。《诗经·小雅·小宛》："人之齐圣，饮酒温克。"

[3] 一天星斗焕文章：语本唐杜牧《华清宫三十韵》："雷霆驰号令，星斗焕文章。"这里是说张生的文章如漫天星斗一样灿烂夺目。

[4] 十年窗无人问：十年寒窗苦读，久不为世人所知。元明戏曲中常用"十年窗下无人问，一举成名天下知"来鼓励读书人发愤或用以形容读书人中举前后处境的巨大变化。元关汉卿《蝴蝶梦》楔子："父亲母亲，你孩儿十年窗下无人问，一举成名天下知。"

[5] 内高叫：戏曲演出时幕后高声叫喊某些内容，以与台上呼应。

[6] 伽（qié）蓝：梵文僧伽蓝的省称，意思是僧众居住的庭园，后因称佛寺为伽蓝。

[7] 寸斩：犹言碎尸万段。

[8] 压寨夫人：戏曲小说中常用指据山立寨的盗寇头领之妻。语出《新五代史·唐家人传·左宗敬皇后刘氏》："庄宗攻梁军于夹城，得符道昭妻侯氏，宠专诸宫，宫中谓之'夹寨夫人'"。后演变为"压寨夫人"。元康进之《李逵负荆》第一折："把你这女孩儿与俺宋公明哥哥做压寨夫人！"

[9] 揾（wèn）：擦，拭。

[10] 那埚（wō）儿里：犹言到哪里。埚，地，地方。人急偎亲：人到危急时便想投靠亲友。元高文秀《襄阳会》第一折："常言道人急偎亲我稍知。"

[11] 赤紧的：无奈，没奈何。元张国宾《合汗衫》第三折："婆婆，你道那水床上热热的蒸饼你要吃一个儿……赤紧的咱手里无钱呵，可着甚的去买那！"

先亡过了有福之人。耳边厢金鼓[1]连天振，征云[2]冉冉，土雨纷纷。

【幺篇】那厮每风闻，胡云，道我眉黛青颦，莲脸生春，恰便似倾国倾城的太真。兀的不送了他三百僧人！半万贼军，半霎儿敢翦草除根。这厮每于家为国无忠信，恣情的掳掠人民，更将那天宫般盖造焚烧尽，则没那诸葛孔明，便待要博望烧屯[3]。

（夫人云）老身年六十岁，不为寿夭[4]；奈孩儿年少，未得从夫[5]，却如之奈何？（旦云）孩儿有一计：想来只是[6]将我与贼汉为妻，庶可免一家儿性命。（夫人哭云）俺家无犯法之男，再婚之女，怎舍得你献与贼汉，却不辱没了俺家谱[7]？（洁云）俺同到法堂[8]两廊下，问僧俗有高见者，俺一同商议个长便[9]。（同到法堂科）（夫人云）小姐，却是怎生？（旦云）不如将我与贼人，其便有五：

【后庭花】第一来免摧残老太君；第二来免堂殿作灰烬；第三来诸僧无事得安存；第四来先君灵柩稳；第五来欢郎虽是未成人，

（欢云）俺呵，打甚么不紧[10]。（旦唱）

须是崔家后代孙[11]。莺莺为惜己身，不行从着乱军：着僧众污血痕，将伽蓝火

[1] 金鼓：四金和六鼓。四金指錞、镯、铙、铎；六鼓指雷鼓、灵鼓、路鼓、鼖鼓、鼛鼓、晋鼓。金鼓用以节声乐，和军旅，正田役，亦用以泛指金属制乐器和鼓。《左传·僖公二十二年》："三军以利用也，金鼓以声气也。"

[2] 征云：战云。

[3] 博望烧屯：本为刘备事迹，戏曲小说中衍为诸葛亮火攻夏侯惇，被称为诸葛亮初出茅庐第一功。

[4] 寿夭：寿命短促。

[5] 从夫：语出《礼记·丧服》子夏传："妇人有三从之义，无专用之道，故未嫁从父，既嫁从夫，夫死从子。"后遂以"从夫"代指出嫁。

[6] 只是：这里指只有，唯有。

[7] 辱没家谱：玷辱了家族的清白历史。家谱，旧时记载家族世系和人物事迹的谱籍。

[8] 法堂：寺庙中演说佛法的讲堂。唐杜甫《上兜率寺》："兜率知名寺，真如会法堂。"

[9] 长便：长久方便之计。

[10] 打甚么不紧：宋元口语，意思是不要紧、没什么要紧。"不"为语气助词，无实义。元关汉卿《窦娥冤》第三折："这个就依你，打甚么不紧。"

[11] 须是：总是，终是。元杨显之《潇湘雨》第一折："虽然俺心下有，我须是脸儿羞。"

内焚，先灵[1]为细尘，断绝了爱弟亲，割开了慈母恩。

【柳叶儿】呀，将俺一家儿不留一个龆龀[2]，待从军[3]又怕辱没了家门。我不如白练套头儿寻个自尽，将我尸榇[4]，献与贼人，也须得个远害全身。

【青歌儿】母亲，都做了莺莺生忿[5]，对傍人一言难尽。母亲，休爱惜莺莺这一身。

恁[6]孩儿别有一计：

不拣何人，建立功勋，杀退贼军，扫荡妖氛，倒陪家门[7]，情愿与英雄结婚姻，成秦晋[8]。

（夫人云）此计较可[9]。虽然不是门当户对，也强如陷于贼中。长老，在法堂上高叫：两廊僧俗，但有退兵之策的，倒陪房奁[10]，断送[11]莺莺与他为妻。（洁叫了，住[12]）（末鼓掌上云）我有退兵之策，何不问我？（见夫人了）（洁云）这秀才便是前日带追荐[13]的秀才。（夫人云）计将安在？（末云）重赏之下，必有勇夫；赏罚若明，其计必成。（旦背云）只愿这生退了贼者。（夫人云）恰才与长老说下，但有退得贼兵的，将小姐与他为妻。（末云）既是恁

[1] 先灵：这里指莺莺过世父亲的灵柩。

[2] 龆龀（tiáo chèn）：垂髫换齿的幼年之时，这里借指孩童。

[3] 从军：这里指屈从乱军。

[4] 尸榇：盛殓有尸体的棺材。

[5] 生忿：不孝，亦作“生分”。元末明初贾仲明《对玉梳》第一折：“常言道母慈悲儿孝顺，则为你娘狠毒儿生分。”

[6] 恁（nín）：同“您”。

[7] 倒赔家门：女孩出嫁不仅不要彩礼，反而倒赔送家私财产。家门，家私财产。

[8] 成秦晋：结为夫妇。春秋时期的秦、晋两国世通婚姻，后遂称联姻为称秦晋之好。

[9] 较可：还可以。

[10] 房奁（lián）：妆奁，嫁妆。元石君宝《秋胡戏妻》第一折：“虽然没甚房奁送，倒也落的三朝吃喜筵。”

[11] 断送：打发，送出。宋九山书会才人《张协状元》第十一出：“我去讨米和酒并豆腐，断送你去。”

[12] 住：停一会儿，类似话剧的“哑场”。

[13] 带追荐：张生曾在崔家为崔父举行的法会上附斋以祭奠自己的先人，此言其事。追荐，诵经礼忏，超度死者。

的，休諕[1]了我浑家[2]，请入卧房里去，俺自有退兵之策。（夫人云）小姐和红娘回去者。（旦对红云）难得此生这一片好心。

【煞】诸僧众各逃生，众家眷谁偢问，这生不相识横枝儿着紧[3]。非是书生多议论，也堤防着玉石俱焚[4]，虽然是不关亲，可怜见命在逡巡[5]，济不济权将秀才来尽。果若有出师表文[6]，吓蛮书信[7]，张生呵，则愿得笔尖儿横扫了五千人。（并下）

第三本　张君瑞害相思杂剧

第一折

（末上云）害杀小生也。自那夜听琴之后，再不能够见俺那小姐。我着长老说将去，道张生好生病重，却怎生不见人来看我？却[8]思量[9]上来，我睡些儿咱。（红上云）奉小姐言语，着我看张生，须索走一遭。我想咱每一家，若非张生，怎存俺一家儿性命也！

---

[1] 諕（xià）：同“吓”，使害怕。

[2] 浑家：妻子，旧时家中妻子主内，故有此称。元李文蔚《燕青博鱼》第一折：“浑家王腊梅，元不是我自小里的儿女夫妻。”

[3] 横枝儿着紧：非亲非故的外人却能急人之难，分人之忧。横枝儿，非正枝，此喻不相干的人。

[4] 玉石俱焚：玉和石头都被烧毁，常用以比喻好的坏的同归于尽。语出《尚书·胤征》：“火炎昆冈，玉石俱焚。”

[5] 命在逡（qūn）巡：命在旦夕。逡巡，顷刻，不一会儿。

[6] 出师表文：三国时蜀相诸葛亮北伐曹魏前上书后主刘禅，即《出师表》。

[7] 吓蛮书信：事见唐范传正《唐左拾遗翰林学士李公新墓碑并序》：“天宝初，召见（李白）于金銮殿，玄宗降辇步迎，如见园、绮。论当世务，草答蕃书，辩如悬河，笔不停辍。”答蕃书今不传，后世传为“吓蛮书”。

[8] 却：又，再。

[9] 思量：想念，相思。唐白居易《夜雨》：“肠深解不得，无夕不思量。”

【仙吕】【点绛唇】相国行祠[1]，寄居萧寺。因丧事，幼女孤儿，欲将从军死。

【混江龙】谢张生伸志，一封书到便兴师。显得文章有用，足见天地无私[2]。若不是剪草除根半万贼，险些儿灭门绝户了俺一家儿。莺莺君瑞，许配雄雌；夫人失信，推托别词；将婚姻打灭，以兄妹为之。如今都废却成亲事。一个价愁糊突了胸中锦绣[3]，一个价泪揾湿了脸上胭脂。

【油葫芦】憔悴潘郎鬓有丝[4]，杜韦娘[5]不似旧时，带围宽清减了瘦腰肢。一个睡昏昏不待观经史，一个意悬悬懒去拈针指[6]；一个丝桐[7]上调弄出离恨谱，一个花笺上删抹成断肠诗[8]；一个笔下写幽情[9]，一个弦上传心事：两下里[10]都一样害相思。

【天下乐】方信道才子佳人信有之，红娘看时，有些乖性儿[11]，则怕有情人不遂心也似此。他害的有些抹媚[12]，我遭着没三思[13]，一纳头[14]安排着憔悴死。

---

[1] 行祠：这里指旅榇，也就是未入祖茔前临时寄放在外的灵柩。

[2] 天地无私：这里指天地不容乱军放肆行恶。

[3] 胸中锦绣：胸中才学。锦绣，常用以喻指美好的事物，这里指才学。唐李白《冬日于龙门送从弟京兆参军令问之淮南觐省序》："兄心肝五脏皆锦绣耶？不然何开口成文、挥翰雾散？"

[4] 潘郎鬓有丝：《晋书・潘岳传》："岳美姿仪，词藻绝丽。"后世遂称夫婿或情人为潘郎。潘岳《秋兴赋》曾云："余春秋三十有二，始见二毛。……斑鬓髟以承弁兮，素发飒以垂领。"后来便有了"潘鬓"之说，常用以代指未老先衰、鬓发斑白。

[5] 杜韦娘：本为唐代歌妓名，教坊以之为曲调名，后人借指美女。据唐孟棨《本事诗・情感》："刘尚书禹锡罢和州，为主客郎中、集贤学士。李司空罢镇在京，慕刘名，尝邀至第中，厚设饮馔。酒酣，命妙妓歌以送之。刘于席上赋诗曰：'鬖鬌梳头宫样妆，春风一曲杜韦娘。司空见惯浑闲事，断尽江南刺史肠。'李因以妓赠之。"

[6] 针指：针线活。唐鲍溶《九日与友人登高》："霜报征衣冷针指，雁惊幽梦泪婵娟。"

[7] 丝桐：古人削桐为琴，练丝为弦，故常以丝桐代指琴。东汉王粲《七哀诗》："丝桐感人情，为我发悲音。"

[8] 花笺：精致华美的笺纸。宋晏几道《鹧鸪天》："相思本是无凭语，莫向花笺费泪行。"

[9] 幽情：这里指内心深藏的情感。唐白居易《琵琶行》："别有幽情暗恨生，此时无声胜有声。"

[10] 两下里：这里指双方。

[11] 乖性儿：性情、脾气反常。乖，性情、言语或行为别扭，不合情理。

[12] 抹媚：迷惑、迷恋很深或者不坦率、装模作样，这里用来形容害相思的情态。

[13] 没三思：元人称心为三思台，没三思即无心，引申为不明白、没主意、困惑等意思，亦作"不三思"。元关汉卿《谢天香》第一折："想当也波时，不三思，越聪明不能够无外事。"

[14] 一纳头：一味地埋头于某事，不理其他。元杨立斋《哨遍》："好向名利场中，一纳头剩告取些松宽暇。"

却早来到书院里，我把唾津儿[1]润破窗纸，看他在书房里做甚么。

【村里迓鼓】我将这纸窗儿湿破，悄声儿窥视。多管是[2]和衣儿睡起，罗衫上前襟褶衽[3]。孤眠况味，凄凉情绪，无人伏侍。觑了他涩滞气色[4]，听了他微弱声息，看了他黄瘦脸儿。张生呵，你若不闷死，多应是害死。

【元和令】金钗敲门扇儿[5]。

（末云）是谁？（红唱）

我是个散相思的五瘟使[6]，俺小姐想着风清月朗夜深时，使红娘来探尔。

（末云）既然小娘子来，小姐必有言语。（红唱）

俺小姐至今脂粉未曾施，念到有一千番张殿试[7]。

（末云）小姐既有见怜之心，小生有一简，敢烦小娘子达知[8]肺腑[9]咱。

（红云）只恐他番了面皮。

【上马娇】他若是见了这诗，看了这词，他敢颠倒费神思。他拽扎[10]起面皮来："查得谁的言语你将来，这妮子怎敢胡行事！"他可敢嗤、嗤的扯做了纸条儿。

---

[1] 唾津儿：唾液。元薛昂夫《一枝花·赠小园春》："唾津儿浸满盆池，手心儿擎得起屏石。"

[2] 多管是：大约是。

[3] 褶衽（zhě zhì）：衣服上的褶皱。

[4] 涩滞气色：面色无光，没精打采。涩滞，面色不润泽。

[5] 金钗敲门扇儿：拔下头上金钗来敲门。钗，妇女首饰，由两股合成。《释名·释首饰》："钗，叉也，象叉之形因名之也。"以首饰叩门，亦见于唐陈鸿《长恨歌传》："方士抽簪叩扉，有双鬟童女，出应门。"

[6] 五瘟使：本指传播瘟疫疾病的瘟神，又称五瘟神。此处红娘乃为张生排遣相思者，不是传播者。这里的"五瘟使"盖指"氤氲使"。因为氤氲使是主婚姻成就的，所以可解相思。此曲用"五瘟使"而不用"氤氲使"与曲律对平仄的要求有关。

[7] 殿试：又称廷试，本指科举考试中的最高一级，是皇帝亲临廷殿对会试合格者进行的考试，宋元时期渐用为对读书人的敬称。元关汉卿《蝴蝶梦》第一折："他本是太学中殿试，怎想他拳头上便死。"

[8] 达知：传达使知晓。

[9] 肺腑：肺部，泛指人体内脏，比喻内心。宋苏轼《读孟郊诗二首》其二："诗从肺腑出，出辄愁肺腑。"

[10] 拽扎：本指绷紧，收拾起。拽扎起面皮，犹板起脸来。

（末云）小生久后多以金帛[1]拜酬[2]小娘子。（红唱）

【胜葫芦】哎，你个馋穷酸俫[3]没意儿[4]，卖弄你有家私，莫不图谋你的东西来到此？先生的钱物，与红娘做赏赐，是我爱你的金赀[5]？

【幺篇】你看人似桃李春风墙外枝[6]，卖俏倚门儿[7]。我虽是个婆娘[8]有志气。则说道："可怜见小子[9]，只身独自！"恁的呵，颠倒[10]有个寻思。

（末云）依着姐姐："可怜见小子，只身独自！"（红云）兀的不是也，你写来，咱与你将去。（末写科）（红云）写得好呵，读与我听咱。（末读云）"珙百拜，奉书芳卿[11]可人[12]妆次[13]：自别颜范[14]，鸿稀鳞绝[15]，悲怆不胜。孰料夫人以恩成怨，变易前姻，岂得不为失信乎？使小生目视东墙，恨不得腋

---

[1] 金帛：黄金和丝绸，泛指钱物。

[2] 拜酬：行拜礼并用金钱财物来表达感谢。

[3] 馋穷酸俫：犹穷酸，对贫寒读书人的调侃称呼。俫，语气助词，无实义。

[4] 没意儿：没意思。

[5] 金赀（zī）：钱物。赀，同"资"。

[6] 桃李春风墙外枝：即出墙花。宋叶绍翁《游园不值》："春色满园关不住，一枝红杏出墙来。"后以出墙花、墙外枝喻指妓女。元关汉卿《南吕一枝花·不伏老》："攀出墙朵朵花，折临路枝枝柳……半生来折柳攀花，一世里眠花宿柳。"这里是说张生动辄以钱物收买红娘，是以妓子视之，对红娘来讲不亚于人格侮辱。

[7] 卖俏倚门儿：指妓女生涯。《史记·货殖列传》："刺绣文，不如倚市门。"

[8] 婆娘：元代为对女子卑贱的称呼，这里红娘为婢女，故有此自称。元陶宗仪《南村辍耕录》卷十四："谓妇人之卑贱者，曰'某娘'、曰'几娘'。鄙之，曰'婆娘'。"

[9] 小子：旧时男子自称的谦辞。

[10] 颠倒：反倒，反而。唐皎然《酬秦系山人戏赠》："正论禅寂忽狂歌，莫是尘心颠倒多？"

[11] 芳卿：对女子的亲敬称呼。

[12] 可人：可意人，称心如意人。

[13] 妆次：妆台之间，书信中对女子的尊称，类似于称男子"阁下"。

[14] 颜范：容颜风范。元杨暹《西游记》第一本第四折："久不见尊师颜范，今日从何而至？"

[15] 鸿稀鳞绝：犹言没有音信。鸿即雁，古人认为鸿雁可传书信，其事始自《汉书·苏武传》："（常惠）教使者谓单于，言天子射上林中，得雁，足有系帛书，言武等在某泽中。"鳞指鱼，古乐府《饮马长城窟行》："客从远方来，遗我双鲤鱼。呼儿烹鲤鱼，中有尺素书"。又，《史记·陈涉世家》："（陈涉、吴广）乃丹书帛曰'陈胜王'置入所罾鱼腹中；卒买鱼烹食，得鱼腹中书，固以怪之矣。"故有鱼传书之说。

翅于妆台左右[1]；患成思渴[2]，垂命[3]有日。因红娘至，聊奉数字，以表寸心。万一有见怜之意，书以掷下[4]，庶几[5]尚可保养。造次[6]不谨[7]，伏乞[8]情恕[9]。后成五言诗一首，就书录呈[10]：相思恨转添，谩[11]把瑶琴[12]弄。乐事又逢春，芳心尔亦动。此情不可违，虚誉[13]何须奉。莫负月华明，且怜花影重。”（红唱）

【后庭花】我则道拂花笺打稿儿，元来他染霜毫[14]不勾思[15]。先写下几句寒温序，后题着五言八句诗。不移时[16]，把花笺锦字，叠做个同心方胜儿[17]。忒聪明，忒敬思[18]，忒风流，忒浪子。虽然是假意儿[19]，小可的[20]难到此。

【青哥儿】颠倒写鸳鸯两字，方信道“在心为志[21]”。

---

[1] 腋翅于妆台左右：腋下生翅，飞到您（莺莺）的身边。

[2] 患成思渴：犹言相思成疾。思渴，渴念。宋王安石《答蒋颖叔书》：“阻阔未久，岂胜思渴。”

[3] 垂命：生命垂危。

[4] 书以掷下：此言若莺莺见怜，可以回信的话。下，对尊长表示谦敬的自称。

[5] 庶几：或许，也许。《史记·秦始皇本纪》：“寡人以为善，庶几息兵革。”

[6] 造次：轻率，随便。

[7] 不谨：不戒慎，不小心，有冒失意，谦语。

[8] 伏乞：向尊者恳求。伏，敬词。

[9] 情恕：原谅。

[10] 就书录呈：写下附在这封信的后面，一并呈送给您。

[11] 谩（màn）：通“漫”，胡乱，随便。宋苏轼《答李康年书》：“要跋尾，谩写数字，不称妙笔。”

[12] 瑶琴：秦汉时期所制的琴，多以犀玉、金彩为装饰，故有瑶琴、绿绮之号。后来多泛指装饰华美的琴。唐王昌龄《和振上人秋夜怀士会》：“瑶琴多远思，更为客中弹。”

[13] 虚誉：虚名。

[14] 霜毫：本指秋天的兽毛。秋天兽毛末端最细，制笔最佳。毛笔以兔、羊等毛为笔头，故以霜代指毛笔。

[15] 勾思：即构思。

[16] 不移时：没过多久。宋陈与义《棋》：“傍观真一笑，互胜不移时。”

[17] 同心方胜儿：由两个连接在一起的菱形组成的新型结，多用来表示男女爱情。这里指叠成方形或菱形的信笺。元郑光祖《㑳梅香》第二折：“这简帖儿方胜小，见甚景像便待把香烧。”

[18] 敬思：此为风流潇洒之意。元钟嗣成《醉太平》：“打爻槌会唱鹧鸪词，穷不了俺风流敬思。”

[19] 假意：故意，虚假的情意。元石君宝《曲江池》第三折：“只为你虚心假意会劳承，赚的他囊橐如冰。”

[20] 小可的：寻常的人或事物。

[21] 在心为志：语出《毛诗序》：“诗者，志之所之也，在心为志，发言为诗。”这里虽然隐去了后句，但其意取“发言为诗”。

（末云）姐姐将去，是必在意者！（红唱）

看喜怒其间觑个意儿[1]。放心波[2]学士！我愿为之，并不推辞，自有言词。则说道："昨夜弹琴的那人儿，教传示。"

这简帖儿我与你将去，先生当以功名为念，休堕了志气者！

【寄生草】你将那偷香[3]手，准备着折桂枝[4]。休教那淫词儿污了龙蛇字[5]，藕丝[6]儿缚定鲲鹏翅[7]，黄莺儿[8]夺了鸿鹄志[9]；休为这翠帏锦帐一佳人，误了你玉堂金马三学士[10]。

（末云）姐姐在意者！（红云）放心，放心。

---

[1] 这句的意思是说，在莺莺高兴的时候找个机会。喜怒，偏义取喜。

[2] 放心波：犹今之放心吧。波，语气助词，用于句末，类似现在的"吧"，多见于宋元口语。

[3] 偷香：典出韩寿与陈骞之女事。《世说新语·惑溺》："韩寿美姿容，贾充辟以为掾。充每聚会，贾女于青琐中看，见寿，说之，恒怀存想，发于吟咏。后婢往寿家，具述如此，并言女光丽。寿闻之心动，遂请婢潜修音问。及期往宿。寿蹻捷绝人，逾墙而入，家中莫知。自是充觉女盛自拂拭，说畅有异于常。后会诸吏，闻寿有奇香之气，是外国所贡，一着人则历月不歇。充计武帝唯赐己及陈骞，余家无此香，疑寿与女通，而垣墙重密，门閤急峻，何由得尔？乃托言有盗，令人修墙。使反，曰："其余无异，唯东北角如有人迹，而墙高非人所逾。"充乃取女左右婢考问。即以状对。充秘之，以女妻寿。"后来遂以偷香代指女子心悦男子或男子与女性私通。

[4] 折桂枝：典出《晋书·郤诜传》："武帝于东堂会送，问诜曰：'卿自以为何如？'诜对曰：'臣举贤良对策，为天下第一，犹桂林之一枝、昆山之片玉。'"后来遂以"折桂枝"或"折桂"比喻科举及第。

[5] 龙蛇字：形容字体飞动圆转，笔势如龙盘蛇曲。唐李白《草书歌行》："时时只见龙蛇走，左盘右蹙如惊电。"

[6] 藕丝：比喻感情缠绵不断。唐孟郊《去妇》："妾心藕中丝，虽断犹牵连。"

[7] 鲲鹏翅：本指传说中的大鸟的羽翼，这里用来比喻张生的才华与志向。

[8] 黄莺儿：代指美女，据唐孟棨《本事诗·情感》，戎昱与所爱将别，为诗命歌之："好是春风湖上亭，柳条藤蔓系离情。黄莺久住浑相识，欲别频啼四五声。"此处用黄莺双关莺莺。

[9] 鸿鹄志：远大的抱负。《史记·陈涉世家》："陈涉少时，尝与人佣耕。辍耕之垄上，怅恨久之，曰：'苟富贵，无相忘。'佣者笑而应曰：'若为佣耕，何富贵也？'陈涉太息曰：'嗟乎，燕雀安知鸿鹄之志哉！'"

[10] 玉堂金马三学士：喻才华出众的人。宋王辟之《渑水燕谈录·高逸》载欧阳修、赵概、吕公著一同宴集，因三人都做过翰林学士而欧阳、赵此时均已致仕，欧阳修乃口占诗句云："金马玉堂三学士，清风明月两闲人。"金马玉堂，汉代的金马门与玉堂殿，后世用以指翰林院，引申为显赫的高位。

【煞尾】沈约病多般[1]，宋玉愁无二[2]，清减了相思样子。则你那眉眼传情未了时，我中心日夜藏之[3]。怎敢因而[4]，"有美玉于斯[5]"，我须教有发落[6]归着[7]这张纸。凭着我舌尖儿上说词，更和这简帖儿里心事，管教那人儿来探你一遭儿。（下）

（末云）小娘子将简帖儿去了，不是小生说口[8]，则是一道会亲[9]的符箓[10]。他明日回话，必有个次第[11]。且放下心，须索[12]好音来也。且将宋玉风流策，寄与蒲东窈窕[13]娘。（下）

第四本　草桥店梦莺莺杂剧

第四折

（末引仆骑马上开）离了蒲东早三十里也，兀的前面是草桥，店里宿一

[1] 沈约病多般：像沈约一样多病。典出《南史·沈约传》："初，约久处端揆，有志台司，论者咸谓为宜，而帝终不用。乃求外出，又不见许。与徐勉素善，遂以书陈情于勉，言己老病，'百日数旬，革带常应移孔；以手握臂，率计月小半分'。欲谢事，求归老之秩。"

[2] 宋玉愁无二：与宋玉的愁一模一样。宋玉，战国文学家，他所写的《九辩》多悲愁之语，后人言悲秋、愁多，往往以宋玉为喻。唐李贺《恼公》："宋玉愁空断，娇饶粉自红。"

[3] 这两句的意思是说，早在你们没完没了地以眉目传情的时候，我就已经看在眼里，记在心里了。

[4] 因而：轻忽，不重视。

[5] 有美玉于斯：语出《论语·子罕》："有美玉于斯，韫椟而藏诸？求善贾而沽诸？"这里用为歇后语，取后句"韫椟而藏诸"之意，意思是说不会将张生的书信轻忽或藏起。

[6] 发落：处置。元关汉卿《谢天香》第一折："今日升堂，坐起早衙。张千，有该佥押的文书，将来我发落。"

[7] 归着：着落，归宿。

[8] 说口：夸口，吹牛。

[9] 会亲：古代的一种婚仪，结婚后男女两家互邀亲属相见之礼，这里指成亲。

[10] 符箓（lù）：道教符箓派用来遣神役鬼、镇魔压邪、治病消灾的一种似字非字的图形或线条，这里指有灵验的文书神符。

[11] 次第：这里指分晓、头绪。

[12] 须索：一定，必定。

[13] 窈窕（yǎo tiǎo）娘：美好的女子，这里指莺莺。《诗经·周南·关雎》："窈窕淑女，君子好逑。"

宵，明日赶早行。这马百般儿不肯走。行色一鞭催去马，羁愁[1]万斛引新诗[2]。

【双调】【新水令】望蒲东萧寺暮云遮，惨离情半林黄叶。马迟人意懒[3]，风急雁行斜[4]。离恨重叠，破题儿第一夜[5]。

想着昨日受用，谁知今日凄凉！

【步步娇】昨夜个翠被香浓薰兰麝，欹珊枕把身躯儿趄[6]。脸儿厮揾者[7]，仔细端详，可憎的别[8]。铺云鬓玉梳斜，恰便似半吐初生月。

早至也。店小二哥那里？（小二哥上云）官人，俺这头房里下[9]。（末云）琴童，接了马者。点上灯，我诸般不要吃，则要睡些儿。（仆云）小人也辛苦，待歇息也。（在床前打铺做睡科[10]）（末云）今夜甚睡得到我眼里来也！

【落梅风】旅馆欹单枕[11]，秋蛩鸣四野，助人愁的是纸窗儿风裂。乍孤眠被儿薄又怯，冷清清几时温热！

（末睡科）（旦上云）长亭畔别了张生，好生放不下。老夫人和梅香都睡了，我私奔出城，赶上和他同去。

【乔木查】走荒郊旷野，把不住心娇怯，喘吁吁难将两气接。疾忙赶上者，

---

[1] 羁愁：旅人的愁思。唐孟浩然《他乡七夕》："他乡逢七夕，旅馆益羁愁。"

[2] 万斛：极言其多。古代以十斗或五斗为一斛。

[3] 这句的意思是说，马之所以走得慢，是因为人的心意懒散无聊。

[4] 雁行（háng）：飞雁的行列。唐卢纶《春夜对月见寄》："露如轻雨月如霜，不见星河见雁行。"

[5] 破题：唐宋时应举诗赋和经义的起首处，须用几句话说破题目要义，叫破题。这里用以喻指刚刚分别。

[6] 珊枕：用珊瑚装饰的枕头，泛指华美的枕头。趄（qiè）：歪斜。元无名氏《陈州粜米》第一折："休要量满了。把斛放趄着，打些鸡窝儿与他！"

[7] 脸儿厮揾：以手着脸仔细端详。

[8] 可憎的别：犹言特别可爱，异常可爱，可憎是反语。别，格外、特别之意。元李直夫《虎头牌》第二折："往常我便打扮的别，梳妆的善。"

[9] 头房：旅店中的上等房间。下：动词，旅店安排客人住宿。

[10] 打铺：搭置临时性的床铺。

[11] 欹（qī）：通"倚"，斜倚，斜靠。

打草惊蛇[1]。

【搅筝琶】他把我心肠扯，因此不避路途赊[2]。瞒过俺能拘管的夫人，稳住俺厮齐攒的侍妾[3]。想着他临上马痛伤嗟，哭得我也似痴呆。不是我心邪[4]，自别离已后，到西日初斜，愁得来陡峻[5]，瘦得来啅嗻[6]。则离得半个日头，[7]却早又宽掩过翠裙三四褶[8]。谁曾经这般磨灭[9]。

【锦上花】有限姻缘[10]，方才宁贴[11]；无奈功名，使人离缺。害不了的愁怀[12]，却才觉些[13]；掉不下的思量，如今又也。

【幺篇】清霜净碧波，白露下黄叶。下下高高，道路曲折；四野风来，左右乱踅[14]。我这里奔驰，他何处困歇？

【清江引】呆答孩店房儿里没话说[15]，闷对如年夜。暮雨催寒蛩，晓风吹残月，

---

[1] 打草惊蛇：典出宋郑文宝《南唐近事》："王鲁为当涂宰，颇以资产为务。会部民连状诉主簿贪贿于县尹。鲁乃判曰：'汝虽打草，吾已惊蛇。'"常用以比喻惩彼戒此，这里实用其本意，讲莺莺夤夜独行荒野，一路行来，惊动了周遭蛰伏的动物。

[2] 赊（shē）：远。唐王勃《滕王阁序》："北海虽赊，扶摇可接。"

[3] 齐攒：搅扰。元无名氏《冻苏秦》第二折："那苏秦不得官羞归故里，怎当的一家儿齐攒聒噪。"

[4] 心邪：心迷，心醉。元无名氏《百花亭》第一折："官人，你敢是心邪了也。"

[5] 陡峻：猛烈，强烈。元吴弘道《梧叶儿》："乜斜害，药难医，陡峻恶相思。懊悔自，埋怨你，见面时，说几句知心话儿。"

[6] 啅嗻（chē zhē）：甚，厉害。这里形容莺莺瘦得厉害。明孟称舜《娇红记·泣舟》："香消玉减，病体啅嗻。"

[7] 半个日头：犹言半天。

[8] 褶（zhě）：衣服折叠而形成的印痕。此句夸张地讲莺莺为相思憔悴瘦损。

[9] 磨灭：折磨。元无名氏《陈州粜米》第一折："这米则有一石六斗，内中又有泥土糠皮，舂将来则勾一石多米。罢罢罢，也是俺这百姓的命该受这般磨灭。"

[10] 有限姻缘：莺莺、张生的姻缘这时刚刚被老夫人有条件地认可，一切尚有待张生能否得官而回，婚姻事尚无定准，故云"有限姻缘"。

[11] 宁贴：安定，平静。亦作"宁帖"。

[12] 害不了的愁怀：没完没了的愁思。

[13] 觉：同"较"。

[14] 踅（xué）：盘旋。元关汉卿《哭存孝》第三折："想着十八骑长安城内逞豪杰，今日个则落的足律律的旋风踅，我可便伤也波嗟。"

[15] 呆答孩：发呆，发愣。亦作"呆打颏""呆打孩"。

今宵酒醒何处也[1]？

（旦云）在这个店儿里，不免敲门。（末云）谁敲门哩？是一个女人的声音，我且开门看咱。这早晚是谁？

【庆宣和】是人呵疾忙快分说[2]，是鬼呵合速灭。

（旦云）是我。老夫人睡了。想你去了呵，几时再得见，特来和你同去。（末唱）

听说罢将香罗袖儿拽[3]，却元来是姐姐、姐姐。

难得小姐的心勤！

【乔牌儿】你是为人须为彻[4]，将衣袂不藉[5]。绣鞋儿被露水泥沾惹，脚心儿管踏破也[6]。

（旦云）我为足下呵，顾不得迢递[7]。（旦唧唧了[8]）

【甜水令】想着你废寝忘餐，香消玉减，花开花谢，犹自觉争些[9]。便枕冷衾寒，凤只鸾孤，月圆云遮，寻思来有甚伤嗟？

【折桂令】想人生最苦离别！可怜见千里关山[10]，独自跋涉。似这般割肚牵肠，倒不如义断恩绝。虽然是一时间花残月缺，休猜做瓶坠簪折[11]。不恋豪杰，不

[1] 晓风吹残月，今宵酒醒何处也：句本宋柳永《雨霖铃》："今宵酒醒何处？杨柳岸、晓风残月。"

[2] 分说：分辨，辩白。元无名氏《抱妆盒》第二折："我这里越分说，他那里越疑猜。"

[3] 拽（yè）：拉，拖。宋欧阳修《御带花》："拽香摇翠，称执手行歌，锦街天陌。"

[4] 为人须为彻：宋元俗语，意思是说帮人帮到底。又常与"杀人须见血"合讲，《五灯会元·净慈彦充禅师》："为人须为彻，杀人须见血。"元关汉卿《望江亭》第三折："你救黎民，为人须为彻；拿滥官，杀人须见血。"

[5] 将衣袂（mèi）不藉（jiè）：不顾惜衣衫。袂，衣袖；衣袂，这里代指衣衫。

[6] 管：一定，一准是。宋黄庭坚《卜算子》："要见不得见，要近不得近，试问得君多少怜，管不解、多于恨。"

[7] 迢递：遥远的样子。元刘君锡《来生债》第二折："怎熬的程途迢递，更和那风雨潇疏。"

[8] 唧唧：叹息声。《乐府诗集·木兰诗》："唧唧复唧唧，木兰当户织。"

[9] 觉争些：觉、争都是差的意思。觉，通"较"。

[10] 关山：关口山隘，代指路途。五代牛希济《谒金门》："秋已暮，重叠关山岐路。嘶马摇鞭何处去？晓禽霜满树。"

[11] 瓶坠簪折：比喻夫妻离散。唐白居易《井底引银瓶》："井底引银瓶，银瓶欲上丝绳绝；石上磨玉簪，玉簪欲成中央折。瓶沉簪折知奈何？似妾今朝与君绝！"

羡骄奢[1]，生则同衾，死则同穴[2]。

（外、净一行扮卒子上叫云）恰才见一女子渡河，不知那里去了，打起火把者！分明见他走在这店中去也。将出来[3]！将出来！（末云）却怎了？（旦云）你近后[4]，我自开门对他说。

【水仙子】硬围着普救寺下锹撅[5]，强当住咽喉仗剑钺[6]。贼心肠馋眼脑天生得劣[7]。

（卒子云）你是谁家女子，夤夜渡河[8]？（旦唱）

休言语，靠后些！杜将军你知道他是英杰，觑一觑着你为了醯酱[9]，指一指教你化做膋血[10]——骑着匹白马来也。

（卒子抢旦下）（末惊觉云）呀，元来却是梦里。且将门儿推开看，只见一天露气，满地霜华，晓星初上，残月犹明。无端喜鹊高枝上，一枕鸳鸯梦不成。

【雁儿落】绿依依墙高柳半遮，静悄悄门掩清秋夜，疏剌剌林梢落叶风，昏惨惨云际穿窗月。

【得胜令】惊觉我的是颤巍巍竹影走龙蛇，虚飘飘庄周梦蝴蝶[11]，絮叨叨促织

---

[1] 骄奢：骄横奢侈，此处指富贵。

[2] 生则同衾，死则同穴：夫妻生死与共。穴，墓圹。《元典章·官民婚》："男有重婚之道，女无再醮之义，生则同室，死则同穴。"

[3] 将出来：犹言带出来。

[4] 近后：靠后。

[5] 锹撅：锹和䦆头，比喻逼迫、摧残他人的手段。亦作"锹䦆"。元汪元亨《醉太平·警世》："恰花残月缺，又瓶坠簪折，并头莲藕上下锹䦆，姻缘薄碎扯。"

[6] 仗：持，执。钺（yuè）：兵器的一种。

[7] 馋眼脑：即馋眼。眼脑，眼睛。

[8] 夤（yín）夜：深夜。

[9] 醯（xī）酱：醋和酱，这里指肉酱。醯，醋。

[10] 膋（liáo）血：脂肪和血，这里指浓血。膋，脂膏、脂肪。

[11] 庄周梦蝴蝶：典出《庄子·齐物论》："昔者庄周梦为胡蝶，栩栩然胡蝶也。自喻适志与，不知周也。俄然觉，则蘧蘧然周也。不知周之梦为胡蝶与，胡蝶之梦为周与？周与胡蝶，则必有分矣，此之谓物化。"胡蝶，即蝴蝶。庄周梦蝶，后常被用为与梦相关的典故。唐李商隐《无题》："庄生晓梦迷蝴蝶，望帝春心托杜鹃。"

儿无休歇[1]，韵悠悠砧声儿不断绝[2]。痛煞煞伤别，急煎煎好梦儿应难舍；冷清清的咨嗟[3]，娇滴滴玉人儿何处也？

（仆云）天明也，咱早行一程儿，前面打火去[4]。（末云）店小二哥，还你房钱，鞴了马者[5]。

【鸳鸯煞】柳丝长咫尺情牵惹，水声幽仿佛人呜咽。斜月残灯，半明不灭。唱道是旧恨连绵[6]，新愁郁结；别恨离愁，满肺腑难淘泻[7]。除纸笔代喉舌，千种相思对谁说[8]！（并下）

【络丝娘煞尾】都则为一官半职，阻隔得千山万水。

题目 小红娘成好事 老夫人问由情

正名 短长亭斟别酒 草桥店梦莺莺

第五本 张君瑞庆团圞杂剧

第二折

（末上云）画虎未成君莫笑，安排牙爪始惊人[9]。本是举过便除[10]，奉圣

[1] 促织儿：即蟋蟀。

[2] 韵：和谐的声响。砧（zhēn）声：捣衣声。砧，捣衣石。唐李颀《送魏万之京》："关城曙色催寒近，御苑砧声向晚多。"

[3] 咨嗟：叹息。唐李白《蜀道难》："蜀道之难难于上青天，侧身西望长咨嗟。"

[4] 打火：宋元时期往往称旅途中休息吃饭叫打火，亦称"打尖"。

[5] 鞴（bèi）：把鞍辔等套在马上。

[6] 唱道：真正是，端的是。亦作"畅道"。第五句首二字须用"唱道（畅道）"是元曲【双调】【鸳鸯煞】的定格。

[7] 淘泻：倾吐，发泄。亦作"淘写"。元郑光祖《倩女离魂》第三折："俺淘写相思，叙问寒温，诉说真实。"

[8] 千种相思对谁说：此句化用宋柳永《雨霖铃》"便纵有、千种风情，更与何人说"。

[9] 画虎未成君莫笑，安排牙爪始惊人：宋元俗语，比喻人未发达时不可取笑他，他一旦功成名就便会威风惊人。

[10] 举过便除：科举考试及第后便会除授官职。

旨，着翰林院编修国史。他每那知我的心，甚么文章做得成！使琴童递佳音[1]，不见回来。这几日睡卧不宁，饮食少进，给假在驿亭中将息。早间太医院着人来看视，下药去了。我这病，卢扁[2]也医不得。自离了小姐，无一日心闲也呵！

【中吕】【粉蝶儿】从到京师，思量[3]心旦夕如是，向心头横躺着俺那莺儿。请医师，看诊罢，一星星[4]说是。本意待推辞，则被他察虚实[5]不须看视。

【醉春风】他道是医杂证[6]有方术[7]，治相思无药饵[8]。莺莺，你若是知我害相思，我甘心儿死、死。四海无家，一身客寄[9]，半年将至。

（仆上云）我则道哥哥除了[10]，元来在驿亭中抱病。须索回书去咱。（见了科）（末云）你回来了也。

【迎仙客】疑怪这噪花枝灵鹊儿[11]，垂帘幕喜蛛儿[12]，正应着短檠上夜来灯爆[13]时。若不是断肠词，决定[14]是断肠诗。

（仆云）小夫人[15]有书至此。（末接科）

---

[1] 佳音：好消息。这里指张生一举及第高中状元的好消息。

[2] 卢扁：春秋时的名医扁鹊。因扁鹊家于卢国，故又称其为“卢医”或“卢扁”。

[3] 思量：想念，相思。宋苏轼《江城子》：“十年生死两茫茫，不思量，自难忘。”

[4] 一星星说是：一件件都说得对。一星星，犹一件件。元戴善甫：《风光好》第四折：“对着这千乘当今帝子，待教我一星星数说你乔行止。”

[5] 虚实：中医判断人体正气强弱和病邪盛衰的概念，察虚实是说将病症看得清清楚楚。

[6] 杂证：杂病，“证”通“症”。

[7] 方术：这里指治病的方法和技术。

[8] 药饵：药物。

[9] 客寄：寄居异乡。元李寿卿《伍员吹箫》第三折：“何日西归，困天涯一身客寄，恨无端岁月如驰。”

[10] 除了：已经被任命了官职。除，任命官职。

[11] 噪花枝灵鹊儿：通灵的喜鹊在花枝上鸣叫。灵鹊，即喜鹊，俗称鹊能报喜，故有此称。唐末五代王仁裕《开元天宝遗事·灵鹊喜事》：“时人之家，闻鹊声，皆为喜兆，故谓灵鹊报喜。”

[12] 喜蛛儿：蜘蛛的一种，体细长，色暗褐，脚很长，古代以其出现为喜兆。元郑光祖《倩女离魂》第三折：“喜蛛儿难凭信，灵鹊儿不诚实，灯花儿何太喜。”

[13] 灯爆：灯花爆开，古代以为喜兆。

[14] 决定：必然，一定。唐无名氏《挽歌》：“红轮决定沉西去，未委魂灵往那方。”

[15] 小夫人：古代显贵人家若老辈有称夫人的，其晚辈的已婚妇女或称小夫人。

写时管[1]情泪如丝。既不呵，怎生泪点儿封皮上渍[2]？

（末读书科）“薄命妾崔氏拜覆，敬奉才郎君瑞文几[3]：自音容去后，不觉许时[4]，仰敬之心，未尝少怠。纵云日近长安远[5]，何故鳞鸿之杳矣？莫因花柳之心，弃妾恩情之意。正念间，琴童至，得见翰墨，始知中科，使妾喜之如狂。郎之才望[6]，亦不辱相国之家谱也。今因琴童回，无以奉贡[7]，聊有瑶琴一张，玉簪一枚，斑管[8]一枝，裹肚[9]一条，汗衫[10]一领，袜儿一双，权表妾之真诚。匆匆草字欠恭，伏乞情恕不备[11]。谨依来韵，遂继一绝云：阑干倚遍盼才郎，莫恋宸京[12]黄四娘[13]。病里得书知中甲，窗前览镜试新妆。”那风风流流的姐姐！似这等女子，张珙死也死得着了。

[1] 管：肯定是，包管是。

[2] 渍（zì）：浸湿，沾染。

[3] 文几：供读书作文的几案。此为文人间的书信用语，类似“足下”。

[4] 许时：许，估量之词；许时，犹言这么久了。

[5] 日近长安远：典出晋明帝司马绍事。《世说新语・夙惠》：“晋明帝数岁，坐元帝膝上，有人从长安来，……（元帝）因问明帝：‘汝意谓长安何如日远？’答曰：‘日远。不闻人从日边来，居然可知。’元帝异之。明日，集群臣宴会，告以此意，更重问之，乃答曰：‘日近。’元帝失色曰：‘尔何故异昨日之言邪？’称曰：‘举目见日，不见长安。’”后以“日近长安远”言帝都遥远难及，喻功名未遂的感叹。这里是莺莺思念张生之语，言张生在长安且不可见，遂觉其远甚于太阳。

[6] 才望：才能声望。唐高适《别刘大校书》：“昔日京华去，知君才望新。”

[7] 奉贡：奉献。

[8] 斑管：斑竹制笔管。斑竹，又名泪竹、湘妃竹，生在九嶷山中。南朝任昉《述异记》：“昔舜南巡而葬于苍梧之野，尧之二女娥皇、女英追之不及，相与恸哭，泪下沾竹，竹上文为之斑斑然，亦名湘妃竹。”

[9] 裹肚：宋元时男子长衣外包裹腰肚的袍肚。

[10] 汗衫：吸汗的贴身短衣。

[11] 不备：不详尽，书信结尾套语，一般用于卑者写信给尊者的场合。宋魏泰《东轩笔录》卷十五：“近世书问自尊与卑，即曰‘不具’。自卑上尊，即曰‘不备’。朋友交驰，即曰‘不宣’。”

[12] 宸京：帝京，京城。宸，北极星所居，常用以指帝王宫殿。

[13] 黄四娘：语出唐杜甫《江畔独步寻花七绝句》其六：“黄四娘家花满蹊，千朵万朵压枝低。”此处用“寻花”之意，劝诫张生独自在京城不要移情别恋。

【上小楼】这的堪为字史[1]，当为款识[2]。有柳骨颜筋[3]，张旭张芝[4]，羲之献之[5]。此一时，彼一时[6]，佳人才思，俺莺莺世间无二。

【幺篇】俺做经咒般持[7]，符箓般使。高似金章[8]，重似金帛，贵似金赀。这上面若佥个押字[9]，使个令史[10]，差个勾使[11]，则是一张忙不及印赴期的咨示[12]。

（末拿汗衫儿科）休说文章，则看他这针黹[13]，人间少有。

【满庭芳】怎不教张生爱尔，堪针工出色，女教为师[14]。几千般用意针针是，可索[15]寻思。长共短又没个样子，窄和宽想象着腰肢，好共歹无人试。想当初做时，用煞那小心儿[16]。

---

[1] 字史：书法的典范。

[2] 识（zhì）：本指古代钟鼎彝器上的文字或书画上的落款、题字，这里是说莺莺的字写得极好，可以传世而不朽。

[3] 柳骨颜筋：唐代书法家柳公权的书法骨力遒健、结构劲紧，颜真卿的书法端庄雄伟、气势开张。后因以"柳骨颜筋"称二人书法的字体和法度。这里是夸赞莺莺的字筋骨俱佳，堪比颜、柳两位大家。

[4] 张旭：唐代书法家，善草书，有"草圣"之称。张芝：东汉书法家，善草书。

[5] 羲之献之：晋代大书法家王羲之、王献之父子，二人草、隶、正、行，诸体皆精，世称"二王"。

[6] 此一时，彼一时：语出《孟子·公孙丑下》："彼一时，此一时也。五百年必有王者兴，其间必有名世者。"意思是说时间不同，情况不同，不能相提并论。这里是说莺莺才思惊人，可如历代的书法大家一样扬名于世。

[7] 做经咒般持：意思是说要把莺莺的信当作经文、咒文一样对待。咒，梵语"陀罗尼"之意译，亦译作"真言"。

[8] 金章：金质的官印。一说，铜印。南朝鲍照《建除》："开壤袭朱绂，左右佩金章。"

[9] 佥个押字：签字画押。押字，在文字的末尾签署名字。宋周密《癸辛杂识》："古人押字，谓之花押印，是用名字稍花之。"宋范成大《坐啸斋书怀》："眼目昏缘多押字，胸襟俗为少吟诗。"

[10] 令史：汉代兰台尚书属官名，隋唐以后成为三省六部及御史台的低级事务员称谓，宋元时渐成为官府中胥吏的通称。

[11] 勾使：官府的捕役。

[12] 这句的意思是说，（莺莺的书信）就是一张匆忙来不及盖官印、让人赴约会的告示。印，盖印章；咨，公文。

[13] 针黹（zhǐ）：针线活。

[14] 女教为师：犹言教育女子的老师。

[15] 可索：须要。

[16] 用煞那小心儿：煞费苦心，用尽心思。

小姐寄来这几件东西，都有缘故，一件件我都猜着。

【白鹤子】这琴，他教我闭门学禁指[1]，留意谱声诗[2]；调养圣贤心，洗荡巢由耳[3]。

【二】这玉簪，纤长如竹笋，细白似葱枝；温润有清香，莹洁无瑕玼[4]。

【三】这斑管，霜枝曾栖凤凰，泪点渍胭脂；当时舜帝恸娥皇，今日淑女思君子[5]。

【四】这裹肚，手中一叶绵[6]，灯下几回丝[7]；表出腹中愁，果称心间事[8]。

【五】这鞋袜儿，针脚儿细似虮子[9]，绢帛儿[10]腻似鹅脂；既知礼不胡行，愿足下当如此。

琴童，你临行，小夫人对你说甚么？（仆云）着哥哥休别继良姻。（末云）小姐，你尚然不知我的心哩！

【快活三】冷清清客店儿，风淅淅雨丝丝。雨儿零风儿细梦回[11]时，多少伤心事！

【朝天子】四肢不能动止[12]，急切里盼不到蒲东寺[13]。小夫人须是你见时，别有

---

[1] 闭门学禁指：闭门弹琴，学习禁淫邪、正心术的意旨。《白虎通·礼乐》：“琴者，禁也，所以禁止淫邪，正人心也。”禁指，禁止淫邪之意旨。

[2] 留意谱声诗：在乐歌所表现的纯正思想上用心。留意，用心。声诗，乐歌。

[3] 洗荡巢由耳：这里指培养高洁的情操。巢，巢父；由，许由。二人均为尧时隐居不仕的高士。

[4] 瑕玼（cī）：玉的斑痕。亦作“瑕疵”。

[5] 淑女思君子：反用《诗经·周南·关雎》：“窈窕淑女，君子好逑。……求之不得，寤寐思服。”诗言君子思淑女，这里说莺莺思念张生。

[6] 一叶绵：谐音“一夜眠”，这里双关用其本意与谐音，意思是说莺莺缝纫此一叶绵时一夜无眠。

[7] 丝：谐音“思”，指思念张生。

[8] 果称心间事：果，谐音“裹”，是说裹在张生身上，能使他称心如意。

[9] 虮（jǐ）子：虱子的卵，常用以比喻微细的事物。

[10] 绢帛儿：古代丝织物的总称。

[11] 梦回：梦醒。南唐李璟《浣溪沙》：“细雨梦回鸡塞远，小楼吹彻玉笙寒。”

[12] 动止：行动，举止。元无名氏《刘弘嫁婢》楔子：“至望京店染起疾病，不能动止。”

[13] 蒲东寺：即普救寺，其寺在蒲郡之东，故称。

甚闲传示[1]？我是个浪子官人，风流学士，怎肯带残花折旧枝[2]？自从、到此，甚的是闲街市[3]。

【贺圣朝】少甚宰相人家，招婿的娇姿[4]？其间或有个人儿似尔，那里取那温柔，这般才思？想莺莺意儿，怎不教人梦想眠思。

琴童来，将这衣裳东西收拾好者。

【耍孩儿】则在书房中倾倒个藤箱子，向箱子里面铺几张纸。放时节须索用心思，休教藤刺儿抓住绵丝。高抬[5]在衣架上怕吹了颜色，乱穰[6]在包袱中恐剉了褶儿[7]。当如此，切须爱护，勿得因而[8]。

【二煞】恰新婚才燕尔，为功名来到此。长安忆念蒲东寺。昨宵爱春风桃李花开夜，今日愁秋雨梧桐叶落时[9]。愁如是，身遥心迩，坐想行思。

【三煞】这天高地厚情，直到海枯石烂时。此时作念何时止[10]，直到烛灰眼下才无泪，蚕老心中罢却丝[11]。我不比游荡轻薄子，轻夫妇的琴瑟[12]，拆鸾凤的雄雌。

---

[1] 这两句的意思是说，一定是你见小夫人时，传了什么闲话。传示，传达，告知。

[2] 这句的意思是说，花街柳巷尚不会去，更不要说别娶他人了。花、旧枝，比喻妓女。

[3] 这句的意思是说，从来没有外出胡行乱走过。

[4] 娇姿：泛指美丽的女子。元无名氏《鸳鸯被》第二折："展转自寻思，定要娶娇姿。"

[5] 高抬：高挂。

[6] 穰（rǎng）：填塞，塞进。

[7] 剉（cuò）：折伤，这里是揉搓的意思。

[8] 因而：轻忽，不重视。

[9] 此二句意本唐白居易《长恨歌》："春风桃李花开日，秋雨梧桐叶落时。"

[10] 作念：思念，怀念。元关汉卿《西蜀梦》第二折："每日家作念的如心痒，没日不心劳意攘。"

[11] 此二句意本唐李商隐《无题》："春蚕到死丝方尽，蜡炬成灰泪始干。"

[12] 琴瑟：本为两种古代乐器，因其合奏时声音和谐，常用以比喻朋友或夫妻感情融洽。《诗经·小雅·常棣》："妻子好合，如鼓琴瑟。"

【四煞】不闻黄犬音[1]，难传红叶诗[2]，驿长不遇梅花使[3]。孤身去国[4]三千里，一日归心十二时[5]。凭栏视，听江声浩荡，看山色参差[6]。

【尾】忧则忧我在病中，喜则喜你来到此。投至得引人魂卓氏音书至，险将这害鬼病的相如[7]盼望死。（下）

（以《凌濛初鉴定西厢记》明暖红室刻本为底本，据别本参校）

【作者简介】

《西厢记》全名《崔莺莺待月西厢记》，其作者为谁，向有多说，影响较大者有四：①王实甫作。②关汉卿作。③关汉卿作、王实甫续。④王实甫作、关汉卿续。持“关作王续”或“王作关续”的论者认为:《西厢记》原剧应是完结于第四本第三折“长亭送别”或第四本第四折“草桥惊梦”，此后的部分乃是续作。明人王骥德不认同此说，并驳之曰:“《卮言》又谓:‘或言至“邮亭梦”止，或言至“碧云天”止。’则不知元剧体必四折，记中明列五大折；折必四套，‘碧云天’断属第四折四套之一无疑。又，实甫之记本始

[1] 黄犬音：这里指家书。典出南朝祖冲之《述异记》：“陆机少时，颇好游猎。在吴，有家客献快犬，名曰黄耳。……机羁官京师，久无家问，因戏语犬曰：‘我家绝无书信，汝能赍书驰取消息不？’犬喜，摇尾作声应之。机试为书，盛以竹筒，系犬颈。犬出驿路，走向吴；饥则入草噬肉取饱。每经大水，辄依渡者，弭耳掉尾向之。其人怜爱，因呼上船。载近岸，犬即腾上，速去如飞，径至机家，口衔筒，作声示之。机家开筒取书，看毕，犬又向人作声，如有所求。其家作答书，内筒中，复系犬颈。犬既得答，仍驰还洛。计人行五旬，而犬往还裁半月。”后遂以黄犬喻信使。

[2] 红叶诗：这里指莺莺的音信。典出唐范摅《云溪友议》卷下：“卢渥舍人应举之岁，偶临御沟，见一红叶，命仆搴来。叶上乃有一绝句，置于巾箱，或呈于同志。及宣宗既省宫人，初下诏，许从百官司吏，独不许贡举人。后亦一任范阳，获其退宫人。睹红叶而吁怨久之，曰：‘当时偶题随流，不谓郎君收藏巾箧。’验其书，无不讶焉。诗曰：‘水流何太急，深宫尽日闲。殷勤谢红叶，好去到人间。’”

[3] 梅花使：驿使，代指传书送信之人。典出南朝盛弘之《荆州记》：“陆凯与范晔相善，自江南寄梅花一枝，诣长安与晔，并赠花诗曰：‘折梅逢驿使，寄与陇头人。江南无所有，聊赠一枝春。’”

[4] 去国：犹言离乡，这里指离开河中府。国，故国，故乡。

[5] 十二时：十二个时辰。古代将一日分为十二个时辰，这里是说时时刻刻都在想念莺莺。

[6] 参差：错落，不齐。汉张衡《西京赋》：“华岳峨峨，冈峦参差。”

[7] 害鬼病的相如：这里张生以司马相如自喻，言莺莺好似卓文君，其信可治愈自己的病。据《史记·司马相如列传》：“相如口吃而善著书，常有消渴疾。”消渴疾，即现在的糖尿病。

董解元，董词终郑恒触阶，而实甫顾阙之以待汉卿之补？所不可解耳。”《西厢记》作者为王实甫的说法出现最早，且非一人之闻见；其他说法相对晚出，又均无法提供推翻“王作说”的证据。特别值得关注的是，恰如王骥德所讲，《西厢记》第五本中的某些情节在《董西厢》中便已出现，王实甫没有必要刻意规避不写而专待他人续写。总的来说，《西厢记》作者是王实甫的说法相对可信。

王实甫（生卒不详），名德信（一说名信德），实甫是其字，大都（今北京）人（一说河北定兴人）。《录鬼簿》曾将王实甫与关汉卿（约1234前—约1300）、白朴（1226—约1306）、马致远（约1250—约1321至1324间）等同列为“前辈以死名公才人”，一般认为，王实甫为元代前期作家，创作活动大约在元成宗元贞、大德年间（1295—1307）。元明之际的贾仲明吊王实甫曰：“风月营，密匝匝列旌旗；莺花寨，明飚飚排剑戟；翠红乡，雄赳赳施谋智。作词章，风韵美，士林中等辈伏低。新杂剧，旧传奇，《西厢记》天下夺魁。”综合而言，王实甫应为身份不高的下层文人，文才卓越为世人盛誉，所作《西厢记》杂剧被公认为当时戏剧的魁首。他一生至少创作过十四种杂剧（据钟嗣成《录鬼簿》著录)，今存者除《崔莺莺待月西厢记》外，尚有《四丞相高会丽春堂》《吕蒙正风雪破窑记》两部全本，以及《韩彩云丝竹芙蓉亭》《苏小卿月夜贩茶船》两部残剧。

【剧作简评】

崔莺莺与张生的爱情故事，最早见于唐代著名文人元稹的传奇小说《莺莺传》。小说中的张生是一个始乱终弃却文过饰非的无行文人，他骗取了崔莺莺的爱情，又抛弃了她另娶高门；莺莺则是一个风姿绰约、多情多才的小姐，在被张生抛弃后嫁作他人妇。元稹笔下的崔、张爱情是纯粹的悲剧，作者将莺莺视为“尤物”“妖孽”，称张生为“善补过者”，令人读之怅恨，故后来多有为之咏叹或下笔翻写者，以《莺莺传》为题材的戏曲亦应运而生。

宋人赵令畤以之为基础，改编创制了【商调蝶恋花】鼓子词，使得崔、张故事有了相对完善的讲唱底本。金代董解元《西厢记诸宫调》的出现，则使这段才子佳人故事有了新的突破：矛盾冲突的性质变成了主张婚恋自由的青年人与封建家长之间的斗争；薄情的书生被改塑为多情才子，小姐莺莺具有了反抗个性。但《董西厢》最终仍以莺莺、张生私奔作结，他们的爱情并未获得主流伦常观念及婚姻制度的认可。直到元代，王实甫以绝世之才创编了《西厢记》杂剧，“令前无作者，后掩来哲，遂擅千古绝调。自王公贵人，逮闺秀里孺，世无不知有所谓《西厢记》者”（明王骥德评语）。

《西厢记》全剧共有五本，每本由四折和一个楔子组成（一说认为第二本的楔子由惠明主唱套曲，剧情较长且相对复杂，当为一折），是现今可见元人北杂剧中规模最宏大者。杂剧以极细腻的笔触敷演了故相小姐崔莺莺与书生张珙的爱情故事：莺莺与张生在普救寺佛殿邂逅，共历孙飞虎之围后在西厢私会为老夫人发觉，张生被迫与莺莺分离上朝取应，最终张生考取功名与莺莺团圆相聚。剧作情节曲折，全幅展现了青年男女由自由恋爱走向婚姻的过程，描写了以莺莺之母为代表的封建家长同崔莺莺、张珙、红娘等礼教叛逆者之间的冲突，旗帜鲜明地高擎起“永老无别离，万古常完聚，愿普天下有情的都成了眷属”（第五本第四折）的婚恋理想。莺莺的美丽与深情、张生的勇毅与志诚、红娘的侠义与机灵，打动了无数观众，成为大家心目中经典的戏曲人物形象。《西厢记》人物刻画出神入化，结构安排起伏跌宕，语言艺术绮丽当行，洗涤窠臼，自成高格，被誉为“千古绝调”。明人王骥德以为：“《西厢》妙处，不当以字句求之。其联络顾盼，斐亹映发，如长河之流，率然之蛇，是一部片段好文字，他曲莫及。”王思任《合评北西厢序》云：“其描摹崔张情事，绝处逢生，无中造有。本一俚语，经之即韵；本一常境，经之即奇；本一冷情，经之即热。人人靡不脍炙之而尸祝之，良由词与事各擅其奇，故传之世者永久不绝。”晚明著名文人袁宏道亦赞之曰：“唐诗外即宋词、元曲绝今古，而双文一剧，尤推胜国冠军。”《西厢记》是登峰造极的北曲压卷之作，其魅力穿越时空而历久弥新，它曾被改编为昆剧、京剧及其他各种地方戏，至今仍活跃在传统戏曲演出的舞台之上。

《西厢记》第一本又名《张君瑞闹道场杂剧》，其楔子有领起全剧的意义。第一本“楔子”以老夫人开场交代背景，亦是作者化工妙笔所在——亡夫乃前朝相国，且是博陵崔氏；自家姓郑，亦为高门甲姓。然而崔家富贵，此际毕竟已成寥落。女儿莺莺正值桃李年华，德才兼修，已有婚约，尚未成配。旅榇受阻，一家几口寄居萧寺，郑恒又远在京城——崔母抚今追昔，凄凄楚楚，无限伤怀。一部《西厢》，几多波折，太半由老夫人而兴，其中的关键又在“门第”二字。“楔子”讲崔夫人重家世，句句言之，却又无一处点破，更为接下来情节的开阖振荡埋下伏笔。手段老辣，令后来者仰望。女主角莺莺的首次亮相，虽只惊鸿掠影，却如清风乍起，吹皱一池深静。身受礼教制度与门户婚姻的双重拘系，面对落红片片、新绿渐渐，独立风中深院的莺莺无语而怨——是为东风断送春残、为韶华似水一去难挽、还是为念而不得的如花美眷？【(赏花时)幺篇】的秀绝之处，又在其情与景适会交融，浑然一气。“大家之作，其言情也必沁人心脾，其写景也必豁人耳目，其辞脱口而出，无矫揉妆束之态，以其所见者真，所知者深也。”(王国维《人间词话》)此曲令人一读而齿颊流香，由其景、其情想见莺莺遗世独立的高标风神。春光不避人，透入重门闭锁的蒲东禅院，逗起待嫁女儿的莫名愁绪，亦为即将发生的韵事提供了萌蘖滋蔓的契机。“一声莺啭出墙来，惹起无限春色”(徐渭等人评文)，那书生在何处耶？

第一本第三折又称“联吟”“酬韵”，由末扮张生主唱。红娘向莺莺转述去长老处的经过，绘声绘色地模拟了张生的“傻角”行径，伶俐娇憨外别具风趣。莺莺笑而不答，叮嘱红娘“休对夫人说”，又吩咐安排香案花园烧香，既回扣了老夫人治家严谨的前情，又令人想到“临去秋波那一转”，生遐思无限。张珙寄宿寺中近西厢而居，为解相思之苦，必欲前往莺娘处“饱看一回”。时近十五，缺月渐盈，“花笼微月竹笼烟，百尺丝绳拂地悬”(唐元稹《杂忆五首》其二），天地尽皆笼罩在一片朦胧之中，良辰美景正称赏心乐事。二月春寒，一更之后，万籁无声，初学偷香的君瑞不免战战兢兢，他"侧着耳朵儿听，蹑着脚步儿行"，"悄悄冥冥，潜潜等等"，只"等待那齐齐整整，袅袅婷婷，姐姐莺莺"。本折【越调·斗鹌鹑】套曲用"庚青"韵，【斗鹌鹑】【紫花儿序】两支又多用叠字，音轻韵密，如琴弦轻拢，琮琮琤琤，将书生将见伊人时既兴奋又忐忑的心情描摹得淋漓尽致。张生正在花园墙外胡思乱想，猛听得角门儿呀的一声。"风过处花香细生"，是未见其人而先闻其衣香袅袅随风而至。墙外的张生踮脚觑望，见小姐在月下花间愈发美丽。月色胧明，银汉无声，清风徐徐，暗香浮动，那人似月中嫦娥，姗姗而至，又手拈香炷，轻声祷祝。书生难控心猿，吟诗挑之。诗人更巧借嫦娥言志，拓开时空，增其一分典重，减其一分轻率。红娘出语点明吟诗人身份，莺莺不禁依韵和作："兰闺久寂寞，无事度芳春"，抒写莺莺久居深闺的寂寞与光阴虚掷的凄清情绪；"料得行吟者，应怜长叹人"，则是推己及人并酬答原诗之问。

戏曲或小说中所谓的好诗，不必皆是警句，要在本色当行，洽惬情境。张生、莺莺的场合之作皆是五绝，言简短而意深长，又妙在与剧情及角色身份、心理相称。张生正思趁热打铁撞出去与小姐相见，不想红娘突然以"怕夫人嗔着"为名，唤莺莺归去，莺莺离去前再次回顾，细微处透露了二人情感的发展。却才个悄悄相问、低低回应，一霎时佩环已归独留墙外只影。"忽听、一声、猛惊"，六字三韵，为后世激赏。宿鸟飞故而花弄影，花梢颤于是红满径，张生回过神来，怅然若失，倍觉凄清，归后相思更甚昨日，怨不能、恨不成、坐不安、睡不宁，四顾无聊，枕上孤另……此后必寻机再见，已在情理之中。此折张生与莺莺花阴联吟，"生情布景，别出异样花样"（金圣叹评文），其境美，其情深，其事通，其辞清，真真千古妙文！

《西厢记》第二本名《崔莺莺夜听琴杂剧》，其第一折又称"寺警"，由旦扮莺莺主唱。二月十五的斋醮让张生、莺莺间的情愫增浓，但小姐毕竟已有婚约，书生虽占地利、人和，欲成好事，仍待天时。突有贼人孙飞虎风闻崔相国之女美貌倾城，连夜兴兵，兵围普救，必要掳莺莺为妻。祸从天降，却为张生提供了突破胶着的契机。虎狼屯于阶陛，莺莺犹然不知。【八声甘州】【混江龙】两曲，连续化用前人佳句，“逐句千狐之白，而又无补接痕”（金圣叹评文），渲染闺中女儿伤春情绪，素服娇娃踟蹰于落红满地的深院，如花容颜却只能在幽闺自怜的景况，如在眼前。“香消金粉”“清减精神”本是常语，一着“六朝”“三楚”而风韵高标、雅意倍增，令其哀愁怨艾如有弥撒宇内、透彻千载之气势，无怪何良俊赞曰：“如此数语，虽李供奉（李白）复生，亦岂能有以加之哉！”【油葫芦】【天下乐】由虚入实，细细描摹了莺莺想念张生的坐卧难安、日夜不宁。张生到底好在何处呢？“兜的便亲”，是天生一种亲近；诗歌清新，是才华动人；他是“文章士”、是“旖旎人”，面清身俊，性温情顺——张生无所不好，才会惹得莺莺不由自主，心生爱慕。不想艳阳天惊雷突现，夫人、长老仓惶到来，莺莺乍闻噩耗，大惊失色。父亲亡故，孤孀母子，客居他乡，无依无靠，寺中三百僧人，或亦将受其连累。莺莺情急之下欲牺牲自己保全众人，老夫人以辱没家谱为名不可，法本提议到法堂廊下与僧俗共商应对之策。然法堂之上无人建言，莺莺见状重申要将自己献给贼人，并阐明其便有五。在王实甫笔下，莺莺之美不仅在容貌，更在心灵，面对无妄之灾，她仁、孝、智、勇。但捐身是下策，献尸更是下下之策，见母亲心碎难舍，莺莺急中生智：“不拣何人，建立功勋，杀退贼军，扫荡妖氛，倒陪家门，愿与英雄结婚姻，成秦晋。”老夫人三害相权取其轻，认为“此计较可”。

长老法堂高叫后无人应答，在观众的焦急等待中，张生方才从容鼓掌而上自荐有良策退兵，夫人当众许诺：“但有退得贼兵的，将小姐与他为妻。”见时机已然成熟，君瑞方才讲明退兵之计。清人李渔《闲情偶寄·词曲部》曰：“一部《西厢》，止为张君瑞一人，又止为白马解围一事。其余枝节，皆从此一事而生——夫人之许婚，张生之望配，红娘之勇于作合，莺莺之敢于失身，与郑恒之力争原配而不得，皆由于此。是‘白马解围’四字，即作《西厢》之主脑也。”经此一乱，老夫人当众许婚，使得崔、张的婚姻获得了正当性；而“患难见真情”，莺莺对张生的爱重与信也愈发坚定。

第三本《张君瑞害相思杂剧》第一折又称“锦字传情”“前候”，由红娘主唱。张生自听琴之后，因再不能见小姐，故“着长老说将去，道张生好生病重”，红娘奉小姐之命前去探望。【点绛唇】至【天下乐】四曲，借红娘之口，概括前情：莺莺一家寄居萧寺，罹孙飞虎之难，张生见义勇为，夫人先许婚后悔婚，小姐、书生良姻梦断，“两下里都一样害相思”，小红娘不由同情起来。红娘来至书房门外，先润破窗纸向内窥探：张生和衣而睡，孤眠凄凉，饱受相思煎熬，令红娘颇为其不平。【村里迓鼓】“不是画出红娘，只欲画出一个害相思的张生来。独自卧病书斋，种种情态谁人见来？特借红娘挖窗俏视，曲曲传写”（潘廷章评文）。小丫鬟金钗敲门扇儿，病书生启扉延入。红娘言语虚虚实实，然一句“俺小姐至今脂粉未曾施，念到有一千番张殿试”，直抵过问病千言、疗疾万方。张生欲请红娘传简，红娘以莺莺严苛为由不应，书生以利诱之，惹快口婢子一阵奚落：“莫不图谋你的东西来到此？”“是我爱你的金赀？”“我虽是个婆娘有志气！则说道：‘可怜见小子，只身独自！’恁的呵，颠倒有个寻思。”小红娘身在“贱籍”，却重义轻利有侠骨，不做钱媒，愿为情使，“世间有斤两、可计算者，银钱；世间无斤两、不可计算者，情义也。如张生、莺莺男贪女爱，此真何与红娘之事？而红娘便慨然将千金一担，两肩独挑。细思此情此义，真非秤之可得称、斗之可得量也”（《第六才子书西厢记》）。张生从善如流连忙央求，红娘毫不做作干脆答应。张生拂笺走笔，立成一札，倾吐相思；红娘虽不通文墨，见此情景亦不免连声称赞：“忒聪明，忒敬思，忒风流，忒浪子。”本折小红娘探病传简，“忽嗔忽喜、忽予忽夺”（潘廷章评文），如春风拂面，更兴味盎然，而张生之情、红娘之义，自在其间矣。

第四本《草桥店梦莺莺杂剧》的第四折俗称“惊梦”或“草桥惊梦”。

金圣叹力主《西厢记》原本结于此处，第五本乃是续作："旧时人读《西厢记》，至前十五章既尽，忽见其第十六章乃作‘惊梦’之文，便拍案叫绝，以为一篇大文，如此收束，正使烟波渺然无尽。"然《西厢记》若止于此，则使莺莺之至情、张生之志诚空留余恨，恐难称王实甫改作的命意与亿万观众的期待。张生离开蒲东留宿草桥，羁旅茕独，忆及昨夜形双影并，倍觉凄切。【落梅风】堆叠单枕、鸣蛩，破窗、风声、薄被，渲染凄清，凸显了男主角乍孤眠的不适不安。"第一段如孤鸿别鹤，落寞凄怆"（骆金乡《与徐文长论草桥惊梦》），鸿鹤离伴，则思其配；日既思之，夜因梦之。在梦中，柔弱小姐为追赶情人，荒郊独行，又急又怯。【搅筝琶】回顾长亭别后莺莺对张生的牵挂不舍，【锦上花】演聚短别长的怅惘，【幺篇】则以俪词摹写秋风木叶、道路曲折，"景物荒凉，可抵宋玉《悲秋》一赋"（潘廷章评文）。张生恍惚间仿佛听到叩门声，起身探问，见是莺莺，且惊且喜，假假真真，怪怪奇奇。两人互诉离愁衷曲，再证海誓山盟，细腻婉曲，萦损人肠，于"梦中加倍作梦语"（金圣叹评文），"翻空揭出梦境，的是相思画谱"（陈继儒等评文）。卒子从天而降，莺莺挺身而出面斥追兵，慌乱之间，莺莺竟被抢去。张生惊觉，方知是梦，门外只见霜露盈天地、残月映晓星，哪有伊人身影？【雁儿落】【得胜令】连用十二叠词，铺陈张生梦醒后不见玉人的失落，"奏之令人凄绝"（徐士范等评文）。天明之后，君瑞在僮仆的催促下再次启程，"如梦蝶初回，晨鸡乍觉，不胜其惊怨悲愁也"（骆金乡《与徐文长论草桥惊梦》）。此折梦境部分突破了与元人杂剧的一人主唱的藩篱，令生旦之间的对话更显自然流畅，叙事抒情上也愈发淋漓尽致。草桥惊梦，跌宕错落，仿佛一幕短剧，"文章至此，更无文矣"（汤显祖评文）！

《西厢记》第五本《张君瑞庆团圞杂剧》，写张生中状元后终于与莺莺有情人终成眷属。其内容为唐元稹《莺莺传》、宋赵令畤【商调蝶恋花】鼓子词所无有，而金代《董解元西厢记》则已有之，杂剧在《董西厢》的基础上加以改饰，令到爱情至上的主题更为突出。第二折又称"尺素缄愁""猜寄”，由末扮张生主唱，写张生在京师收到莺莺回寄的书信与物品，离情倍增，相思更深一层。已经举进士、中状元、奉旨编修国史的张生不为折桂喜，反成相思疾，因思念莺莺而饮食少进、睡卧不宁。琴童归来，张生大喜，莺莺的回信虽在文采上略逊于《莺莺传》和《西厢记》的其他段落，却是秉笔直书，一洗董解元诸宫调剿袭的龃龉鄙陋，朴实感人，亦有可取之处。发书见莺莺并未忘情，张生又恢复了“风魔秀士”的本性，【上小楼】二曲以“俗语、谑语、经史语裁为奇语，如天衣通身无缝”（王骥德评文），将君瑞对双文的极致爱重淋漓泼洒，酣畅有趣，他曲莫及。君瑞逐件取出莺莺寄来物品，小心抚弄，一一揣摩爱人心意，思想旧时欢好，怅恨绵绵不已。【快活三】有赋有兴，又融情入景，向为所评家激赏;【朝天子】二曲，则与前面“冷清客店”相照，彰显了张生的耿介纯挚。张生吩咐琴童小心收起衣裳，反反复复，层层叠叠，不尽相思，在其中矣。临了由离恨写到新婚离别，叠用“天荒地老”“海枯石烂”“蜡炬成灰”“春蚕到死”等语，誓言相守，直抒胸臆，情味深长;【四煞】更用“黄犬传音”等三个典故摹写张生心声难寄的同时，又将视角由近及远拉开：江声山色，浩淼无垠，阻断那人音容，却挡不住彼此相思之情，余音不绝，余情不了，江山为之流连。

金圣叹以为第五本是续貂之作，其情节言语等皆无甚意趣，但亦有曲家持相左之论，认为第五本的后三折“虽无甚警语，却铺叙真朴，化俗语为雅调，则时时有之。前曲鬣情易动人，后题切事，其措辞更难于前也”（徐渭评文）。自剧本的架构而言，第五本始终贯穿着的矛盾冲突的张力：前两折先写张生传书、莺莺回信，后写张生猜寄，其主要冲突是功名与爱情；第三折插入郑恒作梗，第四折洗清误会、得成婚姻，其主要冲突是旧婚约与新姻缘。从故事的情节来看，元稹《莺莺传》中张生负心、背弃莺莺便是在离开蒲东上朝取应之后，《西厢记》欲令书生小姐终成眷属，必须写出张生金榜题名后不忘旧情，心心念念要与莺莺携手百年，方能有后来的团圞欢庆。第五本在曲辞风格上确实与前四本存在一些差异，但在现实社会中，婚姻不仅仅是两人相爱那么简单，张生、莺莺若想最终相守，必须获得以老夫人为代表的家庭和以伦理、律法为代表的社会的认可。恰如徐渭所讲，写旖旎情思动人易，写茶米油盐措辞难，从某种角度上讲，经过由灵魂到肉身的深深爱恋，张生和莺莺的幸福生活会接地气、染凡尘进而“落入俗套”，实是不可避免。虽然第五本在语言上是稍逊诗意的，但“有情人终成眷属”的现世幸福何尝不是最动人的诗意？

倩女离魂

[元]郑光祖

第二折

（夫人慌上，云）欢喜未尽，烦恼又来。自从倩女孩儿在折柳亭与王秀才送路，辞别回家，得其疾病，一卧不起。请的医人看治，不得痊可[1]，十分沉重，如之奈何？则怕孩儿思想汤水[2]吃，老身亲自去绣房[3]中探望一遭去来。（下）（正末上，云）小生王文举，自与小姐在折柳亭相别，使小生切切于怀，放心不下。今舣舟[4]江岸，小生横琴于膝，操一曲以适闷[5]咱。（做抚琴科）（正旦别扮离魂[6]上，云）妾身倩女，自与王生相别，思想的无奈[7]，不如跟他同去，背着母亲，一径[8]的赶来。王生也，你只管去了？争知[9]我如何过遣[10]也呵！（唱）

【越调】【斗鹌鹑】人去阳台，云归楚峡[11]。不争他江渚[12]停舟，几时得门庭过

[1] 痊可：疾病或创伤痊愈。

[2] 汤水：有汤汁的食物。此处泛指食物。

[3] 绣房：华丽的房舍，旧时常用指青年女子的居室。

[4] 舣（yǐ）舟：停船靠岸。

[5] 适闷：解闷。适，同“释”。元关汉卿《金线池》第二折：“梅香，将过琵琶来，待我散心适闷咱。”

[6] 离魂：脱离躯体的魂魄。宋姜夔《踏莎行》：“别后书辞，别时针线，离魂暗逐郎行远。”

[7] 思想的无奈：意谓非常想念。

[8] 一径：一直，径直。

[9] 争知：怎知。宋柳永《八声甘州》：“争知我、倚阑干处，正恁凝愁？”

[10] 过遣：过日子，度日。

[11] 人去阳台，云归楚峡：典出战国宋玉《高唐赋序》：“昔者，楚襄王与宋玉游于云梦之台，望高唐之观，其上独有云气，……王问玉曰：‘此何气也？’玉对曰：‘所谓朝云者也。’王曰：‘何谓朝云？’玉曰：‘昔者，先王尝游高唐，怠而昼寝，梦见一妇人曰：“妾，巫山之女也，为高唐之客，闻君游高唐，愿荐枕席。”王因幸之。去而辞曰：“妾在巫山之阳，高丘之阻，旦为朝云，暮为行雨，朝朝暮暮，阳台之下。”旦朝视之，如言故为立庙，号曰朝云。’”这里指与心爱的人分离。

[12] 江渚：江中小洲，亦指江边。

马？悄悄冥冥[1]，潇潇洒洒[2]，我这里踏岸沙，步月华。我觑这万水千山，都只在一时半霎。

【紫花儿序】想倩女心间离恨，赶王生柳外兰舟，似盼张骞天上浮槎[3]。汗溶溶琼珠[4]莹脸，乱松松云髻堆鸦，走的我筋力疲乏。你莫不夜泊秦淮卖酒家[5]，向断桥西下。疏剌剌秋水菰蒲[6]，冷清清明月芦花。

（云）走了半日，来到江边，听的人语喧闹，我试觑咱。（唱）

【小桃红】我蓦[7]听得马嘶人语闹喧哗，掩映在垂杨下。諕[8]的我心头丕丕[9]那惊怕，原来是响珰珰鸣榔板[10]捕鱼虾。我这里顺西风悄悄听沉罢，趁着这厌厌[11]露华，对着这澄澄月下，惊的那呀、呀、呀寒雁起平沙。

---

[1] 悄悄冥冥：寂静无声的样子。

[2] 潇潇洒洒：凄清孤寂的样子。

[3] 盼张骞天上浮槎（chá）：像盼望见到天上浮槎那样，盼望爱人如期早归。浮槎事载晋张华《博物志·杂说下》："旧说云，天河与海通。近世有人居海渚者，年年八月有浮槎去来，不失期。人有奇志，立飞阁于槎上，多赍粮，乘槎而去。十余日中，犹观星月日辰，自后茫茫忽忽，亦不觉昼夜。去十余日，奄至一处，有城郭状，屋舍甚严，遥望宫中多织妇。见一丈夫牵牛渚次饮之。牵牛人乃惊问曰：'何由至此？'此人具说来意，并问：'此是何处？'答曰：'君还，至蜀郡访严君平则知之。'竟不上岸，因还如期。后至蜀，问严君平，曰：'某年月日，有客星犯牵牛宿。'计年月，正是此人到天河时也。"张骞，西汉外交家，曾出使西域，发展了汉朝与中亚各地的交往，史上并无张骞浮槎之事，为后人传说。

[4] 琼珠：玉珠。常用以比喻露珠、水珠，此谓汗珠。

[5] 夜泊秦淮卖酒家：夜晚泊舟于歌伎之家。语出唐杜牧《泊秦淮》："烟笼寒水月笼沙，夜泊秦淮近酒家。商女不知亡国恨，隔江犹唱《后庭花》"。这里是倩女担心王文举会去眠花宿柳。

[6] 菰（gū）蒲：菰和蒲。菰，一种生长在浅水中的草本植物，嫩茎称"茭白"。蒲，一种生长在池沼中的多年生草本植物，叶子可编席、做扇。

[7] 蓦（mò）：突然，猛然。

[8] 諕（xià）：同"吓"，使害怕。

[9] 丕丕：象声词，亦作"扑扑"，心跳或脚步等声音。元金仁杰《追韩信》第一折："他把我丕丕的赶过长安道。"

[10] 榔板：船板。渔人捕鱼时常通过敲击船板来赶鱼入网，故此云"响珰珰鸣榔板捕鱼虾"。

[11] 厌厌（yān）：安静貌。元侯克中《醉花阴》："凉夜厌厌露华冷，天淡淡银河耿耿。"

【调笑令】向沙堤款踏[1]，莎草[2]带霜滑。掠湿湘裙[3]翡翠纱，抵多少苍苔露冷凌波袜[4]。看江上晚来堪画，玩冰壶[5]潋滟天上下[6]，似一片碧玉无瑕。

【秃厮儿】你觑远浦孤鹜落霞[7]，枯藤老树昏鸦[8]。听长笛一声何处发，歌欸乃[9]，橹咿哑[10]。

（云）兀那船头上琴声响，敢是[11]王生？我试听咱。（唱）

【圣药王】近蓼洼[12]，缆钓槎[13]，有折蒲衰柳老蒹葭[14]。傍水凹[15]，折藕芽，见烟笼寒水月笼沙[16]，茅舍两三家。

（正末云）这等夜深，只听得岸上女人音声，好似我倩女小姐，我试问一

[1] 款踏：缓步慢走。

[2] 莎（suō）草：多年生草本植物，多生于潮湿地区或河边沙地。唐李白《忆旧游寄谯郡元参军》："浮舟弄水箫鼓鸣，微波龙鳞莎草绿。"

[3] 湘裙：湘地丝织品制成的女裙。明高明《琵琶记》第十九出："湘裙展六幅，似天上嫦娥降尘俗。"

[4] 凌波袜：泛指美女的袜子。语出三国魏曹植《洛神赋》："凌波微步，罗袜生尘。"

[5] 冰壶：盛冰的玉壶，常用以借指月亮或月光。唐元稹《献荥阳公诗五十韵》："冰壶通皓雪，绮树眇晴烟。"

[6] 潋滟（liàn yàn）：形容月光明亮清澈如水。宋苏轼《中秋月寄子由诗三首》其一："殷勤去年月，潋滟古城东。"

[7] 远浦孤鹜（wù）落霞：远方的水岸，孤单的野鸭，天边的晚霞。此句化用唐王勃《滕王阁序》："落霞与孤鹜齐飞，秋水共长天一色"。

[8] 枯藤老树昏鸦：语出元马致远《天净沙·秋思》："枯藤老树昏鸦，小桥流水人家，古道西风瘦马。夕阳西下，断肠人在天涯。"

[9] 欸乃（ǎi nǎi）：象声词，划船时唱歌的声音。唐柳宗元《渔翁》："烟销日出不见人，欸乃一声山水绿。"

[10] 咿哑（yī yā）：象声词，划船时摇橹的声音。唐韩偓《南浦》："应是石城艇子来，两桨咿哑过花坞。"

[11] 敢是：莫非，大概是，此处表猜测。

[12] 蓼（liǎo）洼：长有水蓼的水边凹地。蓼，一种生长在水边或水中的草本植物。

[13] 缆钓槎（chá）：此谓用缆绳拴好渔舟。槎，木筏。

[14] 蒹葭（jiān jiā）：泛指芦苇。《诗经·秦风·蒹葭》："蒹葭苍苍，白露为霜。"

[15] 水凹（wā）：同"水洼"。

[16] 烟笼寒水月笼沙：月光和雾霭笼罩着寒水和沙洲。语出唐杜牧《泊秦淮》："烟笼寒水月笼沙，夜泊秦淮近酒家。"

声波。（做问科，云）那壁[1]不是倩女小姐么？这早晚[2]来此怎的？（魂旦[3]相见科，云）王生也，我背着母亲，一径的赶将你来，咱同上京去罢。（正末云）小姐。你怎生直赶到这里来？（魂旦唱）

【麻郎儿】你好是舒心的伯牙[4]，我做了没路的浑家[5]。你道我为甚么私离绣榻？待和伊同走天涯。

（正末云）小姐是车儿来，是马儿来？（魂旦云）

【幺】[6]崄把[7]、咱家、走乏，比及你远赴京华，薄命妾为伊牵挂，思量心几时撇下。

【络丝娘】你抛闪[8]咱，比及见咱，我不瘦杀，多应害杀[9]。（正末云）若老夫人知道怎了也？（魂旦唱）他若是赶上咱，待怎么？常言道：做着不怕[10]。

（正末做怒科，云）古人云："聘则为妻，奔则为妾。"[11]老夫人许了亲事，待小生得官回来，谐两姓之好[12]，却不名正言顺！你今私自赶来，有玷[13]风化，是何道理？（魂旦云）王生，（唱）

[1] 那壁：那边。

[2] 早晚：时候。"这早晚"犹言这个时候。

[3] 魂旦：中国古代戏曲中扮演女鬼者。

[4] 舒心的伯牙：了无牵挂的俞伯牙。《吕氏春秋》载俞伯牙与钟子期为好友，伯牙善鼓琴，子期善听琴，后子期死，伯牙破琴绝弦，终身不复鼓琴。此处倩女有埋怨王生之意。

[5] 浑家：旧时称妻子为浑家。

[6] 幺：即"幺篇"，元杂剧中同一曲牌连续使用时，后面的曲牌称"幺"或"幺篇"。此处"幺"指曲牌与前一曲牌相同，也是【麻郎儿】。

[7] 崄（xiǎn）：同"险"。

[8] 抛闪：丢弃，舍弃。

[9] 害杀：害苦。

[10] 做着不怕：既然做了，就不必害怕。

[11] 聘则为妻，奔则为妾：聘娶的才是正妻，私奔的只能做妾室。张倩女夤夜离家寻找王文举的行为在古代被视为私奔，不被社会认可，王文举发怒也是为此。

[12] 谐两姓之好：两家缔结婚姻。

[13] 有玷（diàn）风化：有损风俗教化。玷，白玉上面的斑点，此处用如动词，使有污点。

【雪里梅】你振色[1]怒增加，我凝睇[2]不归家。我本真情，非为相謔，已主定[3]心猿意马[4]。

（正末云）小姐，你快回去罢。（魂旦唱）

【紫花儿序】只道你急煎煎趱[5]登程路，元来是闷沉沉困倚琴书，怎不教我痛煞煞泪湿琵琶。有甚心着[6]雾鬓[7]轻笼蝉翅[8]，双眉淡扫宫鸦[9]，似落絮飞花。谁待问出外，争如只在家[10]。更无多话，愿秋风驾百尺高帆，尽春光付一树铅华[11]。

（云）王秀才，赶你不为别，我只防你一件。（正末云）小姐防我那一件来？（魂旦唱）

【东原乐】你若是赴御宴琼林[12]罢，媒人每拦住马[13]，高挑起染渲[14]佳人丹青画[15]，卖弄他生长在王侯宰相家。你恋着那奢华，你敢[16]新婚燕尔[17]在他门下？

（正末云）小生此行，一举及第[18]，怎敢忘了小姐？（魂旦云）你若得登第

[1] 振色：震怒变色。

[2] 凝睇：注视，凝视。唐白居易《长恨歌》："含情凝睇谢君王，一别音容两渺茫。"

[3] 主定：主张，决定。

[4] 心猿意马：比喻人的心思流荡散乱，好像猿、马一样难以控制。

[5] 趱（zǎn）：赶快，加紧。

[6] 着（zháo）：将，把。

[7] 雾鬓：浓密秀美的头发。宋苏轼《洞庭春色赋》："携佳人而往游，勒雾鬓与风鬟。"

[8] 蝉翅：古代妇女的一种发式，两鬓薄如蝉翼，故称。唐王建《宫词一百首》其四十二："蜂须蝉翅薄松松，浮动搔头似有风。"

[9] 宫鸦：栖息在皇宫中的乌鸦。古代女子常以黑色颜料画眉，此处以宫鸦指代黑色。

[10] 出外争如只在家：出门在外哪里比得上留在家中。

[11] 铅华：原指古代女性化妆用的铅粉，又常用来比喻落花或女子的青春年华。元乔吉《金钱记》第一折："子规声好教人恨，他只待送春归几树铅华。"

[12] 琼林：即琼林宴，旧时皇帝为新科进士举办的宴会。

[13] 媒人每拦住马：媒人们将你的马拦住，要给你说媒。

[14] 染渲：中国画传统技法，用水墨或淡彩烘染画面。

[15] 丹青画：画像，图画。

[16] 敢：副词，表推测，大概，或许。

[17] 新婚燕尔：极言新婚欢乐。燕，宴，安乐的样子。这里指另娶高门女子。

[18] 一举及第：参加一次考试便考中进士。

呵，（唱）

【绵搭絮】你做了贵门娇客[1]，一样矜夸[2]。那相府荣华，锦绣堆压，你还想飞入寻常百姓家[3]？那时节似鱼跃龙门播海涯[4]，饮御酒插宫花[5]。那其间占鳌头[6]、占鳌头登上甲[7]。

（正末云）小生倘不中呵，却是怎生？（魂旦云）你若不中呵，妾身荆钗裙布[8]，愿同甘苦。（唱）

【拙鲁速】你若是似贾谊困在长沙[9]，我敢似孟光[10]般显贤达。休想我半星儿意差，一分儿抹搭[11]。我情愿举案齐眉[12]傍书榻[13]，任粗粝[14]，淡薄[15]生涯，遮莫[16]戴

[1] 娇客：女婿。宋黄庭坚《次韵子瞻和王子立风雨败书屋有感》："妇翁不可挝，王郎非娇客。"

[2] 矜夸：夸耀。亦作"矜侉"。

[3] 飞入寻常百姓家：语出唐刘禹锡《乌衣巷》："旧时王谢堂前燕，飞入寻常百姓家。"这里说王文举若中举后可另娶高门，可能就看不上张倩女这样一般家庭的女子了。

[4] 鱼跃龙门播海涯：此言一旦登第便如鱼跃龙门后化身成龙，一下子名扬天下。鱼跃龙门事见《辛氏三秦记》："河津一名龙门，禹凿山开门，阔一里余，黄河自中流下，而岸不通车马。每莫春之际，有黄鲤鱼逆流而上，得过者便化为龙。"后常以喻指举业成功或地位高升。播，传扬，传布。

[5] 饮御酒插宫花：新科进士在琼林宴上簪花饮酒、志得意满的样子。插宫花，宋元时男士亦有戴花的风俗，新科进士在参加御筵时常插宫花于冠上。宋辛弃疾《定风波・暮春漫兴》："少日春怀似酒浓，插花走马醉千钟。"

[6] 占鳌头：俗称科举时状元及第。鳌头，唐宋时翰林学士、承旨等官朝见皇帝时立于雕刻有巨鳌的殿陛石正中，因称入翰林院为上鳌头或占鳌头。

[7] 上甲：科举时代殿试成绩最优的一等，也称一甲。

[8] 荆钗布裙：以荆条为发钗，以粗布做衣裙，泛指女性衣饰朴素简陋。《太平御览》卷七百十八引《列女传》："梁鸿妻孟光，荆钗布裙。"

[9] 似贾谊困在长沙：像汉代贾谊被贬谪长沙时一样不得志。贾谊，西汉时期著名的政论家、文学家，曾任太中大夫，因好议论国家大事，遭大臣排挤，被贬为长沙王太傅，后为梁怀王太傅。

[10] 孟光：东汉隐士梁鸿之妻，其事见《后汉书・逸民传・梁鸿》。梁鸿、孟光夫妻隐居于霸陵山中，以耕织为生。后至吴，鸿为佣工，每食时，光必举案齐眉，以示敬爱。后孟光遂成为古代贤妻的典型。

[11] 抹搭：怠慢，变心。

[12] 举案齐眉：语出《后汉书・逸民传・梁鸿》："每归，妻为具食，不敢于鸿前仰视，举案齐眉"。意思是说举案高至眉，非常尊敬，常用以泛指夫妻相敬爱。案，有脚的托盘。

[13] 傍书榻：陪伴在书榻左右，这里指陪伴王文举读书。

[14] 粗粝：糙米，泛指粗劣的食物。唐杜甫《有客》："竟日淹留佳客坐，百年粗粝腐儒餐。"

[15] 淡薄：寒素。宋陆游《雨后复小雪》："贱贫安淡薄，老钝耐讥嘲。"

[16] 遮莫：任凭。宋苏轼《次韵答宝觉》："芒鞋竹杖布行缠，遮莫千山更万山。"

荆钗，穿布麻。

（正末云）小姐既如此真诚志意，就与小生同上京去如何？（魂旦云）秀才肯带妾身去呵，（唱）

【幺篇】把稍公快唤咱，恐家中厮捉拿。只见远树寒鸦，岸草汀沙，满目黄花，几缕残霞。快先把云帆高挂，月明直下[1]，便东风刮，莫消停[2]，疾进发。

（正末云）小姐，则今日同我上京应举去来。我若得了官，你便是夫人县君[3]也。（魂旦唱）

【收尾】各剌剌[4]向长安道上把车儿驾，但愿得文苑客[5]当时奋发。则我这临邛市沽酒卓文君[6]，甘伏侍[7]你濯锦江题桥汉司马[8]。（同下）

（以明臧晋叔《元曲选》万历吴兴臧氏刊本为底本，据别本参校）

【作者简介】

郑光祖，字德辉，平阳襄陵（今山西襄汾）人，生卒年月不详。一般据《录鬼簿》中对郑德辉"方今已亡名公才人，余相知者"的记载，认为郑德辉生于元世祖至元初年，卒于元文宗至顺元年（1330）之前，是紧随关

[1] 直下：径直趋赴。这里指直奔京城。

[2] 消停：停歇，休息。

[3] 县君：古代妇人的封号，也用作命妇的通称。这里是说王文举若得了官，他的妻子也会成为有封号的命妇。

[4] 各剌剌：象声词，这里是模拟车轮滚动的声音。

[5] 文苑客：文士，书生。文苑，文坛、文学界。古代史书中多立"文苑传"，记载文士的言行。

[6] 临邛（qióng）市沽酒卓文君：在临邛市集上卖酒的卓文君，此处张倩女自比为暂处微末的卓文君。卓文君，汉临邛大富商卓王孙女，好音律，新寡家居。司马相如以琴心挑之，文君夜奔相如，同驰归成都。因家贫，复回临邛，尽卖其车骑，置酒舍卖酒。相如身穿犊鼻裈，与奴婢杂作、涤器于市中，而使文君当垆。卓王孙深以为耻，不得已而分财产与之，使回成都。事见《史记·司马相如列传》。

[7] 伏侍：犹服侍，伺候。

[8] 濯锦江题桥汉司马：即西汉时期著名的辞赋家司马相如。传说他早年不得志，离蜀入长安时曾过桥，因题十三字于桥柱上："不乘赤车驷马，不过汝下也。"后来常以"题桥"或"题桥柱"比喻立志求取功名。

汉卿、马致远、王实甫等之后的元杂剧第二期的代表作家。郑光祖为人方直，曾为杭州路吏，晚年病卒后火葬于西湖灵芝寺。郑光祖在元代“名香天下，声振闺阁，伶伦辈称‘郑老先生’”（元钟嗣成《录鬼簿》），周德清将其与关汉卿、白朴、马致远并列为“元曲四大家”；钟嗣成对其评价则相对中肯，他一方面称赞郑光祖“乾坤膏馥润肌肤，锦绣文章满肺腑。笔端写出惊人句，解翻腾今是古，词坛老将伏输。翰林风月，梨园乐府，端的是曾下功夫”，一方面也认为“惜乎所作，贪于俳谐，未免多于斧凿”（《录鬼簿》）。后人对他是否堪与其他三家并称“四大家”虽有争议，但多认为郑光祖是杰出的元杂剧大家，明人朱权《太和正音谱》对郑光祖极为推崇，赞“其词出语不凡，若咳唾落乎九天，临风而生珠玉，诚杰作也”。郑光祖共创作杂剧十七部（一说十八种），存世四种（一说五种），其中知名者如《倩女离魂》《王粲登楼》。

【剧作简评】

《倩女离魂》全名《迷青琐倩女离魂》，是元代爱情戏的代表作，与《西厢记》《拜月亭》并称“元代三大爱情戏”，也是郑光祖最受欢迎的作品。杂剧以唐人陈玄祐传奇小说《离魂记》为蓝本改编而成。《离魂记》是唐代中期陈玄祐所创作的传奇体文言小说。小说的内容大略为：清河张镒有外甥名王宙，聪颖英俊，镒爱之，每言欲以女倩娘妻之。但二人长成后，镒将倩娘另许他人，王宙愤而离去，登舟之前倩娘赶至，两人携手而去。后倩娘生二子，常思父母，宙随倩娘乘船归家，至清河，船中倩娘与家中久病之倩娘合而为一，乃知倩娘魂魄离体，魂随王宙而身在家中。传奇小说内容简短，但离魂情节却颇奇异，是中国古代最为人熟知的离魂故事。郑光祖在原作的基础上，以旦扮张家小姐倩女，演张倩女与王文举自小指腹为婚，但张母以“俺家三辈儿不招白衣秀士”为由要王生考取功名后再来求娶，张倩女离魂追随王文举入京赶考，身体在家病中仍思念王生，若干年后王生携妻归张家，两个倩女合二为一，与王文举成其亲事。杂剧增加了“门户婚姻”等现实因素，删去了张父及倩女有二子等内容，颂扬了倩女追求婚姻幸福的勇气，情节曲折幽艳，曲词诗意盎然，“如弹丸脱手，后人无能为役”（王国维《宋元戏曲史》）。

《倩女离魂》由四折和一个楔子组成，旦扮张倩女主唱全本。楔子相对简短，但铺排极见章法，要而不繁。老夫人交代了倩女与王生指腹为婚的前情；王文举前来拜会岳母，并告以将上朝赶考；倩女在梅香陪伴下前来拜见“哥哥”。自内容而言，此部分与《西厢记》白马解围之后老夫人设宴要莺莺拜张生为兄长有相似处，同是家长欲背信毁婚，要妹妹拜哥哥。但两者又有不同，莺莺与张生之前曾在佛殿、法会、白马解围等场合见过数面，倩女与王生虽有婚约却是初见；莺莺之母是明确要悔婚，倩女之母却并未明确意图。而会产生这种差异的原因则主要有三端：第一，《西厢记》写现实中莺莺与张生从邂逅到终成眷属的曲折，《倩女离魂》却是以玄幻超验的离魂情节促成倩女与王生如约完婚，两者的叙事方式与重点不同；第二，《西厢记》有五本可供曲家细细铺设，《倩女离魂》却只有一本，规模是《西厢记》的五分之一，节奏上必须更为紧凑；第三，《西厢记》中莺莺与张生面临的困难除老夫人的门第之见外，尚有原未婚夫郑恒、军匪孙飞虎等，而《倩女离魂》中张、王二人婚姻路上最主要的绊脚石便是王文举的出身不显。郑光祖在楔子中提及科考、令倩女拜哥哥，对中心矛盾点而未破，一方面将悬念留至下一折，另一方面则使得倩女对王生的情感有了丰富的层次与展开空间。“他是个矫帽轻衫小小郎，我是个绣帔香车楚楚娘，恰才貌正相当。俺娘向阳台路上，高筑起一堵雨云墙”（《倩女离魂·楔子》）——大幕已拉开，主角已就位，一出好戏即将上演。

第一折由十五支曲子组成，概由两部分组成，前半部分写小姐闺阁之思，后半部分写王生长亭之别，先内后外，谱出张倩女对王文举的缠绵情义。【点绛唇】从秋景秋思写起，“捱彻凉宵，飒然惊觉，纱窗晓。落叶萧萧，满地无人扫”，潇洒凄其，高标独具。【点绛唇】至【寄生草】演倩女自与王生相见，日思夜想，恋慕更深，但念及母亲从中阻挠，又忧愁不已。原本是佳偶天成，没料想“苦被煞尊堂间阻，争把俺情义轻抛”，“无缘配合，有分煎熬”。与通常才子佳人剧“才子佳人相见欢，私定终身后花园，落难公子中状元，奉旨完婚大团圆”的俗套不同，《倩女离魂》中张倩女和王文举的婚姻是双方父母早已定下的，并非隐瞒父母私定终身，这也使得张倩女对王文举的感情在杂剧的开端便具有为其时代正统所认可的情礼正当性。见文举寄诗来互通情谊，“秀才他寄来的诗，也埋怨俺娘哩”，倩女的委屈与怨怒是没有遮掩的。明明是才子佳人天生一对只待成婚，却被亲娘打散鸳鸯蝴蝶。此时相近犹不能相亲，更哪堪不日更要远隔天涯？他人才一表、才华富饶，“是掣风涛混海鲸鳌”，“据胸次，那英豪；论人品，更清高。他管跳出黄尘，走上清霄”，提起王生，倩女滔滔不绝，自豪骄傲；但愈是如此，愈令倩女爱慕转深、忧心更甚，“我一年一日过了，团圆日较少；三十三天觑了，离恨天最高；四百四病害了，相思病怎熬”。第一折的前半部分，既表达了倩女对文举的深情，又为后续的离魂追随奠定了心理基础。

【村里迓鼓】至【赚煞】则是长亭折柳送别。面对王文举的追问，老夫人终于吐露了“认哥哥”的隐衷，“俺家三辈儿不招白衣秀士。想你学成满腹文章，未曾进取功名。你如今上京师，但得一官半职，回来成此亲事，有何不可”；倩女也将内心顾虑当面倾诉，“哥哥，你若得了官时，是必休别接了丝鞭者”。渭城朝雨，洛阳残照，难诉别绪，从今分两地，离多会少，怎不恨“楚泽深，秦关杳，泰华高”！面对王文举“小姐但放心，小生得了官时，便来成此亲事也”“小姐，我若为了官呵，你就是夫人县君也”的声声安慰，倩女难咽下杯中酒，折不下枝头柳，【元和令】纯用家常语作譬，写出倩女对文举莫要有头无尾、辜负深情的句句叮咛。【上马娇】【游四门】则是想到别后日夜相思，更觉萧条难熬。竹窗、苔砌、书舍、故园，斯人不在；彩云易散，鸾讯难传，知他今宵兰棹，在何处飘摇？“片帆休遮西风恶，雪卷浪淘淘。岸影高，千里水云飘"，豪辣浩烂，写儿女情而不失境界，真如九天珠玉。面对母亲的连声催促，倩女不得不登车还家。【后庭花】【柳叶儿】写分别时刻一个在车掀帘凝咽、一个在马垂鞭不挥，泪眼相望，不忍遽去。"想急煎煎人多情人去了，和青湛湛天有情天亦老"，化用唐人李贺《金铜仙人辞汉歌》"衰兰送客咸阳道，天若有情天亦老"，又以元曲惯用的叠字将凄怆怨慕之声情撒满江山、古道。"不指望驷马高车显荣耀，不争把琼姬弃却"，是倩女面对门户婚姻的呐喊；"我这一点真情魂缥渺，他去后，不离了前后周遭"，则是她矢志追求爱情的宣言。

第二折是《倩女离魂》一剧最具创意也最为人称道的一折，共由十五支曲子组成。自王文举登程赴考后，张倩女忧思成疾，魂魄离体，追赶王生而去。【斗鹌鹑】写秋夕月下，倩女灵魂出窍却不自知，只身前往江边追寻王生。"人去阳台，云归楚峡"，借用宋玉《高唐赋》楚襄王与巫山神女的典故，自比神女，倾诉爱人离去后的凄楚：王生才刚离去，应正在江渚停舟，若中举才能成就婚姻，不知何时才能门庭过马，等待漫长而绝望，不如追上王生，随他同去。"悄悄冥冥，潇潇洒洒"，"我觑着这万水千山，都只在一时半霎"——月华朗照，江水声声，美丽女子，踏沙而行，是心绪亦是观听，让人既为其深情而感动，又为其魂飞觉森冷。【紫花儿序】笔锋一转，将倩女由神鬼带回人间，她"汗溶溶琼珠莹脸，乱松松云髻堆鸦"，走得筋力疲乏，在酒家、桥下四处寻找王生的船舶——哪里是鬼？分明是人！"疏剌剌秋水孤浦，冷清清明月芦花"，又将少女恓惶忐忑的心境投射在物象之上，芜凉之气，扑面而来。此数曲虚实相间，如幻如真，将少女灵魂出窍后似人非人、似鬼非鬼的幽眇灵动展现在观众面前。

【小桃红】至【圣药王】，描绘倩女来至江边寻找爱人，她从江岸缓行至沙堤、水浦，再向江上泊船间探看。闻人喧哗便躲入垂杨下、听榔板更觉惊怕，将高门小姐夤夜出奔的惶恐活画出来；"向沙堤款踏，莎草带霜滑。掠湿湘裙翡翠纱，抵多少苍苔露冷凌波袜"则化用曹植《洛神赋》显示了少女为了爱情不畏艰辛的行动与决心；晚来江上，风景独佳，“玩冰壶潋滟天上下，似一片碧玉无瑕”，既写出倩女对未来生活的美好向往，又象喻了她情操品格的冰清玉洁。远浦、孤鹜、落霞，是王勃《滕王阁序》中的高旷悲壮；枯藤、老树、昏鸦，是马致远《天净沙》中的天涯断肠；此处所写均非眼前之景，乃是秋夜孤魂四处搜寻时内心的凄惨、冷清。长笛嘹亮，渔歌欸乃，橹声咿呀，用唐人柳宗元《渔翁》“烟销日出不见人，欸乃一声山水绿”成句，演倩女正踟蹰间，忽听何处琴声起，仿佛唤醒天地春回。敢是王生在那里？小姐壮起胆来再向水边潜行，再低声相问。只见蓼窪深处、蒲柳蒹葭中，有一小舟轻缆；水凹旁、残荷边，寒烟缭绕间，有茅舍数家。【圣药王】点染杜牧“烟笼寒水月笼沙，夜泊秦淮近酒家”（《泊秦淮》），“清丽流便，语入本色”（明何良俊《四友斋从说》），将倩女渐近意中人时的情怯融入景物之中又自成境界，向为曲家激赏。

王生亦认出倩女声音，两人重逢。面对突然天降的小姐，王生惊疑之情脱口而出：“那壁不是倩女小姐么？这早晚来此怎的？”倩女终于得见爱人，内心的炽热冲口而出：“王生也，我背着母亲，一径的赶将你来，咱同上京去罢！”但显然，王文举对倩女的行为并不理解：“小姐，你怎生直赶到这里来”“小姐是车儿来？是马儿来？”倩女生魂脱离了现实的束缚，对爱的表达勇敢而坚定：“你道我为甚么私离绣榻？待和伊同走天涯”，“薄命妾为伊牵挂，思量心几时撇下”。“睑把、咱家、走乏”，六字三韵，充满了对闺中小姐莽勇娇憨的赞叹。书生听闻小姐是私自出奔、一路走来，不由担心：“若老夫人知道怎了也？”面对倩女“他若是赶上咱，待怎么？常言道：做着不怕”的坦率回应，书生颇感惊怒：“聘则为妻，奔则为妾”是当时普遍的婚恋观念，倩女私自赶来在伦常上有玷风化；更何况老夫人已有承诺，考中回还两人便可名正言顺地成为夫妇，从事理上讲，私奔亦是不智之举。面对书生的震怒，倩女一面向爱人申明心迹：“我本真情，非为相謔，已主定心猿意马”；一面为他羁旅独宿感到心疼：“只道你急煎煎趱登程路，元来是闷沉沉困倚琴书，怎不教我痛煞煞泪湿琵琶”。【紫花儿序】连续化用了唐白居易《琵琶行》、唐李朝威《柳毅传》、南北朝民歌《西洲曲》等在水畔相思的女性形象，为其深情增加了今古同一的厚重，也让她的忧心和行为有了合理性。“秀才，赶你不为别，我只防你一件”，“你若是赴御宴琼林罢，媒人每拦住马”，“卖弄他生长在王侯宰相家。你恋着那奢华，你敢新婚燕尔在他门下”？【麻郎儿】至【东原乐】书生与小姐一问一答，看似琐细，却为倩女明显有悖当时伦常与社会风尚的“先配”行为争取到了更广泛的同情。

虽然有“小生此行，一举及第，怎敢忘了小姐”的承诺，倩女显然并不能就此安心，否则她也不会魂魄相随书生而来：“你若得登第呵”，“你做了贵门娇客 ，一样矜夸”，“你还想飞入寻常百姓家”？郑光祖在杂剧中对张王两家的家世着墨不多，但均有交代。王文举父母双亡，其父曾任衡州同知，金元时一州的同知是知州的副职，为低品阶地方官员；张倩女父亲早逝，只遗一女，两家既然指腹为婚，门第应是相当。从这个意义上讲，一旦王文举科举高中、悔婚另娶高门，张家寡母孤女几乎没有招架能力，而从剧情来看，张倩女担心书生高中后别娶高门的理由，显然也说服了王文举。但科考本身便有极大的不确定性：“小生倘不中呵，却是怎生？”倩女毫无犹豫，“你若不中呵，妾身荆钗裙布，愿同甘苦”，“你若是似贾谊困在长沙，我敢似孟光般显贤达”。倩女的一腔赤诚，感动了王文举，他终于下定决心，带小姐一同进京应举。小姐大喜，忙催促速速登程，“把稍公快唤咱，恐家中厮捉拿”，【幺篇】用比上一曲【拙鲁速】更急促的音韵与远景切换展现了少女心愿得遂的愉悦。远树寒鸦、岸草汀沙、满目黄花、几缕残霞，本是萧瑟秋景，此刻看来却畅快怡人，“快先把云帆高挂，月明直下，便东风刮，莫消停，疾进发”。倩女与王生对将来充满憧憬，“各剌剌向长安道上把车儿驾”，是对进京高中后志得意满的向往；“则我这临邛市沽酒卓文君，甘伏侍你濯锦江题桥汉司马”用汉朝卓文君私奔司马相如的典故，表达了不畏艰难、甘愿随书生同甘共苦的决心。历来评论家多认为第二折是《倩女离魂》最精彩的部分，此折创作时火候极难把握：倩女为离魂，在人鬼之间，太诡异则成鬼戏，太入红尘又少灵动；倩女的“私奔”是在已有婚约的情况下“自献”于未婚夫，其伦常合法性在有无之间，倩女说服王生的过程也是说服观众的过程，想要入情入理并不容易。第二折对生魂态倩女的刻画，虚实相映，勇敢多情；其曲词市井气与清雅风交融混成，字畅语俊，令人击节。

家中的倩女自王生去后，一病不起，合眼便似与王生同处，对王文举的思念和似梦似醒的状态，加重了她的病情。第三折共由十七支曲子组成。【粉蝶儿】至【红绣鞋】写隔年四月春尽，书生音信全无，春归人未归，“绿暗红稀”既是初夏之景，又映照了小姐独守空房的寂寞情绪。母亲前来探病，倩女病体难瘳又难免怨艾，“想鬼病最关心，似宿酒迷春睡”，“抛闪杀我年少人，辜负了这韶华日”。“愁心惊一声鸟啼，薄命趁一春事已，香魂逐一片花飞”，用“一声”“一春”“一片”惊警之语叩响观众心弦，又形象地展现了小姐魂魄离体后肉身的命悬一线。倩女沉沉睡去，梦到书生前来探视告以高中，不由喜气盈盈；但短梦速觉，想到书生才华，得官或应不假，又不免自豪。【十二月】【尧民歌】二曲连用多个数字，前一曲从一到十，后一曲从九到一，奇思妙语，铺排王文举十分才华、一举得第。【哨遍】至【尾煞】以“一口”“一杯”“一春”“一纸”“一个”“一夜”“一场”“一轮”串起往昔长亭送别与别后种种，通过反复点扣“一”不是“双”渲染了倩女误会被抛弃的孤悽。弃妇或闺怨是古代文人经常吟咏的题材，在才子佳人戏中更是比比皆是。《倩女离魂》的第三折以家中倩女独存的“一”对照了离魂倩女与爱人比翼的“双”，“犯中求异”地描摹了受肉身束缚的年轻少女的真实心境与感受，也反过来肯定了离魂倩女的果敢与勇气。此折情节感人，曲词多致，“他调少有俪其美者”(明李开先《词谑》)。至于杂剧的第四折，在情节上仅剩两个倩女合成一体这一个看点，全剧已是强弩之末，惟赖曲词雅俗相协、姿态横生支撑而不落凡品而已。

唐代诗人王昌龄曾作《闺怨诗》云：“闺中少妇不知愁，春日凝妆上翠楼。忽见陌头杨柳色，悔教夫婿觅封侯。”唐宋以还，随着科举制度的日渐完善，读书人有了借由科考实现阶层跃升的途径，榜下捉婿、书生负心等故事在民间广泛传播并非没有事实依据。《倩女离魂》一剧的产生，便是以这样的现实背景为前提。稍早于《倩女离魂》的另一部爱情杂剧《西厢记》，也有张生被诬陷高中后另娶豪门的情节，反映了当时社会的普遍心理。《倩女离魂》对后世的影响极大，明代曲家孟称舜便曾指出：“近日《牡丹亭》，皆为传情绝调，兼之者此剧乎！《牡丹亭》格调原祖此，读者当自见也。”（《新镌古今名剧·柳枝集》）倩女离魂也好，丽娘还魂也罢，反映的都是古代女性在现实婚姻不能自主的情况下不惜一切追求爱情的勇气；而郑光祖、汤显祖等则用他们的戏曲创作证明，爱情是人类的天性，不论男女、不分长少，对爱都应肯定。

王粲登楼

[元]郑光祖

第三折

（副末[1]扮许达引从人[2]上，诗云）壮气如虹贯碧空，尘埃何苦困英雄。假饶[3]不得风雷[4]信[5]，千古无人识卧龙[6]。小生姓许名达，字安道，乃荆州饶阳人也。先父许士谦，曾为国子监[7]助教，年仅六十，病卒于官，止存老母在堂，训诲小生，颇通诗礼。不想老母亡化[8]，小生学业因此荒废。有负先人遗教，至今愧之。小生赖祖宗荫下[9]，就此城市中建一座楼，名曰“溪山风月楼”。左有鹿门山，右有金沙泉，前对清风霁岭，后靠明月云峰，端的[10]是玩之不足，观之有余。但凡四方官宦，到此无可玩赏，便登此楼饮酒，中间常与小生论文。有等[11]文学秀士，未经发迹[12]，小生置酒相待，临行又赠路费而归。人见小生有此度量，皆呼小生

---

[1] 副末：古代戏曲演出中脚色名，元杂剧中指居于正末（犹今之男主角）之下，起次要作用的末（男性角色）。

[2] 从人：随从，仆从。

[3] 假饶：如果。

[4] 风雷：风和雷，常以喻指威猛的力量或急剧变化的形势。

[5] 信：音讯，此处喻指时机。此句以“风雷信”比喻人生发展的契机。

[6] 卧龙：比喻隐居或尚未崭露头角的杰出人才。《三国志·蜀志·诸葛亮传》：“（徐庶）谓先主曰：‘诸葛孔明者，卧龙也，将军岂愿见之乎？’”

[7] 国子监：我国古代的教育管理机构和最高学府，隋代之后历朝皆有之。

[8] 亡化：去世。

[9] 赖祖宗荫（yìn）下：仰赖祖宗对后代的荫蔽、保佑。

[10] 端的：真的，确实。

[11] 有等：有些，有的。元无名氏《冻苏秦》第一折：“如今街市上有等小民，他道俺秀才每穷酸饿醋，几时能勾发迹。”

[12] 发迹：由卑微而显达或由贫困而富足。

为“东道主”[1]。近日有一人，乃高平人氏，姓王名粲，字仲宣。此人是一代文章之士，持子建[2]学士书呈[3]，投托荆王刘表[4]，刘表不能任用。后刘表辞世，此人淹留[5]在此。小生深念同道[6]，常与他会饮[7]此楼。只一件，此人不醉犹可，醉呵，便思其老母，想其乡闾[8]，不觉泪下。今日时遇重阳登高节令，下次小的[9]每[10]安排酒果，请仲宣到此，共展登高之兴，聊纾望远之怀。只等来时，报复我知道。（正末上，云）小生王粲，将子建学士书呈，投托荆王刘表，刘表听信蒯越、蔡瑁[11]谗言，不能任用，流落于此。小生只得将万言长策，寄与曹子建学士，央他奏上圣人[12]。至今不见回报，多分[13]又是没用的了，使小生羞归故里，懒睹乡闾。此处有一人许安道，幸垂顾盼[14]，时与小生尊酒[15]论文，稍不寂寞。今日重阳佳节，治酒[16]于溪山风月楼，请我登高，

[1] 东道主：春秋时晋、秦合兵围郑，郑文公使烛之武说秦穆公曰：“若舍郑以为东道主，行李之往来，共其乏困，君亦无所害。”郑在秦东，接待秦国出使东方的使节，故称“东道主”。后代遂以之泛指接待或宴客的主人。

[2] 子建：三国魏文学家曹植，曹操之子，曹丕之弟，子建是其字。

[3] 书呈：书信，信函。元无名氏《刘弘嫁婢》楔子：“我若身死之后，您子母二人，将着这封书呈，直至洛阳，投奔刘弘伯父去。”

[4] 刘表：东汉远支皇族，曾任荆州刺史，后为荆州牧。刘表病逝后，其子刘琮投降曹操。

[5] 淹留：羁留，逗留。宋贺铸《浪淘沙》：“为问木兰舟，何处淹留？”

[6] 同道：志同道合的人。宋欧阳修《朋党论》：“大凡君子与君子，以同道为朋。”

[7] 会饮：聚会饮酒。

[8] 乡闾（lǘ）：古代以二十五家为闾，一万二千五百家为乡，因常以泛指民众聚居处或代指家乡、故里。

[9] 下次小的：元代对仆役的称呼。元王实甫《丽春堂》第四折：“下次小的每，便安排酒食茶饭。”

[10] 每：用在人称代词或名词后，表示复数，犹今之“们”。

[11] 蒯（kuǎi）越、蔡瑁（mào）：东汉末年辅佐刘表的谋士。

[12] 圣人：旧时对帝王的敬称。

[13] 多分：多半，大概，表推测。元无名氏《看钱奴》第三折：“我儿，我这病觑天远，入地近，多分是死的人了。”

[14] 幸垂顾盼：犹言多亏了有他照顾。垂，敬辞，多用于长辈或上级对自己的行动，如“垂爱”“垂询”等。顾盼，照顾，看顾。

[15] 尊酒：杯酒。这里泛指饮酒。唐高适《赠别沈四逸人》：“耿耿尊酒前，联雁飞愁音。”

[16] 治酒：置办酒席。

须索[1]走一遭去。（叹介）时遇秋天，好是伤感人也！【鹧鸪天】（词云）一度愁来一倚楼，倚楼又是一番愁。西风塞雁添愁怨，衰草凄凄更暮秋。 情默默，思悠悠，心头才了又眉头[2]。倚楼望断平安信，不觉腮边泪自流。（唱）

【中吕】【粉蝶儿】尘满征衣[3]，叹飘零一身客寄[4]。往常我食无鱼弹剑伤悲[5]，一会家怨荆王[6]信谗佞[7]，把那贤门来紧闭。（带云）从那荆王辞世呵，（唱）不争[8]你死丧之威，越闪得我不存不济[9]。

【醉春风】我本是未入庙堂臣，倒做了不着坟墓鬼。想先贤多少困穷途，王粲也我道来命薄的不似你、你！我比那先进何及[10]？想昔人安在，（带云）小生三十岁也，（唱）我可甚么[11]后生可畏！

（云）说话中间，可早来到也。楼下的报复去，王粲来了也。（从人报科）报的东人[12]得知，王仲宣来了也。（许达云）道有请。（见科，云）仲宣请。（做上楼科，诗云）欲穷千里目，（正末云）更上一层楼[13]。（许达云）家童将酒过来，

---

[1] 须索：一定，必须。

[2] 心头才了又眉头：化用宋李清照《一剪梅》："此情无计可消除，才下眉头，却上心头。"

[3] 征衣：旅人之衣。唐张说《还至端州驿前与高六别处》："相逢传旅食，临别换征衣。"

[4] 客寄：寄居异乡。

[5] 食无鱼弹剑伤悲：这里指贤士怀才不遇。典出《战国策·齐策四》："齐人有冯谖者，贫乏不能自存，使人属孟尝君，愿寄食门下。孟尝君曰：'客何好？'曰：'客无好也。'曰：'客何能？'曰：'客无能也。'孟尝君笑而受之曰：'诺。'左右以君贱之也，食以草具。居有顷，倚柱弹其剑，歌曰：'长铗归来乎！食无鱼。'左右以告。孟尝君曰：'食之，比门下之客。'"

[6] 荆王：此处指刘表。元马致远《汉宫秋》第四折："不争你打盘旋，这搭里同声相应，可不差讹了四时节令。"

[7] 谗佞（nìng）：说人坏话或靠花言巧语巴结他人的人。

[8] 不争：只因，只为。

[9] 不存不济：支持不住，受不住。这里指刘表虽死但影响犹在，至今仍令王粲难得重用。

[10] 比那先进何及：和那些前辈比起来如何。先进，前辈。

[11] 可甚么：说什么，算什么。元乔吉《金钱记》第二折："大古来布衣走上金銮殿，可甚么笙歌引至画堂前，也是我时乖命蹇。"

[12] 东人：东家，主人。

[13] 欲穷千里目，更上一层楼：语出唐王之涣《登鹳雀楼》。此折戏中大量引用、化用了元代以前与登高、不遇等相关的诗文名句，其中一些为魏晋以后的作品。就时代而言，这些诗词不当出于王粲或许达之口，然元杂剧中引用或化用诗词时常有类似现象，观众、读者解其意即可，多不苛求准确。

仲宣，蔬食薄味，不堪供奉，请满饮此杯。（正末云）敢问安道，此楼何人盖造？（许达云）仲宣不问，许达也不道，此楼是先父许士谦盖造。（正末云）因何造此？（许达云）因四方官宦，到此无可玩赏，故建此楼。（诗云）一座高楼映市廛[1]，玉栏十二锁秋烟。卷帘斜眺天边月，举眼遥观日底仙。九醖[2]酒光斟琥珀[3]，三山[4]鸾凤[5]舞翩跹[6]。停杯畅饮才歌罢，倒卧身躯北斗[7]边。（正末诗云）安道，你看：危楼高百尺，手可摘星辰。不敢高声语，恐惊天上人[8]。（唱）

【迎仙客】雕檐外，红日低，画栋畔，彩云飞[9]。十二栏干、栏干，在天外倚。（许达云）这里望中原，可也不远。（正末唱）我这里望中原，思故里，不由我感叹酸嘶[10]。（带云）看了这秋江呵，（唱）越搅的我这一片乡心碎。

（许达云）仲宣为何不饮？（正末云）小生一登此楼，就想老母在堂，久阙奉养[11]，何以为人！（许达云）仲宣不登楼便罢，但登楼便思其老母，想其乡间。母子，天性也。母思其子，慈也；子思其母，孝也；故母子为三纲之首[12]，慈孝乃百行之原。我想大舜[13]古之圣人，父顽母嚣弟傲，尝设计害舜，舜尽孝

[1] 市廛（chán）：商店云集的市区。

[2] 九醖（yùn）：古代一种经过重酿的酒。

[3] 琥珀：一种古代松柏树脂形成的化石，有多种用途，可佩戴或入药等；常以喻指美酒。唐李白《客中作》：“兰陵美酒郁金香，玉碗盛来琥珀光。”

[4] 三山：传说中海上的三座仙山。

[5] 鸾凤：鸾鸟与凤凰，常以比喻贤士。

[6] 翩跹（piān xiān）：飘逸飞舞貌。

[7] 北斗：北斗星。因北斗七星排列成斗勺形，古代又常以喻酒器。《楚辞·九歌·东君》：“操余弧兮反沦降，援北斗兮酌桂浆。”

[8] 此诗为唐李白《夜宿山寺》。

[9] 画栋畔彩云飞：化用唐王勃《滕王阁诗》：“画栋朝飞南浦云，珠帘暮卷西山雨。”

[10] 酸嘶：悲鸣，哀叹。

[11] 久阙奉养：犹言长久以来较少侍奉赡养。阙，同“缺”。

[12] 三纲：我国古代社会中称君为臣纲、父为子纲、夫为妻纲为“三纲”。这里是泛论母子为人伦中最重要的。

[13] 大舜：对舜的尊称。舜，名重华，远古帝王。传说舜的父亲瞽叟是个盲人，母亲很早去世，继母生弟象。三人待舜不贤，屡欲杀之，被舜以机智和仁义化解。旧时“二十四孝”故事，称赞舜为“孝感动天”。

以合天心，终不能害舜，终能使一家底豫[1]。（诗云）历山号泣[2]自躬耕，青史长传大孝名。今日登高频怅望，岂能无念倚闾情。（正末诗云）旅客逢秋苦忆归，可堪鸿雁正南飞。倚门老母应头白，何日重来戏彩衣[3]。（唱）

【红绣鞋】泪眼盼秋水长天远际，归心似落霞孤鹜齐飞[4]，则我这襄阳倦客苦思归。我这里凭阑望，母亲那里倚门悲。（许达云）仲宣，既如此感怀，何不早归故里？（正末云）吾兄怕不说的是哩，（唱）争奈我身贫归未得！

（许达云）仲宣满饮此杯。你看此楼：下临紫陌[5]，上接丹霄[6]，宴海内之高宾，会寰中[7]之佳客。青山绿水，浑如四壁开图[8]；红叶黄花，绝似满川铺锦。寒雁影摇摇曳曳，数行飞过洞庭天；寒蛩[9]声唧唧啾啾，几处叫残江浦月。俺这里鲈鱼正美，新酒初香，橙黄橘绿可开樽，紫蟹黄鸡宜宴赏。对此开怀，何故不饮？（诗云）风送潮声过远洲，雨收山色上危楼。美玉不换重阳景，黄金难买菊花秋。（正末云）忆昔离家二载过，鬓边[10]白发奈愁何？无穷兴对无穷景，不觉伤心泪点多。（唱）

【普天乐】楚天秋，山叠翠，对无穷景色，总是伤悲。好教我动旅怀，难成醉。枉了也壮志如虹英雄辈，都做助江天景物凄其[11]。（云）老兄，小生有三桩儿不是。（许达云）可是那三桩儿不是？（正末云）是这气、这愁和这泪。（许达云）气若何？（正末唱）气呵，做了江风淅淅。（许达云）愁若何？（正末唱）

[1] 底豫：得到欢乐。《孟子·离娄上》："舜尽事亲之道，而瞽瞍底豫。"

[2] 历山号泣：舜早年在历山耕田，因自觉负罪于上天和父母而号啕大哭，其事见《尚书·大禹谟》："帝初于历山，往于田，日号泣于旻天，于父母，负罪引慝。"号泣：号啕大哭。

[3] 戏彩衣：即中国古代"二十四孝"故事中的"斑衣戏彩"：老莱子年七十，父母尚在，因常服斑衣，为婴儿戏以娱父母。这里指守在母亲身边孝敬。

[4] 此二句化用唐王勃《滕王阁序》："落霞与孤鹜齐飞，秋水共长天一色。"

[5] 紫陌：京师郊野的道路。汉王粲《羽猎赋》："济漳浦而横阵，倚紫陌而并征。"

[6] 丹霄：绚丽的天空。

[7] 寰（huán）中：宇内，天下。

[8] 四壁开图：四面墙上都如打开的图卷。

[9] 寒蛩（qióng）：深秋的蟋蟀。

[10] 髩（bìn）边：鬓边。髩，古同"鬓"。

[11] 凄其：凄凉悲伤。

愁呵，做了江声沥沥[1]。（许达云）泪若何？（正末唱）泪呵，弹做了江雨霏霏。

（许达云）仲宣，时遇清秋，阶下有等草虫，名“寒蛩”，又名“促织”。此等草虫叫动，家家搥帛捣练[2]。小生不才，作《捣练歌》一首，则是污耳[3]。（歌云）忽闻帘外杵声[4]摇，声上声低声转高。罗袖长长长绕腕，轻轻播播播风飘。看看看是谁家女，巧巧巧手弄砧杵。停停听是两娉婷[5]，玉腕双双双擎举。湾湾湾月在眉峰，花花花向脸边红。星眼眼长长出泪[6]，多多多滴捣衣中。袨[7]开袨入袨纹波，叠叠重重重数多。相相相唤邻家女，欲裁未裁裁绮罗[8]。秋天秋月秋夜长，秋日秋风秋渐凉。秋景秋声秋雁度，秋光秋色秋叶黄。中秋秋月旅情伤，月中砧杵响当当。当当响被秋风送，送到征人思故乡。故乡何在归途远，途远难归应断肠。断肠只在纱窗下，纱窗曾不忆彷徨。休玩休玩中秋月，月到中秋偏皎洁。此夜家家家捣衣，添入离愁愁更切。寒露初寒寒草边，夜夜孤眠孤月前。促织促织叫复叫，叫出深秋砧杵天。谁能秋夜闻秋砧，切切悲悲悲不禁。况是思归归未得，声声搥碎故乡心。（正末叹云）好高才也！其思远，其调悲，使人闻之，不觉潸然泪下。（诗云）寒蛩唧唧细吟秋，夜夜寒声到枕头。独有愁人听不得，愁人听了越添愁。（唱）

【**石榴花**】现如今寒蛩唧唧向人啼，哎，知何日是归期？想当初只守着旧柴扉[9]，不图甚的，倒得便宜[10]。（许达云）大丈夫得志食于钟鼎[11]，不得志隐

---

[1] 沥沥：象声词，用以形容风声或水声。唐寒山《诗三百三首》其二十二：“幽涧常沥沥，高松风飕飕。

[2] 搥（chuí）帛捣练：捣洗衣物。此处帛、练泛指丝织品。

[3] 污耳：谦辞，犹言污了您的耳朵。

[4] 杵声：以杵捣衣物的声音。

[5] 娉婷（pīng tíng）：美人，佳人。

[6] 星眼：明丽的眼睛。

[7] 袨（zhì）：衣物上的褶纹。

[8] 绮（qǐ）罗：五彩华丽的丝织品，亦指华美的衣服。这里指剪裁绮罗做成衣服。

[9] 柴扉：柴门，代指贫寒的家园。南朝范云《赠张徐州稷》：“还闻稚子说，有客款柴扉。”

[10] 便宜（biàn yí）：合乎时宜。

[11] 钟鼎：钟和鼎，这里比喻从政为官。唐杜甫《清明二首》其一：“钟鼎山林各天性，浊醪粗饭任吾年。”

于山林。（正末唱）则今山林钟鼎俱无味。命矣时兮[1]！哎，可知道枉了我顶天立地居人世。（许达云）仲宣，今年贵庚[2]了？（正末唱）老兄也，恰便似睡梦里过了三十。

【斗鹌鹑】又不在麋鹿[3]群中，又不入麒麟画里[4]。自死了吐哺周公[5]，枉饿杀采薇伯夷[6]。自洛下[7]飘零到这里，刬的[8]无所归栖。（带云）小生初投奔刘表的意呵，（唱）指望待末尾三稍[9]，越闪的我前程万里。

（许达云）仲宣，想昔日孔子投于齐景公，景公不能用。复投鲁哀公，封孔子为鲁司寇[10]，三日而诛少正卯[11]。齐景公故将美女数十人，习成女乐，献与哀公，哀公受了女乐，三日不朝。孔子弃职而归，投于卫灵公，与之言治国之道，卫灵公仰视飞雁，孔子知其不能用，投于陈国。其时陈国被吴国征伐，孔子遂困于陈蔡之间，粮食都绝，从者皆病不能起。圣人尚然如此，何况今日乎！老兄，（诗云）诗酒当前且尽情，功名休问几时成。天公自有安排处，莫为

[1] 命矣时兮：犹言这都是命运啊！“矣”“兮”俱为文言助词，表感叹。

[2] 贵庚：询问他人年龄时使用的敬语。庚，年龄。

[3] 麋（mí）鹿：麋与鹿，旧时常用以喻指有山林之志的隐士。唐孟郊《隐士》：“虎豹忌当道，麋鹿知藏身。”

[4] 麒麟画：汉代曾在未央宫中建设麒麟阁，并图霍光等功臣的画像于阁中以示表彰，后世遂以麒麟画或麒麟阁指代为国家建立功勋的功臣。

[5] 吐哺周公：典出《史记·鲁周公世家》：“周公戒伯禽曰：‘我文王之子，武王之弟，成王之叔父，我于天亦不贱矣。然我一沐三捉发，一饭三吐哺，起以待士，犹恐失天下之贤人。子之鲁，慎无以国骄人。’”后用以指代礼贤下士的上位者。汉曹操《短歌行》：“周公吐哺，天下归心。”

[6] 采薇伯夷：典出《史记·伯夷列传》：“（周武王灭殷之后，）伯夷、叔齐耻之，义不食周粟，隐于首阳山，采薇而食之。”后来遂以采薇伯夷代指隐士。

[7] 洛下：洛阳城。

[8] 刬的：亦作“刬地”，无端，平白地。

[9] 末尾三稍：旧指头发、手指、足趾三端，引申为归宿、着落。元李行道《灰阑记》第二折：“我则道嫁良人十成九稳，今日个越不见末尾三稍。”

[10] 司寇：官名，夏殷已有之，周为六卿之一，掌管刑狱、纠察等事，春秋列国多置此官。

[11] 少正卯：春秋时鲁国大夫，曾与孔子同时在鲁国讲学，但观点各异。鲁定公时期，孔子任鲁国大司寇，以“心达而险、行辟而坚、言伪而辩、记丑而博、顺非而泽”五恶的名义杀之。

忧愁白发生。（正末诗云）三尺龙泉[1]七尺身，可堪低首困风尘。王侯将相元无种[2]，半属天公半属人[3]。（唱）

【上小楼】一片心扶持社稷[4]，两只手经纶[5]天地。谁不待执戟[6]门庭[7]，御车郊原，舞剑尊席？（许达云）仲宣，当初肯与蒯、蔡[8]同列为官，可不好来？（正末唱）我怎肯与鸟兽同群，豺狼作伴，儿曹[9]同辈？兀的不屈沉[10]杀五陵豪气[11]！

（许达云）仲宣，想你辞老母，离陈蔡，谒蔡邕于京师，不能取其荣贵。又持子建学士书呈[12]，投托荆王刘表，内妨[13]蒯、蔡，不肯同列为官。先生主见，小生尽知。但他自干他的事，你自干你的事，便好道黍则黍、麦则麦，泾则泾、渭则渭[14]；虽后稷[15]之圣，不能化穗而成其芒；虽大禹[16]之功，不能澄清

[1] 龙泉：宝剑名，常用以泛指宝剑。

[2] 王侯将相元无种：语出《史记·陈涉世家》："（陈胜）召令徒属曰：'公等遇雨，皆已失期，失期当斩。藉弟令毋斩，而戍死者固十六七。且壮士不死即已，死即举大名耳，王侯将相宁有种乎！'"

[3] 半属天公半属人：一半靠天命，一半靠个人努力。

[4] 社稷：土神和谷神，常用以代指国家。

[5] 经纶：整理丝缕，理出丝绪，编丝成绳，引申指筹划治理国家大事。古代又常以"经纶手"比喻治国良才。

[6] 执戟（jǐ）：秦汉时的宫廷侍卫官，因值勤时手持戟，故称。

[7] 门庭：此谓宫廷。

[8] 蒯、蔡：刘表重用的荆州大族蒯氏、蔡氏。

[9] 儿曹：儿辈，后辈。此处用指同辈，有鄙视义。《史记·外戚世家·褚少孙论》："是非儿曹愚人所知也。"

[10] 屈沉：沉沦，埋没。元陈以仁《存孝打虎》第二折："屈沉杀大丈夫，埋没了英雄汉。"

[11] 五陵豪气：高门贵族的豪迈气概。五陵，长陵、安陵、阳陵、茂陵、平陵五县的合称，为西汉高祖、惠帝、景帝、武帝、昭帝五个皇帝陵墓所在地。汉元帝以前，每立陵墓，辄迁徙四方富豪及外戚于此居住，令供奉园陵。《汉书·游侠传·原涉》："郡国诸豪及长安五陵诸为气节者，皆归慕之。"

[12] 书呈：书信，信函。

[13] 内妨：此谓王粲在刘表处为蒯、蔡辈阻碍。妨，阻碍。

[14] 黍（shǔ）则黍、麦则麦，泾（jīng）则泾、渭（wèi）则渭：意思是说彼此虽道不同，但亦互不干扰。黍，黄米。泾、渭，泾水和渭水，二水一清一浊，虽合流汇聚，却清浊分明。

[15] 后稷（jì）：周之先祖，相传为姜嫄践天帝足迹所生，虞舜命之为农官，教民耕稼，称为"后稷"。

[16] 大禹：对夏禹的敬称。禹，传说中夏代的第一位君主，曾治洪水。

而变其浊。芒穗清浊，尚然不变，何况于人乎？既托迹[1]于刘表，何苦不同官于蒯、蔡？（诗云）嗟君志气本超群，争奈[2]朝中多忌人[3]。所以独醒千古恨[4]，至今犹自泣累臣[5]。（正末诗云）有志无时命矣夫[6]？老天生我亦何辜！宁随泽畔灵均[7]死，不逐人间乳臭雏[8]。（唱）

【幺篇】据着我慷慨心，非贪这潋滟[9]杯。这酒呵便解我愁肠，放我愁怀，展我愁眉。则为我志愿难酬，身心不定，功名不遂。（云）吾兄将酒过来。（许达云）酒在此。（正末饮科，云）再将酒来。（许达云）仲宣，为何横饮[10]几杯？（正末唱）倒不如葫芦提[11]醉了还醉。

（云）小生为功名不遂其心，不如饮一醉，坠楼而亡。（做跳下，许达惊扯住科，云）呀，早是[12]小生手眼快！蝼蚁尚且贪生，为人何不惜命！古人有云："存其身而扬其名，上人也；将其身而就其名，中人也；舍其身而灭其

---

[1] 托迹：寄托行迹。此谓投靠刘表，为其效力。

[2] 争奈：怎奈，无奈。

[3] 忌人：忌贤妒能的人。

[4] 所以独醒千古恨：事出战国屈原《渔父》："屈原既放，游于江潭，行吟泽畔。颜色憔悴，形容枯槁。渔父见而问之，曰：'子非三闾大夫与？何故至于斯？'屈原曰：'举世皆浊我独清，众人皆醉我独醒，是以见放。'"这里王粲自比屈原，说他人皆醉梦，唯有自己是清醒的，但即便如此，也不愿与蒯、蔡等人同流合污。

[5] 泣累（léi）臣：为屈原感泣。累臣，被囚系于异国的臣子，特指因谗被放的屈原。宋方夔《重午二首》其一："累臣水底沉鱼冢，玉女钗头缀虎符。"

[6] 有志无时命矣夫：语出《后汉书·赵岐传》："汉有逸人，姓赵名嘉。有志无时，命也奈何！"这里用以感叹怀才不遇。

[7] 泽畔灵均：行吟泽畔的屈原。灵均为屈原的字。

[8] 乳臭（xiù）雏：年少无知的小儿，此用指蒯、蔡等人，有轻蔑义。乳臭，奶腥味。雏，小鸡，借指幼儿。

[9] 潋滟（liàn yàn）：盈满的样子，此谓美酒满杯。宋范成大《临江仙》："莫辞杯潋滟，君是酒中仙。"

[10] 横饮：畅饮。

[11] 葫芦提：宋元以后俗语，亦作"葫芦题""葫芦蹄"，犹言糊涂。宋无名氏《红绣鞋·遇美》："葫芦题猜不破，死木藤无回活。"

[12] 早是：幸而，幸好。

名，下人也。”[1]吾想此中屈原、卞和[2]二人，虽得其名，卒舍其身。如吾兄为功名不遂，要坠楼身死，是为不知命[3]矣。昔吕望[4]有经纶济世之才，虽在贫窘[5]，意不苟得[6]，年登八旬，垂钓于渭水。后文王梦非熊之兆[7]，出猎西郊至磻溪[8]，见吕望，同载而归，以为上宾[9]。至武王时，成功立业，封号“太公”。今老兄发悲，不为别故，止为家中老母，无人侍养。小生到来日会江下父老，收拾青蚨[10]，赍[11]为路费，送老兄还归故里，有何难哉！（诗云）只为你高堂有母鬓斑斑，客舍淹留甚日还？橐[12]里黄金愿相赠，免教和泪倚栏干。（正末诗云）耻向人间乞食余，登台一望泪沾裾[13]。可怜飘泊缘何事，不寄平安问母书。（唱）

[1] 这句话是说，保全了生命且能成就功名，是上等人的做法；牺牲生命而成就了功名，是中等人的做法；舍弃了生命却未能留其名，是下等人的做法。此谓王粲如果跳楼自尽，将会身名俱灭，是非常不明智的选择。

[2] 卞和：春秋时楚国人，相传卞和得玉璞，先后献与楚厉王和武王，都被认为是欺诈，被砍去双脚。文王即位，卞和抱璞哭于荆山下，文王使人琢璞，果得宝玉，因名之“和氏璧”。

[3] 知命：懂得事物的变化都是由天命所决定的。

[4] 吕望：周初人姜尚，齐太公。本姓姜，因其先祖曾受封吕地，又从其封姓，曰吕尚。《史记·齐太公世家》：“吕尚盖尝穷困，年老矣，以渔钓奸周西伯。西伯将出猎，卜之，曰：‘所获非龙非螭，非虎非罴；所获霸王之辅。’于是周西伯猎，果遇太公于渭之阳，与语大说，曰：‘自吾先君太公曰“当有圣人适周，周以兴”，子真是邪？吾太公望子久矣。’故号之曰‘太公望’，载与俱归，立为师。”后世遂又称之为“吕望”。

[5] 贫窘：贫困窘迫。

[6] 苟得：不当得而得。《孟子·告子上》：“生，亦我所欲，所欲有甚于生者，故不为苟得也。”

[7] 非熊之兆：此处指怀才不遇之人将被起用。《六韬》载周文王将往渭水边打猎，行前占卜，卜辞曰：“田于渭阳，将大得焉，非龙非螭，非虎非罴，兆得公侯。天遣汝师以之佐昌。”后于渭水边得姜尚。古代熊罴连称，后遂以“非熊”代指姜太公。

[8] 磻（pán）溪：河川名，在今陕西宝鸡，相传齐太公姜尚于曾于此垂钓而后遇文王。

[9] 上宾：贵客，嘉宾。

[10] 青蚨（fú）：传说中的虫名，这里指钱。《太平御览》卷九十五引汉刘安《淮南万毕术》：“青蚨一名‘鱼’，或曰‘蒲’，以其子母各等，置瓮中，埋东行阴垣下，三日后开之，即相从。以母血涂八十一钱，亦以子血涂八十一钱，以其钱更互市，置子用母，置母用子，钱皆自还。”后因用以指钱。

[11] 赍（jī）：拿东西送给。

[12] 橐（tuó）：囊，口袋。

[13] 裾（jū）：衣服的前后襟。

【满庭芳】我如今羞归故里，则为我昂昂[1]而出，因此上怏怏[2]而归。空学成补天才，却无度饥寒计。几曾道展眼舒眉，则被你误了人儒冠布衣，熬煞人淡饭黄齑[3]。有路在青霄内，又被那浮云塞闭，老兄也，百忙里寻不见上天梯[4]。

（许达云）仲宣，你看：那一林红叶，三径黄花。一林红叶傲风霜，如乱落火龙鳞；三径黄花擎雨露，似润开金兽[5]眼。登高望远，人人怀故国之悲；抚景伤情，处处洒穷途之泣[6]。老兄，（诗云）暑退金风[7]觉夜长，蝉声不断送秋凉。东篱满目黄花绽，雁过南楼思故乡。（正末）（诗云）采采[8]黄花露未晞[9]，他乡谁为授寒衣[10]。独怜作客人南滞，不似随阳雁[11]北飞。（唱）

【十二月】几时得似宾鸿[12]北归，倒做了乌鹊南飞[13]。仰羡[14]那投林倦鸟[15]，堪恨

[1] 昂昂：器宇轩昂的样子。唐韦应物《上东门会送李幼举南游徐方》："令姿何昂昂，良马远游冠。"

[2] 怏怏（yàng）：闷闷不乐的样子。唐王昌龄《大梁途中作》："怏怏步长道，客行渺无端。"

[3] 淡饭黄齑（jī）：泛指粗恶的饭食。黄齑，腌制的咸菜。

[4] 上天梯：登天的梯子，喻指达到某种目的的途径或方法。

[5] 金兽：旧指金色的虎首形铺首或香炉。此处是将黄花比喻成金色神兽的眼睛。

[6] 穷途之泣：典出《晋书·阮籍传》："（阮籍）时率意独驾，不由径路，车迹所穷，辄恸哭而返"。常用以比喻身处困境绝望哀伤。唐王勃《滕王阁序》："阮籍猖狂，岂效穷途之哭。"

[7] 金风：秋风。宋秦观《鹊桥仙》："金风玉露一相逢，便胜却、人间无数。"

[8] 采采：茂盛，众多。《诗经·秦风·蒹葭》："蒹葭采采，白露未已。"

[9] 露未晞（xī）：露未干。语出《诗经·秦风·蒹葭》："蒹葭萋萋，白露未晞。"晞，干。

[10] 寒衣：御寒的衣服。唐杜甫《秋兴八首》其一："寒衣处处催刀尺，白帝城高急暮砧。"

[11] 随阳雁：大雁。大雁是候鸟，会随着季节变化而北迁南徙，故有此称。亦常被用来喻指趋炎附势的人。唐杜甫《同诸公登慈恩寺塔》："君看随阳雁，各有稻粱谋。"此处是双关，兼用本义和喻义。

[12] 宾鸿：鸿雁，喻指羁留在外的游子。唐刘禹锡《秋江晚泊》："暮霞千万状，宾鸿次第飞。"

[13] 乌鹊南飞：语出东汉曹操《短歌行》："月明星稀，乌鹊南飞，绕树三匝，何枝可依？"这里王粲自比乌鹊，感怀无处可以施展才能。

[14] 仰羡：仰慕，钦羡。

[15] 投林倦鸟：黄昏归林的倦飞之鸟，此喻指厌倦了行旅想要回家的游子。

那舞瓮醯鸡[1]。方信道垂云的鲲鹏羽翼[2]，那藩篱下燕鹊争知[3]！

（带云）老兄也！（唱）

【尧民歌】真乃是鹤长凫短[4]不能齐，从来这乌鸦彩凤不同栖。挽盐车骐骥陷淤泥[5]，不逢他伯乐[6]不应嘶。只争个迟也么疾，英雄志不灰，有一日登鳌背[7]。

（做睡科）（外扮使命上，诗云）雷霆驱号令，星斗焕文章。圣主贤臣颂，今朝会一堂。吾乃天朝使命[8]是也。今有王仲宣献上万言长策，圣人见喜，宣他为天下兵大元帅[9]，兼管左丞相事[10]。打听得在许安道楼上饮酒。许安道在么？（许达见科，云）那里来的大人？（使命云）小官天朝来的使命，宣王仲宣为天下兵马大元帅，快报复[11]去！（许达云）王仲宣，王仲宣！（正末云）做甚么大呼小叫的！（许达云）今有天朝使命，宣你为天下兵马大元帅。（正末

---

[1] 舞瓮醯（xī）鸡：比喻身处狭小天地却不自知，犹然自大自喜的人。醯鸡，蠛蠓，古人以为酒醋上的白霉变成的小虫。醯，醋或酒。旧时常以瓮中醯鸡和井底之蛙并称，比喻见识短浅的人。

[2] 垂云的鲲鹏羽翼：比喻志向才能卓尔不群。语出《庄子·逍遥游》："北冥有鱼，其名曰鲲。鲲之大，不知其几千里也；化而为鸟，其名为鹏。鹏之背，不知其几千里也；怒而飞，其翼若垂天之云。"

[3] 藩篱下燕鹊争知：典出《史记·陈涉世家》："陈涉少时，尝与人佣耕，辍耕之垄上，怅恨久之，曰：'苟富贵，无相忘。'庸者笑而应曰：'若为庸耕，何富贵也？'陈涉太息曰：'嗟乎，燕雀安知鸿鹄之志哉！'"这里王粲自比鸿鹄，意谓庸众不能了解自己远大的志向。

[4] 鹤长凫短：比喻事物各有特点。语出《庄子·骈拇》："凫胫虽短，续之则忧；鹤胫虽长，断之则悲。"

[5] 挽盐车骐骥陷淤泥：典出《战国策·楚策四》："君亦闻骥乎？夫骥之齿至矣，服盐车而上太行。蹄申膝折，尾湛胕溃，漉汁洒地，白汗交流，中阪迁延，负辕不能上。伯乐遭之，下车攀而哭之，解纻衣以幂之。骥于是俛而喷，仰而鸣，声达于天，若出金石声者，何也？彼见伯乐之知己也。"后常以骐骥盐车比喻有才能的人受到抑制，身处困境。

[6] 伯乐：春秋时秦国人，姓孙名阳，以善相马著称。常用来喻指善于发现、选拔、使用出色人才的人。

[7] 登鳌背：旧时宫殿门前台阶上的鳌鱼浮雕，科举进士发榜时状元站此迎榜，此处比喻受到重用。

[8] 使命：奉命出使的人，使者。

[9] 天下兵马大元帅：中国古代职官名，武职，掌征伐，兵罢则省。

[10] 兼管左丞相事：犹言兼职左丞相。左丞相，中国古代职官名，文职，一般为皇帝之下最高文官职务之一（往往又有右丞相，但不同时代左丞相、右丞相的职权高低有差异）。

[11] 报复：此谓禀报、报知。

云）来了不曾？（许达云）见在楼直下[1]哩！（正末云）慌做甚么！心忙做甚么！既来了，怕他回了不成？（许达云）则吃你这般傲慢。（正末唱）

【煞尾】从今后把万言书作战场，辅皇朝为柱石[2]。扶侍[3]着万万岁当今帝，则愿的稳坐定蟠龙[4]戗金[5]椅。（同使命下）

（许达云）那王仲宣别也不别，竟自去了。有这般傲慢的？可知道荆王不肯用他！（诗云）一片雄心大似天，可知不肯受人怜。今朝身佩黄金印，才识登楼王仲宣。（下）

（以明臧晋叔《元曲选》万历吴兴臧氏刊本为底本，据别本参校）

【剧作简评】

《王粲登楼》全称《醉思乡王粲登楼》。杂剧以“建安七子”之一的王粲为主角，围绕王粲早年经历、交游及《登楼赋》的创作等加以杜撰敷演，是元杂剧中文人戏的代表作。王粲（177—217），字仲宣，东汉末年山阳郡高平县（今山东微山）人，出身世族，少年时即为蔡邕赏识，名闻天下。董卓之乱以后，王粲前往荆州跟随刘表十六年，“表以粲貌寝且体弱通傥，不甚重也”（《三国志·魏书·王粲传》）。刘表死后，王粲说服其子刘琮投降曹魏，因此受到曹操器重，任命他为丞相掾，封关内侯，后病逝于随曹操征讨孙权途中。王粲才华横溢，尤擅诗赋，曾作《七哀诗》《登楼赋》，被誉为“七子之冠冕”（魏晋南北朝刘勰《文心雕龙·才略》），又与曹植并称“曹王”。王粲与蔡邕、曹植确为相识，在流寓荆州期间作《登楼赋》以抒不遇之悲与思乡之情也是事实。然郑光祖《王粲登楼》杂剧称赏识王粲的蔡邕为“丞相”且以蔡王二人为翁婿关系，又称曹植为“学士”等均属杜撰；蔡邕故

[1] 直下：下面，底下。楼直下犹言楼下。

[2] 柱石：顶梁的柱子和垫柱的础石，常以比喻担当重任的人。

[3] 扶侍：服侍，奉侍。

[4] 蟠（pán）龙：盘曲的龙。

[5] 戗（qiàng）金：在器物的图案上嵌金。

意激王粲前去依附刘表等情节，亦有游戏为之的成分。虚构是文学创作的基本特征，文人剧往往是文人意气、才气的结晶，郑光祖借他人酒杯，浇自己块垒，在王粲的他乡失志中寄托了贤人达士坎壈于乱世的苍凉悲慨，曲词骚雅沉郁，向受儒生文士的欢迎。王国维《宋元戏曲考》以宋代词人作譬，认为“德辉似秦少游”，倘就“文丽而思深”（《宋史·文苑六》）而论，郑光祖与秦观确有相似之处。

《王粲登楼》由四折和一个楔子组成，末扮王粲主唱全本。楔子以王粲与母亲开场，写蔡邕丞相屡次来书，母亲催促王粲入京。王粲对自己的才华十分自信，誓要:“趁着这鹏鹗西风万里秋”，“凭着我高才和这大手”，“稳情取谈笑觅封侯”。但第一折大幕拉开，却是王粲在京城穷困潦倒如病苏秦，房宿饭钱都无力支付。【点绛唇】至【天下乐】店小二向王粲索要欠账，王粲虽贫难却傲骨铮然，“小二哥人休笑书生胆气寒”，“我量宽如东大海，志高如西华山”，“我则待辅皇朝万姓安”。王粲此时虽满怀豪情，但所倚仗者亦唯叔父蔡邕而已，他将剑押在店小二处，便往丞相家拜会投谒。蔡邕知“准女婿”王粲“学成满腹文章，只是矜骄傲慢，不肯曲脊于人”，“须要涵养他那锐气，好就功名”，备好荐书等财物邀约曹子建学士前来，共设计激励王粲。王粲不明就里，向酒宴间陈说襟抱:“我虽贫呵乐有余，便贱呵非无惮，可难道脱不的二字饥寒？”“哀哉堪恨您小人儒，呜呼不识俺男儿汉。”蔡邕故意问王粲来意，又明确不愿为王粲举荐，王粲心灰意冷，不辞而别。【幺篇】（六幺序）前半段“要见天颜，列在鹓班，书吓南蛮，威镇诸藩，整顿江山，外镇边关，内剪奸顽”，以繁节促语，诉平生之志，豪气凌人；衬托得后半段“如今个旅邸身闲，尘土衣单，耽着饥寒，偏没循环。只落得不平气都付与临风叹，恨塞满天地之间。想漫漫长夜时旦，几能勾斩蛟北海，射虎南山”，愈发怨塞天地。曹植携蔡邕预先备好的荐书与川资骏马等物追赠王粲，王粲重振雄心，往投刘表。王粲至刘表处，本指望一展长才、苦尽甘来，没料想为蒯越、蔡瑁所嫉，被设计灌醉，在酒宴上当着刘表出丑。第二折一改书生意气为市井习气，蒯越、蔡瑁用俗语插科打诨，王粲虽有傲骨高才却难以招架，在调节场上气氛、增其滑稽的同时，暗讽了君子文韬武略却难敌小人诡诈奸猾的黑暗现实。“人人都有那功名二字，惟有我的功名好难遇也呵”，不仅是郑光祖的心声，更是古今怀才未遇者的悲歌。《王粲登楼》杂剧的前两折抑扬相间，又巧为后事发展留余地、设铺垫，构思巧妙可见一斑。

接连受挫，王粲羁留荆州，直至刘表死后依然沉于下僚，蹉跎异乡。又逢重阳，王粲至友人许达的溪山风月楼登高望远，倚楼骋目，遥吟抒怀。第三折是全剧的高潮，共由十三支曲子组成，曲辞精心熔铸王粲《登楼赋》，驱遣古今登临名篇穿插其间，又有《捣练歌》俗曲连珠妙语，天花满眼，令人惊羡。【粉蝶儿】“尘满征衣，叹飘零一身客寄”，羁客秋襟，遗世独立，高标旷代;【醉春风】“我本是未入庙堂臣，倒做了不着坟墓鬼”，纯用俗语，如叹如泣，令人唏嘘。【迎客仙】一曲向受曲家激赏，元周德清谓“累百无此调也，美哉，德辉之才，名不虚传”(《中原音韵》)，清李调元“尤喜其‘一片乡心碎’之句”(《雨村曲话》)。【迎客仙】【红绣鞋】化用唐王勃重阳名赋《滕王阁序》“秋水长天”“落霞孤鹜”之句，融情入景，由羁旅孤寂写到故乡老母，“我这里凭阑望，母亲那里倚门悲”，眼前的佳节美景与内心的思念愧疚形成鲜明反差，第一人称代言体外化了小赋原本隐藏的主体性，自场上王粲口中唱出，愈增恓惶。

王粲与好友于重阳佳节携手登楼，触动思乡之情。“虽信美而非吾土，曾何足以稍留”(东汉王粲《登楼赋》)，既然思乡，云胡不归？许达一句“仲宣，既如此感怀，何不早归故里”，适时回应了观众内心的疑问，也将王粲之心绪递送至怀才不遇的层面。“争奈我身贫归未得”，穷困落魄，壮志难酬，以何面目归见老母？“无穷兴对无穷景，不觉伤心泪点多”。【普天乐】“楚天秋，山叠翠，对无穷景色，总是伤悲”，从柳永《雪梅香》“景萧索，危楼独立面晴空。动悲秋情绪，当时宋玉应同。……楚天阔，浪浸斜阳，千里溶溶”中脱化而出，抒发立危楼观秋景时内心的慷慨悲凉。

许达劝王粲饮酒为乐，但酒虽醉人却并不能让王粲忘忧，“枉了也壮志如虹英雄辈，都做助江天景物凄其”，王粲的气、愁、泪仿佛江风淅淅、江声沥沥、江雨霏霏，遮天盖地而来，无处可避。许达又吟诵《捣练歌》，欲以文人间的唱和吸引友人暂解忧怀，然诗中寒蛩唧唧、秋砧声声之境，惟令“愁人听了越添愁”而已，“想当初只守着旧柴扉，不图甚的，倒得便宜”，“则今山林钟鼎俱无味，命矣时兮！哎，可知道枉了我顶天立地居人世”。往昔壮怀激烈，而今年届而立却无名无绩，让王粲忧愤交加。本指望投刘表有所作为，却困在荆州，无所归栖，“恰便似睡梦里过了三十”。许达以孔子辗转诸国不获重用的经历安慰王粲：“圣人尚然如此，何况今日乎？”由此，郑光祖在王粲的伤怀内赋予了更深广的今古同哀意味，“王侯将相元无种，半属天公半属人”，不仅是王粲对现实命运不公的挞伐，也是历代不遇之士不忘庙堂却只能辗转陋巷的“不平之鸣”。

面对好友“当初肯与蒯、蔡同列为官，可不好来”的疑问，王粲宣称“我怎肯与鸟兽同群，豺狼作伴，儿曹同辈”，“宁随泽畔灵均死，不遂人间乳臭雏”，坚决不与奸佞小人同流合污。但现实是残酷的，王粲所处的东汉末年社会动荡，民生多艰，“白骨露于野，千里无鸡鸣，生民百遗一”（东汉曹操《蒿里行》），不仅刘表昏庸无能，其他政治集团亦难称清明，天下大乱，择一枝以栖迟尚非易事，更何况欲施展宏图抱负？思及此处，王粲愤而借酒消愁，横饮连杯，但“志愿难酬，身心不定，功名不遂”，又岂是杯中之物可以化解？酒入愁肠，徒增其恨，王粲欲纵身从高楼跃下，幸被许达扯住。王粲涕泪交零，仰天泣诉，“空学成补天才，却无度饥寒计”，“有路在青霄内，又被那浮云塞闭”，“百忙里寻不见上天梯”，许达只得以先人“知命”之言、老母家乡盼归反复劝慰。【尧民歌】【十二月】连用宾鸿、倦鸟、鹍鹏对比乌鹊、醯鸡、燕鹊，抒发了王粲怀才不遇之情；又以“挽盐车骐骥陷淤泥，不逢他伯乐不应嘶”鞭笞了时代的污浊。

《王粲登楼》一剧中，多次用“胸襟骄傲，不肯曲脊于人”来形容王粲。第三折重阳登楼可以说是对王粲铮铮傲骨的集中塑造，而这种宁愿死也决不自甘堕落的可贵品格，亦是郑光祖一生志节所在。元人钟嗣成《录鬼簿》曾描述郑光祖“以儒补杭州路吏，为人方直，不妄与人交”，以儒生自命，即便只能屈身为小吏，亦为人方直，坚守高尚节操。此折最后，朝廷使者前来宣旨，王粲因献上万言长策为皇帝所喜，宣为天下兵大元帅兼左丞相。第四折则反用第一折蔡邕、曹植激王粲之计，写宴席上误会解除，王粲与蔡邕之女成其婚配。这些情节虽不符合史实，却反映了当时儒生的普遍心态。宋人汪洙曾作《神童诗》颂扬读书人，其中有言曰：“天子重英豪，文章教尔曹。万般皆下品，惟有读书高。……朝为田舍郎，暮登天子堂。将相本无种，男儿当自强。”元代不重科举，读书人地位骤降，但流落江湖却常怀苍生者并不在少数，“英雄志不灰，有一日登鳌背”亦是他们共同的梦想。

明人何良俊《曲论》以为：“至如《王粲登楼》第三折，摹写羁怀壮志，语多慷慨，而气亦爽烈，至后【尧民歌】【十二月】，托物寓意，尤为妙绝。岂作调脂弄粉语者可得窥其堂庑哉！”第三折将王粲的思乡之情、不遇之悲、遭谗之恨层层展开，借酒消愁愁更愁后，更出人意料地寄出纵身一跃之莽与侥幸生还之叹，结构之精、曲词宾白之妙，非弘思巨手难成；而其悲慨高远之意境，“不特命词之高秀，而意象悲壮，亦足笼盖一时”（明沈德符《顾曲杂言》）。

赵氏孤儿

[元] 纪君祥

第三折

（屠岸贾领卒子上，云）兀的[1]不走了赵氏孤儿也！某已曾张挂榜文，限三日之内，不将孤儿出首[2]，即将晋国内小儿但是[3]半岁以下、一月以上，都拘刷[4]到我帅府中，尽行诛戮[5]。令人[6]，门首觑者，若有首告之人，报复[7]某家知道。（程婴上，云）自家程婴是也。昨日将我的孩儿送与公孙杵臼去了；我今日到屠岸贾根前首告[8]去来。令人，报复去，道有了赵氏孤儿也。（卒子云）你则在这里，等我报复去。（报科，云）报的元帅得知，有人来报赵氏孤儿有了也。（屠岸贾云）在那里？（卒子云）现在门首哩。（屠岸贾云）着他过来。（卒子云）着过来。（做见科，屠岸贾云）兀那[9]厮[10]，你是何人？（程婴云）小人是个草泽[11]医士程婴。（屠岸贾云）赵氏孤儿今在何处？（程婴云）

[1] 兀的：疑问词，怎么，岂。元孟汉卿《魔合罗》第一折："李德昌，你几时来家，兀的不痛杀我也。"

[2] 出首：检举，告发。元王实甫《西厢记》第三本第二折："姐姐休闹，比及你对夫人说呵，我将这简帖儿去夫人行出首去来。"

[3] 但是：只要是，凡是。

[4] 拘刷：全部拘捕、收禁或扣留。

[5] 诛戮：诛杀，杀害。

[6] 令人：祗候，衙役。

[7] 报复：禀报，报知。

[8] 首告：出面告发。

[9] 兀那：指示代词，那，那个。

[10] 厮：对男子轻蔑的称呼。

[11] 草泽：草野，民间。

在吕吕[1]太平庄上，公孙杵臼家藏着哩。（屠岸贾云）你怎生知道来？（程婴云）小人与公孙杵臼曾有一面之交，我去探望他，谁想卧房中锦绷[2]绣褥上，躺着一个小孩儿。我想公孙杵臼年纪七十，从来没儿没女，这个是那里来的？我说道：这小的莫非是赵氏孤儿么？只见他登时[3]变色，不能答应。以此知孤儿在公孙杵臼家里。（屠岸贾云）咄[4]！你这匹夫，你怎瞒的过我？你和公孙杵臼往日无仇，近日无冤，你因何告他藏着赵氏孤儿？你敢是[5]知情么！说的是，万事全休；说的不是，令人，磨的剑快，先杀了这个匹夫者！（程婴云）告元帅暂息雷霆之怒[6]，略罢虎狼之威[7]，听小人诉说一遍咱。我小人与公孙杵臼原无仇隙，只因元帅传下榜文，要将普国内小儿拘刷到帅府，尽行杀坏。我一来为救普国内小儿之命；二来小人四旬有五，近生一子，尚未满月，元帅军令，不敢不献出来，可不小人也绝后了？我想有了赵氏孤儿，便不损坏一国生灵[8]，连小人的孩儿也得无事，所以出首。（诗云）告大人暂停嗔怒，这便是首告缘故。虽然救普国生灵，其实怕程家绝户[9]。（屠岸贾笑科，云）哦，是了。公孙杵臼原与赵盾[10]一殿之臣，可知有这事来。令人，则今日点就本部下人马，同程婴到太平庄上，拿公孙杵臼走一遭去。（同下）（正末公孙杵臼上，云）老夫公孙杵臼是也。想昨日与程婴商议救赵氏孤儿一事，今日他到屠岸贾府中首告去了。这早晚屠岸贾这厮必然来也呵！（唱）

【双调】【新水令】我则见荡征尘飞过小溪桥，多管是损忠良贼徒来到。齐臻

[1] 吕吕：别本作□□，此处脱两字。

[2] 锦绷：锦缎做成的襁褓，华丽的婴儿包被。

[3] 登时：立即，立刻。

[4] 咄（duō）：叹词，表呵斥。

[5] 敢是：莫非，大概是。

[6] 雷霆之怒：对位尊者的暴怒的敬称。

[7] 虎狼之威：像虎、狼那样的威风，形容声势威严凶猛。元无名氏《举案齐眉》第四折：“告大人暂息雷霆之怒，略罢虎狼之威。”

[8] 生灵：人民，百姓。

[9] 绝户：绝后，无后代。

[10] 赵盾：即赵宣子，春秋中前期晋国重臣，赵氏孤儿赵武的祖父。

臻[1]摆着士卒，明晃晃列着枪刀。眼见的我死在今朝，更避甚痛笞掠[2]。

（屠岸贾同程婴领卒子上，云）来到这吕吕太平庄上也。令人，与我围了太平庄者。程婴，那里是公孙杵臼宅院？（程婴云）则这个便是。（屠岸贾云）拿过那老匹夫来。公孙杵臼，你知罪么？（正末云）我不知罪。（屠岸贾云）我知你个老匹夫和赵盾是一殿之臣。你怎敢掩藏[3]着赵氏孤儿！（正末云）老元帅，我有熊心豹胆？怎敢掩藏着赵氏孤儿！（屠岸贾云）不打不招。令人，与我拣大棒子着实打者。（卒子做打科）（正末唱）

【驻马听】想着我罢职[4]辞朝，曾与赵盾名为刎颈交[5]。（云）这事是谁见来？（屠岸贾云）现有程婴首告着你哩。（正末唱）是那个埋情[6]出告？元来这程婴舌是斩身刀。（云）你杀了赵家满门良贱三百余口，则剩下这孩儿，你又要伤他性命！（唱）你正是狂风偏纵扑天雕，严霜故打枯根草[7]。不争把孤儿又杀坏了，可着他三百口冤仇甚人来报？

（屠岸贾云）老匹夫你把孤儿藏在那里？快招出来，免受刑法。（正末云）我有甚么孤儿藏在那里？谁见来？（屠岸贾云）你不招？令人，与我采下去[8]，着实[9]打者。（做打科。屠岸贾云）这老匹夫赖肉顽皮[10]，不肯招承[11]，可恼，可恼！程婴，这原是你出首的，就着你替我行杖者。（程婴云）元帅，

[1] 齐臻臻：整齐的样子。元白朴《梧桐雨》第三折："齐臻臻雁行班排，密匝匝鱼鳞似亚。"

[2] 笞掠：拷打。

[3] 掩藏：隐藏。

[4] 辞朝：辞别朝廷。

[5] 刎颈交：友谊深挚，可以同生共死的朋友。

[6] 埋情：昧着良心。

[7] 你正是狂风偏纵扑天雕，严霜故打枯根草：宋元俗语，谓强者偏偏得助，弱者偏偏受欺。扑天雕，泛指凶猛的大型猛禽。

[8] 采下去：犹押下去，揪下去。

[9] 着实：（言语、动作）分量重，力量大。元无名氏《争报恩》第二折："这赖肉顽皮，不打不招，拿那大棒子着实的打上一千下，他才招了也。"

[10] 赖肉顽皮：形容顽劣、不知好歹。亦作"赖骨顽皮"。

[11] 招承：招供承认。

小人是个草泽医士，撮药[1]尚然腕弱，怎生行的杖？（屠岸贾云）程婴，你不行杖，敢怕指攀[2]出你么？（程婴云）元帅，小人行杖便了。（做拿杖子科。屠岸贾云）程婴，我见你把棍子拣了又拣，只拣着那细棍子，敢怕打的他疼了，要指攀下你来？（程婴云）我就拿大棍子打者。（屠岸贾云）住者。你头里只拣着那细棍子打，如今你却拿起大棍子来，三两下打死了呵，你就做的个死无招对。（程婴云）着我拿细棍子又不是，拿大棍子又不是，好着我两下做人难也！（屠岸贾云）程婴，你只拿着那中等棍子打。公孙杵臼老匹夫，你可知道行杖的就是程婴么？（程婴行杖科，云）快招了者！（三科了[3]）（正末云）哎哟！打了这一日，不似这儿棍子打的我疼，是谁打我来？（屠岸贾云）是程婴打你来。（正末云）程婴，你刬的[4]打我那？（程婴云）元帅，打的这老头儿兀的不胡说哩。（正末唱）

【雁儿落】是那一个实丕丕[5]将着粗棍敲？打的来痛杀杀精皮[6]掉。我和你狠程婴有甚的仇？却教我老公孙受这般虐。

（程婴云）快招了者。（正末云）我招，我招。（唱）

【得胜令】打的我无缝可能逃，有口屈成招。莫不是那孤儿他知道，故意的把咱家指定了。（程婴做慌科）（正末唱）我委实的难熬，尚兀自强着牙根儿闹。暗地更偷瞧，只见他早吓的腿脡儿[7]摇。（程婴云）你快招吧，省得打杀你。（正末云）有、有、有。（唱）

【水仙子】俺二人商议要救这小儿曹。（屠岸贾云）可知道指攀下来也。你说二人，一个是你了，那一个是谁？你实说将出来，我饶你的性命。（正末云）你要我说那一个，我说，我说。（唱）哎！一句话来到我舌尖上却咽了。（屠

[1] 撮（cuō）药：抓药，配药。

[2] 指攀：招供时攀扯牵连别人。

[3] 三科：演员重复表演三次。

[4] 刬（chǎn）的：怎的，怎么。亦作“刬地”。

[5] 实丕丕（pēi）：宋元俗语，实实在在。亦作“实坯坯”“实呸呸”。

[6] 精皮：上好的皮肤。

[7] 腿脡（tǐng）儿：泛指腿部。脡，条状干肉。

岸贾云）程婴，这椿事敢有你么？（程婴云）兀那老头儿，你休妄指平人[1]。（正末云）程婴，你慌怎么？（唱）我怎生把你程婴道，似这般有上梢无下梢[2]。（屠岸贾云）你头里说两个，你怎生这一会儿可说无了？（正末唱）只被你打的来不知一个颠倒[3]。（屠岸贾云）你还不说，我就打死你个老匹夫。（正末唱）遮莫[4]便打的我皮都绽、肉尽销，休想我有半个字儿攀着。

（卒子抱俫儿上科[5]，云）元帅爷贺喜，土洞中搜出个赵氏孤儿来了也。（屠岸贾笑科，云）将那小的拿近前来，我亲自下手，剁做三段。兀那老匹夫，你道无有赵氏孤儿，这个是谁？（正末唱）

【川拨棹】你当日演神獒[6]，把忠臣来扑咬。逼的他走死荒郊，刎死钢刀，缢死裙腰[7]，将三百口全家老小尽行诛剿[8]。并没那半个儿剩落，还不厌[9]你心苗[10]！

（屠岸贾云）我见了这孤儿，就不由我不恼也。（正末唱）

【七弟兄】我只见他左瞧、右瞧、怒咆哮，火不腾改变了狰狞貌[11]，按狮蛮[12]拽札[13]起锦征袍[14]，把龙泉[15]扯离出沙鱼鞘[16]。

---

[1] 平人：此谓无罪之人、良民。

[2] 有上梢无下梢：宋元俗语，比喻做事有始无终。元无名氏《抱妆盒》第三折："我则怕连累了玉叶金枝，你常好有上稍无下稍，也不索多议论少成事。"

[3] 只被你打的来不知一个颠倒：犹言被你打得颠三倒四、胡言乱语。

[4] 遮莫：尽管，即使。唐李白《少年行》："遮莫姻亲连帝城，不如当身自簪缨。"

[5] 俫（lái）儿：元杂剧中扮演小孩的脚色。

[6] 神獒（áo）：此处泛指猛犬，烈性大型犬。《尔雅·释畜》："狗四尺为獒。"

[7] 缢死裙腰：用裙子腰部自缢而死。

[8] 诛剿：诛戮剿灭。

[9] 厌（yàn）：饱，满足。

[10] 心苗：心意。

[11] 火不腾：立刻，突然，亦作"火不登"。这里有看到孤儿一下子怒火上涌的意思。

[12] 狮蛮：古代武官腰带钩上饰有狮子、蛮王的形象，因以代指武官腰带。

[13] 拽札：亦作"拽扎"，犹言把袍子下摆拉起来扎住。

[14] 征袍：武将的战袍。

[15] 龙泉：宝剑名，泛指宝剑。唐李白《送羽林陶将军》："万里横戈探虎穴，三杯拔剑舞龙泉。"

[16] 沙鱼鞘：用鲨鱼皮制成的刀剑套。

（屠岸贾怒云）我拔出这剑来，一剑，两剑，三剑！（程婴做惊疼科。屠岸贾云）把这一个小业种剁了三剑[1]，兀的不称了我平生所愿也。（正末唱）

【梅花酒】呀！见孩儿卧血泊，那一个哭哭号号，这一个怨怨焦焦，连我也战战摇摇。直[2]恁般[3]歹做作[4]，只除是没天道。呀！想孩儿离褥草[5]，到今日恰十朝，刀下处怎耽饶[6]。空生长，枉劬劳[7]，还说甚要防老。

【收江南】呀！兀的不是家富小儿骄。（程婴掩泪科）（正末唱）见程婴心似热油浇，泪珠儿不敢对人抛，背地里揾[8]了。没来由割舍的亲生骨肉吃三刀。

（云）屠岸贾那贼，你试觑者[9]。上有天哩，怎肯饶过的你，我死打甚么不紧[10]！（唱）

【鸳鸯煞】我七旬死后[11]偏何老，这孩儿一岁死后偏知小。俺两个一处身亡，落的个万代名标。我嘱付[12]你个后死的程婴，休别[13]了横亡[14]的赵朔[15]。畅道[16]是光阴过去的疾，冤仇报复的早。将那厮万剐千刀，切莫要轻轻的素放[17]了。

---

[1] 小业种：詈词，犹言小孽种。

[2] 直：竟然，居然。

[3] 恁（nèn）般：这样。

[4] 歹做作：坏行为，坏事，此言胡作非为。

[5] 褥草：此谓旧时产妇生产时铺着的垫席。

[6] 耽饶：宽恕。元无名氏《争报恩》第一折：“有一日官人知道，将这一双儿泼男女怎耽饶。”

[7] 劬（qú）劳：劳累，辛苦。《诗经·小雅·蓼莪》：“哀哀父母，生我劬劳。”

[8] 揾（wèn）：拭，擦。宋辛弃疾:《水龙吟·登建康赏心亭》:“倩何人唤取，红巾翠袖，揾英雄泪。”

[9] 你试觑（qù）者：你且等着看。觑，看。

[10] 打甚么不紧：宋元俗语，不打紧，没有什么要紧。

[11] 后：语气助词，相当于现在的“呵”。下句中“一岁死后何偏小”之“后”与此用法同。

[12] 嘱付：同“嘱咐”。

[13] 别：撇，背叛。

[14] 横亡：横死，遭遇意外而死亡。

[15] 赵朔：赵盾之子，赵氏孤儿之父，为屠岸贾所杀。

[16] 畅道：真是，正是。

[17] 素放：白白放过，随便释放。元李文蔚《燕青博鱼》第一折：“俺哥哥若有些好歹，我不道的轻饶素放了你也。”

（正末撞科，云）我撞阶基[1]，觅个死处。（下）（卒子报科，云）公孙杵臼撞阶基身死了也。（屠岸贾笑科，云）那老匹夫既然撞死，可也罢了。（做笑科，云）程婴，这一桩里多亏了你。若不是你呵，如何杀的赵氏孤儿？（程婴云）元帅，小人原与赵氏无仇。一来救普国内众生；二来小人根前也有个孩儿，未曾满月。若不搜的那赵氏孤儿出来，我这孩儿也无活的人也。（屠岸贾云）程婴，你是我心腹之人，不如只在我家中做个门客，抬举你那孩儿成人长大。在你根前习文，送在我根前演武。我也年近五旬，尚无子嗣。就将你的孩儿与我做个义儿，我偌大年纪了，后来我的官位，也等你的孩儿讨个应袭[2]。你意下如何？（程婴云）多谢元帅抬举。（屠岸贾诗云）则为朝纲中独显赵盾，不由我心中生忿[3]。如今削除了这点萌芽，方才是永无后衅[4]。（同下）

（以明臧晋叔《元曲选》万历吴兴臧氏刊本为底本，据别本参校）

【作者简介】

纪君祥（生卒年月不详），一作纪天祥，大都（今北京）人。元人钟嗣成《录鬼簿》将其列于“前辈已死名公才人”，称其与李寿卿、郑廷玉同时；元末贾仲明为作【凌波仙】吊词亦云：“寿卿廷玉在同时，三度蓝关韩退之，《松阴梦》里三生事。《驴皮记》情意资，《冤报冤赵氏孤儿》。编成传，写上纸，表表于斯。”据此可知，纪君祥是与李寿卿、郑廷玉同时期的元初剧作家，活跃于元世祖忽必烈时期，其杂剧存目六种，今仅存《赵氏孤儿》全剧与《松阴梦》曲词一折。

【剧作简评】

《赵氏孤儿》全称《赵氏孤儿大报仇》或《冤报冤赵氏孤儿》《赵氏孤

[1] 阶基：台阶。唐韩愈《病鸱》：“饱入深竹丛，饥来傍阶基。”

[2] 应袭：承袭，沿袭。

[3] 生忿：一般作忤逆解，这里指内心愤愤不平、萌生恶意。

[4] 后衅（xìn）：后患。衅，祸患，祸乱。

儿冤报冤》。杂剧主要讲述了春秋时期晋国上卿赵盾被奸臣屠岸贾陷害灭族，仅存孤儿赵武，赵家门客程婴与老臣公孙杵臼为救赵武定下计策以程婴之子替下孤儿，后孤儿长大，知晓冤情，杀死屠岸贾为全家报仇的故事，是中国古代戏曲史上的“四大悲剧”之一。该剧明代时便被改编为《八义记》等上演，后又被改编为京剧、秦腔、越剧、川剧等多种声腔唱响在神州大地的各个角落。1735 年《赵氏孤儿》由神父马若瑟（Joseph de Prémare）译介到法国，后又被转译为成英、德、意、俄等语言，广为刊载、搬演；1755 年法国著名作家伏尔泰（Voltaire）将之改编为《中国孤儿》五幕剧在巴黎法兰西剧社上演大获成功，广受欢迎。《赵氏孤儿》是在欧美影响最大的中国传统戏剧，时至今日，“中国孤儿”已经成为了一种独特的文化、文学现象。《赵氏孤儿》以其高扬的抗恶的精神和前仆后继、不惧牺牲的大无畏精神激励了古今中外一代又一代善良的人们，是中华优秀传统文化的代表，也是世界范围内最受欢迎的中国故事。

《赵氏孤儿》乃本诸史实编写而成。春秋时期晋国上卿赵盾及孤儿赵武的事迹，先秦《春秋》《左传》《穀梁传》《公羊传》《国语》等史书均有载记，汉代《史记》及《新序》亦载之，司马迁《史记·赵世家》所记大要为：晋景公三年（前 597 年），晋大夫屠岸贾欲诛赵氏，后诡计灭其族，仅存赵朔遗腹子赵武；屠岸贾大索赵氏孤儿，赵朔门客公孙杵臼及友人程婴欲存孤立孤，取他人婴儿冒充赵孤，后公孙杵臼与假冒的婴儿俱被杀；赵武被程婴养大，十五年后杀屠岸贾为赵氏报仇，程婴在赵武及冠成年后自杀。太史公对赵氏孤儿之事的记述起伏跌宕、引人入胜，突出颂扬了公孙杵臼与程婴的侠义精神，某些细节的处理形神兼备，对后世文学创作的影响深远。至宋、元之交，奸相贾似道弄权多年，孤儿寡妇临朝，南宋江山风雨飘摇。朝臣先后拥立幼帝赵显、赵昰、赵昺，然即便有文天祥等人前仆后继，仍未能保住赵宋江山与“赵氏孤儿”。最终，陆秀夫等忠臣与赵氏皇族近千人跳海殉国，十万军民随之，其惨烈旷古无之，令闻者泣血。就是在这样的背景下，赵氏孤儿的故事再次风行并被赋予了新的时代内涵，纪君祥创作了他的不朽名作《赵氏孤儿大报仇》。

《赵氏孤儿》杂剧在结构与演唱方式上与元杂剧典型的四折一楔子、一人扮一角主唱全本有明显区别，全剧共有五折和一个楔子组成，楔子由冲末扮演赵朔演唱二曲，正末分别扮演韩厥（第一折）、公孙杵臼（第二折、第三折）、程勃（即赵武，第四折、第五折）主唱各折。正末在各部分饰演的角色无重合，需要变换角色的各折均以其他人物宾白作巧妙过渡，演出时既可由一人担任正末分饰多角，亦可由多人分别担任正末分工饰演不同角色，这种做法使舞台上的主叙事者（即主唱）更加多元，也为推动剧情发展提供了更多便利。杂剧的剧情较之史实出现了一些明显的更改：故事发生的背景被设置为晋灵公一朝；屠岸贾自称晋国大将，与文臣之首赵盾不和，屡次谋杀赵盾及其家人，赵家满门三百余口皆被害，驸马赵朔亦被赐死，赵朔自尽；程婴身份改为赵朔门下草泽医人，公主将孤儿交给程婴后自缢身亡，程婴将婴儿偷藏药箱内私偷逃出府，韩厥的身份改为屠岸贾安排的看门守将，他为护赵孤放走程婴自杀而死；公孙杵臼则成晋国“中大夫”、“老宰辅”、赵盾好友，屠岸贾下令如不交出孤儿，将杀死全晋国同龄婴孩，程婴至公孙杵臼府上，二人定计以程婴的儿子代替孤儿、公孙杵臼与程婴之子同死，由程婴抚养孤儿长大；孤儿以程婴之子程勃的身份被屠岸贾认作继子，长大后知晓身份为赵氏复仇，程婴最终并未自尽。这些变化使得戏剧的主题聚焦于忠奸斗争与公孙杵臼、程婴等人的侠义之上，屠岸贾的邪恶因其欲遍诛晋国半岁以上、一岁以下幼儿的行径而被夸张到极至，历史上晋灵公与赵氏之间的君臣矛盾、赵氏一族自身的污点等通通被抹去。而其中改写最大处则是程婴以自己唯一的儿子而非他人之子代替赵氏孤儿被屠岸贾杀死，易“舍人为人”为舍己为人，原本的道德瑕疵被完全抹去，又升华出牺牲人伦、忍辱负重、抚养赵孤长大再助他复仇的大忠大义。

《赵氏孤儿》的楔子部分，首先由屠岸贾出场向观众交代了故事发生的背景：晋灵公执政、赵盾与屠岸贾一文一武最受信用、屠岸贾志欲殄灭赵氏一族。屠岸贾诡计多端谋害赵盾，派勇士鉏麑刺杀、训练獒犬扑咬、损毁赵盾马车等皆因义士义举未能奏效，但最终赵氏三百余口还是被杀，仅有赵盾之子赵朔因是驸马，仍存于世，而屠岸贾已诈传灵公之命赐死赵朔。屠岸贾扬扬得意地讲述了训练獒犬攻击赵盾的细节及即将剪除赵氏仅存血脉的残忍现实，恐怖阴森之气氛自开幕便笼罩全场。赵朔知难逃一死，嘱托有孕的妻子“若是你添个女儿，更无话说；若是个小厮儿呵，我就腹中与他个小名，唤做赵氏孤儿。待他长立成人，与俺父母雪冤报仇也”，在使者的监督下引刀自刭。“枉了我报主的忠良一旦休，只他那蠹国的奸臣权在手”，忠奸斗争的主要矛盾也由此得以揭橥。

屠岸贾将公主囚禁在府中，公主产子，屠岸贾专待其满月后杀之，公主将赵氏孤儿托付给程婴后以裙带自缢而亡，程婴欲将孤儿私藏出府，遇到了守将韩厥的盘查。第一折以韩厥为主唱，在颂扬韩厥的侠义精神的同时，侧面烘托了屠岸贾的恶行引发的公愤，共由十一曲组成。【点绛唇】至【天下了】写韩厥以忠臣义士自命，虽奉令看守府门，内心却不愿与屠岸贾同流合污，除“却不道远在儿孙近在身”一句反用《战国策·赵策四》触龙说赵太后之典鞭笞屠岸贾必有报应之外，余下皆如“忠孝的在市曹中斩首，奸佞的在帅府内安身”等明白如话，虽老妪可解，能在更广泛的范围内触动人心。【河西后庭花】至【金盏儿】，韩厥发现药箱中的孤儿，看到赤子蜷缩一团双目注视着自己，不由发出心生怜悯“他正是成人不自在，自在不成人”的感叹，放程婴离开。见程婴担心自己告密求荣，韩厥剖白“可不道忠臣不怕死，怕死不忠臣”“你若肯舍残生，我也愿把这头来刎”，自尽而亡。韩厥与赵盾非亲非友，会放走赵氏孤儿完全是出于对屠岸贾残害忠良行径的不满与对自身志节情操的坚守。“为赵氏存遗胤”很容易让人联想起北宋开国之君宋太祖赵匡胤，双关春秋晋国之赵氏与赵宋皇朝的意味非常明显。

屠岸贾得知赵氏孤儿被救走，“诈传灵公的命，把普国内但是半岁之下、一月之上新添的小厮，都与我拘刷将来，见一个剁三剑（《赵氏孤儿》第二折）”，其恶之极，令人发指。程婴将赵氏孤儿带至忠直老宰辅公孙杵臼居住的太平庄寻求帮助。第二折由公孙杵臼主唱，他身虽退隐，却心系国家，【一枝花】“被那些腌臜屠狗辈，欺负俺慷慨钓鳌翁。正遇着不道的灵公，偏贼子加恩宠，着贤人受困穷”，将批判的矛头直接昏君佞臣，发出了振聋发聩的不平之鸣；【梁州第七】则以“他他他”领起诸句，揭露了奸臣行莽操之事却步步高升、忠臣有贤能却只能退居田园的黑暗现实，以排山倒海之势挞伐屠岸贾恶行，预告了他多行不义必自毙的结局，同时又侧面烘托了晋灵公的昏庸。二曲将老臣面对朝纲混乱却不得已退步抽身自保的复杂心境表达得淋漓尽致，其对晋国最高统治者的指斥也使得《赵氏孤儿》跃出了一般政治或历史题材剧作只鞭笞奸臣、不触及君王的桎梏，具有了更卓越的历史深度。程婴到来向公孙杵臼坦言赵氏孤儿被自己救出，屠岸贾为抓孤儿要杀害全国同龄婴儿，献掉包计，请求公孙杵臼救护孤儿长大：“我如今将赵氏孤儿偷藏在老宰辅根前，一者报赵驸马平日优待之恩，二者要救普国小儿之命。念程婴年近四旬有五，所生一子未经满月，待假妆做赵氏孤儿，等老宰辅告首与屠岸贾去，只说程婴藏着孤儿，把俺父子二人一处身死。老宰辅慢慢的抬举的孤儿成人长大，与他父母报仇，可不好也？”公孙杵臼痛恨屠岸贾不廉不公、不孝不忠，对忠良之后本有护持之心，见程婴如此大义，提议改由自己献出婴儿，与之同死，让更年轻的程婴抚养孤儿长大。“猛回头早老尽英雄，有恩不报怎相逢，见义不为非为勇”，“大丈夫何愁一命终，况兼我白发鬔松”，一片丹心可昭日月；“正好替赵家出力做先锋”，“凭着赵家枝叶千年永，晋国山河百二雄，显耀英材统军众，威压诸邦尽伏拱”，则明显不是在说为臣子的晋国赵氏，而是曾存祚三百余载的赵宋皇朝，“全剧框栏由赵氏变成赵宋，全剧的精神也就由家仇变成国恨，由私情变成公忠了”（范希衡：《〈赵氏孤儿〉与〈中国孤儿〉》）。

第三折是全剧的最高潮，公孙杵臼、程婴与屠岸贾正面交锋，程婴之子与公孙杵臼先后牺牲，剧情悬念迭起，场面惨烈悲壮。屠岸贾张挂榜文，限三日内交出孤儿，否则便要将晋国之内半岁以下、一月以上的小儿尽行诛戮。时间紧迫，程婴将自己的儿子交给公孙杵臼冒充赵氏孤儿，便来到屠岸贾处首告。面对屠岸贾的盘问，程婴一一作答，申明与公孙杵臼并无旧怨，前来出首皆是因为榜文的内容："我一来为救普国内小儿之命；二来小人四旬有五，近生一子，尚未满月。……虽然救普国生灵，其实怕程家绝户。"屠岸贾见程婴并无异样，又考虑到公孙杵臼与赵盾亲厚，相信了程婴之言，率兵前往太平庄捉拿孤儿。屠岸贾之桀黠跃然台上，为后面剧情的发展预设了铺垫，也成功激发起观众紧张担忧的情绪。

公孙杵臼为使屠岸贾相信他与程婴的计划，与程婴一起做戏蒙骗屠岸贾。【新水令】写公孙杵臼遥见尘土飞扬，知是屠岸贾率兵到来，"眼见的我死在今朝，更避甚痛笞掠"，料定必死，却毫无惧色、从容赴死，彰显了老宰辅的无畏与义烈。面对屠岸贾的盘索，公孙杵臼心知直接交出"孤儿"反会令贼人生疑，拒不承认掩藏赵氏孤儿。屠岸贾下令大棒拷打公孙杵臼，又要出首人程婴亲自行刑。【驻马听】至【得胜令】公孙杵臼怒斥屠岸贾灭门恶行，"你杀了赵家满门良贱三百余口，则剩下这孩儿，你又要伤他性命"；程婴被迫行杖，他强忍痛楚与程婴一起瞒天过海，"我和你狠程婴有甚的仇？却教我老公孙受这般虐"；被打得意识模糊他险些说出有人合谋，"俺二人商议要救这小儿曹"，但最终在稳住心神后，他仅发出一声长叹，"哎，一句话来到我舌尖上却咽了"，"只被你打的来不知一个颠倒"，"遮莫便打的我皮都绽、肉尽销，休想我有半个字儿攀着"。曲家精心设计了曲折的情节，用曲辞展现公孙杵臼的无畏与机智，又在其间用宾白穿插了多诈的屠岸贾对程婴的怀疑与逼迫，屠岸贾一声声程婴仿佛是催命的符咒，程婴战战兢兢"吓的腿挺儿摇"——这些细节真实再现了忠臣义士面对奸人恶行时心理、言行的变化，英雄亦是凡人，他们也会恐惧或有一瞬的动摇，但最终他们仍选择了舍己为人。王国维曾盛赞《赵氏孤儿》说："剧中虽有恶人交构其间，而其赴汤蹈火者，仍出于其主人翁之意志，即列之于世界大悲剧中，亦无愧色也”(《宋元戏曲史》)，所谓“主人翁之意志”指的便是公孙杵臼、程婴等人发自内心的慨然赴难。

卒子来报土洞中搜出赵氏孤儿，屠岸贾闻言大笑，拔剑出鞘亲自将婴儿剁做三段，公孙杵臼的怒骂哀鸣仿佛是代程婴号泣:“呀！见孩儿卧血泊”，“直恁般歹做作，只除是没天道”；“呀！想孩儿离褥草，到今日恰十朝，刀下处怎耽饶。空生长，枉劬劳，还说甚要防老”！见程婴眼睁睁看着唯一的儿子被残忍杀害却只能偷偷掩泪，公孙杵臼悲愤交集，下定决心舍命相陪，以令屠岸贾更相信赵氏孤儿已死。自撞阶基之前，他再次嘱托程婴活下去、将孤儿养大为忠臣复仇:“我嘱付你个后死的程婴，休别了横亡的赵朔。畅道是光阴过去的疾，冤仇报复的早。将那厮万剐千刀，切莫要轻轻的素放了。”公孙杵臼慷慨赴死后，屠岸贾以抚慰嘉奖为名，将程婴留在身边，又将程婴之子认为义子，显然是对程婴仍有怀疑，要将其父子桎梏身侧以便监视。屠岸贾的这一行为再次验证了老宰辅公孙杵臼牺牲的必要性，仅仅献出一个婴儿并不能让奸贼放下防备、放过真正的赵氏孤儿与天下同龄的小儿——战胜邪恶不是一两人捐躯便可一蹴而就的，只有矢志不移、前仆后继，方能迎来光明。

二十年后，赵氏孤儿以程婴之子程勃之名长大。第四折由正末扮程勃主唱，此时的他又增添了一个新的身份——屠岸贾继子屠成。他十八般武艺样样精通，成就更在屠岸贾之上。屠岸贾的野心也继续膨胀，他想就程勃之力，“早晚定计，弑了灵公，夺了晋国，可将我的官位都与孩儿做了，方是平生愿足”。程婴已经六十五岁，担心自己一旦离世无人将身世告知孤儿引其复仇，故将从前曲死的忠臣良将画成图卷，向程勃讲明身世。程勃年少有为，志得意满，由于在屠岸贾身边长大，他俨然已有认贼作父、助纣为虐之势:“俺父亲英勇谁如，我拚着个尽心儿扶助”，“我则待扶明主晋灵公，助贤臣屠岸贾”，“可不道马壮人强，父慈子孝，怕甚么主忧臣辱”。若赵氏孤儿不能了解真相幡然醒悟，非但赵氏满门的仇恨无法得报，韩厥、公孙杵臼、程英之子等人的牺牲也将变得毫无价值。程婴故意将手卷遗留在书房，程勃展开细看，疑惑间不免恼乱气愤，“这一家儿若与我关系呵，我可也不杀了贼臣不是丈夫，我可便敢与他做主”。程婴向程勃娓娓道来，鉏麑、灵辄、提弥明、赵盾、赵朔、公主、韩厥、公孙杵臼、程婴之子……一幅幅忠臣义士被害的悲壮画卷徐徐展开，直到最后程婴才吐露了最残忍的事实：“如今那穿红的正是奸臣屠岸贾，赵盾是你公公，赵朔是你父亲，公主是你母亲。”赵氏孤儿得知真相后，悲愤交集，仰天大哭，感激程婴养育之情，发誓要锄奸复仇：“到明朝若与仇人遇，我迎头儿把他当住”，“我只问他人心安在，天理何如”！

杂剧的第五折，赵氏孤儿在闹市中逞威擒住屠岸贾，交至宰辅魏绛手上。最终屠岸贾被钉上木驴、千刀万剐；赵氏孤儿恢复了本姓，孝奉程婴；皇帝降旨赵氏孤儿改名赵武袭爵，程婴、韩厥、公孙杵臼等人亦受褒奖——赵氏孤儿的故事最终以“大团圆”的结局收场。自剧情而言，赵氏孤儿大报仇、屠岸贾恶有恶报被苦心栽培的接班人报复是观众始终期待的；但从杂剧结构来讲，此折未免给人以强弩之末的仓促感和画蛇添足的赘余感。若赵氏孤儿在朗朗乾坤下、长街闹事中拿下屠岸贾尚可称是为快慰观众期待的话，魏绛望阙宣旨颂圣谢恩则在思想上削弱了全剧的批判性，结构上也明显与明代宫廷杂剧肖似，不排除曾经明人改笔的可能（元刊本《赵氏孤儿》只有四折）。

向来论者多认为，《赵氏孤儿》中的“赵氏”是本春秋时晋之赵氏而来，却也投射了赵宋皇朝的影子；屠岸贾身上汇聚了南宋末年贾似道的奸佞与元初统治者杀伐屠戮的残暴，反映了易代之初经历过中原板荡、江山易主的广大人民的复杂心态。与纪君祥同时期的宋末元初的诗歌中多有吟咏程婴存赵之事者，如文天祥《无锡》诗便云：“英雄未死心为碎，父老相逢鼻欲辛。夜读程婴存赵事，一回惆怅一沾巾。”早期的外译改编本也多将《中国孤儿》故事的矛盾双方设置为成吉思汗与南宋大臣臧惕。纪君祥在《赵氏孤儿大报仇》杂剧中固然寄寓了时代的情绪、歌颂了民族的精神，但也以悲壮激烈、惊心动魄的情节，前仆后继、死不旋踵的英雄，激励人们惩恶扬善、勇往直前，这也是这部戏能够成为中国乃至世界范围内悲剧典范的原因。

李逵负荆

[元]康进之

第一折

（冲末扮宋江同外扮吴学究[1]、净扮鲁智深，领卒子上。宋江诗云）涧水潺潺[2]绕寨门，野花斜插渗青巾[3]。杏黄旗[4]上七个字，“替天行道救生民[5]”。某姓宋名江，字公明，绰号顺天呼保义者是也。曾为郓州郓城县把笔司吏[6]，因带酒[7]杀了阎婆惜[8]，迭配[9]江州[10]牢城，路经这梁山过，遇见晁盖哥哥，救某上山。后来哥哥三打祝家庄身亡，众兄弟推某为头领。某聚三十六大伙[11]，七十二小伙，半垓[12]来的小偻罗[13]，威镇山东，令行河北。某喜的是两个节令，清明三月三，重阳九月九。如今遇这清明三月三，放众弟兄下山上坟祭扫。三

[1] 冲末：元杂剧脚色名，又称二末。其在剧中的重要性低于正末（男主角），一般在开场时便登台。外：元杂剧脚色名，用以称正末之外的男性。此剧中有正末、冲末，外的重要性低于前二者。净：元杂剧脚色名，一般为性格刚猛的人物，可扮男，也可扮女。吴学究：水泊梁山的军师吴用。学究，泛指读书人。

[2] 潺（chán）潺：形容流水声。

[3] 青巾：古代男子戴的青色软帽。

[4] 杏黄旗：杏黄色的旗帜，古代戏曲、小说中多指绿林好汉聚众起事的义旗。

[5] 生民：人民。

[6] 把笔司吏：负责办理文书的小吏。

[7] 带酒：醉酒。

[8] 阎婆惜：水浒故事中宋江的外室。

[9] 迭配：递配，充军。

[10] 牢城：宋代囚禁流配罪犯的地方。《宋史·刑法志一》：“诸犯徒、流罪，并配所在牢城，勿复转送阙下。”

[11] 伙：由同伴组成的群体。

[12] 半垓（gāi）：古代以万万为垓，半垓即五千万，常用以表示数目很多。

[13] 偻罗：古代称强盗或绿林首领的部众。

日已了，都要上山，若违令者，必当斩首。（诗云）俺威令谁人不怕，只放你三日严假。若违了半个时辰，上山来决无干罢[1]。（下）

（老王林上，云）曲律[2]竿头悬草稕[3]，绿杨影里拨琵琶。高阳公子休空过[4]，不比寻常卖酒家。老汉姓王名林，在这杏花庄居住，开着一个小酒务儿[5]，做些生意。嫡亲[6]的三口儿家属，婆婆早年亡化[7]过了，止有一个女孩儿，年长十八岁，唤做满堂娇，未曾许聘他人。俺这里靠着这梁山较近，但是[8]山上头领都在俺家买酒吃。今日烧的镟锅儿[9]热着，看有甚么人来？（净扮宋刚、丑[10]扮鲁智恩上）（宋刚云）柴又不贵，米又不贵，两个油嘴[11]，正是一对。某乃宋刚，这个兄弟叫做鲁智恩。俺与这梁山泊较近，俺两个则是[12]假名托姓[13]，我便认做宋江，兄弟便认做鲁智深，来到这杏花庄老王林家买一钟酒吃。（见王林科，云）老王林，有酒么？（王林云）哥哥，有酒有酒，家里请坐。（宋刚云）打五百长

---

[1] 干罢：甘休，白白了事。

[2] 曲律：宋元方言，弯曲，曲折。明无名氏《衣袄车》第三折："那狄青右手兜弦，左手推靶，弓开似那曲律山头蟒。"

[3] 草稕（zhǔn）：酒招，酒店的一种标志。元周德清《中吕·红绣鞋》："茅店小斜挑草稕，竹篱疏半掩柴门，一犬汪汪吠行人。"

[4] 高阳公子：即高阳酒徒。典出《史记·郦生陆贾列传》："初，沛公（刘邦）引兵过陈留，郦生踵军门上谒……使者出谢曰：'沛公敬谢先生，方以天下为事，未暇见儒人也。'郦生瞋目案剑叱使者曰：'走！复入言沛公，吾高阳酒徒也，非儒人也。'后用以指嗜酒而放荡不羁的人。唐李白《梁甫吟》："君不见高阳酒徒起草中，长揖山东隆准公。"

[5] 酒务儿：古代民间称卖酒的酒店为酒务。

[6] 嫡亲：至亲，最亲近的家属。

[7] 亡化：去世。

[8] 但是：只要是，凡是。明汤显祖《牡丹亭·标目》："但是相思莫相负，牡丹亭上三生路。"

[9] 镟（xuàn）锅儿：又称"旋"，一种温酒器，旋之热水中以温酒。

[10] 丑：传统戏曲脚色名。元杂剧中本无"丑"这一行当，明刊元杂剧中的丑为明代人参照南戏所增改。

[11] 油嘴：此谓油腔滑调、狡猾擅辩的人。元刘唐卿《降桑椹》第一折："我俩个一生皮脸无羞耻，油嘴之中俺为祖。"

[12] 则是：因此，于是。

[13] 假名托姓：冒充别人姓名。

钱[1]酒来。老王林，你认得我两人么？（王林云）我老汉眼花，不认的哥哥们。（宋刚云）俺便是宋江，这个兄弟便是鲁智深。俺那山上头领，多有来你这里打搅，若有欺负你的，你上梁山来告我，我与你做主。（王林云）你山上头领，都是替天行道的好汉，并没有这事[2]。只是老汉不认的太仆[3]，休怪休怪。早知太仆来到，只合远接，接待不及，勿令见罪。老汉在这里，多亏了头领哥哥照顾老汉。（做递酒科，云）太仆请满饮此杯。（宋刚饮科）（王林云）再将酒来。（鲁智恩饮酒科云）哥哥，好酒。（宋刚云）老王，你家里还有甚么人？（王林云）老汉家中并无甚么人，有个女孩儿，唤做满堂娇，年长一十八岁，未曾许聘他人。老汉别无甚么孝顺，着孩儿出来与太仆递钟酒儿，也表老汉一点心。（宋刚云）既是闺女，不要他出来罢。（鲁智恩云）哥哥怕甚么？着他出来。（王林云）满堂娇孩儿，你出来。（旦儿扮满堂娇云）父亲唤我做甚么？（王林云）孩儿，你不知道，如今有梁山上宋公明亲身[4]在此，你出来递他一钟儿酒。（旦儿云）父亲，则怕不中[5]么？（王林云）不妨事。（旦儿做见科。宋刚云）我一生怕闻脂粉气，靠后些。（王林云）孩儿，与二位太仆递一钟儿酒。（旦做递酒科。宋刚云）我也递老王一钟酒。（做与王林酒科。宋刚云）你这老人家，这衣服怎么破了？把我这红绢褡膊[6]与你补这破处。（老王林接衣科。鲁智恩云）你还不知道，才此[7]这杯酒是肯酒[8]，这褡膊是红定[9]，把你这女孩儿与俺宋公明哥哥做压寨夫人[10]。只借你女孩

[1] 长钱：足数的钱，与“短钱”相对。所谓长或短，不同时代标准有差异。古代官府常以一百钱、九十钱等数量为一陌，谓之长钱；民间则以少于官方的数量称一陌，谓之短钱。

[2] 这事：这样的事情。

[3] 太仆：古代官职名，旧时亦常用作对绿林好汉的尊称。

[4] 亲身：亲自。

[5] 不中：不合适，不恰当。

[6] 褡膊（dā bó）：一般认为是一种长方形的布袋，中间开口，两端可盛钱物，系在衣外作腰巾，亦可肩负或手提；也有说法认为褡膊是一种古代服装类，类似今天的马甲。

[7] 才此：刚才。

[8] 肯酒：允婚酒。元石君宝《秋胡戏妻》第二折：“恰才这三钟酒是肯酒，这块红是红定。”

[9] 红定：定婚时，男方给女方的聘礼。

[10] 压寨夫人：古代戏曲小说中据山立寨的绿林头领的妻子。

儿去三日，第四日便送来还你。俺回山去也。（领旦下。王林云）老汉眼睛一对，臂膊一双，只看着这个女孩儿。似这般可怎么了也！（做哭科。正末扮李逵做带醉上，云）吃酒不醉不如醒也。俺梁山泊上山儿李逵的便是。人见我生得黑，起个绰号[1]叫俺做黑旋风。奉宋公明哥哥将令，放俺三日假限，踏青赏玩。不免下山去老王林家再买几壶酒，吃个烂醉也呵。（唱）

【仙吕】【点绛唇】饮兴[2]难酬[3]，醉魂依旧，寻村酒，恰问罢王留[4]。（云）俺问王留道："那里有酒？"那厮不说便走。俺喝道："走那里去？"被俺赶上一把揪住张口毛[5]，恰待要打，那王留道："休打休打，爹爹，有。"（唱）王留道："兀那里[6]人家有。"

【混江龙】可正是清明时候，却言风雨替花愁。和风渐起，暮雨初收。俺则见杨柳半藏沽酒市[7]，桃花深映钓鱼舟。更和这碧粼粼春水波纹绉，有往来社燕[8]，远近沙鸥。

（云）人道我梁山泊无有景致，俺打那厮的嘴。（唱）

【醉中天】俺这里雾锁着青山秀，烟罩定绿杨洲。（云）那桃树上一个黄莺儿，将那桃花瓣儿啖[9]阿啖阿，啖的下来，落在水中，是好看也[10]！我曾听的谁说来？我试想咱。哦，想起来了也，俺学究哥哥道来。（唱）他道是轻薄桃花逐

---

[1] 绰（chuò）号：诨名，外号。

[2] 饮兴：酒兴。唐刘禹锡《送蕲州李郎中赴任》："楼中饮兴因明月，江上诗情为晚霞。"

[3] 酬：实现，满足。

[4] 王留：元杂剧中常用的男性科诨角色名字，犹今之"张三""李四"。元石君宝《秋胡戏妻》第三折："沙三、王留、伴哥儿，都来也波！"

[5] 张口毛：胡须。

[6] 兀那里：犹言那里。兀，元曲中常用作发语词。

[7] 沽酒市：卖酒的地方。

[8] 社燕：燕子往往春社时来，秋社时去，故称社燕。社，古代祭祀土地神的日子。宋史达祖《双双燕》："过春社了，度帘幕中间，去年尘冷。"

[9] 啖（dàn）：食。这里"啖阿"犹言啄啊。

[10] 是好看也：真好看啊。是，极，很。

水流[1]。（云）俺绰[2]起这桃花瓣儿来，我试看咱，好红红的桃花瓣儿！（做笑科云）你看我好黑指头也。（唱）恰便是粉衬的这胭脂透。（云）可惜了你这瓣儿，俺放你趁[3]那一般[4]的瓣儿去。我与你赶，与你赶……贪赶桃花瓣儿，（唱）早来到这草桥店垂杨的渡口。（云）不中[5]，则怕误了俺哥哥的将令，我索[6]回去也。（唱）待不吃呵，又被这酒旗儿将我来相迤逗[7]，他、他、他，舞东风在曲律[8]杆头。

（云）兀那王林[9]，有酒么？不则这般白吃你的，与你一抄[10]碎金子，与你做酒钱。（王林做采泪[11]科，云）要他那碎金子做甚么？（正末笑科，云）他口里说不要，可揣在怀里。老王将酒来！[12]（王林云）有酒，有酒。（做筛酒[13]科。正末云）我吃这酒在肚里，则是翻也翻的，不吃更待干罢[14]。（唱）

【油葫芦】往常时酒债寻常行处有[15]，十欠着九，（带云）老王也，（唱）则你

[1] 轻薄桃花逐水流：语出唐杜甫《绝句漫兴九首》其五："颠狂柳絮随风去，轻薄桃花逐水流。"

[2] 绰（chāo）：匆忙地抓起，拿起。

[3] 趁：逐，追赶。

[4] 一般：表数量，犹言一班、一拨。

[5] 不中：北方口语，不行，不成。

[6] 索：须，应，得。

[7] 迤（tuō）逗：挑逗，引诱。明汤显祖《牡丹亭・惊梦》："没揣菱花，偷人半面，迤逗的彩云偏。"

[8] 曲律：弯曲，曲折。元无名氏《行香子》："宽布麻袍，大绪长绦，拄一条、曲律藤梢。"

[9] 兀那：指示代词，那个，那里。可指人、事、物。

[10] 一抄：古代以十撮为一抄。《孙子算经》卷上："量之所起起于粟，六粟为一圭，十圭为一撮，十撮为一抄，十抄为一勺。"亦用以泛指一握，一把。

[11] 采泪：抹泪。

[12] 将（jiāng）：拿。

[13] 筛酒：斟酒。

[14] 更待干罢：怎肯干休。元关汉卿《金线池》第三折："他真个不欢喜我了，更待干罢！"

[15] 酒债寻常行处有：语出唐杜甫《曲江二首》其二："酒债寻常行处有，人生七十古来稀。"

这杏花庄压尽他谢家楼[1]。你与我便熟油般造下春醅酒[2]，你与我花羔般煮下肥羊肉。一壁厢[3]肉又熟，一壁厢酒正篘[4]，抵多少[5]锦封未拆香先透，我则待乘兴饮两三瓯[6]。

【天下乐】可正是一盏能消万种愁。（云）老王也，咱吃了这酒呵，（唱）把烦恼都也波[7]丢，都丢在脑背后。这些时吃一个没了休。（带云）我醉了呵，（唱）遮莫[8]我倒在路边，遮莫我卧在瓮头。（做吐科云）老王俫[9]，（唱）直醉的来在这搭里[10]呕。

（云）老王，这酒寒，快镟热酒来。（王林云）老汉知道。（做换酒科，哭云）我那满堂娇儿也！（正末云）快酾[11]热酒来！（王林又哭云）我那满堂娇儿也！（正末云）老王，我不曾与你酒钱来？你怎么这般烦恼！（王林云）哥哥，不干你事，我自有撇不下的烦恼哩！你则吃酒。（正末唱）

---

[1] 谢家楼：南朝谢灵运《登池上楼》诗中有“园柳变鸣禽”佳句，后来遂以“谢家楼”作为咏柳的典故。谢灵运之“谢家楼”虽与饮酒无关，但柳、杏相对也可说通。另一说认为此处“谢家楼”指的是南朝诗人谢朓为宣称太守时所建之北楼（又称“谢公楼”）。唐张九龄《谢公楼》有“谢公楼上好醇酒，二百青蚨买一斗”，唐李白《宣州谢朓楼饯别校书叔云》有“长风万里送秋雁，对此可以酣高楼”，“谢公楼”显然与饮酒的关系更为密切 。在这里后一种说法更为合理，曲家用“谢家楼”而不用“谢公楼”当是为了使曲辞符合曲律的要求。

[2] 春醅（pēi）酒：泛指美酒。醅，未过滤的酒。此句犹言你与我造下熟油般的春醅酒，古代酿酒技术水平有限，酒中杂质较多，颜色浑浊，故有此说。宋梅尧臣《和范景仁王景彝殿中杂题三十八首并次韵》其二十四：“红泥已赐春醅酒，黄帕曾经御览书。”

[3] 一壁厢：一方面，表示一个动作与另一个动作同时进行。

[4] 篘（chōu）：滤酒用的竹具，此处用如动词，意谓滤酒。宋王禹偁《今冬》：“旋篘官酝漂浮蚁，时取溪鱼削白鳞。”

[5] 抵多少：胜过。元马致远《陈抟高卧》第二折：“则与这高山流水同风韵，抵多少野草闲花作近邻。”

[6] 瓯（ōu）：杯、盅。

[7] 也波：衬词，无实义。元关汉卿《窦娥冤》第一折：“莫不是前世里烧香不到头，今也波生招祸尤？”

[8] 遮莫：任凭，不管。

[9] 俫（lái）：元杂剧中常用作衬字或句末语气词，犹今之“来”或“唻”。

[10] 这搭里：这里，同“这搭”，一般用指比较近的处所。

[11] 酾（shī）：斟酒。

【赏花时】咱两个每日尊[1]前语话投[2]，今日呵为甚将咱佯不偢[3]？（王林云）你不知道，我自嫁我的女孩儿，为此着恼。（正末唱）哎？你个呆老子畅好是[4]忒[5]搊搜[6]。（云）比似[7]你这般烦恼，休嫁他不的？（王林哭科，云）哎哟，我那满堂娇儿也！（正末唱）你何不养着他到苍颜皓首[8]？（云）你晓的世上有“三不留”[9]么？（王林云）哥，是那“三不留”？（正末云）“蚕老不中留，人老不中留”，（唱）呆老子，常言道“女大不中留”。

（云）我问你那女孩儿嫁了个甚么人？（王林云）哥，我那女孩儿嫁人，我怎么烦恼？则是悔气[10]，被一个贼汉[11]夺将去了。（正末做打科，云）你道是贼汉，是我夺了你女孩儿来？（唱）

【金盏儿】我这里猛睁眸，他那里巧舌头。是非只为多开口，但半星儿虚谬[12]，恼翻我怎干休。一把火将你那草团瓢[13]烧成为腐炭，盛酒瓮摔做碎瓷瓯。（带云）绰起俺两把板斧来，（唱）砍折你那蟠根[14]桑枣树，活杀您那阔角水黄牛。

（云）兀那老王，你说的是，万事皆休[15]；说的不是，我不道[16]的饶你哩！

---

[1] 尊：同“樽”，酒器。

[2] 语话投：言语投机。

[3] 偢（chǒu）：同“瞅”，看，理睬。

[4] 畅好是：真是，正是。

[5] 忒（tuī）：太。

[6] 搊（chōu）搜：顽固。金董解元《西厢记诸宫调》卷三：“老夫人做事搊搜相，做个老人家说谎。”

[7] 比似：与其。元王晔《桃花女》第一折：“比似你做阴司下鬼囚，争似得他这天堂上阳寿。”

[8] 苍颜皓首：容颜苍老，满头白发。

[9] 三不留：即后文所说的“蚕老不中留，人老不中留，女大不中留”，意思是说蚕老要结茧、人老要去世、女大要出嫁是不可挽留的事。

[10] 悔气：晦气，倒霉。

[11] 贼汉：詈辞，男性贼人。

[12] 虚谬：虚假，荒谬。

[13] 草团瓢：亦作“草团标”，圆形茅屋。

[14] 蟠根：树木的根脚盘曲深固。宋王安石《前日石上松》：“蟠根今邕茂，落子还苍翠。”

[15] 万事皆休：这里指什么事端都没有。

[16] 不道：犹言不肯，决不。

（王林云）太仆停嗔息怒，听老汉漫漫[1]的说与你听。有两个人来吃酒，他说："我一个是宋江，一个是鲁智深。"老汉便道："正是梁山泊上太仆。我无甚孝顺，我只一个十八岁女孩儿，叫做满堂娇，着他出来拜见，与太仆递一杯儿酒，也表老汉的一点心。"我叫出我那女孩儿来，与那宋江、鲁智深递了三杯酒。那宋江也回递了我三钟酒，他又把红褡膊揣在我怀里。那鲁智深说："这三钟酒是肯酒，这红褡膊是红定。俺宋江哥哥有一百八个头领[2]，单只少一个人哩。你将这十八岁的满堂娇，与俺哥哥做个压寨夫人。则今日好日辰，俺两个便上梁山泊去也。" 许我三日之后，便送女孩儿来家。他两个说罢，就将女孩儿领去了。老汉偌大年纪，眼睛一对，臂膊一双，则觑着[3]我那女孩儿，他平白地把我女孩儿强抢将去。哥，教我怎么不烦恼！（正末云）有甚么见证？（王林云）有红绢褡膊便是见证。（正末云）我待不信来，那个士大夫[4]有这东西！老王，你做下一瓮好酒，宰下一个好牛犊儿，只等三日之后，我轻轻的把着手儿，送将你那满堂娇孩儿来家。你意下如何？（王林云）哥，你若送将我那女孩儿来家，老汉莫要说一瓮酒、一个牛犊儿，便杀身也报答大恩不尽。

（正末唱）

【赚煞】管着[5]你目下见仇人，则不要口似无梁斗[6]，一句句言如劈竹。（带云）宋江侠，（唱）不争你这一度风流倒出了一度丑，暂今番泼水难收。到那里问缘由，怎敢便信口胡嚼[7]！则要你肚囊里揣着状本熟[8]，不要你将无来作有，

---

[1] 漫漫：同"慢慢"。

[2] 一百八：犹今之一百零八。

[3] 觑：看，这里指眼睁睁地看着。

[4] 士大夫：古代对有声望、地位的知识分子和官吏的统称。水浒故事及戏曲中多称宋江曾任山东郓城县押司，故此处士大夫乃特指宋江。

[5] 管着：管教，必使。

[6] 无梁斗：斗无梁则无法量物，故以"无梁斗"比喻言语之无依据或反覆无常。

[7] 胡嚼（zhōu）：胡编乱造，胡说八道。嚼，同"诌"。

[8] 肚囊里揣着状本熟：宋元俗语，犹言所说的的话要像打官司的状子一样真实可靠。肚囊，肚子。状本，状子。

则要你依前来依后[1]。(云)我如今回去见俺宋公明,数说他这罪过,就着他辞了三十六大伙、七十二小伙、半垓来小偻罗,同着鲁智深一径[2]离了山寨,到你庄上。那时节我若叫你出来,你可休似乌龟一般,缩了头再也不肯出来。(王林云)老汉若不见他,万事休论;我若见了他,我认的他两个,恨不的咬掉他一块肉来。我怎么肯不出见他?(正末云)老王,兀的不是俺宋江哥哥,他道:"没也,老儿,俺斗你耍[3]哩",(唱)你可也休翻[4]做了镴枪头[5]!(下)

(王林云)李逵哥哥去了,我也收拾过铺面[6],专等三日之后,送满堂娇孩儿来家。满堂娇孩儿,则被你痛杀我也!(下)

(以明臧晋叔《元曲选》万历吴兴臧氏刊本为底本,据别本参校)

【作者简介】

康进之(生卒年月不详),一说姓陈,棣州(今山东惠民)人。因元人钟嗣成所编《录鬼簿》将其列为"前辈已死名公才人",一般认为康进之为元代初期剧作家。目前可知的康进之杂剧凡有二种:《梁山泊李逵负荆》《黑旋风老收心》。两剧均为以黑旋风李逵为主角的"水浒戏",今存《梁山泊李逵负荆》,是元代"水浒戏"的代表作。元末贾仲明【凌波仙】吊词曰:"编《老收心》李黑厮,《负荆》是小斧头儿。行于世,写上纸,费骚人和曲填词。"明人孟称舜亦曾赞道:"曲语句句当行,手笔绝高绝老。至其摹像李山儿半粗半细、似呆似慧,形景如见,世无此巧丹青也。"(《酹江集》卷十二)

---

[1] 此句谓你说话要前后一致。

[2] 一径:径直,直接。

[3] 斗你耍来:逗你玩儿呢。

[4] 翻:反而。

[5] 镴(là)枪头:铅锡合金做成的枪头,看起来明晃晃,实际上材质较软不可真正用为武器,宋元俗语中常用以比喻中看不中用的人。元王实甫《西厢记》第四本第二折:"我弃了部署不收,你元来苗而不秀。呸!你是个银样镴枪头。"

[6] 铺面:商店的门面,此谓王林的小酒店。

康进之笔下的李逵形象义薄云天、赤诚天真、粗中有细，深受古今观众喜爱。

【剧作简评】

《李逵负荆》全称《梁山泊李逵负荆》，是元初剧作家康进之的代表作，被誉为“中国古代十大喜剧”之一，是“梁山泊故事”最广为流传的作品之一，主要内容是：歹人宋刚、鲁智恩冒充梁山首领宋江、鲁智深抢走酒家王林之女满堂娇，李逵清明节放假下山，至王林酒店中饮酒，得知此事后回山为其打抱不平，大闹聚义堂；宋江、鲁智深下山寻访，得知是歹徒冒名作恶；李逵了解真相后向宋江负荆请罪，恰逢王林上山报信，李逵等下山为民除害。《李逵负荆》的剧情与今传明嘉靖朝的《水浒传》第 73 回“黑旋风乔捉鬼 梁山泊双献头”相似而不相同，对《水浒传》的影响显而易见；直至今日，据之改编的京剧《丁甲山》（亦名《李逵大闹忠义堂》）、《黑旋风李逵》等仍然活跃在戏曲舞台上。

北宋末年宋江等梁山好汉聚义行侠的“水浒故事”（亦称“梁山泊故事”），在中国文学、文艺的发展中影响巨大。宋江等人起义的事迹史有所载，据《宋史·徽宗本纪》：“（宣和三年二月）方腊陷处州。淮南盗宋江等犯淮阳军，遣将讨捕。又犯京东、河北，入楚、海州界，命知州张叔夜招降之。”同书《张叔夜传》记载了张叔夜平定宋江起义的过程：“宋江起河朔，转略十郡，官军莫敢婴其锋。声言将至，叔夜使间者觇所向，贼径趋海濒，劫巨舟十余，载卤获。于是募死士得千人，设伏近城，而出轻兵距海，诱之战。先匿壮卒海旁，伺兵合，举火焚其舟。贼闻之，皆无斗志，伏兵乘之，擒其副贼，江乃降。”《宋史·侯蒙传》则云：“宋江寇京东，蒙上书言：‘江以三十六人横行齐、魏，官军数万，无敢抗者。其才必过人。’”综合来看，历史上宋江等三十六人起事于黄河以北的齐、魏一带，影响范围逐渐扩大，后为张叔夜招降，双方战事胶着期间曾经历水战，“梁山泊”或“水浒”并未见诸载记。南宋时期，宋江故事逐渐成型并传播开来，出现了《宋江三十六赞并序》等称誉宋江为“呼保义”的文学作品，宋江等三十六人也被更多地赋予了“忠义”的属性。宋、元之交社会动荡，农民起义军多有参与抗击外敌入侵者，民间戏曲或小说中宋江等人的侠义特征被进一步凸显，宋江等英雄梁山泊聚义替天行道、惩恶扬善成为这类作品的共通之处。颇具传奇色彩的稗史《宣和遗事》广为流传，以宋江等人除暴安良为题材的“水浒戏”开始出现在元杂剧中，康进之《李逵负荆》杂剧便是其中的佼佼者。

《李逵负荆》杂剧由四折组成，末扮李逵主唱全剧。元代水浒戏往往由宋江开场、收场，《李逵负荆》亦不例外。第一折只见宋江在吴学究、鲁智深等人的陪伴下登场，“涧水潺潺绕寨门，野花斜插渗青巾。杏黄旗上七个字，‘替天行道救生民’”既描摹了梁山泊世外桃源般的美好，又高擎起“替天行道救生民”的杏黄旗。自康进之的叙述可知，元代初期，水浒故事已经初步具备了一些雏形：宋江本是郓州郓城县把笔司吏，醉酒杀死阎婆惜，发配江州，经梁山遇见晁盖被救上山；晁盖三打祝家庄身亡，宋江被推为头领；梁山有三十六大伙，七十二小伙，威镇山东、河北。清明三月三是重要节日，“放众弟兄下山上坟祭扫。三日已了，都要上山，若违令者，必当斩首”。甫一开场，梁山英雄正义凛然、纪律严明的形象便已深入观众心中，而清明放假下山的梁山惯例也为后面剧情的发展做了铺垫。

场景一转，便到了杏花庄的小酒馆。酒家王林与女儿满堂娇相依为命，因杏花庄在梁山下，常有山上头目到酒店买酒，歹人宋刚、鲁智恩冒充梁山宋江、鲁智深来至店中。他们先自报姓名，又假模假式地对王林说：“俺那山上头领，多有来你这里打搅。若有欺负你的，你上梁山来告我，我与你做主。”王林对梁山本就印象不错，听闻此语倍觉亲切，闲谈之间便让女儿出来为“宋江”二人敬酒。“宋江”先是以礼推拒：“既是闺女，不要他出来罢。”见到满堂娇又故作疏离：“我一生怕闻脂粉气，靠后些。”满堂娇递酒后，“宋江”向王林回递一杯，又以王林衣服破了为由，假装善意“把我这红绢褡膊与你补这破处”，待王林一一接下后，“鲁智深”骤然翻脸，强抢满堂娇，扬长而去：“你还不知道，才此这杯酒是肯酒，这褡膊是红定。把你这女孩儿与俺宋公明哥哥做压寨夫人。”观众和王林至此方才醒悟过来，二歹人显然是有备而来，他们先令王林放下防备喊出女儿递酒，接着给王林敬酒、赠红，王林不知不觉走进陷阱，喝下的酒成了定亲酒，接下的褡膊成了聘礼，娇养了十八年的女儿就这样猝不及防地被人掳走。歹人狡猾又猖狂，老百姓仿佛待宰的羔羊，元初社会民生多艰的图景霎时间呈现在氍毹之上，令人愤恨交加。“只借你女孩儿去三日，第四日便送来还你”，既凸显了宋刚等人的无耻，又为第四折埋伏照映。而骗抢满堂娇一节，全由宾白出之，看似浅近却环环相扣、直指人心。康进之传世剧作虽仅此一部，却足令其千载留名，信是个中高手！

在王林的痛哭声中，杂剧的主角英雄李逵微醺登场。他在路人王留的指引下，遥遥向酒家而来。【混江龙】让黑旋风醉眼观花赏景，只见清明时节春和景明，嫩柳新桃掩映酒家渔船，波光粼粼中飞舞沙鸥社燕，说什么“风雨替花愁”，都不若这生机勃勃的人间桃源。他对梁山心怀挚爱，“人道我梁山泊无有景致，俺打那厮的嘴”，一句“我梁山”，便将李逵以梁山为傲的率真活画在台前。【醉中天】曲白相随，写李逵边行边看，由远处山水，写到近处黄莺鸣跳桃花丛间，啗啄花瓣。见此情景，他不由想起在梁山上听吴用念过的诗句“轻薄桃花逐水流”，他绰起水中花瓣，擎在自己的大黑手指上细细观瞧，转念又不忍它离群萧索，放它回去与其它花瓣相伴……就像绰号“黑旋风”一样，急躁莽勇是李逵的典型性格，康进之偏写他游春吟诗、与落花流水相嬉戏，“你看我好黑指头也，恰便是粉衬的这胭脂透”，黑粗大汉面对粉嫩轻薄的小花瓣仔细观瞧，一片“我见青山多妩媚，料青山、见我应如是”（宋辛弃疾《贺新郎》）的淳然，令观众失笑的同时，又对李逵心生好感。李山儿对美好事物的热爱是自然而然的，他对弱小的花瓣尚且爱护，对身处不幸的人又岂会袖手旁观！李逵一路逐流红来至酒家附近，突想起宋江的将令颇感犹豫，“又被这酒旗儿将我来相迤逗，他、他、他，舞东风在曲律杆头”——明明自己酒瘾难耐，却说是酒旗勾引，以动写静，又将喜剧效果拉满。【醉中天】机趣与意象相融互生，潇洒而不离本色，向为评家、观众激赏。

李逵下定决心走进酒店内，喊王林买酒，“不则这般白吃你的，与你一抄碎金子，与你做酒钱”，酒菜未上已先付账，真英雄磊落大方，与宋刚二人惺惺作态形成鲜明对比。【油葫芦】【天下乐】写李逵一叠声催促王林快些热酒煮肉，以杜甫“酒债寻常行处有”（《曲江二首》其二）、李白“五花马，千金裘，呼儿将出换美酒，与尔同销万古愁”（《将进酒》）入曲，又用俗语相随，写出李逵饮酒之热切、豪爽、酣畅，不求曲辞之典雅，但求神思与李、杜相通。但刚刚被“梁山头领”抢走女儿的王林，又如何能强颜欢笑接待好梁山的客人？李逵被王林拖拖拉拉、哭哭啼啼搅扰得十分不耐，又敏锐察觉到王林不似往日热情，追问原因，听闻他是为女儿嫁人伤心，当即以“女大不中留”相劝，再听说满堂娇是被贼人抢去，一下子怫然作色，痛打王林：“你道是贼汉，是我夺了你女孩儿来？”【金盏儿】将李逵对“贼汉”称呼的憎恶、愤怒活塑出来，他厉声叱问王林，要他把事情如实说清：“但半星儿虚谬，恼翻我怎干休。一把火将你那草团瓢烧成为腐炭，盛酒瓮摔做碎瓷瓯。绰起俺两把板斧来，砍折你那蟠根桑枣树，活杀您那阔角水黄牛。”李逵接下来便会抄起两把板斧、旋风般将王林小店内外绞碎的情景，仿佛出现在观众眼前。李逵之所以会如此激动，一方面是因为他性格火暴，另一方面则是因为他相信梁山兄弟是替天行道的好汉，不是为非作歹的贼汉，王林在梁山脚下怒斥贼汉、污蔑梁山声誉，必须严惩。

王林将女儿被强娶的经过向李逵仔细讲明，李逵仔细聆听，又问取凭证，在老汉取出红绢褡膊后，李逵认定了王林所言非假，当下便承诺帮助王林救回女儿：“老王，你做下一瓮好酒，宰下一个好牛犊儿，只等三日之后，我轻轻的把着手儿，送将你那满堂娇孩儿来家。你意下如何？”此时之软言细语与此前之张脉偾兴形成了鲜明的对比，凸显了李逵的爱憎分明。【赚煞】

写李逵对“宋江”强抢民女的无耻丑行义愤填膺，他决定马上回山向宋、鲁二人问罪。临走前，李逵不忘叮咛王林：“那时节我若叫你出来，你可休似乌龟一般，缩了头再也不肯出来”，“你可也休翻做了镢枪头”！

《李逵负荆》全剧无楔子，第一折承担了交代背景、铺垫推进剧情等多重功能，情节复杂，创作难度很大。这一折共分四场：宋江等人交代背景；宋刚二贼骗抢满堂娇；李逵下山后欲寻酒家饮酒，一路赏春往王林酒店而来；李逵至酒家饮酒，了解到王林女儿被抢，决定回山问罪——环环相扣，自然流畅，非行家里手难成。其中李逵的形象半粗半细、似呆似慧、充满正义感又爱憎分明，较后来《水浒传》之李逵对宋江唯命是听的愚忠、粗莽、嗜杀更为鲜活生动、切近人情。第一折曲词、宾白之妙，也一直为人称道。明人孟称舜曾评论“元人之高，在用经典子史而愈韵愈妙，无酸腐气；用方言俗语，而愈雅愈古，无打油气”，此折用经典而不酸腐、用俗语而不油滑，雅俗共赏，其妙绝伦！

李逵带着红褡膊“罪证”，怒气冲冲，杀回梁山。第二折【端正好】【滚绣球】写李逵“抖擞着黑精神”一路向梁山而来，内心对宋江的行为充满了质疑和不满：“这是甚所为，甚道理？不知他主着何意？激的我怒气如雷！”来至山寨，他先是冷嘲热讽，“俺宋公明在那里？请出来和俺拜两拜，俺有些零碎金银在这里，送与嫂嫂做拜见钱”；见宋江不明就里，他直接质问宋江、鲁智深二人：“则你那压寨的夫人在那里”，“秃驴，你做的好事来”！宋江等人觉其中必有蹊跷，却一头雾水，这让李逵感觉他们是故意逃避、欺瞒，更激发了他的怒气：“元来个梁山泊有天无日，就恨不斫倒这一面黄旗！”李逵欲砍倒杏黄旗的莽撞之举，让宋江严肃起来，他令铁牛将下山之后的经历从头将来，必要将事情的来龙去脉了解清楚。【倘秀才】【叨叨令】演李逵讲述王林的遭遇，只见黑脸黄须的李铁牛一边唱一边模仿酒家老汉的哭诉，“他道俺梁山泊不甜、人不义”，激动、委屈中掺杂着一丝风趣。宋江心疑是有人冒充，待李逵取出红绢褡膊后更加笃定，但他并未明说，而是要与李逵赌赛，令铁牛长个教训。李逵满口答应，“哥，倘若不是你，我情愿纳这颗牛头”，又立下军令状，愿赌服输。李逵对自己的胜利极有信心，拉众兄弟齐来见证，只等老王林道一个“是”字，便要斧劈了花和尚、“可叉”了呼保义。此折着力塑造了李逵的侠义与鲁莽，纯用俗语，风趣幽默。【叨叨令】模仿王林、【黄钟尾】指天画地，曲词、宾白与丰富的科介、情绪相搭配，演员表现空间大，场面活泼，极具舞台魅力。

第三折写李逵随宋江、鲁智深至杏花庄找王林对质。只在他忽而在前，忽而落后，生怕宋、鲁二人逃走；一会儿奚落宋江，“你也等我一等波，听见到丈人家去，你好喜欢也”，一会儿嘲笑鲁智深，“花和尚，你也小脚儿，这般走不动，多则是做媒的心虚，不敢走哩”——一个黑脸黄须铁塔莽汉如花蝴蝶般穿梭在沉稳黑汉与花和尚之间，场面煞是好看。宋、鲁及场下观众皆知抢占满堂娇的是假冒者，曲家偏写李逵不知，让大家含笑看他先爬高再跌重。宋江提醒李逵两人乃是八拜之交，李逵却讽刺他是“花木瓜儿外看好”，李逵对“善”的坚持是深沉而真挚的，不会为所谓的兄弟朋友之“义”而因私废公，这也是他为人所爱的原因。来至酒家，王林指认宋江不是“女婿”、鲁智深不是“媒人”，李逵不之信，王林再仔细辨来:“不是，不是！那两个一个是青眼儿长子，如今这个是黑矮的；那一个是稀头发腊梨，如今这个是剃头发的和尚。不是！不是！”李逵终于认清真相，不由羞愤交加、进退两难:“哎！哥也，羞的你兄弟，恰便似牵驴上板桥”，他开始反躬自省:“方信道人心未易知，灯台不自照”。黑旋风等人回山后，假宋江送回了满堂娇。王林为报女儿之恨、李逵之义，终于鼓起勇气将二贼稳住灌醉，赶往梁山报信。

李逵赌赛已输，按军令状当被斩首，但于理于情观众都不希望看到舍己为人的英雄丢了性命、为非作歹的恶人却逍遥快活。《李逵负荆》杂剧至最后一折仍保持着张力和悬念，足见康进之卓越的编剧能力。李逵“为着别人，输了自己”（《李逵负荆》第四折），心知犯错当罚却并未逃避，忐忑中回山学廉颇负荆请罪。想起赌头时的张狂，愈近山寨李逵内心羞愧愈甚，他两三番欲投悬崖，却不忍自己死无全尸，还是硬着头皮进了山寨。见到宋江后，他左一声哥哥，右一声“您兄弟一时间没见识，做这等的事来”，诚信认错，求宋江“第一来看着咱兄弟情，第二来少欠他脓血债”想以打代斩，又乞求吴用、鲁智深等帮忙求情。宋江取出军状坚执不饶，李逵竟撒泼要赖起来，“打一下是一下疼，那杀的只是一刀，倒不疼哩”，“不打！谢了哥哥也。(做走科)”。莽汉铁牛狡猾可爱的形象被刻画得入木三分，让人忍俊不禁。然而，“六阳会首”不仅是打赌，更立了军状，李逵只能服输，“罢、罢、罢，他杀不如自杀。借哥哥剑来，待我自刎而亡”。手执着太阿剑，李逵想起十年来与宋江的情谊，恼恨不已。正僵持间，王林来报歹人又至店中，宋江顺水推舟要李逵前往，“若拿得这两个棍徒，将功折罪；若拿不得，二罪俱罚”。李逵倒悬得解，顿化猛虎，与鲁智深一起捉拿宋刚、鲁智恩上山。全剧以宋江替天行道，处死二歹人作结，李逵在拍手称快的同时，也为自己虎口脱险感到庆幸，为宋江、鲁智深洗脱“罪名”由衷开心，李逵正直、豁达、幽默的形象再一次被强化。

王国维尝论元人杂剧曰：“元曲之佳处何在？一言以蔽之，曰：自然而已矣。古今之大文学，无不以自然胜，而莫著于元曲。……彼以意兴之所至为之，以自娱娱人。关目之拙劣，所不问也；思想之卑陋，所不讳也；人物之矛盾，所不顾也；彼但摹写其胸中之感想，与时代之情状，而真挚之理，与秀杰之气，时流露于其间。”(《宋元戏曲史》)康进之《李逵负荆》杂剧，便可谓是元曲自然本色特征的代表。全剧以俗语为主体，偶尔化用诗文而能浑融无滞碍，结构情节上波澜起伏又滔滔汩汩；曲家将其对正义的坚持、对英雄的呼唤投注于李逵身上，以极诙谐之笔刻画了百姓身边的、富有人情味儿的英雄，让观众在捧腹大笑的同时重拾生活信念。《李逵负荆》寓庄于谐，幽默风趣而不荒诞油滑，不愧为中国古代喜剧的优秀代表。

鸣凤记

[明]无名氏

第四出　严嵩庆寿

（丑[1]上）

【夜游朝】博带峨冠[2]身显耀，登甲第[3]始趋朝[4]。富贵情怀，苞苴[5]志量，那管经纶[6]廊庙[7]。

金榜[8]胪传[9]姓字题，从今脱却破蓝衣[10]。满堂金玉重重富，谁信当年一腐儒[11]？自家赵文华[12]，浙江慈溪人也。名登黄甲[13]，官拜刑曹[14]。只是平生

[1] 丑：见本书 186 页注 10。

[2] 博带峨（é）冠：亦作“峨冠博带”。高帽阔带，古代士大夫的装束。峨，高。博，阔。元关汉卿《谢天香》第一折：“必定是峨冠博带一个名士大夫。”

[3] 甲第：旧时科举考试中的第一等，明清时期的进士。

[4] 趋朝：上朝。

[5] 苞苴（jū）：本指包裹鱼肉等用的草袋，亦指馈赠的礼物。

[6] 经纶：本指整理蚕丝，喻指管理、治理。

[7] 廊庙：朝廷。

[8] 金榜：科举时代殿试中试的名单。因殿试揭晓的录取名单是以黄纸书写，上钤皇帝御宝，故称。

[9] 胪（lú）传：科举考试中，宣旨唱名、传呼新进士晋见天子的环节。

[10] 蓝衣：即襕衫，明代生员所穿的服装，后用以泛指书生的服装。清顾张思《土风录》卷三：“按《纲目集览》，马周以三代布深衣，因于其下着衫及裙，名曰襕衫，以为上士之服。……或云当为蓝衫。”

[11] 腐儒：迂腐的书生。唐杜甫《江汉》：“江汉思归客，乾坤一腐儒。”

[12] 赵文华：字元质，号梅村，浙江慈溪人。明嘉靖八年（1529 年）进士，大奸臣严嵩的义子。曾在嘉靖一朝担任刑部主事、工部侍郎、工部尚书等职，又尝以右副都御史总督江南、浙东军事。赵文华骄纵无能，狡诡便佞，屡次冒功、诬陷他人，侵吞巨额军饷，后暴病而亡。

[13] 黄甲：古代科举考试中甲科进士及第者的名单，因用黄纸书写，故称。

[14] 刑曹：此谓分管刑事的官员。

贪利贪名，不免患得患失。附势趋权[1]，不辞吮痈舐痔[2]；市恩[3]固宠，那知沥胆披肝[4]。且是舌剑唇枪[5]，有一篇大诈若忠的议论；更兼奴颜婢膝[6]，用几许为鬼为蜮[7]的权谋。陷害忠良，如秤钩打钉[8]，拗[9]曲作直；模棱[10]世事，如芦席夹囤[11]，随方就圆。不学他一榜三百人[12]，赛过那八关十六子[13]。我想起来，若不乞哀[14]于黄昏，怎得骄人[15]于白日？惟有谨身殿大学士严介

[1] 附势趋权：趋炎附势，阿附权贵。

[2] 吮痈（yōng）舐（shì）痔（zhì）：语出《庄子·列御寇》："秦王有病召医，破痈溃痤者得车一乘；舐痔者得车五乘。所治愈下，得车愈多。"本义指为人舔吸疮、痔上的脓血，喻指行为卑劣地奉承他人。吮，聚拢嘴唇来吸。痈，毒疮。舐，舔。痔，痔疮。

[3] 市恩：买好，以私惠取悦于人。

[4] 沥胆披肝：亦作"披肝沥胆"，滴出胆汁，露出肝脏，比喻开诚相见或对人对事十分忠诚。

[5] 舌剑唇枪：亦作"唇枪舌剑"，舌如剑，唇像枪。形容辩论激烈，言词锋利，像枪剑交锋一样。

[6] 奴颜婢膝：表情和动作奴才相十足，形容对人拍马讨好、卑鄙无耻的样子。奴颜，奴才的脸，满面谄媚。婢膝，侍女的膝，常常下跪。

[7] 蜮（yù）：传说中一种在水里暗中害人的怪物，常用鬼蜮比喻阴险之人。

[8] 秤钩打钉：将秤钩打直做成钉子。因秤钩的钩头是尖的，只要将秤钩拉直就可以做成钉子，故民间歇后语有"秤钩儿打钉——扯直"之说。此谓为陷害忠良，扭曲是非。

[9] 拗（ǎo）：动词，折，使弯曲。

[10] 模棱（léng）：比喻遇事含糊闪烁，不置可否。

[11] 芦席夹囤（dùn）：用方形的席子围成圆形的盛粮用具，民间歇后语有"芦席夹囤——随方就圆"，喻指顺应时势或按照别人的意志说话、做事。囤，用竹篾、荆条等编成或用席等围成的圆形盛粮器。

[12] 一榜三百人：古代科举考试的会试每科取士在三百人内，此泛指进士。宋魏野《赠孙何状元》："一榜三百人，默默谁复言。"

[13] 八关十六子：唐穆宗时宰相李逢吉所结党羽。《新唐书·李逢吉传》："其党有张又新、李续……八人，而傅会者又八人，皆任要剧，故号'八关十六子'。有所求请，先赂关子，后达于逢吉，无不得所欲。"此谓要效仿"八关十六子"攀附权贵、结党营私。

[14] 乞哀：乞求怜悯。

[15] 骄人：此谓傲视他人。

溪[1]，权侔人主[2]，位冠群僚。公子严东楼[3]，总揽朝纲，裁决机务[4]。四方贡献，多归其府；满朝显要，半出其门。京中有“大丞相”“小丞相”之称，家内有“真儿子”“假儿子”之号。为何有“假儿子”之号？但是[5]大小官员，拜他为父，即加显擢[6]，故此门下干子颇多。下官久有此心，无由进见。且进见之时，必有贽礼[7]。若不投其所好，怎得重用？因此费尽心机。访得今日是他生日，预差人浇成一对寿烛，外用金皮包裹，雕刻五彩龙凤；内用奇方制度，暗藏外国异香。点上烛时，百鸟皆来，香烟结成福寿二字，岂非无价之宝？又访得他新造一所万花楼，极其华采，止少一条铺单。被我买嘱[8]匠人，量了他尺寸，前往松江打一条五彩大绒单，铺在他楼上，实为曲尽人情[9]。那严东楼岂无所爱？又将上好荆金打一个溸器[10]，用珊瑚宝玉箱嵌[11]，妆点奇异春画[12]，私奉与他。咦，不要说严东楼，就是泥人也要欢喜起来！他家书房内罗龙文、门上牛班头，又各送银一百两，求他为先容[13]之地，亦可谓周到矣。前项礼物并羹果，昨已差人送过，今日竟去

---

[1] 严介溪：明中期奸相严嵩，字惟中，号介溪，江西分宜人。弘治十八年进士，改翰林院庶吉士，授编修。嘉靖朝入内阁，后任首辅，结党营私，陷害忠良，祸乱朝政。晚年被世宗疏远，削职抄家，在贫病交加中去世。

[2] 权侔（móu）人主：权势与君主相等。侔，齐，等。人主，君主，此谓皇帝。

[3] 严东楼：严嵩之子严世蕃，字德球，号东楼，早年入国子监读书，后借严嵩之势入仕，累迁尚宝司少卿、工部右侍郎。严嵩晚年为首辅时，遇事不决，多倚其子。后被斩于市。

[4] 机务：机要事务。三国魏嵇康《与山巨源绝交书》：“机务缠其心，世故繁其虑。”

[5] 但是：凡是，只要是。

[6] 显擢（zhuó）：提拔至显赫的位置。擢，提拔，提升。元张野《沁园春》：“记秋官重任，去年显擢，春闱宠渥，今岁安排。”

[7] 贽（zhì）礼：旧时初次拜见尊长时所送的礼物。

[8] 买嘱：以财物买通、贿赂他人，请托办事。

[9] 曲（qū）尽人情：委婉巧妙地将人情或世态充分表现出来。宋邵雍《观诗吟》：“爱君难得似当时，曲尽人情莫若诗。”

[10] 溸（jiāo）器：尿壶。溸，同“浇”。

[11] 箱嵌：即镶嵌，将一个物体嵌入另一物体中，作为装饰。

[12] 春画：淫秽图画。

[13] 先容：本指先加修饰，后引申为事先为人介绍、推荐。

把盏[1]，不免就行。迤逦[2]行来，此间已是严府前了。把门大叔在么？（副末[3]应上）呀，赵先生拜揖[4]。（丑背云[5]）怎么不谢我？待我问一声。牛大叔，昨日小礼到了么？（副末）呸！我做公人的极怕倒赃[6]，昨日送得些东西，今日就要倒了。（丑）不，我问小礼曾送到否？（副末）这个有了，只是少些。（丑背云）这个戏丫麻[7]，一百两银子还嫌少哩。（副末）你怎么骂我？（丑）岂敢骂大叔！我慈溪乡语，但是敬重那人，就叫他是"戏丫麻"了。（副末）如此多叫我几声，折了银子罢。（丑）这个就叫戏丫麻，戏丫麻，嵯娘戏丫麻！（副末）怎么有个"娘"字在里面？（丑）娘者，是好也。（副末）罢，罢，我不计较了。（丑）多谢大叔扶持。我且先问一个消息。昨日送七宝溲器，大老爷欢喜么？（副末）大老爷见了大恼，说道："他是奉承傺子[8]，不奉承我！"（丑）如此，怎么了？（副末）赵先生不要慌了，被我解说得好了。我说道："别人送礼，不过口内吃的、身上穿的、耳中听的、眼前玩的，也不为十分奉承。这个东西，才是呵卵抛[9]的样儿。"（丑）老老爷见了大单子也喜么？（副末）老老爷把那单子铺在楼上，只见一寸也不多，一寸也不少，那时不胜踊跃，脱下了朝靴，光光里打了十七八个大滚。（丑）这是个赤脚光棍了。（副末）不是个赤脚光棍，那里称得这样大铺？（丑）大叔，今日老老爷寿诞，特来

---

[1] 把盏：喝酒或敬酒。宋苏轼《西江月》："中秋谁与共孤光？把盏凄然北望。"

[2] 迤逦（yǐ lǐ）：缓行。宋姜夔《凄凉犯》："情怀正恶，更衰草寒烟淡薄。似当时、将军部曲，迤逦度沙漠。"

[3] 副末：传统戏曲脚色名，相对于正末而居于次要位置的男性角色。

[4] 拜揖（yī）：打躬作揖，旧时男性礼节。

[5] 背云：亦作"背躬"，多见于元杂剧中，台上演员侧身背对其他演员向观众说出角色的心中想法或心理活动，其他演员假装不知。

[6] 倒（dào）赃：索回赃物。

[7] 戏丫麻：亦作"肔丫麻"，吴语方言詈辞。丫麻，女性生殖器。

[8] 傺子：男性生殖器。

[9] 呵卵抛：呼气使他人阴囊暖和，比喻不择手段地谄媚、奉承别人。

祝贺，烦你通报一声。（副末）如此，少待。（下。丑吊场[1]作丑态，跪介。净扮严嵩，副净扮世蕃，末扮罗龙文。副末持寿烛、酒上）

【宝鼎儿】（净）燮理阴阳[2]调鼎[3]老，感荷皇恩深浩。（副净）瑶池[4]日暖，环佩风轻，御炉香袅。（末）棨戟[5]门全家天禄[6]，（副末）平沙堤独行坦道。（合）看人在花前，花谙[7]人意，同欢同笑。

（副净）爹爹今日寿旦，孩儿聊具春酒，以介眉寿[8]。（净）今日是家宴。分付[9]门上，倘有各衙门官来贺，止收礼帖，免劳进见。（副末）刑部赵郎中跪门[10]久了。（副净）爹爹，这个且容他进来。（净）请进来。（丑进见净介。净）昨蒙宝炬[11]，如锡百朋[12]。（丑）竭尽寸忱[13]，仰祈万寿。（副末）厚贶[14]

---

[1] 吊场：传统戏曲术语。戏曲前后场次之间，为使演出衔接不中断，特意在台上留下一些演员表演，以引出后场。

[2] 燮（xiè）理阴阳：大臣辅佐皇帝治理国事。语出《尚书·周官》："立太师、太傅、太保。兹惟三公，论道经邦，燮理阴阳。"燮，调和。

[3] 调鼎：在鼎鼐中调味，喻指大臣治理国家。唐·孟浩然《都下送辛大之鄂》："未逢调鼎用，徒有济川心。"

[4] 瑶池：神话中昆仑山上的池名，西王母所住的地方，此谓美池。唐李商隐《瑶池》："瑶池阿母绮窗开，黄竹歌声动地哀。"

[5] 棨戟（qǐ jǐ）：旧时官吏出行时仪仗中戟上用赤黑缯做成的套子，代指仪仗，后亦列于门庭，用示威严。唐白居易《九月宴集》："郊无戎马郡无事，门有棨戟腰有章。"

[6] 天禄：俸禄，这里指领朝廷俸禄。明张居正《奉旨迎母就养谢遣官郊劳疏》："每欲就帝都而侍养，庶几窃天禄以延龄。"

[7] 谙：知晓，熟悉。

[8] 聊具春酒，以介眉寿：语出《诗经·豳风·七月》："为此春酒，以介眉寿。"此谓且以美酒祝寿。春酒，马瑞辰释曰："春酒即酎酒也。汉制，以正月旦作酒，八月成，名酎酒。周制，盖以冬酿经春始成，因名春酒。"介，助。

[9] 分付：犹"吩咐"，交付、嘱咐。

[10] 跪门：为谢罪或乞求而跪在他人门口。

[11] 宝炬：蜡烛的美称。唐罗隐《台城》："宴罢明堂烂，诗成宝炬残。"

[12] 如锡（cì）百朋：赏赐丰厚，受惠良多。锡，通"赐"，与，给。朋，古代以贝为货币，五贝为一朋（一说五贝为一串，十贝为一朋），百朋泛指贝多、价值昂贵。

[13] 寸忱（chén）：微薄的心意。忱，真诚的心意。

[14] 厚贶（kuàng）：丰厚的赠礼。

重重，拜嘉愧赧[1]。（丑）庸才琐琐[2]，幸赖提携。（丑、末相见。丑）罗先生，英豪幸聚一堂。（末）赵大人，喜起[3]共期千载。（丑）老大人，我赵文华一则为大人华诞，聊称寿觞[4]；一则欲拜大人为严父[5]，少伸孝道。（净）多谢，多谢。（副净）昨日赵荣江见惠[6]铺单，已知曲体人情。这对寿烛，想亦非常。（净）如此就点上。（副末应，点烛介。众看介。净）呀，怎么异香满室，百鸟皆来？香烟上结成福寿两字，果是无价之宝！（丑）可见老爷福寿天成，故寿烛中亦显此祥瑞。（净笑介）果然奇异。（丑）老爷请上坐，待儿子送酒。（丑送净酒）

【锦堂月】（丑）凤蜡光摇，龙涎[7]瑞霭，华堂恍如仙岛。南极[8]祥光，当筵喜临高照。庆春风桥梓[9]齐荣，乐晚景椿萱[10]同操。（合）齐祝祷，愿与国同休[11]，万年寿考[12]。

---

[1] 愧赧（nǎn）：因惭愧而脸红。

[2] 琐琐：鄙陋，平庸。宋陆游《秋夜遣怀》："琐琐井蛙何足计，一篇秋水笑蒙庄。"

[3] 喜起：语出《尚书·益稷》："（帝）乃歌曰：'股肱喜哉，元首起哉，百工熙哉。'"孔安国传："股肱之臣喜乐尽忠，君之治功乃起。"后世遂以"喜起"谓君臣协和，政治美盛。

[4] 聊称寿觞（shāng）：举杯敬酒祝寿。称，举。觞，一种酒具，泛指酒杯。

[5] 严父：对父亲的敬称。

[6] 见惠：感谢他人赠物的谦辞。

[7] 龙涎：即龙涎香。抹香鲸的病胃的分泌物，凝结如蜡，是一种名贵的香料。

[8] 南极：星名，旧时认为此星主寿，故祝寿时常用以称颂过寿之人。明何景明《寿西涯相公》："南极寿星朝北斗，灵芝仙草映长春。

[9] 桥梓（zǐ）：亦作"乔梓"。本指乔木、梓木两种高矮不同的树木。《尚书大传》卷四："商子曰：'南山之阳有木焉，名乔。'二三子往观之，见乔实高高然而上，反以告商子。商子曰：'乔者，父道也。南山之阴有木焉，名梓。'二三子复往观焉，见梓实晋晋然而俯，反以告商子。商子曰：'梓者，子道也。'"后用以比喻父子。

[10] 椿萱：香椿和萱草，比喻父母。古代称父为"椿庭"，母为"萱堂"。

[11] 休：吉庆，美善，福禄。

[12] 寿考：岁数，寿命。《诗经·大雅·棫朴》："周王寿考，遐不作人。"

【前腔】[1]（副净送酒）自小，身拜龙楼[2]，名班凤阙[3]，同欢月夕花朝[4]。重庆[5]堂开，孙枝[6]更喜古肖。荷中朝[7]诰捧黄龙，喜东海音传青鸟[8]。（合前[9]）

【前腔】（末送净酒）祈保，天寿弥高，皇恩克巩，永为策勋[10]元老。鹤算[11]绵延，流年暗中重造。喜瑶池王母[12]增桃，看仙仗安期[13]遗宝。（合前）

（净）斟酒来，待我敬了赵、罗二位老爷。

【前腔】（净）垂老，华发萧疏，韶光荏苒[14]，渐看不同年少。广集英豪，只指望辅车相保[15]。喜一门六贵同朝，羡五色全家封诰[16]。（合前）

---

[1] 前腔：南曲中连续使用同一曲牌时，第一支曲前标明曲牌名，其后各曲前都标作“前腔”。类似北曲中的“幺篇”或“幺”。

[2] 龙楼：皇宫，朝堂。

[3] 凤阙：皇宫，朝廷。

[4] 月夕花朝：月明之夜，花开之晨，形容良辰美景。宋柳永《尉迟杯》：“每相逢，月夕花朝，自有怜才深意。”

[5] 重庆：祖父母、父母俱在。宋楼钥《跋金花帖子绫本小录》：“祖、父俱存者，今曰‘重庆’。”

[6] 孙枝：树上长出的新枝，比喻孙儿。

[7] 中朝：朝廷，朝中。

[8] 青鸟：传说中西王母的使者，后因以“青鸟”称信使。唐李商隐《无题》：“蓬山此去无多路，青鸟殷勤为探看。”

[9] 合前：南曲中的帮合唱，场上演员合唱上一曲“合”的内容。此处众人合唱“齐祝祷，愿与国同休，万年寿考”。

[10] 策勋：将功劳分等次记录在简策上。

[11] 鹤算：鹤寿，长寿。明邵璨《香囊记·庆寿》：“祈寿考，愿鹤算绵绵，福海滔滔。”

[12] 王母：西王母，亦称“金母”，中国神话中的女神，俗称“王母娘娘”。在《山海经》中本为豹尾虎齿，职掌瘟疫、刑罚的神。《穆天子传》《汉武帝内传》中，西王母为三十上下的美丽女神，曾赐汉武帝长生不死的蟠桃，在后世小说、戏曲中逐渐衍变出王母娘娘设蟠桃盛会的故事。

[13] 安期：亦称“安期生”“安其生”，传说中的仙人。据说他曾从河上丈人习黄帝、老子之说，卖药海滨。秦始皇东游时尝与安期对谈三日夜，赐之金帛，安期置之而去，留书谓“后千年求我于蓬莱山”。秦始皇遣使入海找寻之，半途遇风波而返。

[14] 荏苒：时间渐渐过去。唐温庭筠《寄崔先生》：“星霜荏苒无音信，烟水微茫变姓名。”

[15] 辅车相保：像颊骨和牙床一样彼此相互依存、相互保全。辅，颊骨。车，牙床。

[16] 封诰（gào）：以诰命封赐爵号。

【醉翁子】（丑）听告，从今效螟蛉子[1]道。望恩相维持，仁兄引导。（净）欢乐，会风虎云龙，羽翼相从胆气豪。（合）樽倾倒，看海屋筹添[2]，旭日云高。（副净）承教[3]，论吾翁[4]是当朝显要。且竭力趋承[5]，尽心倚靠。（末）堪笑，那戆士[6]狂生，独立无亲枉自劳。（合前）

【侥侥令】（丑）花香沾绣袄，（净）酒色映宫袍[7]，（合）但见跻跻[8]黛眉[9]吹凤管[10]，连袂奏鸾箫，舞楚腰[11]。（副净）春光虽易老，（末）春景任游遨。（合）直饮到兴尽酒阑[12]歌舞罢，明月上花梢，转斗杓[13]。

---

[1] 螟蛉（míng líng）子：稻螟蛉等昆虫的幼虫。语出《诗经・小雅・小宛》："螟蛉有子，蜾蠃负之。"古人误以为蜾蠃捕捉螟蛉喂养幼虫是养螟蛉为子，因以"螟蛉"或"螟蛉子"作义子的代称。

[2] 海屋筹添：语出宋苏轼《东坡志林》卷二："海水变桑田时，吾辄下一筹，迩来吾筹已满十间屋。"本指时间长久，后常用以祝人长寿。海屋，寓言中堆存记录沧桑变化算筹的房屋。筹，算筹，古代计数的用具，以竹、木制成的小棍或小片。

[3] 承教：谦词，接受教诲。

[4] 翁：父亲。宋陆游：《示儿》："王师北定中原日，家祭无忘告乃翁。"

[5] 趋承：趋附奉承。

[6] 戆（zhuàng）士：刚直不知变通之人。

[7] 宫袍：古代官员的礼服。

[8] 跻跻（jī）：人物众多貌。

[9] 黛眉：古代女子以黛色所画之眉，特指女子之眉，此处代指美女。唐崔仲容《赠歌姬》："皓齿乍分寒玉细，黛眉轻蹙远山微。"

[10] 凤管：笙箫等管乐器的美称。唐温庭筠《江南曲》："凤管悲若咽，鸾弦娇欲语。"

[11] 楚腰：语本《韩非子・二柄》："楚灵王好细腰，而国中多饿人。"后遂用"楚腰"泛指女子的细腰，亦以代指腰细的女子。唐李贺《洛姝真珠》："市南曲陌无秋凉，楚腰卫鬓四时芳。"

[12] 酒阑：酒宴过半，即将结束。阑，残，尽。唐杜甫《九日》："酒阑却忆十年事，肠断骊山清路尘。"

[13] 斗杓（biāo）：斗柄，此特指北斗七星中第五至第七颗星玉衡、开阳、摇光。因北斗七星形如酒斗，此三星组成为斗柄，古曰"杓"，故称。由于地球公转，北斗七星在不同的季节斗杓会指向不同方向，古人遂用以定时间和季节的依据。《鹖冠子・环流》："斗柄东指，天下皆春；斗柄南指，天下皆夏；斗柄西指，天下皆秋；斗柄北指，天下皆冬"，意谓在春、夏、秋、冬的午夜，北斗七星的斗柄会分别指向东、南、西、北。此处用以指酒宴持续到很晚，时间已近午夜（已可清晰看到北斗七星的斗杓指向）。

【十二时】谢天谢地谢皇尧[1]，冀[2]默佑无疆寿考，惟愿甲子[3]循环转一遭。

（净）赵荣江，我门下惟有鄢懋卿[4]最幸，今日你又在他上了。明日就升你为通政[5]，一应奏章，都是你执掌。（丑）多谢老爷。

（净）筵开相府胜蓬莱[6]，（丑）寿比冈陵[7]位鼎台[8]。（众）海外奇珍争献纳，（合）君王又进紫霞杯。

（以明虞山毛氏汲古阁刊、清修补本《鸣凤记》为底本，据别本参校）

【作者简介】

《鸣凤记》是明代中期三大传奇之一，作者佚名。其现存最早刻本为明万历间读书坊刻本《宝晋斋鸣凤记》，郭英德《明清传奇综录》考证认为，《鸣凤记》的“创作时间不应早于万历元年（1573）”，现论者多从此说。明人吕天成《曲品》将《鸣凤记》列入“作者姓名无可考”，后世或称其作者为王世贞、王世贞门客、王世贞同里唐仪凤等，但当代多认为此剧“应该是隆庆、万历间无名氏的作品”（苏寰中《关于〈鸣凤记〉的作者问题》）。

【剧作简评】

《鸣凤记》总凡四十一出，约成于明隆庆、万历年间。《鸣凤记》第一

[1] 皇尧：此用以泛指皇帝。尧，传说中的上古帝王。

[2] 冀：希望。

[3] 甲子：此谓六十年。古人用干支纪年或纪日，甲为十“干”之首，子为十二“支”之首，干支依次交替相配，可组成六十组不同组合，称一甲子。用于纪年时，六十年为一甲子。

[4] 鄢懋（mào）卿：字景卿，嘉靖二十年进士，严嵩义子。性奢侈暴虐，贪污受贿，严嵩败后落职戍边。

[5] 通政：即通政使，明清职官名，掌内外章疏及臣民申诉文书等事。

[6] 蓬莱：古代传说中的仙山，此泛指仙境。唐李白《怀仙歌》：“巨鳌莫戴三山去，我欲蓬莱顶上行。”

[7] 冈陵：山岗和丘陵，泛指山。

[8] 鼎台：三公之位。三公为中国古代地位最尊显的三个官职，秦朝始设，多为虚职，各朝不同，元代以后多以太师、太傅、太保为三公。

出“家门大意”中有【满庭芳】一曲总括全剧曰:“元宰夏言，都督曾铣，遭谗竟至典刑。严嵩专政，误国更欺君。父子盗权济恶，招朋党浊乱朝廷。杨继盛剖心谏诤，夫妇丧幽冥。忠良多贬斥，其间节义，并著芳名。邹应龙抗疏感悟君心，林润复巡江右，同戮力激浊扬清。诛元恶，芟夷党羽，四海贺升平。”作者取材明代嘉靖朝重大政治、历史事件，以史董之笔开时事剧之先河，着力刻画了严嵩一党的骄奢淫逸、横虐残暴，颂扬了“双忠八义”的忠勇刚强，又通过间接描写隐晦地表达了对明世宗嘉靖皇帝的讽喻之意。此剧出场人物众多，忠奸斗争既是戏剧创作时的结构线索，也是其主题内容。《鸣凤记》人物形象丰满生动，在敷演时事的同时，又道出了历代士人的共同心声。

剧演明朝嘉靖年间，华盖殿大学士夏言欲收服河套，命都御史曾铣督兵。总兵仇鸾力主和戎，欲交通马市，以巨金贿谨身殿大学士严嵩，阴排曾铣。直隶容城人杨继盛官兵部主事，上本弹劾仇鸾。夏言与严嵩二相相争于朝，嵩授意心腹劾奏曾铣，帝诏命解铣至京。严嵩又买通宦官，诬蔑夏言逼取边饷、谋立东宫等事。帝信之，诏斩夏言，妻孥尽流广西全州。夏妾苏赛琼有孕，得仆人朱裁夫妇相助，潜归杭州，寓诸生邹应龙所。赛琼产下一子，应龙代为抚育，及长，朱裁携归江西故里。杨继盛被谪边城典史后，又改广西宜山驿臣。路遇夏妻易氏，为致书马平、张翀以求就近周济。仇鸾奸谋败露，杨继盛升兵部员外郎，上疏弹劾严嵩父子弄权营私，不可，夫妻死节，幼子流放关外。倭寇扰沿海郡县，严嵩升义子赵文华兵部尚书，率兵剿之，文华不才，斩百姓首级冒功。莆田诸生林润避兵邹应龙处，与应龙偕往京城应考，同登进士第后，谒拜夏、杨忠灵。严世蕃疾林、邹不贿，与监察御史鄢懋卿合谋奸计，选邹应龙为巡边御史，赍银五千赏边，欲借军乱除之；又选林润为安集云南行人，图借土人之手杀之。礼部主事董传策、兵部郎中张翀、工科给事吴时联名弹劾严嵩，被谪戍边。严嵩父子设计陷害解元易弘器，嵩表妹陆氏为救弘器投井自尽，弘器遂投应龙。郭希颜再上疏奏弹劾严嵩，被赐死。邹应龙返京复命，与刑科给事孙丕扬各自上疏，弹劾严嵩父子。终动天听，嵩父子被斥逐归里。林润迁南道御史，巡视江西，访得严氏父子为恶乡里，连夜写本，严家终遭抄没，世蕃亦被腰斩。“前后同心八谏臣，朝阳丹凤一齐鸣”，奸贼正法，忠臣皆得封赠。

明嘉靖时期，外有北虏南倭，内有议礼之争与严党之乱，国事危如累卵。嘉靖皇帝好道误国，严嵩父子及其党羽赵文华、鄢懋卿等人把持朝政，为非作歹，流毒天下，令人发指。《明史·奸臣传》中对严嵩父子及其党羽赵文华、鄢懋卿之恶行均有记录，事迹概与《鸣凤记》相似。与史书相较，文学作品虽有虚构，但绘声绘色处则显然更胜一筹。“严嵩庆寿”“严通宦官”“花楼春宴”“文华祭海”“世蕃奸计”“鄢赵争宠”等出，直接无隐地将严氏集团贪婪、残暴、鄙劣的丑恶面貌和阴暗本质披露在光天化日之下。第四出“严嵩庆寿”是全剧奸臣严党的第一次登场。此出以奸相严嵩寿宴为主要场景，以贪图名利的朝臣赵文华为攀附严家奴颜婢膝无所不为为主要情节，对严嵩位居高位，盗揽朝纲，父子一气，广纳鹰犬，党同伐异，荼毒天下的无耻贪婪面目进行了深刻揭露与批判。

赵文华科举出身，已官居刑曹，却不甘心久居低位，为求升迁捷径，他“附势趋权，不辞吮痈舐痔；市恩固宠，那知沥胆披肝”。赵文华希图权势富贵，深以不得为严门义子为憾，适逢严嵩庆寿之机，他百般谋划、投合严嵩父子：“为何有‘假儿子’之号？但是大小官员，拜他为父，即加显擢，故此门下干儿子颇多。下官久有此心，无由进见。且进见之时，必有贽礼。若不投其所好，怎得重用？因此费尽心机。”赵文华对严嵩父子的喜好一清二楚，为奉承严嵩，他差人浇成一对寿烛，外包金皮雕刻五彩龙凤，内用奇方暗藏外国异香，点燃寿烛百鸟皆来，香烟结成福寿二字；当得知严嵩新造万花楼少一条称意的铺单后，他私下买通工匠量得尺寸，在松江定制了一条五彩大绒单以为献媚。前一礼为尚称得上是应景的祝寿之物，后一礼则展现了赵文华为了趋附严嵩、让对方对自己有所印象而无所不为的奴才嘴脸。为了奉承"荷皇上之恩，藉家君之势，威权第一，宠幸无双"（《鸣凤记》第二十四出）的"小丞相"严世蕃，赵文华更不惜在最低级的尿溺之器上大下功夫，他用纯金打造溲器，饰以贵重珠宝及春宫图画，"不要说严东楼，就是泥人也要欢喜起来"（第四出）。为能更好地贴近严家，对其幕僚、门子皆提前送礼行贿。

第四出先以赵文华自述的形式，将其绞尽脑汁营求贽礼，不顾廉耻必求投合严氏父子的低级嗜好以获升迁的行径和盘托出，既揭出阉党的奴颜婢膝，又写出严嵩一门的骄奢淫逸。赵文华来至严嵩家门，先与看门人韩班头一番寒暄。他自以为百两为贿，门人至少会道一声谢，却不想对方毫不将此数目放在眼中，甚至嫌弃太少——俗语讲"宰相门前七品官"，一个细节便透露出严嵩家仆受贿成性，全不将刑部官员放在眼中。赵文华借机向韩班头打听自己所赠的尿壶、铺单是否讨喜，得知在门子的周全下，父子二人对自己的礼物印象颇好，方才要门子通报自己前来贺寿。他还不惜长跪在严嵩门外，冀望可在诸多贺寿人等中"脱颖而出"，获得当面谒见的丞相的机会。赵文华与门子的对话鄙俚不堪，多处直接使用脏话詈词，让观众由其言知其行，对赵文华及严嵩一党之龌龊印象深刻。

严嵩父子在幕僚、家仆的簇拥下登场。众人接唱【宝鼎儿】，颂圣德，歌太平，一片敦厚典丽，颇具台阁之风。严嵩以庆寿只是家宴为名，要门上对前来送礼的只留礼单、谢绝进见。赵文华的前期准备此时发挥了作用，门子一句"刑部赵郎中跪门久了"，严世蕃亦提醒"爹爹，这个且容他进来"，使他终于得到了梦寐以求的登堂入室之机。宾主相见，彬彬有礼，严嵩父子之奸邪、赵文华之卑劣皆被掩饰在一团温文尔雅之下。对比此前赵文华之言行，更凸显了严嵩一党的虚伪与狡诈。赵文华迫不及待申明投靠阿附之衷忱："老大人，我赵文华一则为大人华诞，聊称寿觞；一则欲拜大人为严父，少伸孝道。"严世蕃对赵文华奉献的铺单等礼物颇有好感，深觉其人"曲体人情"、难能可贵，再次提醒父亲点燃赵文华献上的寿烛。严嵩见寿烛引来百鸟、香烟结成福寿，果然大喜。赵文华以奇技淫巧与严嵩父子一拍即合，在寿宴上水到渠成地拜入严嵩门下，达成了夙愿。此部分纯以宾白行之，节奏紧凑，小丞相严世蕃三言两语便令父亲严嵩认下赵文华为假儿子，将严嵩父子相倚狼狈为奸、严嵩一党拉帮结派、窃权罔利的丑陋情态刻画得入木三分。

有了新成员加入，严嵩一党把酒言欢。曲家连用四支【锦堂月】，分由赵文华、严世蕃、罗龙文、严嵩主唱后众人合唱，在烘托了寿宴热闹氛围、揭露严党沆瀣一气的同时，表达了几人的不同心境：赵文华终于成了严嵩的义子，"庆春风桥梓齐荣，乐晚景椿萱同操"，自觉以儿子自居，为前程大好而欣喜；严世蕃因父亲严嵩之故，自小便得圣恩，希望可以子孙后代永保权势富贵；罗文龙久为严嵩门客幕僚，则企望严嵩不仅可以高寿，更能长受皇帝宠信，让自己有机会由幕后转到台前，由严家的书房走上朝堂；严嵩向赵、罗二人回敬杯酒，希望可以借由干儿义子们的辅翼把控朝纲，以慰其老境。众儿子闻言，纷纷表达决心：赵文华愿效螟蛉，求严嵩父子扶持引导；严世蕃因是严嵩之子而大获其便，自然甘心趋承倚靠；罗文龙不以阿谀严嵩为耻，反笑正义之士不知阿谀，枉自辛劳；严嵩则为门下又添羽翼而倍觉气豪、欢乐——对人物性格的典型化雕镂，可谓纤毫毕至。五曲之末，一干人反复合唱"齐祝祷，愿与国同休，万年寿考"，既强化了众奸佞陷于长久富贵的迷梦难以自拔，又用明显僭越的"与国同休，万年寿考"之辞暗讽了严党的祸国不臣之心。新旧严党一直纵乐至酒阑歌舞罢方才尽兴，表面上"谢天谢地谢皇尧"，祈求的却是"默佑无疆寿考"。赵文华对严嵩投靠以"诚"，严嵩亦不吝回以实报，"赵荣江，我门下惟有鄢懋卿最幸"，"明日就升你为通政，一应奏章，都是你执掌"，赵文华只因巴结上了严嵩，便从刑部郎中一跃成为执掌内外奏疏的通政使，严嵩之"权侔人主，位冠群僚"可见一斑。

在此出中，曲家借赵文华攀结严嵩父子的场景一箭双雕，既揭出严党的奴颜婢膝、党豺为虐，又写出严嵩父子的贪淫无度。后续倭寇犯边，皇帝命严嵩派人前去围剿，严嵩命义子赵文华前往。赵文华对军事一窍不通，但倚仗严嵩，有恃无恐："我闻得海上倭贼利害，自去厮杀不成，只是调兵遣将，罚罪赏功而已。幸而成功，归功于我；不幸无功，当广求些首级，亦可塞责。况我朝内有人，边功易奏，岂有他虞？"（第二十一出）到江南后他不讨倭贼反杀害百姓冒充寇盗首级领功，唯利是图，视家国安危同儿戏，刈百姓性命如草菅。而这样一个无才无德的大奸之徒，最初就是靠"严嵩庆寿"百般献媚获得的重用，第四出虽篇幅不长，却写尽奸佞的可憎面目，放诸中国讽刺文学的历史长河中亦是不可多见之佳作。

《明史·奸臣传》对严嵩父子及其附庸的恶德恶行均有所记："嵩无他才略，惟一意媚上，窃权罔利。"严世蕃"剽悍阴贼，席父宠，招权利无厌"；好色，母死而日纵淫乐于家；好货，及败"籍其家，黄金可三万余两，白金二百万余两，他珍宝服玩所直又数百万"。严党鄢懋卿"性奢侈，至以文锦被厕床，白金饰溺器"。《鸣凤记》以时事为蓝本，摹写奸佞之言行，令严党丑恶面目跃然场上，直使观者有手刃贼嵩之意。明季侯方域曾作《马伶传》，叙录南京城内兴化、新安两部戏班搬演《鸣凤记》时，两班两位伶人因演出"两相国论河套"中严嵩一角而引发的演技较量，从中不难见知《鸣凤记》中奸臣形象塑造之工、影响之大。而《鸣凤记》得以在明代政治剧中脱颖而出，在其笔干时事的勇气之外，也与其中反面阵营的刻画不流于脸谱式的俗套有很大关联。

《鸣凤记》的作者在第一出"家门大义"中自陈作意说："蝇头蜗角总非真，惟有纲常一定。四友三仁作古，双忠八义齐名"。"前后同心八谏臣，朝阳丹凤一齐鸣"即是"鸣凤"之题旨。《鸣凤记》传奇在讽刺奸佞的同时，以千钧笔力塑造了一批前仆后继的忠臣义士。所谓八谏臣，即杨继盛、董传策、吴时来、张翀、郭希颜、邹应龙、孙丕扬、林润，合夏言、曾铣而为"十义"，或称"双忠八义"。剧中先后敷演了"双忠八义"舍生忘死的劾奸行为以及他们与家人的悲欢离合。十位忠臣在与邪恶势力的抗争中有如飞蛾扑火，明知有险却义无反顾，泣血长啸，终动天听。曲家谋划精严，以夏言起复揭开倒嵩大幕，理想化地将历史评价相对复杂的首辅夏言形象纯化，将之塑造成平生耿介之国士，颂扬他为国是不惜一死，纵含冤九泉也要求仁得仁，由此推动了忠奸斗争高潮的来临。《鸣凤记》中摹画笔墨最浓郁的忠义之士是杨继盛及其夫人。时为兵部车驾司主事的杨继盛，发觉总兵仇鸾与权臣严嵩内外同谋，阴排曾铣，有不臣之心，他以一腔忠义，不惜一死，毅然上本；在遭严嵩陷害屡遭贬谪受尽折磨的情况下，杨继盛始终不改初心，后升任兵部武选司，再写奏本弹劾严嵩，即便因此激怒了皇帝，被判斩刑，仍慷慨赴难，将一片丹心献于奉道误国、阴鸷滥威的君主。“为臣死忠，乃我之分”，“国家养士百五十年，仗节死义，正在今日”（第十四出）。忠烈之士不惜丹心化为灰烬，也要上本参奏奸臣，其心可嘉，其志可表。其夫人阻止夫君上本不成，为夫尽节，为国尽忠，以至自尽身亡，情义两全，场上演来，尤激人泣叹。剧中又描画了翰林郭希颜等人与严党类似“两个家族”的集团式斗争，刻画了兵部郎中张翀、礼部主事董传策、工科给事吴时来等人的正义群像等……嘉靖一朝，前有“大礼议”，后有“劾严嵩”，特别是在与严党的艰苦斗争中，忠臣义士前仆后继，尽瘁报君，其志或有时而不申，其行则轰轰而烈烈。他们怀抱以天下为己任的坚定理想，希图“致君尧舜上，再使风俗淳”（唐杜甫《奉赠韦左丞丈二十二韵》），《鸣凤记》一剧正是为这群铁胆铜心、靖献葵诚的磊砢之士写就的昂扬赞歌。

《鸣凤记》所写之史事，上起嘉靖二十四年（1545）夏言复用，下迄嘉靖四十四年（1565）严世蕃伏诛，历时二十余载，纵贯嘉靖一朝后半阶段。其“双忠八义”之彰，所为者谏劾严嵩；而严嵩之柄权，授之者世宗也。《鸣凤记》写忠奸斗争，不可能不涉及最高皇权，综观全剧，世宗虽不能现于场上，其身影却是时隐时现。世宗佞道，嘉靖十八年（1539）后即不视朝，国事多委严嵩父子，后移居西苑，不入大内，大臣稀得谒见，“惟嵩独承顾问，御札一日或数下，虽同列不获闻，以故嵩得逞志。”（《明史·奸臣·严嵩》）

严嵩及严党之猖横，嘉靖皇帝本人并非毫无察觉，《鸣凤记》第三出“夏公命将”，便曾借曾铣之口委婉表达了对朝局的担忧。而严党气候之成，除上阿至尊、下结群臣之外，还得益于内监帮助。宦官干政是明代的一大弊端，世宗多年不视朝，结交宦官以左右圣听亦是严嵩窃权贾利的重要手段，第七出“严嵩通宦”，便将严嵩以金银贿赂世宗近侍宦官来陷害忠良的场景见诸氍毹之上。此外，世宗为求长生日夜祷祝，四方奸道往来宫禁荧惑天子，朝中大臣多有以写青词而为世宗信用，严嵩更有“青词宰相”之称。《鸣凤记》既是敷写时事，则难免涉及此事。第六出“二相争朝”、第七出“严嵩通宦”中便有严嵩利用世宗修道媚上受宠的情节：“老太师还不知上位正要罢兵，见你的和戎本，不胜欢喜。正要打醮，见你的修斋本，一发大喜了。明日就来召你监斋，道场完日，封荫三代，岂非大喜？”（第七出）世宗好清修，奸佞欲行奸计，往往竭力揣摩上心，以借机行事。帝欲罢兵则上和戎本，帝思打醮则上修斋本，严嵩之奸实为帝所护成之。作者对嘉靖一朝“不问苍生问鬼神”的风气《鸣凤记》或有亲历实感，但为避触忌难免使用曲笔，“非干明圣无聪听，荣枯生死皆由命”（第四十一出），便是全剧对皇帝及皇权所秉持的态度。当然，世宗本人并非无能，他对朝政仍有着绝对掌控能力，重新起用夏言、杨继盛等人亦均出自其旨意，对于边关消息世宗也可及时得知，作出处置。正是因为这样，邹应龙、林润、吴时来等忠臣义士才会对扫除严党、澄清宇内仍抱有一丝希望。在双忠八义一再冒死进谏，世宗圣旨一朝而下，祸乱宇内十余年的严党即被剪除且未引发大的骚乱或动荡，足见在上者的执政能力并非低下。《鸣凤记》对皇帝的正面作为亦有所展露。

《鸣凤记》被视为明清时事剧的发轫之作。剧作以历史事实为依据并做出了大量虚构与改动，这是不争的事实。但文学作品不等同于史书，戏曲演出更受到演出场合和时长的桎梏，想要在短时间内集中表现重大政治事件时往往需提炼、集中矛盾。而即便是在严党倒、世宗崩的情况下，作者仍生活在朱明皇朝的统治之下，不可能不顾虑触碰当政者逆鳞之可能。在一个“天下一人”极权时代，国家兴衰在乎帝王，《鸣凤记》不仅书写时事，也表达出了历代忠臣义士对圣主明时的热望，称得上是一部及时而又卓越的作品。《鸣凤记》对后来的时事剧及政治历史题材剧作的影响极大，明晚期《群音类选》《乐府菁华》《醉怡情》等戏曲选本中均可见到此剧散出；明清之际李玉《清忠谱》、清初孔尚任《桃花扇》、清中期蒋士铨《冬青树》等剧在结构及表现手法上都可寻见《鸣凤记》的影子；有关演出此剧的种种故事更是不时见诸文人笔记、民间传说。在《鸣凤记》中，作者着力揭露邪恶一方的骄奢淫逸、横行霸道，展现正义一方的忠义刚强，戏剧情节在正邪善恶两大阵营的对峙中层层展开，艺术感染力十分强烈。反抗邪恶、追求正义是人类世界的共同话题，《鸣凤记》以其对奸佞的无情挞伐、对忠义的热烈歌颂而获得了恒久的生命力。

牡丹亭

[明]汤显祖

第七出　闺塾[1]

（末上）吟余改抹前春句，饭后寻思午晌[2]茶。蚁上案头沿砚水，蜂穿窗眼咂[3]瓶花。我陈最良，杜衙设帐[4]，杜小姐家传《毛诗》[5]，极承老夫人管待[6]。今日早膳已过，我且把《毛诗》潜玩[7]一遍。（念介）“关关雎鸠，在河之洲。窈窕淑女，君子好逑。”[8]好者，好也；逑者，求也。（看介）这早晚[9]了，还不见女学生进馆，却也娇养的凶，待我敲三声云板[10]。（敲云板介）春香，请小姐解书。

【绕地游】（旦引贴[11]捧书上）素装才罢，款步书堂下，对净几明窗潇洒。

[1]　闺塾：为教育家中女孩而设立的私人学堂。塾，旧时私人设立的学堂。

[2]　午晌（shǎng）：正午或正午前后，亦作“晌午”。

[3]　咂（zā）：吮吸，叮咬。

[4]　设帐：设馆授徒。典出《后汉书·马融传》：“（融）常坐高堂，施绛纱帐，前授生徒，后列女乐，弟子以次相传，鲜有入其室者。”后世遂称建教馆教学生为设帐。

[5]　毛诗：相传为西汉初毛亨、毛苌开创的解说《诗经》的学派，后世渐受推崇，常被用于代指《诗经》。

[6]　管待：款待，照顾。

[7]　潜玩：深入玩味。此谓深入赏读。

[8]　关关雎鸠，在河之洲。窈窕淑女，君子好逑：《诗经》的第一首《关雎》的前四句。《关雎》本为爱情诗，后世儒家解读认为其吟诵的是“后妃之德”。

[9]　早晚：时候。

[10]　云板：乐器名，因其形状像云，故称。旧时常以敲击云板来召集众人或报事。

[11]　贴：贴旦。传统戏曲脚色名，正旦之外扮演次要人物的旦角。

（贴）《昔氏贤文》[1]，把人禁杀[2]，恁[3]时节则好教鹦哥唤茶。

（见介。旦）先生万福[4]。（贴）先生少怪。（末）凡为女子，鸡初鸣，咸盥、漱、栉、笄，问安于父母[5]，日出之后，各供其事。如今女学生以读书为事，须要早起。（旦）以后不敢了。（贴）知道了。今夜不睡，三更[6]时分请先生上书。（末）昨日上的《毛诗》可温习？（旦）温习了，则待讲解。（末）你念来。（旦念书介）"关关雎鸠，在河之洲。窈窕淑女，君子好逑。"（末）听讲："关关雎鸠"，雎鸠，是个鸟；关关，鸟声也。（贴）怎样声儿？（末作鸠声，贴学鸠声诨[7]介。末）此鸟性喜幽静，在河之洲。（贴）是了。不是昨日是前日，不是今年是去年，俺衙内关着个斑鸠儿，被小姐放去，一去去在何知州家。（末）胡说，这是"兴"[8]。（贴）兴个甚的那？（末）兴者，起也，起那下头。窈窕淑女，是幽闲女子，有那等君子好好的来逑他。（贴）为甚好好的求他？（末）多嘴哩。（旦）师父，依批注书，学生自会。但把《诗经》大意，敷演[9]一番。

【掉角儿】（末）论《六经》[10]，《诗经》最葩[11]，闺门内许多风雅。有指证姜嫄产

[1] 昔氏贤文：书名。又称《昔时贤文》《增广贤文》，书中集结了古今格言、谚语，明清时常用作蒙学读本。

[2] 禁杀：此谓折磨死了。禁，折磨，使受苦。

[3] 恁（nèn）：那。

[4] 万福：旧时妇女行裣衽礼时，多口称"万福"，后遂以之代称裣衽礼。

[5] 鸡初鸣，咸盥（guàn）、漱、栉（zhì）、笄（jī），问安于父母：语出《礼记・内则》，讲的是旧时晚辈日常生活应遵守的规则。盥，洗脸洗手。栉，梳头。笄，用发簪固定头发。

[6] 三更：夜晚的第三更，23 时至次日 1 时之间。更，旧时夜间计时将 19 时至次日 5 时视为一夜、分作五更，每更相当于现在的两个小时。

[7] 诨（hùn）：中国传统戏曲术语，演员在台上结合剧情作滑稽言行逗笑观众。

[8] 兴：《诗经》中常用的一种写作手法，先以其他事物为发端，引出要歌咏的内容。

[9] 敷演：陈述并加以发挥。

[10] 六经：《诗》《书》《礼》《乐》《易》《春秋》六部儒家经典。

[11] 葩（pā）：华丽，华美。

哇[1]，不嫉妒后妃贤达。更有那咏鸡鸣[2]，伤燕羽[3]，泣江皋[4]，思汉广[5]，洗净铅华[6]。有风有化，宜室宜家。（旦）这经文偌[7]多？（末）诗三百，一言以蔽之，没多些，只“无邪”两字[8]，付与儿家。

书讲了。春香，取文房四宝来模字[9]。（贴下取上）纸笔墨砚在此。（末）这甚么墨？（旦）丫头，错拿了。这是螺子黛[10]，画眉的。（末）这甚么笔？（旦作笑介）这便是画眉的细笔。（末）俺从不曾见，拿去拿去。这是甚么纸？（旦）薛涛笺[11]。（末）拿去拿去，只拿那蔡伦造的来。这是甚么砚？是一个，是两个？（旦）鸳鸯砚。（末）许多眼[12]？（旦）泪眼。（末）哭甚么子？一发换了来。（贴背介）好个标老儿[13]，待换去。（下换上）这可好？（末看介）着。（旦）学生自会临书，春香还劳把笔。（末）看你临。（旦写字介。末看惊介）我从不曾见这样好字，这甚么格[14]？（旦）是卫夫人[15]传下美女簪花[16]之格。（贴）待俺写个奴婢学夫人。（旦）还早哩。（贴）先生，学生领出

[1] 姜嫄（yuán）产哇：语出《诗经・大雅・生民》：“厥初生民，时维姜嫄。”传说周人始祖后稷之母、帝喾之妻姜嫄，于郊野践巨人足迹而怀孕生稷。哇，通“娃”。

[2] 鸡鸣：指《诗经・齐风・鸡鸣》一诗。

[3] 燕羽：指《诗经・邶风・燕燕》一诗，有“燕燕于飞，差池其羽”句。

[4] 江皋（gāo）：江岸，江边高地。

[5] 汉广：指《诗经・周南・汉广》一诗。以上所引诸诗皆寓儿女情思。

[6] 铅华：古人用于化妆的铅粉，泛指化妆品。唐李商隐《杏花》：“镜拂铅华腻，炉藏桂烬温。”

[7] 偌（ruò）：这么，那么。

[8] 《诗》三百，一言以蔽之，没多些，只“无邪”两字：语出《论语・为政》：“《诗》三百，一言以蔽之，曰：‘思无邪。’”诗三百，《诗经》共收录诗歌305首，称其成数为三百，故以诗三百代指《诗经》。

[9] 模字：此谓抄写书上的内容。

[10] 螺子黛：亦称“螺黛”，古代女子用来画眉的黑绿色颜料。

[11] 薛涛笺：唐代女诗人、名妓薛涛曾创制的用于写诗的、长宽适度的红色小幅笺纸，后世用以泛指精美的诗笺、信笺。宋张元幹《小重山》：“薛涛笺上楚妃吟。空凝睇，归去梦中寻。”

[12] 眼：砚石上天然形成的像眼睛一样的石纹。

[13] 标老儿：土老儿，不知趣的人。

[14] 格：此谓书法体式。

[15] 卫夫人：晋代著名书法家卫铄，汝阴太守李矩之妻，擅隶书，世称卫夫人。曾师事钟繇，右军少时曾从其学书。

[16] 美女簪花：形容书法娟秀。语出南朝袁昂《古今书评》：“卫常书，如插花美人，舞笑镜台。”

恭牌[1]。（下）（旦）敢问师母尊年[2]？（末）目下平头[3]六十。（旦）待学生绣对鞋儿上寿，请个样儿。（末）生受了。依《孟子》上样儿，做个“不知足而为屦”[4]罢了。（旦）还不见春香来？（末）要唤他么？（末叫三度介。贴上）害淋的[5]。（旦作恼介）劣丫头，那里来？（贴笑介）溺尿去来。原来有座大花园，花明柳绿，好耍子哩。（末）哎也！不攻书[6]，花园去，待俺取荆条来。（贴）荆条做甚么？

【前腔】（贴）女郎行[7]那里应文科[8]判衙[9]，止不过识字儿书涂嫩鸦[10]。（起介）（末）古人读书，有囊萤[11]的，趁月亮的[12]。（贴）待映月耀蟾蜍眼花，待囊萤把虫蚁儿活支煞[13]。（末）悬梁[14]、刺股[15]呢？（贴）比似你悬了梁，损头发；刺了股，添疤疖[16]；有甚光华？（内叫卖花介。贴）小姐，你听一声声卖花，把读书声差。（末）又引逗小姐哩！待俺当真打一下，（做打介。贴闪介）你待

[1] 出恭牌：明代科举考场考生上厕所领取的出恭入敬牌。考生凭牌出入考场上厕所，后遂以“出恭”代指如厕。

[2] 尊年：高龄。此用为敬辞，问尊长者的年龄。

[3] 平头：旧时计数不带零头只取其整数，亦称齐头。

[4] 不知足而为屦：语出《孟子·告子上》，本指不知脚的大小就去做鞋，此处用以表现陈最良不知世事，是一腐儒。

[5] 害淋的：詈辞，犹言该生淋病的。淋病，一种性病。

[6] 攻书：用功读书。

[7] 女郎行（háng）：女子们。

[8] 应文科：参加科举考试。

[9] 判衙：官员在衙门判案。

[10] 书涂嫩鸦：随便写几个字。涂鸦，语出唐卢仝《示添丁》：“忽来案上翻墨汁，涂抹诗书如老鸦”，后多以形容书画技巧幼稚、拙劣。

[11] 囊萤：《晋书·车胤传》载，东晋车胤家贫无钱买灯油，夏天捕捉萤火虫装于袋中，借萤光读书。后多以形容克服不利条件发奋读书。

[12] 趁月亮的：南朝江泌少时贫寒，白日做木屐，夜晚借月光读书。

[13] 活支煞：活活弄死。

[14] 悬梁：东汉孙敬好学，读书欲睡则以绳系发悬于梁上，后成大儒。后世遂以悬梁代指苦学。

[15] 刺股：战国苏秦读书欲睡则引锥自刺大腿，后世遂意刺股代指苦学。股，大腿。

[16] 疤疖（niè）：疤痕。

打、打这哇哇，桃李门墙[1]，险把负荆人諕煞[2]。

（贴抢荆条投地介。旦）死丫头！唐突了师父，快跪下。（贴跪介。旦）师父恕他初犯，容学生责认一遭儿。

【前腔】（旦）手不许把秋千索拿，脚不许把花园路踏。（贴）则瞧罢。（旦）还嘴。这招风嘴把香头来绰疤，招花眼把绣针儿签[3]瞎。（贴）瞎了中甚用？（旦）则要你守砚台，跟书案，伴"诗云"，陪"子曰"，没的争差。（贴）争差些罢。（旦挦[4]贴发介）则问你几丝儿头发，几条背花[5]？敢也怕些些，夫人堂上那些家法[6]。

（贴）再不敢了。（旦）可知道。（末）也罢，松这一遭儿，起来。（贴起介）

【尾声】女弟子则争[7]个不求闻达[8]，和男学生一般儿教法。你们工课完了，方可回衙。咱和公相陪话[9]去。（合）怎辜负的这一弄[10]明窗新绛纱。

（末下。贴作从背后指末骂介）村老牛，痴老狗，一些趣也不知！（旦作扯介）死丫头！一日为师，终身为父，他打不的你？俺且问你，那花园在那里？（贴作不说，旦笑问介，贴指介）兀那不是？（旦）可有什么景致？（贴）景致么？有亭台六七座，秋千一两架，绕的流觞曲水[11]，面着太湖山石，名花异草，委实华丽。（旦）原来有这等一个所在，且回衙去。

---

[1] 桃李门墙：喻指学生、徒弟众多的师门。

[2] 諕（xià）煞：吓死。諕，同"吓"。

[3] 签：刺、戳。

[4] 挦（xián）：扯，拔。

[5] 背花：古代行刑杖时，受刑人背部被打伤形成的伤痕。

[6] 家法：旧时封建家长责打家人的刑具。

[7] 争：差。

[8] 不求闻达：此谓不用求取功名。闻达，有好声望被举荐做官。

[9] 陪话：此谓陪同尊长者叙话。

[10] 一弄：一派。

[11] 流觞曲水：能够漂流酒杯的弯曲细小的流水。语出东晋王羲之《兰亭集序》："又有清流激湍，映带左右，引以为流觞曲水。"古人常于上巳节雅集游宴，将盛酒的酒杯放在弯曲细流中，酒杯顺水而下，杯停处的人将杯中酒饮下。

（旦）也曾飞絮谢家庭[1]，（贴）欲化西园蝶未成。

（旦）无限春愁莫相问，（贴）绿阴终借暂时行。（同下）

第十出　惊梦

【绕地游】（旦上）梦回莺啭[2]，乱煞[3]年光[4]遍，人立小庭深院。（贴）炷尽沉烟[5]，抛残绣线，恁[6]今春关情[7]似[8]去年。

[乌夜啼]（旦）晓来望断梅关[9]，宿妆残。（贴）你侧着宜春髻子[10]恰凭阑。（旦）翦不断，理还乱，闷无端。（贴）已分付催花莺燕借春看。（旦）春香，可曾叫人扫除花径？（贴）分付了。（旦）取镜台、衣服来。（贴取镜台、衣服上）云髻罢梳还对镜，罗衣欲换更添香。镜台、衣服在此。

【步步娇】（旦）袅晴丝[11]吹来闲庭院，摇漾春如线。停半晌，整花钿[12]。没揣[13]菱花[14]，偷人半面，迤逗[15]的彩云[16]偏。（行介）步香闺[17]怎便把全身现？

---

[1]　飞絮谢家庭：东晋谢安侄女谢道韫有才，曾用“柳絮因风起”形容飞雪，受到谢安赞赏。此谓具有谢道韫咏絮的才华。

[2]　莺啭：黄莺婉转啼叫。宋黄庭坚《光山道中》：“柳条莺啭清阴里，楸树蝉嘶翠带间。”

[3]　乱煞：纷繁缭乱貌，

[4]　年光：春光。唐王维:《三月三日勤政楼侍宴应制》：“年光三月里，宫殿百花中。”

[5]　沉烟：沉水香燃烧时产生的烟。

[6]　恁（nèn）：怎么。

[7]　关情：动心，牵动情怀。唐杜牧《宣州留赠》：“当春离恨杯长满，倚柱关情日渐曛。”

[8]　似：表比较，有超过之意。

[9]　梅关：古关隘名，在江西省大余县与广东省南雄市之间梅岭上，故称。

[10]　宜春髻子：旧时民间风俗，立春日女子用彩绸剪作燕子形状，上题“宜春”两字，戴在发髻上。

[11]　晴丝：虫类所吐的细丝，常在空中飘荡，晴朗的春日最易被看到。

[12]　花钿（diàn）：一种镶嵌珠宝的花形首饰。钿，一种嵌金花的首饰。

[13]　没揣：没料到，没想到。

[14]　菱花：菱花镜，泛指镜子。唐骆宾王《王昭君》：“妆镜菱花暗，愁眉柳叶颦。”

[15]　迤（tuō）逗：引诱，逗引。

[16]　彩云：喻指女子美如云朵的发髻。

[17]　步香闺：此谓年轻女子走出闺房，前往花园游赏。

（贴）今日穿插的好。

【醉扶归】（旦）你道翠生生出落[1]的裙衫儿茜[2]，艳晶晶花簪八宝[3]填，可知我常一生儿爱好[4]是天然[5]。恰[6]三春[7]好处无人见，不隄防[8]沉鱼落雁鸟惊喧，则怕的羞花闭月花愁颤。

（贴）早茶时了，请行。（行介）你看：画廊金粉半零星，池馆苍苔一片青。踏草怕泥[9]新绣袜，惜花疼煞小金铃[10]。（旦）不到园林，怎知春色如许？

【皂罗袍】（旦）原来姹紫嫣红开遍，似这般都付与断井[11]颓垣[12]。良辰美景奈何天[13]，赏心乐事谁家[14]院。恁般景致，我老爷[15]和奶奶[16]再不提起！（合）朝飞暮卷[17]，云霞翠轩;雨丝风片，烟波画船。锦屏人[18]忒[19]

---

[1] 出落：显出。

[2] 茜（qiàn）：红色。

[3] 八宝：此谓八种或多种宝石。

[4] 爱好（hǎo）：自爱，追求美好。南朝萧统《答晋安王书》："汝本有天才，加以爱好。"

[5] 天然：天性，天生。

[6] 恰：此谓恰似、好像。

[7] 三春：春季孟春、仲春、季春三个月。

[8] 不隄防：没防备，没料到。

[9] 泥：用如动词，被泥弄脏。

[10] 惜花疼煞小金铃：据唐末五代王仁裕《开元天宝遗事・花上金铃》："天宝初，宁王日侍，好声乐……至春时，于后园中纫红丝为绳，密缀金铃，系于花梢之上，每有鸟鹊翔集，则令园吏掣铃索以惊之，盖惜花之故也。"金铃，金属制成的铃。

[11] 断井：荒废的水井。一说断井为颓败的天井。

[12] 颓垣：倒塌的墙。垣，矮墙，墙。

[13] 奈何天：令人无可奈何的愁闷时光。宋晏几道《鹧鸪天》："欢尽夜，别经年，别多欢少奈何天。"

[14] 谁家：什么。

[15] 老爷：此谓父亲。

[16] 奶奶：此谓母亲。

[17] 朝飞暮卷：一日之内随时间推移的美好景致。语出唐王勃《滕王阁诗》："画栋朝飞南浦云，朱帘暮卷西山雨。"朝，早晨。暮，傍晚。

[18] 锦屏人：代指富贵人家。

[19] 忒（tè）：程度副词，太，过于。

看的这韶光[1]贱。

（贴）是[2]花都放了，那牡丹还早。

【好姐姐】（旦）遍青山啼红了杜鹃[3]，荼蘼[4]外烟丝[5]醉软。春香呵，牡丹虽好，他春归怎占的先？（贴）成对儿莺燕呵。（合）闲凝眄[6]，生生燕语明如翦[7]，呖呖[8]莺歌溜的圆。

（旦）去罢。（贴）这园子委是观之不足也。（旦）提他怎的！（行介）

【隔尾】（旦）观之不足由他缱[9]，便赏遍了十二亭台是惘然[10]，到不如兴尽回家闲过遣[11]。

（作到介。贴）开我西阁门，展我东阁床。瓶插映山紫[12]，炉添沉水香。小姐，你歇息片时，俺瞧老夫人去也。（下，旦叹介）默地游春转，小试宜春面[13]。春呵，得和你两留连，春去如何遣？咳，恁般天气好困人也。春香那里？（作左右瞧介，又低首沉吟介）天呵，春色恼人，信有之乎？常观诗、词、乐府，古之女子，因春感情[14]，遇秋成恨，诚不谬矣。吾今年已二八[15]，未逢折

---

[1] 韶光：春光，喻指年少美好时光。南唐冯延巳《鹊踏枝》："烦恼韶光能几许，肠断魂消，看却春还去。"

[2] 是：凡是，任何。

[3] 杜鹃：杜鹃花，亦为鸟名。传说蜀王杜宇称帝，号望帝，后禅位退隐，死后化为杜鹃鸟，昼夜悲鸣，啼至血出乃止。唐白居易《琵琶行》："其间旦暮闻何物？杜鹃啼血猿哀鸣。"

[4] 荼蘼（tú mí）：一种落叶灌木，攀缘茎，花白色，有香气。也称"酴醿"。

[5] 烟丝：细长的杨柳枝条。

[6] 凝眄（miǎn）：注目而视。宋毛滂《青玉案》："转添凝眄，花映春风面。"

[7] 翦（jiǎn）：同"剪"，此谓燕子的叫声像剪刀剪物时一样清脆。

[8] 呖呖（lì）：拟声词，形容鸟鸣声之婉转清脆。

[9] 缱（qiǎn）：缱绻，留恋。

[10] 惘（wǎng）然：失意、忧愁的样子。南朝江淹《无锡县历山集》："酒至情萧瑟，凭樽还惘然。"

[11] 过遣：过日子，打发时光。

[12] 映山紫：杜鹃花的一种。

[13] 宜春面：梳有宜春髻的面部妆容。

[14] 感情：触动情感。

[15] 二八：少女十六岁。唐白居易《秦中吟》："见人不敛手，娇痴二八初。"

桂[1]之夫；忽慕春情，怎得蟾宫[2]之客？昔日韩夫人得遇于郎[3]，张生偶逢崔氏[4]，曾有《题红记》《崔徽传》[5]二书。此佳人才子，前以密约偷期[6]，后皆得成秦晋[7]。（长叹介）吾生于宦族[8]，长在名门，年已及笄[9]，不得早成佳配，诚为虚度青春。光阴如过隙[10]耳，（泪介）可惜妾身颜色如花，岂料命如一叶[11]乎？

【山坡羊】（旦）没乱里[12]春情难遣，蓦地[13]里怀人幽怨。则为我生小[14]婵娟[15]，拣名门一例[16]、一例里神仙眷。甚良缘，把青春抛的远？俺的睡情谁见？则索[17]因循[18]腼腆。想幽梦谁边？和春光暗流转。迁延，这衷怀那处言？淹煎[19]，

[1] 折桂：晋人郤诜参加策对考试名列第一，自称为桂林之一枝，昆山之片玉。后世遂称科举考试得中为折桂。唐杜甫《同豆卢峰知字韵》："梦兰他日应，折桂早年知。"

[2] 蟾宫：本指月宫，唐以后称科举及第为蟾宫折桂。明胡继宗《书言故事大全》卷八："及第之荣，比步蟾宫。"

[3] 韩夫人得遇于郎：即题红叶爱情故事，有多个版本，最有名者为宋刘斧《青琐高议》载张实《流红记》，讲唐僖宗时儒生于祐与宫女韩氏红叶唱酬，结为夫妇事。

[4] 张生逢崔氏：即张生、崔莺莺爱情故事，首见于唐元稹《莺莺传》，后被改编为曲子词、诸宫调及元杂剧《西厢记》等。

[5] 崔徽传：唐元稹所撰传奇小说，写裴敬中与娼女崔徽情事。此处当为《莺莺传》之误。

[6] 偷期：幽会。宋欧阳修《踏莎行》："碧藓回廊，绿杨深院。偷期夜入帘犹卷。"

[7] 秦晋：春秋时秦、晋两国世为婚姻，后遂以指两姓联姻。

[8] 宦族：世代为官的家族。

[9] 及笄（jī）：古代女子年满十五岁而束发加笄，表示成年，后世遂用及笄代指女子已至婚龄。笄，束发用的簪子。

[10] 光阴如过隙：时光飞逝如白驹过隙。典出《庄子・知北游》："人生天地之间，若白驹之过隙，忽然而已。"

[11] 命如一叶：命薄如叶。语本金元好问《鹧鸪天》："颜色如花画不成。命如叶薄可怜生。"

[12] 没（mò）乱：心绪迷乱忧烦。

[13] 蓦（mò）地：突然，忽然。

[14] 生小：幼小，此谓年龄尚小。汉佚名《古诗为焦仲卿妻作》："昔作女儿时，生小出野里。"

[15] 婵娟：美好，漂亮。

[16] 一例：一概，一律。

[17] 则索：只好，只得。

[18] 因循：疏懒，怠惰。

[19] 淹煎：受熬煎，遭折磨。

泼残生[1]除问天！

身子困乏了，且自隐几[2]而眠。（睡介，梦生介。生持柳枝上）莺逢日暖歌声滑，人遇风情笑口开。一径落花随水入，今朝阮肇到天台[3]。小生顺路而来，跟着杜小姐回来，怎生不见？（回看介）呀！小姐，小姐！（旦作惊起相见介。生）小生那一处不寻访小姐来，却在这里。（旦作斜视不语介。生）恰好花园内，折取垂柳半枝，姐姐，你既淹通[4]书史，可作诗以赏此柳枝乎？（旦作惊喜欲言又止介，背云）这生素昧平生[5]，何因到此？（生笑介）小姐，咱爱杀你哩！

【山桃红】（生）则为你如花美眷，似水流年。是答儿[6]闲寻遍。在幽闺自怜。小姐，和你那答儿讲话去。（旦作含笑不行，生作牵衣介。旦低问介）那边去？（生）转过这芍药栏前，紧靠着湖山石边。（旦）秀才，去怎的？（生低答）和你把领扣松，衣带宽，袖稍儿揾[7]着牙儿苫[8]也，则待你忍耐温存一饷眠。（旦作羞，生前抱，旦推介。合）是那处曾相见，相看俨然[9]，早难道[10]这好处相逢无一言？

（生强抱旦下。末花神束发冠、红衣、插花上）催花御史[11]惜花天，检点春

[1] 泼残生：苦命人，常用于自叹。泼，贱，苦。元无名氏《马陵道》第二折："祸临头，谁人救，则我这泼残生眼见的千死千休。"

[2] 隐几：倚靠几案。唐李白《当涂赵炎少府粉图山水歌》："此中冥昧失昼夜，隐几寂听无鸣蝉。"

[3] 阮肇到天台：南朝刘义庆《幽明录》载东汉刘晨、阮肇去天台山采药，遇仙女邀至家中，结为夫妇，半载后返家，邑人不复识，子孙已过七世。后世用阮肇或阮郎喻指情郎。

[4] 淹通：精通。淹，广博，深入。

[5] 素昧平生：与某人从不认识。语出唐李商隐《赠田叟》："鸥鸟忘机翻浃洽，交亲得路昧平生。"

[6] 是答儿：亦作"是搭儿"，到处。

[7] 揾（wèn）：按。

[8] 苫（shān）：盖。

[9] 俨（yǎn）然：宛然，仿佛。

[10] 早难道：岂不闻、怎不知，常放在所引成语、俗谚前表示肯定。元白朴《梧桐雨》第二折："早难道羽扇纶巾笑谈间，破强虏三十万。"

[11] 催花御史：相传唐穆宗时掌管宫中花开事务的官员。

工又一年。蘸[1]客伤心红雨下，勾人悬梦彩云边。吾乃掌管南安府后花园花神是也。因杜知府小姐丽娘与柳梦梅秀才，后日有姻缘之分，杜小姐游春感伤，致使柳秀才入梦。咱花神专掌惜玉怜香，竟来保护他，要他云雨[2]十分欢幸也。

【鲍老催】单则是混阳烝变[3]，看他似虫儿般蠢动[4]把风情搧，一般儿娇凝翠绽魂儿颤。这是景上缘[5]，想内成，因中见。呀！淫邪展污[6]了花台殿。咱待拈片落花儿惊醒他，（向鬼门[7]丢花介）他梦酣春透了怎留连？拈花闪碎的红如片。

秀才才到得半梦儿，梦毕之时，好送杜小姐仍归香阁。吾神去也。（下）

【山桃红】（生旦携手上）这一霎天留人便[8]，草藉花眠[9]。小姐可好？（旦低头介。生）则把云鬟[10]点，红松翠偏。小姐，休忘了呵。见了你紧相偎，慢厮连，恨不得肉儿般团成片也，逗的个日下胭脂雨上鲜。

（旦）秀才，你可去呵？（合前）（生）姐姐，你身子乏了，将息[11]将息。（送旦依前作睡介，轻拍旦介）姐姐，俺去了。（作回顾介）姐姐，你好十分将息，我再来瞧你。那行来春色三分雨，睡去巫山一片云。（下。旦作惊醒低叫介）秀才，秀才，你去了也？（又作痴睡介。老旦上）夫婿坐黄堂，娇娃立绣窗。怪他裙衩上，花鸟绣双双。孩儿，孩儿，你为甚磕睡在此？（旦作醒叫秀才介）咳也！（老旦）孩儿怎的来？（旦作惊起介）奶奶到此！（老旦）我

---

[1] 蘸（zhàn）：用物沾染液体。

[2] 云雨：云和雨，喻指男女欢爱。

[3] 混阳烝（zhēng）变：阳气升腾变化。烝，升。《国语·周语上》："阳气俱烝，土膏其动。"

[4] 蠢动：像虫子一样蠕蠕而动，喻指出于本性的行动。

[5] 景上缘：影子一样虚幻的因缘。景，同"影"。

[6] 展污：玷污，弄脏。

[7] 鬼门：旧称戏台通往后台的上下场门，亦称"鬼门道""古门""古门道"。

[8] 天留人便：天与人方便。

[9] 草藉花眠：卧眠于花草之上。藉，坐卧其上。

[10] 云鬟（huán）：女性如云般蓬松美好的发髻。

[11] 将息：调养休息。宋李清照《声声慢》："乍暖还寒时候，最难将息。"

儿何不做些针指，或观玩书史，舒展情怀？因何昼寝[1]于此？（旦）孩儿适花园中闲玩，忽值春暄恼人，故此回房。无可消遣，不觉困倦少息。有失迎接，望母亲恕儿之罪。（老旦）孩儿，这后花园中冷静，少去闲行。（旦）领母亲严命[2]。（老旦）孩儿，书堂看书去。（旦）先生不在，且自消停[3]。（老叹介）女孩家长成，自有许多情态，且自由他。正是：宛转随儿女，辛勤做老娘。（下。旦长叹，看老旦下介）哎也，天那！今日杜丽娘有些侥幸也！偶到后花园中，百花开遍，睹景伤情，没兴而回。昼眠香阁，忽遇一生，年可弱冠，丰姿俊妍，于园中折得柳丝一枝，笑对奴家说："姐姐既淹通书史，何不将柳枝题赏一篇？"那时待要应他一声，心中自忖[4]："素昧平生，不知名姓，何得轻与交言？"正如此想间，只见那生向前，说了几句伤心话儿，将奴搂抱去牡丹亭畔、芍药阑边，共成云雨之欢。两情和合，真个是千般爱惜、万种温存。欢毕之时，又送我睡眠，几声"将息"。正待自送那生出门，忽值母亲来到，唤醒将来。我一身冷汗，乃是南柯一梦[5]。忙身参礼母亲，又被母亲絮了许多闲话。奴家口虽无言答应，心内思想梦中之事，何曾放怀？行坐不宁，自觉如有所失。娘呵，你叫我学堂看书，知他看那一种书消闷也？（作掩泪介）

【绵搭絮】（唱）雨香云片，才到梦儿边。无奈高堂，唤醒纱窗睡不便[6]。泼新鲜冷汗粘煎，闪的[7]俺心悠步亸[8]，意软鬟偏。不争多[9]费尽神情，坐起谁忺[10]，则待去眠。

---

[1] 昼寝：白天睡觉，午睡。

[2] 严命：尊长的命令。

[3] 消停：歇息，停留。

[4] 自忖（cǔn）：自己忖量、思考。

[5] 南柯一梦：唐李公佐《南柯太守传》写书生淳于棼梦入大槐安国为南柯太守，后遂以南柯一梦代指大梦一场。

[6] 便（pián）：安宁。

[7] 闪的：害的。

[8] 步亸（duǒ）：走路腿软。亸，下垂。

[9] 不争多：几乎，差不多。

[10] 忺（xiān）：高兴，适意。

（贴上）晚妆销粉印，春润费香篝[1]。小姐，熏了被窝睡罢。

【尾声】（旦）困春心游赏倦，也不索香熏绣被眠。天呵，有心情那梦儿还去不远。

（集唐[2]）春望[3]逍遥出画堂（张说），间梅遮柳不胜芳（罗隐）。

可知刘阮[4]逢人处（许浑），回首东风一断肠（韦庄）。

（以明万历《六十种曲》为底本，据别本参校）

【作者简介】

汤显祖（1550—1616），字义仍，号海若、海若士、若士，晚号茧翁，别署清远道人。抚州临川（今江西抚州）人，以故世称"汤临川"。明嘉靖二十九年（1550）八月，汤显祖出生于一个书香世家，他天资聪颖，少年时即崭露头角，随阳明学泰州学派代表人物罗汝芳游，十四岁进学，二十一岁以江西乡试第八名中举人。隆庆五年（1571）起，汤显祖连续四次前往北京参加会试，虽文名鹊起，但后两次皆因拒绝当朝首辅张居正的延揽而失利。在此期间，汤显祖曾于万历五年（1577）尝试创作传奇剧《紫箫记》，未完稿便中途辍止。直至万历十一年（1583），也就是张居正去世后的次年，汤显祖方才以三甲第二百二十一名的较低名次考取进士。万历十二年（1584），汤显祖被任命为南京太常寺博士，开启仕途，此后七年汤显祖均在南京礼部任职。在此期间，他曾将早年未完成的《紫箫记》改编成《紫钗记》。

万历十九年（1591），汤显祖因上《论辅臣科臣疏》弹劾首辅申时行及杨文举、胡汝宁等科臣而触怒神宗，被贬任雷州徐闻典史。一年后，汤显祖改任浙江遂昌知县，在遂昌为官五年，颇有政声。万历二十六年（1598），汤显祖因朝廷税监将来遂昌，不愿受其刁难，辞官归里，也就是在此年秋

[1] 香篝（gōu）：熏笼。宋周邦彦《花犯》："更可惜，雪中高树，香篝熏素被。"

[2] 集唐：在多首唐诗中择取前人成句，按诗律集凑成一首新诗。

[3] 春望：此谓外出游春赏景。

[4] 刘阮：刘晨、阮肇。

天，汤显祖在家乡临川完成了他的旷世名剧《牡丹亭还魂记》。万历二十八年（1600）和万历二十九年（1601），汤显祖又先后依据唐代小说《南柯太守记》和《枕中记》创作了传奇剧《南柯记》和《邯郸记》。因剧中均有与梦相关的情节，此二戏又与《紫钗记》《牡丹亭》一起被称为“临川四梦”或“玉茗堂四梦”（“玉茗堂”是汤显祖书斋之名）。万历四十四年（1616）六月，汤显祖在辞官乡居十八年后逝世于临川。

汤显祖一生志节凛然，文才卓越，生前即刊印有《红泉逸草》《雍藻》（佚）《问棘邮草》《玉茗堂文集》，但他最受欢迎也最深刻地传达了其时代之思的仍是以《牡丹亭》代表的“临川四梦”。汤显祖是明清时期声名最显赫的戏曲家之一，其剧作中深蕴的“至情说”更被视为中国古典情感学说承上启下的关键。明代吕天成盛赞他是“绝代奇才”“千秋之词匠”，王骥德称其“可令前无作者，后鲜来哲，二百年来，一人而已”（《曲律》）；清初洪昇《长生殿》、孔尚任《桃花扇》中皆可见其影响，清代中叶“江右三大家”之一的蒋士铨则将汤显祖的生平和戏曲创作经历谱成《临川梦》传奇，表达崇敬之意。因汤显祖与英国著名剧作家莎士比亚（1564—1616）生卒时间相近，且两人各在东西方戏剧史上成就极大、影响深远，汤显祖又被称为“东方的莎士比亚”。他的剧作已被翻译成多种语言在世界范围内广为传播，成为国际友人了解中国传统戏曲和中华优秀传统文化的重要载体。

【剧作简评】

《牡丹亭》全名《牡丹亭还魂记》，自汤显祖《牡丹亭还魂记题词》可知，此剧成于万历戊戌（二十六年，1598）之秋，是汤显祖弃官归里之后的首部传奇。明沈德符《万历野获编》云：“《牡丹亭》一出，家传户诵，几令《西厢》减价。”汤显祖本人亦曾说：“一生‘四梦’，得意处惟在《牡丹》。”时至今日，《牡丹亭》仍是中国传统戏曲舞台上常演不衰的经典剧目。年轻美丽的杜丽娘与书生柳梦梅因梦感情、死生相随的深挚爱情及剧中所传达的“至情”观念，穿越时空，令一代又一代观者心旷神怡、心摇神动。《牡丹亭》虽不是“临川四梦”中编剧技巧最醇熟的作品，却无疑是汤氏本人乃至明清文人爱情传奇剧的冠首之作。

《牡丹亭》现有万历间刻本，五十五出。《牡丹亭》第一出《标目》中，【汉宫春】云:“杜宝黄堂，生丽娘小姐，爱踏春阳。感梦书生折柳，竟为情伤。写真留记，葬梅花道院凄凉。三年上，有梦梅柳子，于此赴高唐。果尔回生定配，赴临安取试，寇起淮扬。正把杜公围困，小姐惊惶。教柳郎行探，返遭疑激恼平章。风流况，施行正苦，报中状元郎。”

剧叙南宋书生柳春卿，一日梦一少女立于花园梅树之下，言有姻缘之分，醒而改名“梦梅”。南安太守杜宝有女丽娘，年已二八。杜宝夫妇延腐儒陈最良为女儿讲授经典，又令丫鬟春香伴读。春香偶见府后有一花园，丽娘乃乘父亲外出劝农之机，私游花园。丽娘游园归后，梦一书生执柳枝而来相寻，两人遂在牡丹亭畔偕鱼水之欢。梦醒后，丽娘忧思不已，至花园寻梦，物是人非，更添苦闷，渐成痼疾，乃自绘真容，题诗其上。中秋之夜，丽娘夭亡，死前嘱托葬于后园梅树之下，又命春香将真容藏在庭中太湖石底。杜宝转任扬州安抚使，遂将旧园改名“梅花庵观”，托付陈最良照管，赴任而去。三年后，柳梦梅应考路过南安，病倒途中，为陈最良所救，来在梅花庵养病，偶于太湖石间拣到画像，携回房内展玩。丽娘鬼魂再回人间，至柳生处夜会，后丽娘告以实情，柳生依丽娘之言发掘坟墓，丽娘生还。时金国大举进攻南宋，溜金王李全袭扰江淮，杜宝受命抗击，淮安围解。丽娘遣梦梅往淮安打探父亲消息，梦梅带画像请婚，反被杜宝拿住，问其发坟之罪。正纠结间，报柳生状元及第。杜宝与柳生争至廷上，圣旨下命父女、夫妻相认，大团圆结尾。

“忙处抛人闲处住，百计思量，没个为欢处。白日消磨肠断句，世间只有情难诉。”(《牡丹亭》第一出)创作《牡丹亭》时，汤显祖辞官在临川故里闲散度日，继《紫箫记》《紫钗记》之后再次创作婚恋题材，既为消磨时光，亦是为了对“情”作更深的探讨。杜丽娘还魂的故事，题材上虽有借鉴前人之处，但多半源于作者的创造。汤显祖在《牡丹亭题词》中说:“传杜太守事者，仿佛晋武都守李仲文、广州守冯孝将儿女事。予稍为更而演之。至于杜守收拷柳生，亦如汉睢阳王收拷谈生也。”所谓晋武都守李仲文、广州守冯孝将儿女事及谈生之事，都是前代志怪小说中人鬼幽会、死而复生的故事。现论者多以为汤显祖《牡丹亭》乃是本乎话本小说《杜丽娘慕色还魂》，自“题词”来看，亦不乏此种可能。比较剧本与小说则可发现，《牡丹亭》改动极大，回生前除部分情节相似外，《闺塾》《惊梦》《寻梦》《写真》《闹觞》等部分多为汤氏自出机杼，回生后更是改弦更张的全新创造，文学水准和思想深度均远在原话本之上。

《牡丹亭》可以说是一部以杜丽娘为绝对主角的剧作，这和传统婚恋题材戏曲中生、旦并重有着很大不同。第二十出《闹殇》之前，生角很少出场，丽娘的美好及她对真情的热望点燃了整个舞台。原话本中杜宝有一儿一女，在剧本则改成独女。二八年华的她才貌端妍、精通书史、一手好字又会女红。父母对丽娘管束严格，为了“他日到人家，知书知礼，父母光辉”（第三出），他们专门请了老师到家中为女儿讲授经书。第七出《闺塾》所演便是杜丽娘在小丫鬟春香的陪伴之下听老师陈最良讲授《诗经》的情节。老先生早膳已毕，在书馆一边回顾教学内课，一边等待学生到来，久等学生不至，不由怨怪家长娇养女儿，又敲云板催促……开场三两语便将学堂情境画出，看似寻常，却真实、亲切。丽娘在春香的陪伴下缓步登场，她先向老师行礼，又聆听教训，举止言行尽显淑女温良风范；小春香却一派天真，不喜约束，将内心所想脱口而出，“《昔氏贤文》，把人禁杀”，“知道了。今夜不睡，三更时分，请先生上书”。陈最良按《毛诗》讲解《关雎》篇，小丫鬟又不耐其枯燥，忍不住就诗文内容发散思维起来，只见她一会儿打岔逗引老先生学鸟叫，一会儿又以谐音歪解“在河之洲”是去到何知州家，憨顽之态引人发笑。而此处刻画之妙又在于，针对“窈窕淑女，君子好逑”一句发出

“为甚好好的求他”关键之问的，亦是春香。《关雎》篇分明描述的是男子不懈追求心仪的女子，如何便是“后妃之德”？小丫鬟尚且能理解的，正值韶华的丽娘如何不知此诗所颂乃是爱情？原本严肃无趣的《诗经》课堂，却是丽娘青春萌动的现场。一白发腐儒、一端美小姐、一活泼丫鬟，三人鲜明的形象性格对比和他们对《关雎》一诗的不同理解给观众以极大的审美和思想冲击，使人在欢笑之余不由思索：《关雎》原本所要传达的真实思想情感到底是什么？

杜宝夫妇请老师为女儿讲授《诗经》，以为“《诗经》开首便是后妃之德，四个字儿顺口，且是学生家传，习《诗》罢”（第五出）。他们还特意延请了黉门腐儒，也就是长期习学儒业却未能中举的老书生，以确保年轻的女儿接触到的老师是古板的、接受的教育是“正统”的。《毛诗正义·关雎序》曰：“《关雎》，后妃之德也，风之始也，所以风天下而正夫妇也，故用之乡人焉，用之邦国焉”，“《周南》《召南》，正始之道，王化之基，是以《关雎》乐得淑女以配君子，忧在进贤，不淫其色。哀窈窕，思贤才，而无伤善之心焉，是《关雎》之义也”。【掉角儿】一曲陈最良解读《诗经》，显然与《毛诗正义》不谋而合，是遵循儒家“思无邪”之说从人伦彝范的角度的照本宣科。在以《四书》取士又尊程朱的明代，毛传、郑笺、孔疏、朱注皆是不刊之论，汤显祖在剧中借由《关雎》篇引出的性情之思，发出“圣人之情，尽见于此矣。今古同怀，岂不然乎”（第九出）的诘问，显是借《诗经》的经典化表达对天生人性“生生之仁”的肯定。

老师要学生写字，春香取来丽娘的文具，墨是螺子黛、笔是眉笔、纸是薛涛笺、砚是鸳鸯砚，无论是误拿的化妆用具还是风雅的文房用品，俱被陈最良一一驳回重取，“陈老迂腐绝伦，凡事少见多怪”（《吴吴山三妇合评牡丹亭》），台上又是一阵闹热。看小姐临书，丫鬟无所事事，如何忍耐得住？春香以出恭为由外出玩耍，为发现花园创造了契机；而留在学堂的师生二人有关做鞋的对话，则再次在对比中呈现了杜丽娘的恭顺与陈最良的愚钝。春香外出久久不回，老先生不免又催促起来，小丫鬟不情不愿返回学堂，带回了“原来有座大花园。花明柳绿，好耍子哩”的消息——看似闲笔，却为后来丽娘游园预埋下伏笔，“盖春香不瞧园，丽娘何由游春？不游春，那得感梦？一部情缘，隐隐从微处逗起”（《吴吴山三妇合评牡丹亭》）。陈最良听说春香不想读书撒谎去花园玩耍，顿时大怒，不仅要以荆条体罚教育，更举古人囊萤趁月、悬梁刺股之例鞭策春香不可懈怠。然而这些“典范”显然并不适用于为小姐伴读的花面丫鬟，于是又引发了春香针锋相对的连番质疑……陈最良不懂生活情趣，不晓文人风雅，甚至对自己的衣服鞋袜等日常庶务也一无所知，他只知道死读经典，复述经典，“依注解书”，这样的老师又如何能让机灵跳脱的小丫鬟心悦诚服？

正此胶着之时，忽有卖花声传入学堂，春香的注意力再次花儿被吸引过去。伴读丫鬟“不受教”的言行终于引爆了陈最良的怒气：“又引逗小姐哩！待俺当真打一下。”小春香如何便能任其责打，抢下荆条便丢到一边。丽娘见状主动出言责认春香，一方面化解了双方的矛盾，一方面则袒护了春香，避免她真的挨打。一天的教学在春香的认错声中草草收场，而临谢幕前丽娘“花园在那里”一问，则透露出小姐之心也已在花园之上。“旦问花园是戏眼”（明臧懋循语），在此之前，丽娘是美丽、恭顺却无青春之气的名门淑女，经此一问而知她的内心仍是朝气蓬勃、向往自由的二八少女。汤显祖在一堂《诗经》课里，鲜活地塑造了三个典型形象，利用《关雎》和“花园”巧妙安插了全剧爱情主线的萌芽，场面上庄谐互生、冷热得宜，演来活泼有趣又贴近现实生活。《闺塾》一出，后来发展成为《春香闹学》折子戏，迄今仍是昆曲舞台上最受观众欢迎的昆曲剧目之一。

《惊梦》一出，则是《牡丹亭》全剧的核心，是对“情不知所起，一往而深”“梦中之情，何必非真”（明汤显祖《牡丹亭题词》）最集中展现。传世的昆剧演出中又往往称之为《游园惊梦》，将其分为两出，【绕地游】至【隔尾】为《游园》；【山坡羊】至【尾声】称《惊梦》。自情节而言，概可分为四个部分:【醉扶归】之前，演丽娘为游花园在闺房内精心妆扮;【皂罗袍】至【隔尾】，丽娘主仆二人至园中游赏春光;【山坡羊】至第二支【山桃红】之间，丽娘回房后情思缱绻，入梦后与一书生一场幽欢;【绵搭絮】至尾声，母亲呼唤，丽娘醒来，惊觉美好情事乃是一梦。整出戏起承转合矫若游龙，春光春景令人心驰，“婉丽妖冶”（明王骥德《曲律》），极情尽致，是汤显祖戏曲中演出最多、最受推崇者。

此出以丽娘春晨梦觉开场，“梦回莺啭，乱煞年光遍，人立小庭深院”。黄莺儿婉转的娇啼唤醒闺阁内的淑女，春光缭乱将人的情思由室内写向室外，而在无限美好的和煦春日里，闺中之人却只能茕茕孑立于重重闭锁的小庭深院——礼教对人性的束缚似看不见却密织的罗网，紧紧桎梏着青春少女。恰在这沉重的压抑氛围中，袅袅晴丝（情思）随春风摇漾而至，扑入深闺少女的心房，唤醒了她对爱情朦胧却真挚的向往。小姐懒做女红、倦于香道，趁杜老爷外出之机，将行“叛逆”之举——与春香到花园游赏。丽娘于难得的游园分外珍惜，即便只是到自家花园，仍要郑重其事梳妆打扮。【绕地游】以“没揣菱花，偷人半面，迤逗的彩云偏”之妙语，描绘出丽娘之明艳照人——无情之镜亦爱少女之美，不忍其离去，竟将其发髻拖偏，想象奇崛，较“照花前后镜，花面交相映”（唐温庭筠《菩萨蛮》）更胜一重;【醉扶归】则出人意表地用“翠生生”来形容茜红裙装的夺目璀璨，再辅以八宝镶嵌的美丽花簪，美人、华衣、佳饰，相得益彰。小姐啊，为何你今日妆扮得如此好看？“可知我常一生儿爱好是天然。”青春少女对美好事物的热爱是天所赋予的人性本然，即便杜丽娘闭月羞花、沉鱼落雁的美暂时仍无人发现，她由内而外焕发出的生机，已冲破了礼教的重重包裹，破茧而出！

主仆二人一路向花园而来。“画廊金粉半零星，池馆苍苔一片青”，杜家园林虽精，却久无人至，已见颓败之色，然在丽娘而言，“踏草怕泥新绣袜，惜花疼煞小金铃”，树木欣欣向荣，一花一草皆值得怜惜，女子温柔善良的内心世界不难见之。“不到园林，怎知春色如许！”是久困深闺的少女亲身走进万紫千红后发出的第一声喟叹，“前云眼见春如许，见得却浅；此处‘不知’，却深。忽临春色，蓦地动魂，那不百端交集”（《吴吴山三妇合评牡丹亭》）。【皂罗袍】写丽娘感叹姹紫嫣红无人欣赏，不由想到自己年华正好却无爱人相伴，只能闲散度日虚掷光阴。良辰美景、赏心乐事，也只能与小丫鬟款步废园；朝云暮雨、烟波画船，父母却将此韶光看得如此轻贱！曲家巧妙化用王勃千古名篇《滕王阁序》，以情绪为主，泛写景物，令丽娘踏青之惊喜与自艾之悲戚交替而出，缱绻动人。【好姐姐】则以景为主，融入情思：杜鹃似火，荼蘼生烟，人赞牡丹是富贵之花，可它却难占春先，开得最晚；成对的莺燕在林间欢快啼叫，更是反衬了小姐的孤单……丽娘心意难平，却不得不怅然而返。春闺渴睡，又思及春景之美与《莺莺传》《题红记》等因春恨秋悲而生发的爱情故事，让她入梦后果然遇到了倾心的才郎。“忽然游园，因之感触；忽然回家，已自情尽；又从春色上生出一段风勾月引，为入梦之因”（《吴吴山三妇合评牡丹亭》）。【山坡羊】将丽娘“今年已二八，未逢折桂之夫；忽慕春情，怎得蟾宫之客”的怨慕，以极缠绵的语言倾诉出来：父母以女儿尚小、才貌俱佳为理由，一定要为我仔细挑选门当户对的神仙眷侣，但韶光容易把人抛，谁伴我入梦，谁又能入我梦中呢？

丽娘不觉凭几睡去，在她超现实又映照了现实的梦里，书生的出现是突然的，他的表白是直露又大胆的：“小生那一处不寻访小姐来，却在这里。”“姐姐，你既淹通书史，可作诗以赏此柳枝乎？”“小姐，咱爱杀你哩！”原本只是模糊存在于丽娘想象中的爱人，面目一下子就清晰起来：他像《关雎》中的男子那样，不懈追求心爱之人；他如张生、于生般知书达理、英俊潇洒，懂得欣赏自己的书史才华；他对她的爱，是至死不渝的深情——书生的一切，都像是应小姐之心而生，天造地设，勾动天雷地火。【山桃红】从灵魂之弦的共振写到肉身结合的放恣，柳生的鲁莽，丽娘的骄矜，在梦中痴男怨女摆脱了礼教的重重束缚，牡丹亭畔的片刻欢愉，也成为丽娘生可以死、死可以生的“至情”的关键契机。专掌惜玉怜香的花神适时出现，他的护佑从天道的角度为丽娘之情的正当性提供了支撑。但梦总会醒，梦毕之时，丽娘又回到了自己的卧房，她的母亲正在身旁，“怪他裙衩上，花鸟绣双双”。

母亲对女儿“昼寝”颇为不满。《论语》载：“宰予昼寝。子曰：‘朽木不可雕也，粪土之墙不可圬也！’”丽娘虽是女子，但既出身宦门，便须受儒家礼教约束。闻知丽娘外出游园后，母亲又以花园清冷为由，要女儿少去闲行——连女儿衣裙上花鸟成双都不愿见到的母亲，又怎会纵容女儿游园失了端谨？回到现实的丽娘，再次陷入了礼教的深井，锁链的沉重让她不由回想起与书生邂逅相逢、草藉花眠的美妙梦境。巨大的失落感让她再也无心去学堂看书，因为再也没有哪一种书能够消去她的愁思与烦闷。【绵搭絮】将梦境与现实对立起来，凸显了情与理的矛盾。《惊梦》最后以丽娘渴望再次入梦作结，既挽住了前情，又为后续寻梦预设了铺垫。《牡丹亭》全剧叙事前紧后松，丽娘身死重生后情节拖沓枝蔓常引观者不满，但《惊梦》一出却是圆融的、惊艳的、诗意的、深刻的，无怪其会成为妙绝千古的名篇。

汤显祖在《牡丹亭题词》中说：“天下女子有情，宁有如杜丽娘者乎！梦其人即病，病即弥连，至手画形容传于世而后死。死三年矣，复能溟莫中求得其所梦者而生。如丽娘者，乃可谓之有情人耳。情不知所起，一往而深，生者可以死，死可以生。生而不可与死，死而不可复生者，皆非情之至也。梦中之情，何必非真，天下岂少梦中之人耶？……第云理之所必无，安知情之所必有邪！”在这部戏里，汤显祖将“情”提到了“理所必无，情所必有”的高度，通过将“情”与“性”“理”相抗，阐扬“情”所代表的自然人性的正当。杜丽娘的情，在发生之初是没有既定对象的，而一旦产生却是死生以之的强烈，汤显祖在剧中将“情”推向极致，以突出“情”在发生、发展上的不可阻止，进而对“情”做出了肯定。汤显祖在他的另一篇文章《耳伯麻姑游诗序》总结说：“世总为情，情生诗歌，而行于神。天下之声音笑貌大小生死，不出乎是。因以憺荡人意，欢乐舞蹈，悲壮哀感鬼神风雨鸟兽，摇动草木，洞裂金石。”身处纷乱的晚明，汤显祖以他对“至情”的呼唤，寻找疗救世事人心的药方。汤显祖的“至情说”总体上是积极的，醒世救世始终是其思想与践履的主流，亦是《牡丹亭》中杜丽娘为爱而死后一定要为爱复生的原因。《牡丹亭》一剧中，美丽的小姐杜丽娘经历了梦中情、人鬼情与人间情——最潋滟的是梦中情、最缱绻的是人鬼情、最质朴的是人间情。即便为人要受到世间种种道德、法律的桎梏，杜丽娘仍一心一意要重生返世与书生白头到老——只有在红尘中拥抱炙热的生活，方是现实里可望可即的幸福，也才能被称作是“情之至者”。

长生殿

[清] 洪昇

第二十二出　密誓

【越调引子 · 浪淘沙】（贴[1]扮织女[2]引二仙女上）云护玉梭[3]儿，巧织机丝。天宫原不着相思，报道今宵逢七夕，忽忆年时[4]。

[鹊桥仙][5]“纤云弄巧，飞星传信，银汉[6]秋光暗度。金风玉露一相逢，便胜却人间无数。柔肠似水，佳期如梦，遥指鹊桥前路。两情若是久长时，又岂在朝朝暮暮。”吾乃织女是也。蒙上帝玉敕[7]，与牛郎结为天上夫妇，年年七夕，渡河相见。今乃下界天宝[8]十载，七月七夕。你看明河无浪，乌鹊将填，不免暂撤机丝[9]，整妆而待。（内细乐，扮乌鹊上，绕场飞介。前场设一桥，乌鹊飞止桥两边介）（二仙女）鹊桥已驾，请娘娘渡河。（贴起行介）

【越调过曲 · 山桃红】【下山虎头】俺这里乍抛锦字，暂驾香辎[10]。（合）趁

---

[1] 贴：贴旦，中国传统戏曲脚色名，剧中正旦之外的次要旦角。

[2] 织女：中国古代传说中天帝的女儿。传说织女与牛郎结为夫妇，婚后废织，被天帝分隔于银河两岸，每年农历七月七日方能相会。

[3] 玉梭：织布梭的美称。

[4] 年时：当年，昔日。唐卢殷《雨霁登北岸寄友人》：“忆得年时冯翊部，谢郎相引上楼头。”

[5] 鹊桥仙：此词引用宋秦观《鹊桥仙》词而略有改动。鹊桥，相传每年七月初七日喜鹊夜聚成桥，牛郎、织女由鹊桥过银河而相会。

[6] 银汉：天河，银河。唐白居易《七夕》：“烟霄微月澹长空，银汉秋期万古同。”

[7] 敕（chì）：帝王的诏书。

[8] 天宝：唐玄宗年号。

[9] 机丝：织机上的丝。唐温庭筠《博山》：“博山香重欲成云，锦段机丝妒鄂君。”

[10] 香辎（zī）：犹香车，神仙乘坐的车或装饰华美的车。辎，古代一种有帷盖的大车。

碧落[1]无云滓，新凉暮飔[2],（作上桥介）踩上这桥影参差，俯映着河光净泚[3]。【小桃红】更喜杀新月纤，华露滋，低绕着乌鹊双飞翅也，【下山虎尾】陡觉的银汉秋生别样姿。（做过桥介）（二仙女）启娘娘，已渡过河来了。（贴）星河之下，隐隐望见香烟一簇，摇扬腾空，却是何处？（仙女）是唐天子的贵妃杨玉环，在宫中乞巧[4]哩。（贴）生受[5]他一片诚心，不免同了牛郎，到彼一看。（合）天上留佳会，年年在斯，却笑他人世情缘顷刻时。（齐下）

【商调过曲·二郎神】（二内侍挑灯引生上）秋光静，碧沉沉轻烟送暝[6]。雨过梧桐微做冷，银河宛转，纤云点缀双星[7]。（内作笑声，生听介）顺着风儿还细听，欢笑隔花阴树影。内侍，是那里这般笑语？（内侍问介）万岁爷问：那里这般笑语？（内）是杨娘娘到长生殿去乞巧哩。（内侍回介）杨娘娘到长生殿去乞巧，故此笑语。（生）内侍每不要传报，待朕悄悄前去。撤红灯，待悄向龙墀[8]觑个分明。（虚下[9]）

【前腔】【换头】（旦引老旦、贴同二宫女各捧香盒、纨扇、瓶花、化生金盆[10]

---

[1] 碧落：泛指天空。唐白居易《长恨歌》："上穷碧落下黄泉，两处茫茫皆不见。"

[2] 暮飔（sī）：傍晚的凉风。

[3] 净泚（cǐ）：明净清澈。泚：清，鲜明。

[4] 乞巧：旧时风俗，农历七月七日夜为牛郎、织女相会之期，妇女于此夕陈瓜果、鲜花、胭脂等于庭院向天祭拜，乞求心灵手巧。

[5] 生受：难为，多亏。

[6] 暝（míng）：日暮，黄昏。

[7] 双星：特指牵牛、织女星。唐鲍溶：《秋夜闻郑山人弹楚妃怨》："此夕河汉上，双星含凄然。"

[8] 龙墀（chí）：皇宫内殿前的台阶。

[9] 虚下：中国传统戏曲术语，演员在幕前做出下场的动作，此时人虽还在台上，但观众感到其已下场。

[10] 化生金盆：亦称"化生盆"，古代七夕时妇女用金盆盛放蜡制婴儿偶像（化生）求子。明陈继儒《群碎录》："七夕俗以蜡作婴儿形，浮水中以为戏，为妇人宜子之祥，谓之'化生'。"唐薛能《吴姬十首》其十："芙蓉殿上中元日，水拍银台弄化生。"

上）宫庭，金炉篆霭[1]，烛光掩映。米大蜘蛛厮抱定[2]，金盘种豆[3]，花枝招飐[4]银瓶。（老旦、贴）已到长生殿中，巧筵齐备，请娘娘拈香。（作将瓶花、化生盆设桌上，老旦捧香盒，旦拈香介）妾身杨玉环，虔爇[5]心香，拜告双星，伏祈鉴佑。愿钗盒情缘长久订，（拜介）莫使做秋风扇冷[6]。（生潜上窥介）觑娉婷[7]，只见他拜倒在瑶阶[8]，暗祝[9]声声。

（老旦、贴作见生介）呀，万岁爷到了。（旦急转，拜生介）（生扶起介）妃子在此，作何勾当[10]？（旦）今乃七夕之期，陈设瓜果，特向天孙[11]乞巧。（生笑介）妃子巧夺天工，何须更乞？（旦）惶愧[12]。（生、旦各坐介）（老旦、贴同二宫女暗下）（生）妃子，朕想牵牛、织女隔断银河，一年才会得一度，这相思真非容易也。

【集贤宾】秋空夜永碧汉清，甫[13]灵驾逢迎，奈天赐佳期刚半顷，耳边厢容易鸡鸣。云寒露冷，又趱上[14]经年孤另。（旦）陛下言及双星别恨，使妾凄然。

---

[1] 篆霭：盘香的烟雾。

[2] 米大蜘蛛厮抱定：即“蛛丝卜巧”或“蛛丝才巧”的风俗。妇女于七夕将蜘蛛（蟢子）放入盒内，以结网密疏占卜得巧多少。

[3] 金盘种豆：即“种生”的风俗。妇女在七夕前数日将豆子、小麦等浸于盆内，七夕时嫩芽长可数寸，用彩色丝线系起来。

[4] 招飐（zhǎn）：摇曳。

[5] 爇（ruò）：焚烧。

[6] 秋风扇冷：扇子在秋风起后被弃，比喻女子年老色衰而被冷落。语出汉班婕妤《怨歌行》：“新裂齐纨素，鲜洁如霜雪。裁为合欢扇，团团似明月。出入君怀袖，动摇微风发。常恐秋节至，凉飙夺炎热。弃捐箧笥中，恩情中道绝。”

[7] 娉婷（pīng tíng）：女子姿态美好的样子，代指美女。唐白居易《夜闻歌者》：“独倚帆樯立，娉婷十七八。”

[8] 瑶阶：玉石的台阶，常用为石阶的美称。

[9] 暗祝：心内祷告。

[10] 勾当：事情，此处无贬义。

[11] 天孙：织女。织女为天帝孙女，故称。

[12] 惶愧：谦敬词，惶恐惭愧。

[13] 甫：刚刚。

[14] 趱（zǎn）上：赶上。

只可惜人间不知天上的事，如打听，决为了相思成病。

（做泪介）（生）呀，妃子为何掉下泪来？（旦）妾想牛郎织女，虽则一年一见，却是地久天长。只恐陛下与妾的恩情，不能够似他长远。（生）妃子说那里话！

【黄莺儿】仙偶纵长生，论尘缘也不恁争。百年好占风流胜，逢时对景，增欢助情，怪伊底事[1]反悲哽？（移坐近旦低介）问双星，朝朝暮暮，争似[2]我和卿！

（旦）臣妾受恩深重，今夜有句话儿，……（住介）（生）妃子有话，但说不妨。（旦对生呜咽介）妾蒙陛下宠眷，六宫无比。只怕日久恩疏，不免白头之叹[3]！

【莺簇一金罗】【黄莺儿】提起便心疼，念寒微侍掖庭[4]，更衣傍辇多荣幸。【簇御林】瞬息间，怕花老春无剩，【一封书】宠难凭。（牵生衣泣介）论恩情，【金凤钗】若得一个久长时，死也应；若得一个到头时，死也瞑。【皂罗袍】抵多少平阳歌舞，恩移爱更[5]，长门孤寂，魂销泪零[6]。断肠枉泣红颜命！

（生举袖与旦拭泪介）妃子，休要伤感。朕与你的恩情，岂是等闲可比？

【簇御林】休心虑，免泪零，怕移时，有变更。（执旦手介）做酥儿拌蜜胶粘定，总不离须臾顷。（合）话绵藤，花迷月暗，分不得影和形。

（旦）既蒙陛下如此情浓，趁此双星之下，乞赐盟约，以坚终始。（生）朕和你焚香设誓去。（携旦行介）

---

[1] 底事：何事，为什么。

[2] 争似：怎似，怎如。

[3] 白头之叹：妇女被遗弃而作晚景凄凉之叹。传说汉代司马相如欲娶妾，其妻卓文君作《白头吟》，其中有“愿得一心人，白头不相离”之句，相如遂止。

[4] 掖庭：亦作“掖廷”，宫中官署名，代指宫廷。秦代名永巷，汉武帝太初元年改为掖廷。

[5] 平阳歌舞，恩移爱更：汉武帝皇后卫子夫本为平阳公主府中歌女，得幸入宫被封为皇后，年老色衰后失宠。

[6] 长门孤寂，魂销泪零：汉武帝皇后陈阿娇被废黜后居住长门宫，凄凉悲苦。

【琥珀猫儿坠】（合）香肩斜靠，携手下阶行。一片明河[1]当殿横，（旦）罗衣陡觉夜凉生。（生）惟应和你悄语低言，海誓山盟。

（生上香揖，同旦福介）双星在上，我李隆基与杨玉环，（旦合）情重恩深，愿世世生生，共为夫妇，永不相离。有渝此盟，双星鉴之。（生又揖介）在天愿为比翼鸟，（旦拜介）在地愿为连理枝。（合）天长地久有时尽，此誓绵绵无绝期[2]。（旦拜谢生介）深感陛下情重，今夕之盟，妾死生守之矣。（生携旦介）

【尾声】长生殿里盟私订，（旦）问今夜有谁折证[3]？（生指介）是这银汉桥边，双双牛女星。（同下）

【越调过曲・山桃红】（小生扮牵牛，云巾、仙衣，同贴引仙女上）只见他誓盟密矢，拜祷孜孜，两下情无二，口同一辞。（小生）天孙，你看唐天子与杨玉环，好不恩爱也！悄相偎，倚着香肩，没些缝儿。我与你既缔天上良缘，当作情场管领[4]。况他又向我等设盟，须索与他保护。见了他恋比翼，慕并枝，愿生生世世情真至也，合令他长作人间风月司[5]。（贴）只是他两人劫难将至，免不得生离死别。若果后来不背今盟，决当为之绾合[6]。（小生）天孙言之有理。你看夜色将阑，且回斗牛宫[7]去。（携贴行介）（合）天上留佳会，年年在斯，却笑他人世情缘顷刻时！

何用人间岁月催（罗邺），星桥横过鹊飞回（李商隐）。

莫言天上稀相见（李郢），没得心情送巧来（罗隐）。

---

[1] 明河：银河。宋陆游《明河篇》："明河八月转分明，炯如素练西南倾。"

[2] 此誓绵绵无绝期：此四句化用唐白居易《长恨歌》而有所更改。

[3] 折证：对证。

[4] 情场管领：管理婚恋之事的神。

[5] 风月司：掌管情爱之事的人。

[6] 绾合：牵线撮合。

[7] 斗牛宫：南斗星宫和牵牛星宫。

第二十四出　惊变

（丑上）玉楼天半起笙歌，风送宫嫔笑语和。月殿影开闻夜漏，水晶帘卷近秋河。咱家高力士[1]，奉万岁爷之命，着咱在御花园中安排小宴。要与贵妃同来游赏，只得在此伺候。（生、旦乘辇，老旦、贴随后，二内侍引，行上）

【北中吕】【粉蝶儿】天淡云闲，列长空数行新雁。御园中秋色斓斑，柳添黄，蘋[2]减绿，红莲脱瓣。一抹雕阑，喷清香桂花初绽。

（到介）请万岁爷娘娘下辇。（生、旦下辇介）（丑同内侍暗下）（生）妃子，朕与你散步一回者。（旦）陛下请。（生携旦手介）（旦）

【南泣颜回】携手向花间，暂把幽怀同散。凉生亭下，风荷映水翩翻。爱桐阴静悄，碧沉沉并绕回廊看。恋香巢秋燕依人，睡银塘鸳鸯蘸眼[3]。

（生）高力士，将酒过来，朕与娘娘小饮数杯。（丑）宴已排在亭上，请万岁爷娘娘上宴。（旦作把盏，生止住介）妃子坐了。

【北石榴花】不劳你玉纤纤高捧礼仪烦，子待[4]借小饮对眉山[5]。俺与你浅斟低唱互更番，三杯两盏，遣兴消闲。妃子，今日虽是小宴，倒也清雅。回避了御厨中，回避了御厨中烹龙炰凤[6]堆盘案，咿咿哑哑乐声催趱。只几味脆生生，只几脆生生蔬和果清肴馔，雅称[7]你仙肌玉骨美人餐。

妃子，朕与你清游小饮，那些梨园旧曲，都不耐烦听他。记得那年在沉香亭上赏牡丹，召翰林李白草《清平调》三章，令李龟年[8]度成新谱，其词甚佳。

[1] 高力士：唐代宦官，深受玄宗宠信。

[2] 蘋：水生蕨类植物，全草可入药。

[3] 蘸（zhàn）眼：引人注目。

[4] 子待：只希望。

[5] 眉山：对女性眉毛的美称，此处以眉代指人。古人常以黛色画眉，眉毛的颜色、形状与远山相似。

[6] 烹龙炰（páo）凤：亦作“烹龙炮凤”，形容精心制作的珍奇的菜肴。唐李贺《将进酒》：“烹龙炮凤玉脂泣，罗帏绣幕围香风。”烹，煮。炰，烧。

[7] 雅称（chèn）：非常合适。雅，极，甚。

[8] 李龟年：唐代著名乐工，善于歌唱作曲，素得唐玄宗青睐。

不知妃子还记得么？（旦）妾还记得。（生）妃子可为朕歌之，朕当亲倚玉笛[1]以和。（旦）领旨。（老旦进玉笛，生吹介）（旦按板介）

【南泣颜回】【换头】[2]花繁，秾艳想容颜，云想衣裳光璨。新妆谁似？可怜[3]飞燕[4]娇懒。名花国色，笑微微常得君王看。向春风解释[5]春愁，沉香亭同倚阑干。

（生）妙哉，李白锦心[6]，妃子绣口[7]，真双绝矣。宫娥，取巨觞[8]来，朕与妃子对饮。（老旦、贴送酒介）（生）

【北斗鹌鹑】畅好是[9]喜孜孜驻拍停歌，喜孜孜驻拍停歌，笑吟吟传杯送盏。妃子干一杯。（作照干[10]介）不须他絮烦烦射覆[11]藏钩[12]，闹纷纷弹丝弄板。（又作照杯介）妃子，再干一杯。（旦）妾不能饮了。（生）宫娥每，跪劝。（老旦、贴）领旨。（跪旦介）娘娘，请上这一杯。（旦勉饮介）（老旦、贴作连劝介）（生）我这里无语持觞仔细看，早只见花一朵上腮间。（旦作醉介）妾真醉矣。（生）一会价软咍咍[13]柳亸花欹[14]，困腾腾莺娇燕懒。

---

[1] 亲倚玉笛：亲自吹笛伴和。倚，随着，和着。玉笛，笛子的美称。

[2] 此曲化用唐李白《清平调》三首："云想衣裳花想容，春风拂槛露华浓。若非群玉山头见，会向瑶台月下逢。""一枝秾艳露凝香，云雨巫山枉断肠。借问汉宫谁得似，可怜飞燕倚新妆。""名花倾国两相欢，长得君王带笑看。解释春风无限恨，沉香亭北倚阑干。"

[3] 可怜：可爱。

[4] 飞燕：汉成帝皇后赵飞燕。出身微贱，体态轻盈，善歌舞，后为成帝召入宫，与其妹赵合德一起宠冠后宫。

[5] 解释：解散，消解。

[6] 锦心：比喻优美的文思。

[7] 绣口：本比喻文辞华丽，此处喻指歌喉优美。

[8] 巨觞（shāng）：大酒杯。觞，一种酒器。

[9] 畅好是：真是，正是。

[10] 照干：干杯后倾杯示人，亦作"照杯"。

[11] 射覆：一种古代游戏，把东西覆于器物下让人猜，后世亦用于酒令。

[12] 藏钩：一种古代游戏，一方将钩藏在手里，对方猜中则算赢。

[13] 软咍（hāi）咍：软绵绵。

[14] 柳亸（duǒ）花欹（qī）：像花柳一样绵软、倾斜，此处形容杨妃醉态。亸，下垂。欹，同"攲"，倾斜。

妃子醉了，宫娥每，扶娘娘上辇进宫去者。（老旦、贴）领旨。（作扶旦起介）（旦作醉态呼介）万岁。（老旦、贴扶旦行）（旦作醉态介）

【南扑灯蛾】态恹恹[1]轻云软四肢，影蒙蒙空花乱双眼。娇怯怯柳腰扶难起，困沉沉强抬娇腕。软设设金莲倒褪，乱松松香肩亸云鬟。美甘甘思寻凤枕，步迟迟倩[2]宫娥搀入绣帏间。

（老旦、贴扶旦下）（丑同内侍暗上）（内击鼓介）（生惊介）何处鼓声骤发？（副净急上）"渔阳鼙鼓[3]动地来，惊破《霓裳羽衣曲》。"（问丑介）万岁爷在那里？（丑）在御花园内。（副净）军情紧急，不免径入。（进见介）陛下，不好了。安禄山[4]起兵造反，杀过潼关[5]，不日就到长安了。（生大惊介）守关将士何在？（副净）哥舒翰[6]兵败，已降贼了。（生）

【北上小楼】呀，你道失机的哥舒翰，称兵的安禄山，赤紧的[7]离了渔阳，陷了东京[8]，破了潼关。唬得人胆战心摇，唬得人胆战心摇，肠慌腹热，魂飞魄散，早惊破月明花粲。

卿有何策，可退贼兵？（副净）当日臣曾再三启奏，禄山必反，陛下不听，今日果应臣言。事起仓卒，怎生抵敌？不若权时[9]幸蜀，以待天下勤王[10]。

[1] 恹（yān）恹：困倦或精神不振貌。唐刘兼《春昼醉眠》："处处落花春寂寂，时时中酒病恹恹。"

[2] 倩（qìng）：动词，请人做某事。宋辛弃疾《水龙吟·登建康赏心亭》："倩何人唤取，红巾翠袖，揾英雄泪。"

[3] 鼙（pí）鼓：古代军中所用战鼓，借指战事。宋王清惠《满江红》："忽一声，鼙鼓揭天来，繁华歇。"

[4] 安禄山：胡人，本姓康，唐天宝末年以平卢、范阳、河东三镇节度使举兵造反，攻入长安，称燕帝，后为其子庆绪所杀。

[5] 潼关：关隘名，东汉时设，故址在今陕西潼关东南，扼陕西、山西、河南三省要冲，为兵家必争之地。

[6] 哥舒翰：唐代将领，西突厥突骑施哥舒部人，因破吐蕃有功被封西平郡王，安史之乱前统兵驻守潼关，兵败后降安禄山。

[7] 赤紧的：形容时间短促，犹言一时间、转眼间。

[8] 东京：唐朝的东京洛阳。

[9] 权时：权宜，暂时。

[10] 勤王：君主有难，臣子起兵救援靖乱。唐骆宾王《代徐敬业讨武曌檄》："共立勤王之勋，无废旧君之命。"

（生）依卿所奏。快传旨，诸王百官，即时随驾幸蜀便了。（副净）领旨。（急下）（生）高力士，快些整备军马。传旨令右龙武将军陈元礼[1]，统领羽林[2]军士三千扈驾前行。（丑）领旨。（下）（内侍）请万岁爷回宫。（生转行叹介）唉！正尔欢娱，不想忽有此变，怎生是了也！

【南扑灯蛾】稳稳的宫庭宴安，扰扰的边廷造反。冬冬的鼙鼓喧，腾腾的烽火黫[3]。的溜扑碌[4]臣民儿逃散，黑漫漫乾坤覆翻，磣磕磕[5]社稷摧残，磣磕磕社稷摧残。当不得萧萧飒飒西风送晚，黯黯的一轮落日冷长安。

（向内问介）宫娥每，杨娘娘可曾安寝？（老旦、贴人应介）已睡熟了。（生）不要惊他，且待明早五鼓[6]同行。（泣介）天那，寡人不幸，遭此播迁[7]，累他玉貌花容，驱驰道路。好不痛心也！

【南尾声】在深宫兀自娇慵惯，怎样支吾[8]蜀道难。（哭介）我那妃子呵，愁杀你玉软花柔，要将途路趱。

宫殿参差落照间（卢纶），渔阳烽火照函关[9]。（吴融）

遏云声绝悲风起（胡曾），何处黄云是陇山[10]？（武元衡）

（以清康熙稗畦草堂刻本为底本，据别本参校）

---

[1] 陈元礼：即陈玄礼。唐将领，曾从唐玄宗李隆基起兵除韦后，安史之乱爆发后随玄宗入蜀，后封蔡国公。

[2] 羽林：护卫皇帝的禁卫军。唐崔颢《赠梁州张都督》："出塞清沙漠，还家拜羽林。"

[3] 黫（yān）：黑。

[4] 的溜扑碌：拟声词，此处形容连滚带爬仓皇逃命。

[5] 磣（chěn）磕磕：凄惨可怕貌。元白朴《梧桐雨》第三折："怎下的磣磕磕马蹄儿脸上踏，则将细裊裊咽喉掐。"

[6] 五鼓：即五更，古代把 19 时至次日 5 时的一夜分为五更，五更即现在的凌晨 3 时至 5 时。

[7] 播迁：流离迁徙。南北朝庾信《哀江南赋》："彼凌江而建国，始播迁于吾祖。"

[8] 支吾：应对，应付。元白朴《梧桐雨》第二折："端详了你上马娇，怎支吾蜀道难！"

[9] 函关：函谷关的省称，亦称"秦关"，在河南灵宝西南。

[10] 陇山：六盘山南段别称，在陕西、甘肃一带，亦称"陇坂"。

【作者简介】

洪昇（1645—1704），字昉思，号稗畦、稗村、南屏樵者，浙江钱塘（今浙江杭州）人，清初著名戏曲家，与孔尚任并称“南洪北孔”，是有清一代文人戏曲家的翘楚。洪昇出生于清顺治二年（1645），此年四月，清军攻陷扬州，屠城十日；六月，杭州陷落；七月初一日，洪昇的母亲在逃难途中生下了他。洪家为钱塘望族，洪昇祖上洪钟、洪澄、洪椿、洪瞻祖等人皆曾在明代以科举出仕；外祖黄机曾在清康熙朝任刑部尚书、文华殿大学士兼吏部尚书。康熙六年（1667）之前，洪昇主要活动在故乡钱塘一带，师从陆繁弨、毛先舒、朱之京等明遗民习学儒业，才名渐显。康熙七年（1668）至康熙二十九年（1690）间，洪昇往来钱塘与北京之间，肄业京都国子监，寓居北京，虽未得官，亦诗名大起。

至晚在康熙十四年（1675）之前，洪昇便完成了《舞霓裳》《天涯泪》两部传奇的创作。康熙二十七年（1688），洪昇在《舞霓裳》的基础上创作了《长生殿》传奇，梨园争演，声名大噪。康熙二十八年（1689）八月十六日，洪昇因于孝懿皇后佟氏国丧期间搬演《长生殿》，被给事中黄六鸿以“大不敬”之罪弹劾，下刑部狱，后为国子监除名；观演者如朱典、赵执信、翁世庸等人亦被革职——时人有“可怜一曲《长生殿》，断送功名到白头”之句，后人多称之为“演《长生殿》之祸”。而这桩“公案”之所以会发生，表面看是因为清朝建国之初统治尚不稳固，朝内政治斗争不断，洪昇也被卷入了南北党争；更主要的原因则在于，《长生殿》这部创编于清军入关四十多年后的传奇剧虽以李隆基和杨玉环的爱情故事为题材，却寄寓了作者深沉的易代之思与浓郁的兴亡之感。此后，洪昇离京归里，疏狂如故，白衣终身。康熙四十三年（1704），江宁织造曹寅邀名流为盛会演全部《长生殿》，延洪昇居上座；六月初一日，洪昇离江宁返钱塘途中酒后失足落水而死，终年六十岁。

【剧作简评】

清康熙二十七年（1688）完稿的《长生殿》，是剧作家洪昇的代表作，也是明清时期文人传奇剧的杰出典范，被与孔尚任《桃花扇》一起誉为清初剧坛的“双星”或“双璧”。它以唐玄宗与杨贵妃的爱情悲剧为题材，却在吟咏帝妃之情的同时将历史之思、兴亡之感陶铸其中，借唐朝安史之乱发出了“空对着六代园陵草树埋，满目兴衰”（《长生殿》第三十八出《弹词》）的新的时代喟叹。《长生殿》完成后，“爱文者喜其词，知音者赏其律”，文人、市井争相传唱。剧作反映的时代心态也在清初社会引起普遍共鸣，时人有“家家‘收拾起’，户户‘不隄防’”之谚，“不隄防”指的便是《长生殿·弹词》中的“不隄防余年值乱离，逼拶得歧路遭穷败。受奔波风尘颜面黑，叹凋残霜雪鬓须”，足见此剧在当时的受欢迎程度。《长生殿》虽在康熙二十八年（1689）因所谓“演《长生殿》之祸”被禁，但不久后便被解禁，嗣后便盛演不衰，直至今日仍活跃在昆剧演出的舞台上。

此剧既有爱情戏的悱恻缠绵，又富历史剧的沉雄高远，“荟萃唐人诸说部中事，及李、杜、元、白、温、李数家诗句，又刺取古今剧部中繁丽色段以润色之，遂为近代曲家第一”（清焦循《剧说》），“词采、结构、排场并胜，而又宫调合律、宾白工整、众美悉具，一无可议者”（王季烈《螾庐曲谈》），被誉为“文律兼美”的集大成者，“千百年来曲中巨擘”（清梁廷枏《藤花亭曲话》）……

洪昇本人尝为《长生殿》一剧作《自序》及《例言》，在其中简要陈述了自己创作此剧的命意及经历：“余览白乐天《长恨歌》及元人《秋雨梧桐》剧，辄取数日恶。南曲《惊鸿》一记，未免涉秽。从来传奇家，非言情之文不能擅场，而近乃子虚乌有，动写情词赠答，数见不鲜，兼乖典则。因断章取义，借天宝遗事缀成此剧。凡史家秽语概削不书，非曰匿瑕，亦要诸诗人忠厚之旨云尔。然而乐极哀来，垂戒来世，意即寓焉”（《长生殿·自序》）；“忆与严十定隅坐皋园，谈及开元天宝事，偶感李白之遇，作《沉香亭》传奇。寻客燕台，亡友毛玉斯谓排场近熟，因去李白，入李泌辅肃宗中兴，更名《舞霓裳》，优伶皆久习之。后又念情之所钟，在帝王家罕有，马嵬之变已违夙愿，而唐人有玉妃归蓬莱仙院、明皇游月宫之说，因合用之，专写钗盒情缘，以《长生殿》题名，诸同人颇赏之。乐人请是本演习，遂传于时。盖经十年三易其稿而始成，可谓乐此不疲矣。史载杨妃多污乱事，余撰此剧，止按白居易《长恨歌》、陈鸿《长恨歌传》为之，而中间点染处，多采《天宝遗事》《杨妃全传》。若一涉秽迹，恐妨风教，绝不阑入，览者有以知予之志也。今载《长恨歌传》以表所由，其《杨妃本传》《外传》及《天宝遗事》诸书，既不便删削，故概置不录焉。棠村相国尝称予是剧乃'一部闹热《牡丹亭》'，世以为知言"(《长生殿·例言》)。自此二文可知，洪昇创作《长生殿》前对李杨故事题材的剧作有深刻了解，他欲改悲剧为喜剧，纯化李隆基与杨玉环的爱情，在借剧作行教化的同时抒发兴亡之思;《长生殿》的创作前后历经十年、三易其稿，初为感李白在开元、天宝时期的经历而作《沉香亭》传奇，后依朋友建议去李白而增李泌辅肃宗中兴而更名为《舞霓裳》，终稿的《长生殿》则去除了中兴等枝蔓、以李杨二人为主线专写钗盒情缘并欲以之垂戒后人。也就是说，《长生殿》一剧并非单纯的"爱情主题"或"政治主题"可以涵盖，而是情、史兼重的"双重主题"。

《长生殿》全剧共五十出，剧情及叙事线索据第一出《传概》"副末开场"之【中吕慢词·沁园春】可知为:"天宝明皇，玉环妃子，宿缘正当。自华清赐浴，初承恩泽，长生乞巧，永订盟香。妙舞新成，清歌未了，鼙鼓喧阗起范阳。马嵬驿，六军不发，断送红妆。　　西川巡幸堪伤，奈地下人间两渺茫。幸游魂悔罪，已登仙籍，回銮改葬，只剩香囊。证合天孙，情传羽客，钿盒金钗重寄将。月宫会，霓裳遗事，流播词场。"与同为李、杨故事题材的元人白朴《梧桐雨》杂剧相比，洪昇《长生殿》的差异明显：首先，自情节而言，《梧桐雨》是悲剧，更写实，以杨妃死后太上皇李隆基独居深宫凄凉作结，无杨妃成仙等内容;《长生殿》则易悲为喜，是"一部闹热的

《牡丹亭》”，前半部分相对重史，后半部分则重情，杨妃死后有“看袜”“改葬”等内容，并以超现实的杨妃证仙、帝妃月宫相会等成就了爱情的永恒。其次，从剧作规模看，《梧桐雨》是典型的元杂剧，共由四折一个楔子组成，叙事明快，上场人物不多，便于搬演；《长生殿》则有五十出之巨，叙事多头并进，李隆基、杨玉环、安禄山、陈玄礼、高力士等外又有李龟年等其他众多角色，一次性演出全本难度较大，自诞生之日起便有梨园弟子摘锦成简版搬演。最后，自曲体来说，《梧桐雨》为北曲杂剧，每折由同一宫调的曲牌联成套曲，末扮唐明皇一人主唱全剧；《长生殿》为南曲昆腔，每出用同宫调曲牌联缀而成，上场诸人均可演唱。而两剧的相似处则在于，剧作家均生活于朝代更替之际，在爱情主题外寄寓了沉重的山河之感与史董之思。《长生殿》传奇在第一出《传概》以“副末开场”简要交代作意和基本情节后，第二出《定情》便以明皇封杨氏为贵妃、钗盒定情拉开了全剧的序幕，金钗、钿盒既是二人的定情信物，又是全剧爱情主题的线索，但就像吴舒凫点评第一曲【东风第一枝】“升平早奏，韶华好，行乐何妨。愿此生终老温柔，白云不羡仙乡”时所讲，“明皇，英主也，非汉成昏庸之比。只因行乐一念，便自愿终老温柔，酿成天宝之祸，末路犹不若汉成。升平数语，足为宴安之戒”（清吴舒凫《〈长生殿〉点评》），政治和历史反思也在全剧之初便已深蕴其间。

传奇的前半部分（第二至二十五出）重实，裁剪史料、杂谈、小说等精心加以连缀点染，爱情与政治双线并进，爱情线为主，政治线为辅。爱情线由入宫写起，顿挫有致，起伏跌宕：第二出《定情》后，第四出至九出《春睡》《褉游》《傍讶》《幸恩》《献发》《复召》，写杨妃受宠渐至专房，与梅妃争宠；第十一出、十二出《闻乐》《制谱》、第十四出《偷曲》，杨玉环梦入月宫后制《霓裳羽衣曲》，李謩宫墙外偷学《霓裳羽衣曲》；十五出、十六出《进果》《舞盘》，海南进荔枝，一骑红尘妃子笑，六月朔日贵妃舞霓裳；第十八出、十九出《夜怨》《絮閤》再写贵妃、梅妃争宠；二十一出《窥浴》、二十二出《密誓》，帝妃爱意转浓，誓言相守。政治线以安禄山为主，既写安、杨之争，又有忠奸斗争：第三出《贿权》安禄山临阵失机、解送京城，为脱罪贿赂杨国忠；第四出《春睡》安禄山被赦；第十出《疑谶》郭子仪酒馆读谶诗，授官报国；十三出《权哄》杨国忠与安禄山不和，安禄山外放范阳节度使；十七出范阳众将行猎有反意；二十出《侦报》边将侦知安禄山将反；二十三出《陷关》安禄山叛军攻破潼关。第二十四、二十五出，爱情线与政治线双线合一，《惊变》帝妃后宫小宴，渔阳鼙鼓动地来，惊破《霓裳羽衣曲》;《埋玉》马嵬坡六军不发，杨妃宛转蛾眉马前丧命。

传奇的后半部分（第二十六至五十出）相对重虚，主要演明皇、贵妃分隔人间天上彼此相思，最终月宫完聚。叙事上以情为主，安史之乱结束前穿插了忠奸斗争的内容，安史之乱平定后则从李謩、李龟年等平民视域表达了对李、杨爱情与安史之乱的反思。

爱情线先分后合，既有明皇、杨妃的当事人陈述，又有土地、双星等仙人及李謩、李龟年、永新、念奴等众人的他者视角，展现了洪昇在基本无前代素材积累情况下的创造能力。爱情线以生旦离合与仙人凑泊为推动，二十七出、三十出、三十三出、三十七出、四十出演杨妃魂魄追随明皇銮驾，观金钗、钿盒而情悔，在土地、牛郎织女相助下尸解升仙后仍不忘旧情，获得月宫仙子和天孙的同情；二十九出、三十二出、四十一出、四十三出则叙写了明皇对贵妃的思念，蜀道雨夜闻铃则悲，面对杨妃画像则泣，安史之乱平定返回长安后对月追忆七夕密誓、钗盒之盟则兴心改葬杨妃；四十四至五十出由分述而渐合，明皇秋夜感梦命道士寻访杨妃仙迹，中秋之夕明皇飞升，与贵妃月宫重圆。

政治线主要体现在：二十六出扶风野老郭从谨献饭，二十八出雷海青骂贼，三十一出郭子仪剿寇，三十四出李猪儿刺逆杀死安禄山，三十五出安史之乱平定、京都收复，重点敷演了郭子仪、雷海青、李猪儿等忠臣义士不惜己身、赴汤蹈火，歌颂他们的担当意识与爱国精神，反讽了皇帝及众臣面对天下危亡或逃或降的软弱无耻。三十六出李謩等人看杨妃遗留的锦袜，四十二出、四十三出马嵬驿丞与众人接驾、献袜，在钗盒之外，罗织进了《香囊记》《杨妃袜》等传说的内容；三十九出旧宫人永新、念奴等人私祭贵妃，三十八出李龟年弹词，则从亲历其事的旁观者角度回顾了开元天宝遗事，表达了对唐明皇“占了情场，弛了朝纲”的批判。自结构而言，后半部分多枝蔓、松散冗赘。《纳书楹曲谱》以为，“《长生殿》……于开元天宝遗事摭采略遍，故前半篇每多佳制，后半篇则多出稗畦自运，遂难出色”。洪昇于《长生殿》中倾注一生心血，虽有小瑕，总因追求全面、团圆而起，不掩其才气横云、光华盖代。

第二十二出《密誓》写明皇与贵妃七夕乞巧、长生殿盟誓，点题全剧，是上半部分的最高潮，也是爱情线的顶峰。此出由贴旦扮织女开场，在现世之上平添了一层仙人俯视，对“情”的剖解也更深刻。【鹊桥仙】点染宋人秦观【鹊桥仙】词而来，更易数字，以惬人物身份与情境：织女已在鹊桥，故改“迢迢”作“秋光”；银河蜿蜒在望，心绪正尔婉转，“柔肠”比“柔情”更合眼前之景；将渡河而尚未登上鹊桥，因改“忍顾鹊桥归路”为“遥指鹊桥前路”——“改古词数字，便极工稳，临川而后，罕见其匹”（清吴人评语）。自织女在鹊桥前“今乃下界天宝十载”之语亦可窥见剧中浓郁的现实色彩与遥深的历史意识。【山桃红】写织女一年间与牛郎遥寄思念、七夕日终将得见的喜悦，“碧落无云滓，新凉暮飕”，“河光净泚”，“新月纤，华露滋”，以有情之眼观无情之景，将七月秋暮染上快意；“低绕着乌鹊双飞翅也，陡觉的银汉秋生别样姿”，则由静转动，情景相生；“天上留佳会，年年在斯，却笑他人世情缘顷刻时”则反用李商隐《马嵬》“今日六军同驻马，当时七夕笑牵牛”诗意，暗示李、杨之情的覆灭已在不远。

场景一转，已是凡间。李隆基内廷闲步，殿外听闻笑语，听报是贵妃在长生殿乞巧，悄随而至殿外。杨妃在殿中拜祷，“愿钗盒情缘长久订，莫使做秋风扇冷”，是其在屡次经历宫廷争宠等情海风波后内心的真实想法，也为后文盟誓奠定了心理和情节上的础石。生角在其未起之时暗上舞台，旦转身拜驾，生将其扶起，科介动作与剧情衔接紧凑、巧妙，足见《长生殿》是场上之曲，无怪其大受梨园赞誉。宫娥、太监下场后，帝、妃二人对坐闲话，由乞巧风俗谈及牛、女相思，贵妃再被触动心事，不由泣下，明皇见状软语安慰：“问双星，朝朝暮暮，争似我和卿！”玉环犹豫再三，终于吐露肺腑：“妾蒙陛下宠眷，六宫无比。只怕日久恩疏，不免白头之叹！”“若得个久长时，死也应；若得一个到头时，死也瞑。”【黄莺儿】与【莺簇一金罗】分由生、旦演唱，前一曲藏“愿作鸳鸯不羡仙”（唐卢照邻《长安古意》）之意，影射虚幻里二人欲证鸳盟只能升仙的收场；后一曲则扣和“得成比目何辞死”（唐卢照邻《长安古意》），寓意现实中贵妃为爱捐生的终局。【簇御林】至【尾声】演帝、妃携手在长生殿中对双星盟誓：“愿世世生生，共为夫妇，永不相离。”宾白巧妙融入白居易《长恨歌》“在天愿为比翼鸟，在地愿为连理枝。天长地久有时尽，此恨绵绵无绝期”名句，又将末句之“恨”改为“誓”，惬洽场合的同时再一次突出了“情”的主题。此出最后部分，牵牛、织女二星携手登场，他们是长生殿誓言的见证者，是马嵬坡埋玉的预言者，也是后续李、杨最终的补恨、仙圆的推动者：“他两人劫难将至，免不得生离死别。若果后来不背今盟，决当为之绾合。”牛女又唱【山桃红】，并再次以“天上留佳会，年年在斯，却笑他人世情缘顷刻时”掩映前情，既完美闭合了天、人双层叙事空间，又预告了乐极则悲生、人间死别即将到来。

第二十四出《惊变》向被视作全剧上下两部分的分水岭，所谓“《密誓》已动忧端，《惊变》兆于衰飒”（清吴人评语），是也。从全剧间架来看，《惊变》紧随在《陷关》之后，观众皆知潼关已失，曲家偏让帝妃后知后觉；自此出内部结构而言，噩耗将至深宫却仍宴饮如常，欲抑先扬产生的巨大落差令人愈觉惊心动魄，深切感受到唐明皇“占了情场，弛了朝纲”（《长生殿·弹词》）之大谬误国。唱腔上则采用了“南北合套”的曲牌连缀方式，末尾数曲之外，主要由生唱北曲、旦唱南曲，交错而行，饶富姿态。

明皇所唱首曲【北中吕·粉蝶儿】大致转录白朴《梧桐雨》第二折【粉蝶儿】而能锦上添花:“御园中夏景初残”变为“御园中秋色斑斓”，突出了皇家园林秋色的绚烂;“荷减翠、秋莲脱瓣”易作“蘋减绿，红莲脱瓣”，充裕了风物及色彩的丰富性;“坐近幽兰，喷清香玉簪花绽”则改为“一抹雕阑，喷清香桂花初绽”，用写意之法增其秋香秋色。贵妃【南泣颜回】则移步换景描摹二人闲步所见，花间、亭侧、廊下、水畔一片宁谧;“恋香巢秋燕依人，睡银塘鸳鸯蘸眼”是以有情之眼观无情之物，体现出七夕盟誓后宠极欢浓更上一层。然秋既已至，荷残桐凋不过霎时之事，潼关失守的消息即将传入宫掖，香巢倾覆时便是劳燕分飞日，山河破碎之下鸳鸯将痛失其伴，“幽怀”二字已伏其端。

《长生殿》写情一线有着明显的时令线索：李、杨二人定情于春回之时，继以春睡及三月曲江游宴，夏日谱制霓裳之曲、六月舞盘品荔枝，七夕长生殿盟誓、深秋葬爱马嵬、中秋月宫重聚。【粉蝶儿】【泣颜回】以红消翠减之秋景开启帝妃最后的筵席，既延续了全剧由春至秋的时序，又令山水园林助其凄怆萧瑟，极情尽致，非凡夫所能为！【北石榴花】至【南扑灯蛾】数曲，演帝妃二人亭中饮宴，清歌倚笛，贵妃醉酒。【石榴花】演风流天子与爱妃对坐美酒佳馔间，耽溺声色，无心国事，【泣颜回】“花繁，秾艳想容颜”则将李白《清平乐》三首的诗句锤炼熔铸，填成新曲，绮丽娇艳又有文人风致，至今仍是广大昆曲爱好者最常演唱的曲子之一。【斗鹌鹑】【扑灯蛾】则大量使用叠词，摹写贵妃由浅醉而酩酊的娇憨妩媚之态，“一语一呼，声情宛转，……写一幅醉杨妃图也”（清吴人评语）。

杨妃归殿，明皇正尔回味，鼓声骤发，杨国忠径入御园报告紧急军情，“渔阳鼙鼓动地来，惊破霓裳羽衣曲”（唐白居易《长恨歌》)。【上小楼】“失机的哥舒翰，称兵的安禄山”连用双人名，“离了渔阳，陷了东京，破了潼关”接用三地名，继以“胆战心摇，肠慌腹热，魂飞魄散”三句四字，文辞格律俱佳，“恰好韵脚，恰好妙词，在元人中亦不多得”（清吴人评语）；“早惊破月明花粲”则直指社稷倾危之下情路黯淡、红颜薄命。明皇惊慌失色，无计可施，对杨国忠言听计从，仓促间便决定了弃长安而幸蜀地。“快传旨，诸王百官，实时随驾幸蜀便了”，“高力士，快些整备军马。传旨令右龙武将军陈元礼，统领羽林军士三千扈驾前行”。冀马燕犀动地而来，曾经的雄主明君养虎为患而不自知，全不顾祖宗基业、百姓性命，惟求自保。“正尔欢娱，不想忽有此变，怎生是了也”，既讽喻了李隆基的荒淫误国，也为下文“自埋红粉自成灰”（唐李商隐《马嵬二首》）预设了伏笔。【南扑灯蛾】自边关造反打破宫廷宴安，乾坤覆翻、社稷摧残，鼙鼓咚咚、烽火腾腾间，“的溜扑碌臣民儿逃散”，生灵涂炭的惨烈仿佛就在目前。此曲将白朴《梧桐雨》第二折“伤心故园，西风渭水，落日长安”之句以意象堆叠铺排开来，增人悲叹。【尾声】再次回到爱情一线，对比前一曲的酷烈，李隆基对贵妃“在深宫兀自娇慵惯，怎样支吾蜀道难”的爱护此刻显得尤为刺目。洪昇在此出末尾集句诗中直接表达了对唐玄宗的不满：“宫殿参差落照间，渔阳烽火照函关。遏云声绝悲风起，何处黄云是陇山？”国将不国，何谈情爱，《长生殿》悲歌慷慨，深寓风人之致，断非寻常才子佳人剧可跻攀！

桃花扇

[清]孔尚任

续四十出　余韵

戊子九月[1]

[西江月]（净扮樵子[2]挑担上）放目苍崖万丈，拂头红树千枝。云深猛虎出无时，也避人间弓矢。建业城[3]啼夜鬼，维扬[4]井贮秋尸。樵夫剩得命如丝，满肚南朝野史。在下苏昆生[5]，自从乙酉年[6]同香君[7]到山，一住三载，俺就不曾回家，往来牛首[8]、栖霞[9]，采樵度日。谁想柳敬亭[10]与俺同志[11]，买只小船，也在此捕鱼为业。且喜山深树老，江阔人稀；每日相逢，便把斧头敲着船头，浩浩落落，尽俺歌唱，好不快活。今日柴担早歇，专等他来促膝闲话，怎的还不见到？（歇担盹睡[12]介。丑扮渔翁摇船上）年年垂钓鬓如银，爱此江山胜富春[13]。歌舞

---

[1] 戊子：清顺治五年，公元1648年。

[2] 樵子：打柴的人。

[3] 建业城：即建业，今江苏南京。三国时孙权将治所迁至秣陵，改名“建业”，寓意“建立帝王之大业”。

[4] 维扬：旧时对扬州的别称。唐孟浩然《宿桐庐江寄广陵旧游》：“建德非吾土，维扬忆旧游。”

[5] 苏昆生：明末著名歌唱家，被誉为“南曲天下第一”。

[6] 乙酉年：明弘光元年、清顺治二年，公元1645年。

[7] 香君：即李香君，明末“秦淮八艳”之一。《桃花扇》传奇的女主角。

[8] 牛首：即牛首山，位于今江苏南京，民间又称“牛头山”。

[9] 栖霞：即栖霞山，位于今江苏南京，被誉为“金陵第一明秀山”。

[10] 柳敬亭：明末著名评话艺术家，扬州评话的开山鼻祖。

[11] 同志：志向、志趣相同。《国语·晋语四》：“同德则同心，同心则同志。”

[12] 盹睡：打盹，小睡。元刘唐卿《降桑椹》第二折：“这一会儿，觉有些昏沉，我搭伏着这香案，暂且盹睡着。”

[13] 富春：即富春山，位于浙江桐庐，相传为汉隐士严光游钓处，又名“严陵山”。一说富春山泛指富春江沿岸的群山，并非特指某座山。

丛中征战里，渔翁都是过来人。俺柳敬亭送侯朝宗[1]修道之后，就在这龙潭江[2]畔，捕鱼三载，把些兴亡旧事，付之风月闲谈。今值秋雨新晴，江光似练[3]，正好寻苏昆生饮酒谈心。（指介）你看，他早已醉倒在地。待我上岸，唤他醒来。（作上岸介，呼介）苏昆生。（净醒介）大哥果然来了。（丑拱[4]介）贤弟偏杯[5]呀！（净）柴不曾卖，那得酒来？（丑）愚兄也没卖鱼，都是空囊，怎么处？（净）有了，有了！你输水，我输柴，大家煮茗清谈罢。（副末扮老赞礼[6]，提弦携壶上）江山江山，一忙一闲。谁赢谁输，两鬓皆斑。（见介）原来是柳、苏两位老哥。（净、丑拱介）老相公怎得到此？（副末）老夫住在燕子矶[7]边，今乃戊子年九月十七日，是福德星君[8]降生之辰。我同些山中社友，到福德神祠祭赛[9]已毕，路过此间。（净）为何挟着弦子，提着酒壶？（副末）见笑见笑！老夫编了几句神弦歌[10]，名曰《问苍天》，今日弹唱乐神。社散之时，分得这瓶福酒[11]。恰好遇着二位，就同饮三杯罢。（丑）怎好取扰？（副末）这叫做“有福同享”。（净、丑）好，好！（同坐饮介）（净）何不把神弦歌领略一回？（副末）使得。老夫的心事，正要请教二位哩！（弹弦唱巫腔[12]。净、丑拍手衬[13]介）

---

[1] 侯朝宗：即侯方域，字朝宗，河南商丘人。明末清初知名文人，“明末四公子”之一。《桃花扇》传奇的男主角。

[2] 龙潭江：江苏南京栖霞山附近的长江。

[3] 江光似练：澄净的江水犹如白练。练，白色的熟绢。

[4] 拱：行拱手礼。

[5] 偏杯：在别人之前先喝了酒。

[6] 赞礼：古代典礼时宣唱仪节的司仪。剧中老赞礼为南京太常寺官员。

[7] 燕子矶：位于江苏南京观音山上，前临长江，形如飞燕，故名。

[8] 福德星君：财神。

[9] 祭赛：祭祀酬神。

[10] 神弦歌：乐府《清商曲》的一部，或以为是东吴以来南方的民间祭歌。此处指以弦子为伴奏的娱神乐歌。

[11] 福酒：祭祀用的酒。

[12] 巫腔：泛指祭祀用的乐腔。

[13] 衬：相帮。

【问苍天】新历数，顺治朝，岁在戊子。九月秋，十七日，嘉会[1]良时。击神鼓，扬灵旗，乡邻赛社[2]。老逸民[3]，剃白发，也到丛祠。椒作栋，桂为楣[4]，唐修晋建。碧和金，丹间粉，画壁精奇。貌赫赫，气扬扬，福德名位。山之珍，海之宝，总掌无遗。超祖祢[5]，迈君师[6]，千人上寿。焚郁兰[7]，奠清醑[8]，夺名争墀。草笠底，有一人，掀须长叹。贫者贫，富者富，造命奚为？我与尔，较生辰，同月同日。囊无钱，灶断火，不啻[9]乞儿。六十岁，花甲周，桑榆[10]暮矣。乱离人，太平犬，未有亨期[11]。称玉斝[12]，坐琼筵，尔餐我看。谁为灵，谁为蠢，贵贱失宜。臣稽首[13]，叫九阍[14]，开聋启聩[15]。宣命司，检禄籍[16]，何故差池？金阙[17]远，紫宸[18]高，苍天梦梦[19]。迎神来，送神去，舆马风驰。歌舞罢，鸡豚收，须臾社散。倚枯槐，对斜日，独自凝思。浊享富，

[1] 嘉会：欢乐的聚会。三国魏曹植《送应氏二首》其二："清时难屡得，嘉会不可常。"
[2] 赛社：泛指祭神的庙会。
[3] 逸民：避世隐居之人。
[4] 楣：房屋的横梁，即二梁。
[5] 祖祢（mí）：祖庙与父庙。祢，奉祀亡父的宗庙。
[6] 君师：皇帝与老师。古代君、师皆尊，故常以君师称天子。
[7] 郁兰：浓烈的香，此处指祭祀时烧的香。
[8] 清醑（xǔ）：清酒。醑，美酒。
[9] 不啻（chì）：如同，无异于。
[10] 桑榆：日落时夕阳照在桑、榆间，借指傍晚，喻指晚年。
[11] 亨期：命运亨通的太平盛世。
[12] 称（chēng）玉斝（jiǎ）：举起玉制的酒杯。称，举。斝，古代酒器，圆口，三足，多为青铜制。
[13] 稽（qǐ）首：古代跪拜礼，叩头至地，是九拜中最恭敬者。唐李商隐《韩碑诗》："愈拜稽首蹈且舞，金石刻画臣能为。"
[14] 九阍（hūn）：皇宫之门，喻指朝廷。宋曾巩《答葛蕴》："春风吹我衣，暮召入九阍。"
[15] 开聋启聩（kuì）：犹言振聋发聩。声音很大，使耳聋的人也能听见，比喻用语言文字唤醒糊涂麻木的人。聩，古通"聩"，耳聋。
[16] 禄籍：旧时迷信谓天上或地府记录人福禄的簿册。
[17] 金阙：天子所住的宫阙。唐岑参《奉和中书舍人贾至早朝大明宫》："金阙晓钟开万户，玉阶仙仗拥千官。"
[18] 紫宸：宫殿名，唐、宋时皇帝接见百官及外国使臣的内朝正殿，借指帝王、帝位。
[19] 梦梦：昏乱不明。《诗经·大雅·抑》："视尔梦梦，我心惨惨。"

清享名，或分两例。内才多，外财少，应不同规。热似火，福德君，庸人[1]父母。冷如冰，文昌帝[2]，秀士[3]宗师。神有短，圣有亏，谁能足愿？地难填，天难补，造化如斯。释尽了，胸中愁，欣欣微笑。江自流，云自卷，我又何疑！

（唱完放弦介）出丑之极。（净）妙绝！逼真[4]《离骚》《九歌》了！（丑）失敬，失敬！不知老相公竟是财神一转哩。（副末让介）请干此酒。（净咂舌介）这寡酒好难吃也！（丑）愚兄倒有些下酒之物。（净）是什么东西？（丑）请猜一猜。（净）你的东西，不过是些鱼鳖虾蟹。（丑摇头介）猜不着，猜不着。（净）还有什么异味[5]？（丑指口介）是我的舌头。（副末）你的舌头，你自下酒，如何让客。（丑笑介）你不晓得。古人以《汉书》下酒[6]，这舌头会说《汉书》，岂非下酒之物？（净取酒斟介）我替老哥斟酒，老哥就把《汉书》说来。（副末）妙，妙！只恐菜多酒少了。（丑）既然《汉书》太长，有我新编的一首弹词，叫做《秣陵秋》，唱来下酒罢。（副末）就是俺南京的近事么？（丑）便是。（净）这都是俺们耳闻眼见的，你若说差了，我要罚的。（丑）包管你不差。（丑弹弦介）六代兴亡，几点清弹千古慨；半生湖海，一声高唱万山惊。（照盲女弹词[7]唱介）

[1] 庸人：凡夫，平常人。

[2] 文昌帝：亦称“文昌帝君”“文昌君”“梓潼帝君”，道教信仰中主宰功名、禄位的神。

[3] 秀士：德才出众的人，明清时常称秀才为秀士。

[4] 逼真：极似。

[5] 异味：非同寻常的美味。《左传·宣公四年》：“楚人献鼋于郑灵公。公子宋与子家将见。子公之食指动，以示子家，曰：‘他日我如此，必尝异味。’及入，宰夫将解鼋，相视而笑。”

[6] 古人以《汉书》下酒：典出宋龚明之《中吴纪闻·苏子美饮酒》，传说宋代诗人苏舜钦嗜酒，每夜读书则饮酒一斗。某日苏舜钦读《汉书·张良传》，边读边饮酒数大杯，其岳父杜衍闻之大笑曰：“有如此下酒物，一斗不足多也。”

[7] 盲女弹词：明清时期苏杭一带流行的讲唱文艺形式，艺人在琵琶伴奏下以方言唱古今小说、平话，文体一般为七言诗赞。实际演出时男女艺人皆有，不限于女性，亦不限于瞽者，类似现在的苏州评弹。

【秣陵秋】陈隋[1]烟月恨茫茫，井带胭脂[2]土带香。骀荡[3]柳绵沾客鬓，叮咛莺舌恼人肠。中兴朝市[4]繁华续，遗孽儿孙气焰张。只劝楼台追后主[5]，不愁弓矢下残唐。蛾眉[6]越女才承选，燕子吴歈[7]早擅场[8]。力士[9]签名搜笛步[10]，龟年[11]协律奉椒房[12]。西昆词赋[13]新温李[14]，乌巷[15]冠裳旧谢王[16]。院院宫妆金翠镜，朝朝楚梦雨云床。五侯[17]阃外[18]空狼燧[19]，二水洲[20]边自雀舫[21]。指马谁攻秦

[1] 陈隋：此谓南朝陈为隋朝所灭时。陈朝是南朝最后一个朝代，陈霸先所建，定都建康（今江苏南京）。

[2] 井带胭脂：陈朝景阳宫内有胭脂井，据《陈书》记载，陈后主与孔、张二妃在隋兵攻入时躲入景阳殿井内，后人遂称此井为辱井或胭脂井，故址在今江苏南京。元萨都剌《满江红·金陵怀古》："玉树歌残秋露冷，胭脂井坏寒螀泣。"

[3] 骀（dài）荡：荡漾。南朝谢朓《直中书省》："朋情以郁陶，春物方骀荡。"

[4] 中兴朝市：此谓南明小朝廷。

[5] 后主：南唐后主李煜。

[6] 蛾眉：美人细长而弯曲的眉毛如蚕蛾的触须，故称。《诗经·卫风·硕人》："螓首蛾眉，巧笑倩兮，美目盼兮。"

[7] 燕子吴歈（yú）：此谓阮大铖所作的昆曲传奇《燕子笺》。歈，歌。

[8] 擅场：强者以压倒性优势获得全面胜利，此谓技艺超群。

[9] 力士：古代职官名，负责金鼓旗帜，随皇帝车驾出入及守卫四门。此谓皇帝近侍。

[10] 笛步：地名，亦名邀笛步。在江苏南京青溪桥右，为教坊所在地。

[11] 龟年：唐代著名乐工李龟年，善于歌唱、作曲，受唐玄宗重用。此处代指在皇宫教曲的教习。

[12] 椒房：本指汉代皇后未央宫内以椒和泥涂壁的椒房殿，后泛指后妃居住的宫殿。

[13] 西昆词赋：北宋初期作家杨亿、刘筠、钱惟演等人模仿唐代诗人温庭筠、李商隐所作的追求词藻绮丽、典故的诗歌。杨亿曾将众人酬唱之作编成《西昆酬唱集》，世称"西昆体"。此处指晚明士人模仿西昆体所作的文学作品。

[14] 温李：唐代知名文人温庭筠、李商隐。

[15] 乌巷：即乌衣巷，位于今江苏南京秦淮河南。晋南渡后，王、谢诸名族居此。

[16] 谢王：六朝门阀世家谢家、王家。

[17] 五侯：泛指权贵。

[18] 阃（kǔn）外：京城或朝廷以外。阃，特指城郭的门槛。

[19] 狼燧（suì）：古代边防报警烧狼粪而起的烽火。燧，烽火。

[20] 二水洲：南京西的白鹭洲将长江水分为二股，故称二水洲。

[21] 雀舫：古代一种装饰华美的游船。

相诈[1]，入林都畏阮生狂[2]。春灯[3]已错从头认，社党[4]重钩[5]无缝藏。借手杀仇长乐老[6]，胁肩媚贵半闲堂[7]。龙钟阁部啼梅岭[8]，跋扈将军噪武昌[9]。九曲河流[10]晴唤渡，千寻江岸夜移防。琼花劫[11]到雕栏损，玉树歌[12]终画殿凉。沧海迷家龙寂寞，风尘失伴凤徬徨。青衣衔璧[13]何年返，碧血溅沙此地亡[14]。南内[15]汤池仍蔓草，东陵[16]辇路又斜阳。全开锁钥淮扬泗[17]，难整乾坤左史

[1] 指马谁攻秦相诈：本指秦代大奸臣赵高指鹿为马，群臣无人敢言；此处影射南明权奸马士英为非作歹，朝中无人弹劾。

[2] 入林都畏阮生狂：本指魏晋时竹林七贤之一的阮籍行事猖狂令人生畏；此处影射东林党人畏惧行事猖狂的奸佞阮大铖。

[3] 春灯：明末文人阮大铖创作的传奇剧《春灯谜》。

[4] 社党：此谓东林党。

[5] 钩：牵连。

[6] 长乐老：五代时权臣冯道的别号。冯道历仕后唐、后晋、后汉、后周诸朝，皆得高位，著有《长乐老自叙》。后人常用以比喻不顾名节而长保官位的人。

[7] 半闲堂：南宋理宗、度宗时权相贾似道曾赐第西湖葛岭，筑半闲堂、多宝阁，聚敛宝物。贾似道曾在半闲堂与姬妾、狎客斗蟋蟀取乐，半闲堂因此又被称为“蟋蟀堂”。清厉鹗《秋夜宿葛岭涵青精舍二首》其二：“蕉飐暗廊虫吊月，无人知是半闲堂。”

[8] 龙钟阁部啼梅岭：明末名臣史可法在梅岭痛哭誓师。阁部，明清时对内阁大臣的别称，史可法在弘光小朝廷成立后，加封武英殿大学士，督师扬州，扬州城破后身死，后人尊称“史阁部”。

[9] 跋扈将军噪武昌：明末将领左良玉在武昌发布檄文讨伐马士英。

[10] 九曲河流：黄河。

[11] 琼花劫：江苏扬州有琼花观，此处以琼花劫代指清军攻破扬州城后屠城十日的劫难。

[12] 玉树歌：南朝陈后主曾作《玉树后庭花》，后世多以称亡国之音。

[13] 青衣衔璧：此谓南明弘光帝被俘。青衣，旧时地位低下的人穿的衣服。衔璧，古代国君降敌，自缚双手，口中衔璧，后世遂称国君投降为衔璧。

[14] 碧血溅沙此地亡：清军南下，弘光帝朱由崧弃南京逃至黄得功军中，后朱由崧被俘，黄德功自刎而亡。

[15] 南内：明朝在南京的故宫。

[16] 东陵：南京城东明太祖朱元璋的陵墓明孝陵。

[17] 淮扬泗：淮阴、扬州、泗阳等南明重镇。

黄[1]。建帝[2]飘零烈帝[3]惨，英宗[4]困顿武宗[5]荒。那知还有福王一[6]，临去秋波泪数行。

（净）妙，妙！果然一些不差。（副末）虽是几句弹词，竟似吴梅村[7]一首长歌。（净）老哥学问大进，该敬一杯。（斟酒介）（丑）倒叫吃寡酒[8]了。（净）愚弟也有些须下酒之物。（丑）你的东西，一定是山肴野蔌[9]了。（净）不是，不是。昨日南京卖柴，特地带来的。（丑）取来共享罢。（净指口介）也是舌头。（副末）怎的也是舌头？（净）不瞒二位说，我三年没到南京，忽然高兴，进城卖柴。路过孝陵[10]，见那宝城享殿[11]，成了刍牧[12]之场。（丑）呵呀呀！那皇城如何？（净）那皇城墙倒宫塌，满地蒿莱[13]了。（副末掩泪介）不料光景至此。（净）俺又一直走到秦淮，立了半晌，竟没一个人影儿。（丑）那长桥旧院，是咱们熟游之地，你也该去瞧瞧。（净）怎的不瞧，长桥已无片板，旧院剩了一堆瓦砾。（丑捶胸介）咳！恸死俺也！（净）那时候疾忙回首，一路伤心，编成一套北曲，名为《哀江南》，待我唱来！（敲鼓板唱弋阳

---

[1] 左史黄：左良玉、史可法、黄得功三位忠臣。

[2] 建帝：明朝的第二位皇帝建文帝朱允炆。燕王朱棣发动“靖难之役”后，南京被攻陷，建文帝下落不明。

[3] 烈帝：明朝崇祯帝朱由检。李自成兵临北京，朱由检自缢于煤山，史称烈皇或庄烈帝。

[4] 英宗：明英宗朱祁镇。英宗曾在太监王振的怂恿下御驾亲征，被瓦剌军队困于土木堡后被俘。

[5] 武宗：明武宗朱厚照。武宗好武、好色，扩建豹房，宠信宦竖，行事荒唐，而立之年无子而崩。

[6] 福王一：明崇祯皇帝自缢煤山后群臣推举福王朱由崧为帝，但弘光帝好色荒淫、不理国事，宠信马士英等奸佞，弘光小朝廷不到一年就灭亡了。明应喜臣《青燐屑》：“思宗御极之元年，五凤楼前获一黄袱，内袭小画一卷，题云：‘天启七，崇祯十七，还有福王一。’”

[7] 吴梅村：即吴伟业，号梅村，江苏太仓人，明末清初著名诗人，长于七言歌行诗，后人称之为“梅村体”。

[8] 寡酒：饮酒时无菜肴相佐。

[9] 山肴野蔌（sù）：山中的野味和野菜。蔌，野菜。宋欧阳修《醉翁亭记》：“山肴野蔌，杂然而前陈者，太守宴也。”

[10] 孝陵：明太祖朱元璋陵寝，位于江苏南京紫金山南麓。

[11] 宝城享殿：帝王陵墓地宫上面的城楼和陵宫内供奉灵位、祭祀亡灵的祭享殿堂。

[12] 刍（chú）牧：割草放牧。

[13] 蒿（hāo）莱：野草，杂草。

腔[1]介）俺樵夫呵！

【哀江南】【北新水令】山松野草带花挑，猛抬头秣陵重到。残军留废垒，瘦马卧空壕，村郭萧条，城对着夕阳道。

【驻马听】野火频烧，护墓长楸[2]多半焦。山羊群跑，守陵阿监几时逃。鸽翎蝠粪满堂抛，枯枝败叶当阶草。谁祭扫？牧儿打碎龙碑帽。

【沈醉东风】横白玉八根柱倒，堕红泥半堵墙高，碎琉璃瓦片多，烂翡翠窗棂少，舞丹墀[3]燕雀常朝。直入宫门一路蒿，住几个乞儿饿殍[4]。

【折桂令】问秦淮旧日窗寮[5]，破纸迎风，坏槛[6]当潮，目断魂消。当年粉黛，何处笙箫。罢灯船端阳[7]不闹，收酒旗重九[8]无聊。白鸟飘飘，绿水滔滔，嫩黄花有些蝶飞，新红叶无个人瞧。

【沽美酒】你记得跨青溪半里桥，旧红板没一条。秋水长天人过少，冷清清的落照[9]，剩一树柳弯腰。

【太平令】行到那旧院门，何用轻敲，也不怕小犬哰哰[10]。无非是枯井颓巢，不过些砖苔砌草。手种的花条柳梢，尽意儿采樵，这黑灰是谁家厨灶？

【离亭宴带歇指煞】俺曾见金陵玉殿莺啼晓，秦淮水榭花开早，谁知道容易冰消。眼看他起朱楼，眼看他宴宾客，眼看他楼塌了。这青苔碧瓦堆，俺曾睡风流觉，将五十年兴亡看饱。那乌衣巷不姓王，莫愁湖鬼夜哭，凤凰台栖枭鸟。残山梦最真，旧境丢难掉，不信这舆图[11]换稿。诌一套《哀江南》，放悲声唱到老。

---

[1] 弋（yì）阳腔：中国传统戏曲声腔，起源于江西弋阳，明清时期颇为流行。

[2] 长楸（qiū）：高大的楸树，古代常种于道旁。

[3] 丹墀（chí）：宫殿前的红色台阶及台阶上的空地。

[4] 饿殍（piǎo）：饿死的人。

[5] 窗寮（liáo）：泛指窗。寮，小窗。

[6] 槛（kǎn）：门限。

[7] 端阳：五月初五端午节。

[8] 重九：九月初九重阳节。

[9] 落照：夕阳余晖。唐姚合《霁后登楼》："为有登临兴，独吟落照中。"

[10] 哰哰（láo）：形容犬吠的声音。

[11] 舆图：地图，疆域图。

（副末掩泪介）妙是绝妙，惹我出多少眼泪。（丑）这酒也不忍入唇了，大家谈谈罢。（副净时服[1]，扮皂隶[2]暗上）朝陪天子辇，暮把县官门。皂隶原无种，通侯[3]岂有根？自家魏国公嫡亲公子徐青君[4]的便是，生来富贵，享尽繁华。不料国破家亡，剩了区区一口。没奈何在上元县[5]当了一名皂隶，将就度日。今奉本官[6]签票[7]，访拿山林隐逸[8]，只得下乡走走。（望介）那江岸之上，有几个老儿闲坐，不免上前讨火，就便访问。正是：开国元勋留狗尾[9]，换朝逸老[10]缩龟头[11]。（前行见介）老哥们有火借一个？（丑）请坐。（副净坐介。副末问介）看你打扮，象一位公差大哥。（副净）便是。（净问介）要火吃烟么？小弟带有高烟[12]，取出奉敬罢。（敲火[13]取烟奉副净介，副净吃烟介）好高烟，好高烟！（作晕醉卧倒介，净扶介。副净）不要拉我，让我歇一歇，就好了。（闭目卧介。丑问副末介）记得三年之前，老相公捧着史阁部衣冠，要葬在梅花岭下，后来怎样？（副末）后来约了许多忠义之士，齐集梅花岭，招魂埋葬，倒也算千秋盛事，但不曾立得碑碣。（净）好事，好事。只可惜黄将军刎颈报主，抛尸路旁，竟无人埋葬。（副末）如今好了，也是我老汉同些村中父老，检骨殡殓，起了一座大大的坟茔[14]，好不体面。（丑）你这两件功

[1] 时服：此谓穿清朝满族服饰。

[2] 皂隶：旧时衙门里的差役。

[3] 通侯：爵位名，秦统一后所建立的二十级军功爵中的最高级，本称“彻侯”，为避汉武帝讳改称“通侯”或“列侯”。此处泛指王侯。

[4] 徐青君：明朝开国元勋魏国公徐达的后代。

[5] 上元县：自唐朝起便是南京的下辖县，民国时并入江宁县。

[6] 本官：本人所属衙门的主管官员。

[7] 签票：旧时官府签发、交付给差役的捕人文书。

[8] 隐逸：隐居不仕、遁匿山林的人。此谓不肯仕清、避世隐居的明遗民。

[9] 开国元勋留狗尾：徐青君是明朝开国元勋徐达的后人，入清之后剃发易服而为皂隶，故以此言自嘲。

[10] 逸老：遁世隐居的老人。

[11] 缩龟头：比喻畏事不敢出头。宋苏轼《陈季常见过》：“人言君畏事，欲作缩头龟。”

[12] 高烟：上好的烟草。

[13] 敲火：旧时通过敲击火石等方式取火。

[14] 坟茔（yíng）：坟墓，坟地。明崇祯十七年封宁南伯，弘光朝廷晋封其为宁南侯。

德，却也不小哩。（净）二位不知，那左宁南[1]气死战船时，亲朋尽散，却是我老苏殓了他。（副末）难得，难得。闻他儿子左梦庚[2]袭了前程，昨日扶柩[3]回去了。（丑掩泪介）左宁南是我老柳知己。我曾托蓝田叔[4]画他一幅影像，又求钱牧斋[5]题赞了几句，逢时遇节，展开祭拜，也尽俺一点报答之意。（副净醒，作悄语介）听他说话，象几个山林隐逸。（起身问介）三位是山林隐逸么？（众起拱介）不敢，不敢，为何问及山林隐逸？（副净）三位不知么？现今礼部上本，搜寻山林隐逸。抚按[6]大老爷张挂告示，布政司[7]行文已经月余，并不见一人报名。府县着忙，差俺们各处访拿，三位一定是了，快快跟我回话去。（副末）老哥差矣。山林隐逸乃文人名士，不肯出山的。老夫原是假斯文的一个老赞礼，那里去得？（丑、净）我两个是说书唱曲的朋友，而今做了渔翁樵子，益发不中了。（副净）你们不晓得，那些文人名士，都是识时务的俊杰，从三年前俱已出山了。目下正要访拿你辈哩。（副末）啐，征求隐逸，乃朝廷盛典，公祖父母[8]俱当以礼相聘，怎么要拿起来？定是你这衙役们奉行不善！（副净）不干我事，有本县签票在此，取出你看。（取看签票欲拿介）（净）果有这事哩。（丑）我们竟走开如何？（副末）有理。避祸今何晚，入山昔未深。（各分走下）（副净赶不上介）你看他登崖涉涧，竟各逃走无踪。

【清江引】大泽深山随处找，预备官家要。抽出绿头签[9]，取开红圈票[10]，把几个白衣山人吓走了。

---

[1] 左宁南：明末将领左良玉。

[2] 左梦庚：明末将领左良玉之子，后降清，编入汉军正黄旗，封一等子爵。

[3] 扶柩（jiù）：护送灵柩归葬。

[4] 蓝田叔：晚明杰出画家蓝瑛，字田叔，钱塘人，工书画，长于山水、花鸟，尤以山水著名。

[5] 钱牧斋：明末清初知名文人钱谦益，号牧斋，苏州人，明末清初诗坛的盟主之一。万历进士，弘光时官至礼部尚书，降清后又秘密从事反清复明活动。

[6] 抚按：明清时期对巡抚和巡按的合称。

[7] 布政司：承宣布政使司的简称，明初设置的管理一省政事的机构。

[8] 公祖父母：明清时期士绅对知府以上地方官的尊称，亦称“老公祖”“大公祖”。

[9] 绿头签：清代用以捕人或赦免罪人的木牌，因用绿色漆牌头，故称绿头签或绿头牌。

[10] 红圈票：旧时捕人的拘票，在要逮捕的人的姓名上加红圈。

（立听介）远远闻得吟诗之声，不在水边，定在林下，待我信步找去便了。（急下）（内吟诗曰）渔樵同话旧繁华，短梦寥寥记不差。曾恨红笺衔燕子，偏怜素扇染桃花。笙歌西第[1]留何客？烟雨南朝换几家？传得伤心临去语，年年寒食[2]哭天涯。

（以清康熙《桃花扇传奇》刻本为底本，据别本参校）

【作者简介】

孔尚任（1648—1718），字聘之，又字季重，号东塘（一作“东堂”），别号岸堂，自称云亭山人，山东曲阜人，孔子第六十四代孙，清初著名诗人、戏曲家，与洪昇并称“南洪北孔”，其《桃花扇》传奇剧代表了中国古代文人历史剧的最高成就。

顺治五年（1648）九月，孔尚任出生于山东曲阜，幼时聪慧，乡里称为神童。习儒业，通音律，寄望以科举仕进的同时，与明遗民贾凫西等人交往甚密，对弘光遗事的兴趣日增。中年时期，孔尚任主持重修孔氏家谱、修纂《阙里志》，据衍圣公孔毓圻之意“选邹鲁弟子秀者七百人，教以礼乐，更采访工师，造礼乐祭器”（汪蔚林《孔尚任诗文集》），也开始了《桃花扇》传奇的实际创作。康熙二十三年（1683）康熙帝南巡北归，路过曲阜祭孔，三十七岁的孔尚任被推荐为其讲明经书文义，受称赏，升授国子监博士，次年进京任职，历任治河使臣、户部主事、宝泉局监铸、广东员外郎等，期间多次南下任职，结识了冒襄等人，进一步修改、完善《桃花扇》，并与顾彩合撰了《小忽雷传奇》。康熙三十八年（1699），孔尚任终于完成了“借离合之情，写兴亡之感”的《桃花扇》传奇，一时蜚声海内、洛阳纸贵。《桃花扇》不仅在京城盛演，也传入了宫廷，次年三月孔尚任被罢官，返回故乡曲

[1] 西第：武将的宅邸。唐杜审言《春日京中有怀》：“公子南桥应尽兴，将军西第几留兵。”

[2] 寒食：节日名，约在清明节前一两天。古人从这一天起三天不生火做饭，故称寒食。宋苏轼《寒食雨二首》其二：“空庖煮寒菜，破灶烧湿苇。那知是寒食，但见乌衔纸。君门深九重，坟墓在万里。也拟哭途穷，死灰吹不起。”

阜，仕宦之心渐息，直至康熙五十七年（1718）正月逝世，终年七十一岁。

【剧作简评】

《桃花扇》是中国古代戏曲史上最著名的历史剧，为清初剧作家孔尚任感南明弘光一朝遗事而作。剧作以明末复社名士侯方域与秦淮名妓李香君的爱情离合为题材，结合南明史实，总结了弘光小朝廷覆灭的教训，主旨是“借离合之情，写兴亡之感”（《桃花扇》试一出《先声》）：“《桃花扇》一剧，皆南朝新事，父老犹有存者。场上歌舞，局外指点，知三百年之基业，隳于何人？败于何事？消于何年？歇于何地？不独令观者感慨涕零，亦可惩创人心，为末世之一救矣。”（清孔尚任《桃花扇小引》）据孔尚任自述，其创作《桃花扇》的想法兴于康熙十八年（1679）隐居曲阜石门山读书时，因为接触到一些知晓南明旧事的亲友，听说了李香君血溅扇面、杨龙友点染桃花的逸事，认为“虽不见诸别籍，其事则新奇可传，《桃花扇》一剧感此而作也。南朝兴亡，遂系之桃花扇底”（清孔尚任《桃花扇始末》）。

孔尚任未入仕时，“每拟作此传奇，恐闻见未广，有乖信史；寤歌之余，仅画其轮廓，实未饰其藻采也”（清孔尚任《桃花扇始末》）。入仕为官后，孔尚任宦游南京、维扬等地多年，官场现实的磨砺及更多亲身接触遗民的经历，使得孔尚任对南明历史的思索愈发深邃。康熙三十八年（1699），三易其稿的《桃花扇》传奇最终创成，当即引发了巨大轰动：“《桃花扇》本成，王公荐绅，莫不借钞，时有纸贵之誉。己卯秋夕，内侍索《桃花扇》本甚急……遂入内府”，“长安之演《桃花扇》者，岁无虚日”（清孔尚任《桃花扇始末》）。

身处文网森森的清初，作为生于清朝、长于清朝又曾亲蒙康熙帝“圣眷”而入仕清廷的孔子后裔，孔尚任虽抱持着儒家之心对南明的覆灭扼腕叹惋，但在《桃花扇》中下笔却极为审慎，不仅丝毫未流露出反清之意，对某些涉及清朝的史实亦有所回避或采用曲笔。然即便如此，此剧仍在甫经易代离乱的广大读者观众间激发出强烈的民族情绪:“从剧作的主观命意来分析，作者徘徊在‘吊明’与‘颂圣’的矛盾中，为了‘吊明’，他不得不先行‘颂圣’，以免遭到文字狱的祸害。但客观意蕴却突破了主观命意的束缚，广大读者受到艺术感染的是亡明痛史激发出来的民族情绪。侯、李双双入道的结局，也是作者潜在民族感情的一种表现。”（吴新雷《论孔尚任〈桃花扇〉的创作思想》）孔尚任创编《桃花扇》的思想感情是复杂的，剧中呈现的情怀、情绪也是复杂的，颂今圣与吊亡明、褒忠与斥奸、入仕与出世等多重矛盾交织其间，在以侯方域、李香君之情为线索广泛展现明清易代之际的政治、社会的同时，不可避免地颂扬了民族气节、抒发了亡国之痛。这也被视为是，康熙三十九年（1700）三月刚升任户部广东清吏司员外郎的孔尚任，莫名其妙地被罢官解职的重要原因。

《桃花扇》全剧总凡四十四出，概分两个部分，每部分二十出加二出：第一出前的“试一出”、第一至二十出、第二十出后的“闰二十出”，构成传奇的前半部分；加二十一出、第二十一至四十出、续四十出，为传奇的后半部分。孔尚任本人在《桃花扇凡例》中指出:“全本四十出，其上本首试一出、末闰一出，下本首首加一出、末续一出，又全体四十出之始终条理也。有始有卒，气足神完，且脱去离合悲欢之熟径，谓之戏文，不亦可乎？”曲家刻意创造了这种上下两本各增首尾一出的组合方式，其目的一方面是为了脱去传统才子佳人剧的俗套，另一方面则是为了在人物众多、情节复杂的情况下，增强剧作叙事的条理性，且令全剧有始有终。

至于全剧的结构方式，孔尚任以时间为叙事脉络的基础上，提出了“龙珠”之说:“剧名《桃花扇》，则桃花扇譬则珠也，作《桃花扇》之笔譬则龙也。穿云入雾，或正或侧，而龙睛龙爪，总不离乎珠，观者当用巨眼。”（《桃花扇凡例》）从《桃花扇》传奇的内容来看，所谓“珠”（即桃花扇为表征的侯方域、李香君离合之情）约占全剧之半，主要出现在第一出《听稗》至第八出《闹榭》，“以上八折，皆离合之情”（清孔尚任《云亭山人评点桃花扇》)；第十二出《辞院》，“离合之情，于此折尽矣而未尽也；兴亡之感，于此折动矣而未动也；承上启下，又一关钮”(《云亭山人评点桃花扇》)；第十七出《拒媒》，“因田仰而香君逼嫁，因教戏而香君入宫，离合之情，又发端于此”(《云亭山人评点桃花扇》)；第二十二出《守楼》，“《桃花扇》正题本于此折”(《云亭山人评点桃花扇》)；第二十三出《寄扇》，“将离合兴亡之故，付于鲜血数点中”(《云亭山人评点桃花扇》)；第二十四出《骂宴》，“为香君操守之坚也”(《云亭山人评点桃花扇》)；第二十五出《选优》，“此折写香君入宫与侯郎隔绝，所谓离合之情也；而南朝君臣荒淫景态一一摹出，岂非兴亡之感乎”(《云亭山人评点桃花扇》)；第二十七出《逢舟》，“此问彼答，左呼右应，各有寒温，各有心情”(《云亭山人评点桃花扇》)；第二十八出《题画》，“情无尽，境亦无尽”(《云亭山人评点桃花扇》)；第三十九出《栖真》、第四十出《入道》，“离合之情，兴亡之感，融洽一处，细细归结”(《云亭山人评点桃花扇》)。而此外的二十余出，则随时事发展之纲领，将史实网罗其间，或颂忠臣义士，或刺昏君奸臣，或抨党政内斗。曲家以侯、李情事为珠，运笔如龙，时跃于渊，时翔于天，咏叹之意，令人慨然。恰如孔尚任在《桃花扇小识》中所讲：“《桃花扇》何奇乎？其不奇而奇者，扇面之桃花也；桃花者，美人之血痕也；血痕者，守贞待字，碎首淋漓，不肯辱于权奸者也；权奸者，魏阉之余孽也；余孽者，进声色，罗货利，结党复仇，隳三百年之帝基者也。帝基不存，权奸安在？惟美人之血痕，扇面之桃花，啧啧在口，历历在目，此则事之不奇而奇，不必传而可传者也。人面耶？桃花耶？虽历千百春，艳红相映。问种桃之道士，且不知归何处矣！”

《桃花扇》虽重历史，但既为戏剧，则不免有杜撰虚构之处。孔尚任在《桃花扇凡例》阐述剧中虚实之纲曰：“朝政得失、文人聚散，皆确考时地，全无假借；至于儿女钟情、宾客解嘲，虽稍有点染，亦非乌有子虚之比。”但事实上，孔尚任不仅在爱情一线上有所虚构，如将历史上李香君最后不知所终、侯方域入清后应乡试后而立之年病逝，改为二人入道等；在政治一线上，为更好塑造人物、不触及新朝逆鳞，孔尚任也做出了一些刻意虚构和回避，如杜撰了侯方域入狱、未言及“扬州十日”清军屠城、将史可法拒降为多铎所杀改为史可法沉江自尽殉国等。然恰是这些曲笔，使《桃花扇》的主题更为突出，在完稿后有机会案头、场上广为传演；而即便有这些曲笔，《桃花扇》仍是一部优秀的传奇剧，不仅凸显了侯、李二人对爱情与国家的忠贞，更激浊扬清，鼓舞了无数仁人志士的民族之情：“《桃花扇》于种族之戚，不敢十分明言，盖生于专制政体下，不得不尔也。然书中固往往不能自制，一读之使人生故国之感……读此而不油然生民族主义之思想者，必其无人心者。”（梁启超《小说丛话》）

续四十一出《余韵》与试一出《先声》相配，是《桃花扇》的最后一出，也是全剧的大收煞。孔尚任在《凡例》中以四十出为全本，将上下两本前后的“试”“闰”“加”“续”当作增补；此前的第四十出已将离合之情、兴亡之感融洽一处，令侯方域、李香君在栖霞山各自入道。孔尚任自评第四十回曰：“此灵山一会是人天大道场，而观者必使生旦同堂拜舞乃为团圆，何其小家子样也”（《云亭山人评点桃花扇》）。也就是说，生旦入道虽未似常见的才子佳人戏以同堂拜舞收场，但却是作者苦心经营的一重“大团圆”，这样一来，续四十一出《余韵》再收煞的特殊性也就更鲜明起来。孔尚任对自己的创举亦颇为得意，他自我评价道：“大笑三声！乾坤寂然矣，而秋波再转，余韵铿锵，从古传奇有此结场否？后之传奇者若效此为之，又一钱不值矣。”

《余韵》的主要出场人物总凡四位：苏昆生（樵子）、柳敬亭（渔翁）、老赞礼和徐青君（皂隶、明魏国公后裔）。前三位为南朝遗老义士，处江湖幽微而志节凛然；后一个则是明开朝元勋徐达的后人，累代功勋的肉食者已向新朝称臣。清朝定鼎之后，苏昆生、柳敬亭归隐牛首、栖霞之间，渔樵生涯，时或相聚，以兴亡旧事作风月闲谈；老赞礼因祭赛福德星君路逢苏、柳，三人以歌佐酒，分别作巫腔【问苍天】、弹词【秣陵秋】、北曲【哀江南】凭吊前朝。明人杨慎曾在其《廿一史弹词》中作【临江仙】词曰：“滚滚长江东逝水，浪花淘尽英雄。是非成败转头空。青山依旧在，几度夕阳红。——白发渔樵江渚上，惯看秋月春风。一壶浊酒喜相逢。古今多少事，都付笑谈中。”此出渔翁、樵夫与老赞礼于三杯两盏淡酒中笑议是非成败，恰与杨慎【临江仙】词义相和，表达了曲家自己的兴亡之叹。

也是在此出的云亭山人评语中，孔尚任终于揭开了老赞礼的真实面目——“老赞礼者，一部传奇之起结也。赞礼为谁？山人自谓也。”（《云亭山人评点桃花扇》）也就是说，老赞礼就是《桃花扇》作者孔尚任本人的化身，这也解释了为什么这一人物身上会兼具了“颂今圣”与“吊亡明”的双重品格。老礼赞上场便云：“江山江山，一忙一闲。谁输谁赢，两鬓皆斑。”前一江山，老赞礼为南京太常寺礼官，为国事奔忙；后一江山，老赞礼则归隐山间，与社友、渔樵为伴。且不提改朝换代的输赢，山河破碎，百姓浮沉，作为“过来人”的他将无限感慨付诸一阕《神弦歌》中。明朝的太常寺为执掌宗庙、日月、山岳等各类祭祀仪礼活动的机关，赞礼有神职的性质，所谓“巫腔”当便是祭祀乐歌的代称。【问苍天】由祭祀福德星君说起，以他人之酒杯，浇个人之块垒：清顺治五年戊子（1648）九月十七日，已剃发的老赞礼参与了福德星君的诞辰祭祀，由于此日亦是老赞礼（即孔尚任本人）的生日，祭祀的闹热与个人处境的冷清两相对照，让他对造命者的不公产生了疑问；已是花甲之年的老赞礼，由眼前祭祀联想到人事纷纭，感慨桑榆已至却怀才不遇、不受重用；祭典结束，老赞礼“倚枯槐，对斜日，独自凝思”，重新审视了名与利、贵与贱、清与浊，对造化如斯表示了释然，“自问自解，虽见道悟，实无可奈何语也”（《云亭山人评点桃花扇》）。可以说，此曲【问苍天】老赞礼的身份特性不明显，剧作家本人的色彩更为浓重，是孔尚任面对个人命运的浮沉发出的哀叹与质问，除“乱离人，太平犬，未有亨期”之外，逸民之思少，金阙之梦多。《桃花扇》传奇是孔尚任一生心血的结晶，也是因为此剧，孔尚任仕途终结，此苍天之问，其谶语乎？

比较而言，苏昆生的弹词《秣陵秋》虽从陈隋说起，却重点述论了南京近事。“中兴朝市繁华续”之后，直指南明小朝廷之失：皇帝荒淫，马士英弄权，阮大铖罗织罪名迫害东林、复社士人，史可法独臂难支，左良玉以“清君侧”为名起兵南昌，最后弘光帝朱由崧弃金陵而走，在芜湖为清军所俘，次年被杀。即便有长江天堑、江北四镇、左史黄三将力挺，仍扶不起朱明皇朝既倾的社稷……《秣陵秋》的最后，孙昆生痛陈明史中已有建文帝朱允炆不知所终、明英宗朱祁镇困于土木堡被瓦剌军队掳走、明武宗朱厚照建豹房荒淫无道、明思宗朱由检自缢煤山，却没想到福王更加不堪，即南明帝位不到一年便彻底败亡。孔尚任借苏昆生之口，对三百载明祚覆灭的原因进行了探寻：朱明皇朝的败亡乃是源于国家内部，明朝亡于奸佞横行、内耗不断，更亡于帝王无能无道难肩负起国家的重任。“一首弹词，檃括南都兴废，萃六朝之骈俪，收三唐之英华，付之说书人口中，风流雅驯，所以遨游荐绅间，与学士、大夫抗礼也。”(《云亭山人评点桃花扇》）苏昆生是《桃花扇》中着力表彰的“南朝作者七人”之一，孔尚任将之与罔顾国家百姓、一味结党营私的马士英、阮大铖等士大夫相较，颂扬了“匹夫匹妇”们面对大是大非时的忠肝义胆与无私无畏。

剧中柳敬亭的《哀江南》北曲套曲则将今日金陵败落的景象一一描绘，天地苍生为之泣血垂泪。【新水令】写金陵城外已因战争沦为一片焦土，夕阳下城郭萧条，无情草木为谁人吐绿含苞？【驻马听】吊明太祖孝陵。总因子孙不肖，长楸半焦，畜群乱跑，殿阁荒芜，一代开国雄主，落得无人祭扫。【沉醉东风】吊南京明故宫。擎天柱倒金瓯颓，昔日万国来朝、群臣拜舞的丹墀沦为了燕雀闲集之地，大内禁城庄严不在，变成了饿殍乞丐的暂居之所。【折桂令】吊秦淮。昔日才子佳丽汇聚的繁华之所，人去楼空，盛景难再。唐代诗圣杜甫有《哀江头》诗有句曰：“江头宫殿锁千门，细柳新蒲为谁绿？”此曲“白鸟飘飘，绿水滔滔，嫩黄花有些蝶飞，新红叶无个人瞧”以相似笔法，用无情物之无情，衬托有情人之哀恸，使闻者生悲！【沽美酒】【太平令】分别吊长桥和旧院，摹写昔日“小桥流水人家”的俗世美好如今桥断人稀、井枯巢颓、砖苔阶草，“手种的花条柳梢，尽意儿采樵，这黑灰是谁家厨灶”，用日常生活中最普通的场景表现了浩劫对平凡百姓的毁灭性打击，令人怅恨不已。

《哀江南》套曲不仅吊孝陵、明宫，也吊秦淮、长桥、旧院，体现了作者的“世界平等”(《云亭山人评点桃花扇》)的意识与命运与共的情怀。所谓“覆巢之下无完卵”，江山易主，中外惊怖，无人可避其害，只有全国上下精诚团结、各肩其责，才能安定繁荣——这也是曲家以史为鉴的命意所在。最后的【离亭宴带歇指煞】总吊金陵，是全套乃至全剧中声名最显赫的曲子。它将浩瀚时空中的金陵名胜浓缩于数十字中，“眼看他起朱楼，眼看他宴宾客，眼看他楼塌了”以一种极致的他者视角活画出朱明皇朝的生、住、灭，一觉未醒而昌盛不再的强烈失坠感与冲击感更让人产生了人生如梦幻泡影、如朝露闪电的空寂感。但《桃花扇》并未将此寂寥投向佛教的空空或圆通，《哀江南》中盈溢着对家园浓得化不开的挚爱与悲情，“悟道语非悟道也，亡国之恨也”，“读之而不堕泪者，其人必不情，不情之人，忠孝无问矣”(《云亭山人评点桃花扇》)——孔尚任将儒道结合作为一种出路。《哀江南》套曲是孔尚任忘年交木皮散人贾凫西所作《历代史略鼓词》的一部分，此套北曲与《桃花扇》在剧情与主题上都十分契合，虽非孔尚任原创却因《桃花扇》的借用而成其不朽，两者相辅相成，升华了明清易代的兴亡之思，也收束了全篇。

三老正自伤怀，忽有皂隶走来访拿山林隐逸。这位剃发易服的皂隶不是别人，却是明魏国公后人徐青君。徐青君的祖先徐达，一生戎马为明朝开国立下不朽功勋，生前受封魏国公，死后被朱元璋追封为中山王，赐谥“武宁”，不仅是明朝开国“六王”之首，更是后世公认的明代开国第一功臣。终明一朝，其魏国公爵位为子孙世代传袭，历十世十一代，直至弘光小朝廷覆灭。“朝陪天子辇，暮把县官门。皂隶原无种，通侯岂有根？”世受朱明皇家宠遇的魏国公徐氏后裔，在清朝定鼎不久后便成为新朝廷的皂隶，怎不令人喟叹！孔尚任在自评中言道:“三百年之君，始于明太祖，终于弘光。三百年之臣，始于魏国公，终于皂隶。皆狗尾也。《续四十出》成，山人自谦曰:‘貂不足，狗尾续。’谁知皂隶虽是狗尾，文章却是龙尾。”(《云亭山人评点桃花扇》) 自史鉴而言，曲家将弘光帝和徐青君作为明代君臣的狗尾，鞭笞之声振聋发聩；从编剧来说，曲家则将《余韵》的最后皂隶的出现视为其“龙珠”结构的必要组成——龙尾。

皂隶并未道明来意，三老犹自为史可法、黄得功、左良玉三位的身后之事感慨，忽然被问及“三位是山林隐逸么”，不由一惊。听闻“现今礼部上本，搜寻山林隐逸”，“那些文人名士，都是识时务的俊杰，从三年前俱已出山了，目下正要访拿你辈哩”，又验明县衙签票，三人顿作“鸟兽散”，各自登崖涉涧隐入山水之间。一曲《桃花扇》，半部南明史，最终以逸民龙隐作结，其中深意，千言万语不能尽之。“水外有水，山外有山，《桃花扇》曲完矣，《桃花扇》意不尽也！”(《云亭山人评点桃花扇》)